读客

读客三个圈经典文库

经典就读三个圈　导读解读样样全

欢迎您从《丛林之书》走进
读客三个圈经典文库

亲爱的读者，感谢您选择读客三个圈经典文库。

我们的封面统一使用“三个圈”的设计，读者可以凭借封面上形式各异的“三个圈”找到我们，走进经典的世界。

你想成为什么样的人？

对你来说什么是重要的？

这个世界应该是什么样子？

我们在生命中遇到的这些问题，或许可以在浩如烟海的文学经典中找到答案。

跟随读客三个圈经典文库，认识世界、塑造自我，成为更好的人！

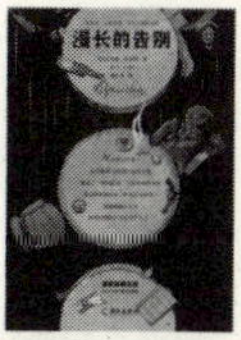

《漫长的告别》

《西西弗神话》

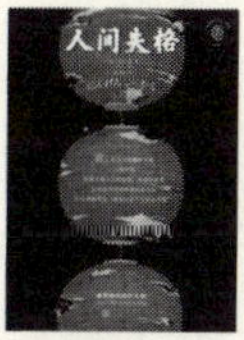

《人间失格》

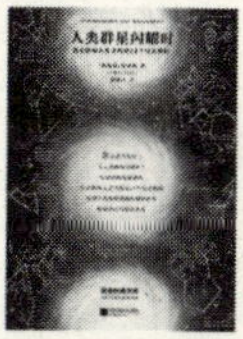

《人类群星闪耀时》

《鼠疫》

《小王子三部曲》

《局外人》

《月亮与六便士》

《基督山伯爵》

《罗生门》

经典不厌百回读。读客立足于国人的精神需求，提供有质量、有价值、有体系的精神成长经典文库，希望更多的读者从中获得乐趣，获得进益。

文洁若

二〇一八年二月二十日

文洁若

著名翻译家，是中国翻译日文作品最多的人。很多日本作家如川端康成、三岛由纪夫的作品，都是经由她首次介绍给中国读者。与丈夫萧乾合译《尤利西斯》，造就了一段文坛佳话。

2002年获日本政府颁发的“勋四等瑞宝章”，2012年获“翻译文化终身成就奖”。

人之所以为万物的灵长，宇宙的精华，就因为他会读，他爱读，爱读经典，常读经典，历代不衰。

柳鸣九 2018年三月十日
悟金森手 书

柳鸣九

中国社会科学院研究员、教授。

在法国文学史，西方文学思潮，文学理论与美文作评、文学名著翻译以及学者散文写作方面均有丰厚劳绩，有“著作等身”“学术胆识卓越”的美誉。

其论著与译作已汇集为《柳鸣九文集》（15卷），共约600万字。

2006年被评选为中国社会科学院最高学术称号“终身荣誉学部委员”。

祝“读客经典”成为用人类创造的全部知识财富来丰富读者头脑的精神宝藏！

郭家申 

2018年2月23日

于北京中国社科院

外国文学研究所

郭家申

俄语翻译家，毕业于莫斯科大学文学语言系。

历任中国社会科学院外国文学研究所副所长、编审。

长达60年的翻译经验，累计翻译字数约500万字，翻译作品达30部。

译著有：《外国当代戏剧选》《艺术创造的本性》《高尔基自传三部曲》《一个沉思默想的女人》《迷惘的微笑》等。话剧译本《华沙曲》获辽宁省翻译奖。

阅读经典，就是立足于高起点，
含英咀華，激奋精神，行健致远。

羅新璋

罗新璋

1957年毕业于北大西语系。
1963年转入国家外文局《中国文学》杂志社从事中译法文学翻译工作，1980年调入中国社会科学院外国文学研究所，从事法国文学创作。
曾花四年时间手抄200多万字的傅雷译文，在翻译时更是字斟句酌，力求精益求精，享有“傅译传人”的美誉。
主要译有《红与黑》《特利斯当与伊瑟》《列那狐的故事》《猫球商店》等。

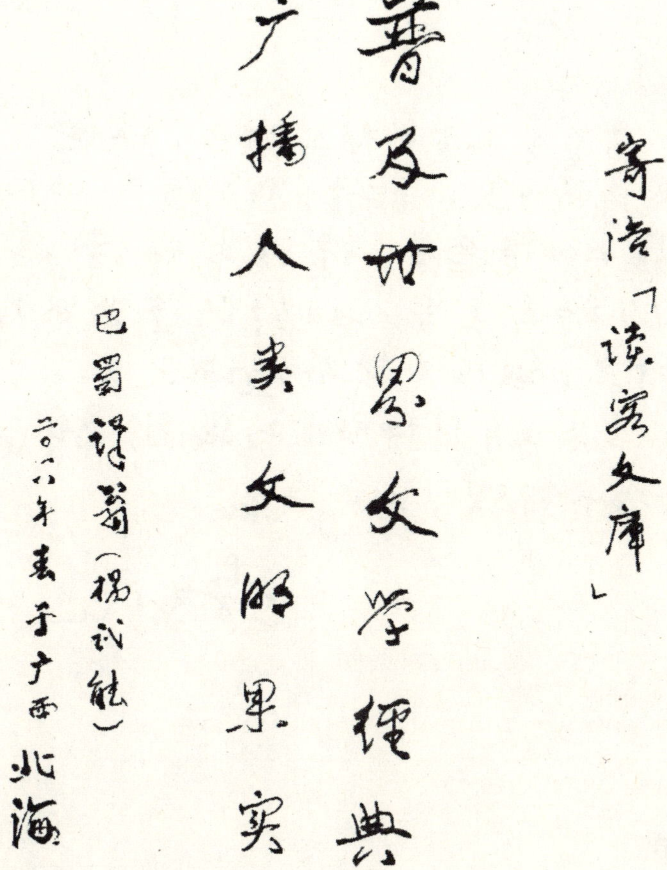

巴蜀译翁（杨武能）

1938年生于重庆，师从叶逢植、张威廉、冯至等先生，国家社科基金重大研究项目“歌德及其汉译研究”首席专家。

先后荣获联邦德国总统颁授的德国“国家功勋奖章”、联邦德国终身成就奖性质的洪堡学术奖金，以及国际歌德研究领域的最高奖歌德金质奖章。

著作译作数量众多，影响较大的包括《浮士德》《少年维特的烦恼》《格林童话全集》《魔山》等。

名著是人类的精品食粮，提供给人立足世上的能量。我自称"八0后"，是最大的受益者。读好书和译好书，从1980年至今，每部都收集我的快乐时光，组成不断升值的人生。

读者自有精神成长路线图，希望更多读者按图索骥，从中受益。

李玉民

李玉民

从事纯文学翻译近40年，出版作品上百部，总计翻译字数达2500万字。主要译作有：《巴黎圣母院》《悲惨世界》《缪塞戏剧选》《艾吕雅诗选》等；主编《纪德文集》（5卷）、《加缪文集》（3卷）。在李玉民的译作中，有半数作品是他首次向中国读者介绍的。

周克希

复旦大学数学系毕业后，在华东师大数学系任教二十八年，又在译文出版社当过十年编辑。译有普鲁斯特、福楼拜、圣埃克絮佩里、大仲马和萨勒纳弗等人的小说。著有随笔集《译边草》《译之痕》《草色遥看集》。

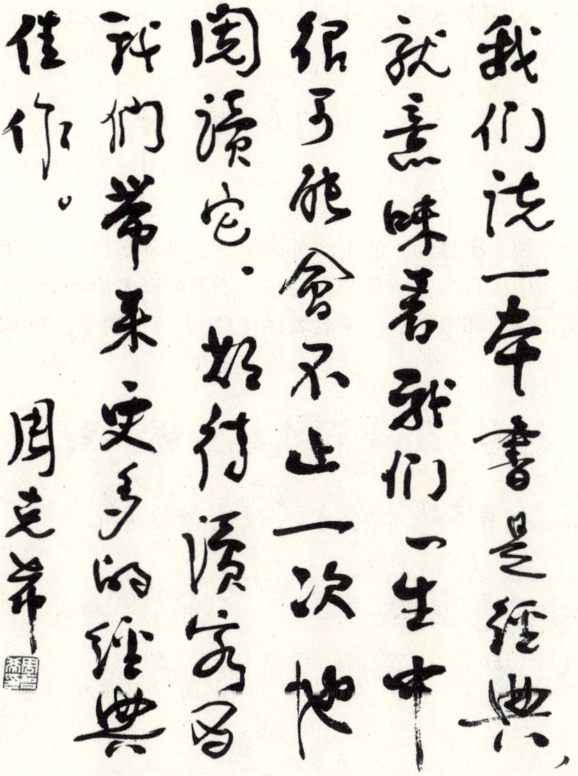

每一部经典文学作品，都是人类的重要精神基因。读客用经典文学绘制的精神成长蓝图，希望能够让更多的读者通过文字认识世界，找到自己灵魂的归属。

谭晶华

谭晶华

文学博士，教授，博士生导师。原上海外国语大学常务副校长，现任该校学术委员会主任。中国日本文学研究会会长、上海翻译家协会会长。出版众多著作、论文、辞典和教材、文学名著译作120多部（篇），350余万字。

读客经典精神成长文库将人类精神文明的精华做了系统的梳理，让经典更直接地与个体成长结合起来，是一种独到的做法。

黄宜思

2018.2.23.

黄宜思

中国政法大学教授，著名翻译家黄雨石之子。译有《罗马帝国衰亡史》《澡盆故事》《远航》《六便士之家》《罗马史》等。于2008年和2009年两度担任中国翻译协会主办的全国“韩素音青年翻译奖”竞赛评委。

与好书为友，拥抱每个能陶冶你心性的机会；
携经典作伴，在读客经典中找到你下一本书。

曹明伦

曹明伦

四川大学教授、博士生导师，中国作家协会会员，中国翻译协会理事、成都翻译协会会长，国务院政府特殊津贴专家。译有《爱伦·坡集》《弗罗斯特集》《培根随笔集》《莎士比亚十四行诗集》等多种英美文学经典。

希望读客经典为读者
提供经典的精神享受。

姚锦清

姚锦清

上海外国语大学高级翻译学院教授，上海市语委英译专家。参编《20世纪欧美文学史》《外国文学名著赏析辞典》及《外国抒情诗赏析辞典》。主要译作有《布赖顿硬糖》《心灵的激情——弗洛伊德传记小说》等。

愿读客经典使青年朋友们快快成长，成年人永远年轻！

王之光

2018.2.22

王之光

浙江大学教师，长期从事文学和文化翻译教学与实践，已经出版的有《发条橙》《索多玛的120天》《小妇人》《圣经故事》《法国电影》等，还有汉译英作品如《台湾简史》《中美关系史》等。

阅读经典，丰富人生。愿读客经典走进千万读者中。

陆求实

2018年2月

陆求实

中国翻译协会专家会员、上海翻译家协会理事，致力于日本文学译介多年，译有夏目漱石、谷崎润一郎、吉川英治、渡边淳一、村上春树、岛田雅彦等人作品，曾获“上海翻译新人奖”“上海优秀中青年文艺家”“上海文艺家荣誉奖”，2011年荣获日本“野间文艺翻译奖”。

致读客经典

读经典，提升人生境界，汲取文化精华。

吴刚

吴刚

上海外国语大学高翻学院副院长、教授，英美文学博士，上海市翻译家协会理事。出版有《霍比特人》《美与孽》《莎乐美》等翻译作品30多部。

在这个文库里，总能找到一本要读的书：有你读过但值得重读的书，有你听说过正打算读的书，也有尚待发现并有可能影响你一生的书。

姚向辉

姚向辉

青年译者，译作有《教父》《七杀简史》《漫长的告别》《马耳他之鹰》等。

愿我的孩子，我孩子的孩子，都能看着读客经典，进入世界文学的瑰奇殿堂。

汪洋

汪洋

毕业于北京大学，翻译家，外国文学资深编辑。从事英、日文文学翻译、编辑工作十余年，已出版译著有《D之复合》《人类灭绝》《鹰翼行动》《百年法》《亲爱的提奥——梵高传》《红字》等，涵盖推理、科幻、军事、惊悚、艺术史及经典文学等领域。

品经典之作，读经典译文，祝读客经典多出精品，愿更多读者在阅读经典中找到自我，收获未来！

刘勇军

刘勇军

知名青年翻译家，译风简练而深邃。译有《月亮与六便士》《刀锋》《不安之书》《生命不息：归来》《日出酒店》《遗失的时光》等经典作品。

丛林之书

[英] 约瑟夫·鲁德亚德·吉卜林 著
张炽恒 译

读客三个圈经典文库

经典就读三个圈　导读解读样样全

江苏凤凰文艺出版社
JIANGSU PHOENIX LITERATURE AND ART PUBLISHING, LTD

The Jungle Book

Joseph Rudyard Kipling

目　录

莫格里的兄弟们

黑夜被蝙蝠芒恩释放，
被老鹰兰恩带回了家中；
牛群被关进棚栏厩舍，
拂晓前我们要通宵放纵。
这是耀武扬威的时辰，
张牙舞爪各显神通。
听啊，叫唤声声！——祝狩猎大吉，
遵守丛林法则的兽众！

——丛林夜歌

这是西奥尼山中一个非常温暖的夜晚，狼爸爸睡了一个白天，醒来已是七点钟了。他挠挠身子，打个哈欠，把爪子一个一个伸展开来，甩脱爪尖上的睡意。狼妈妈垂着脑袋趴在那儿，鼻子拱在四个打着滚吱吱尖叫的狼崽儿中间。月光照进了他们一大家子居住的洞穴门口。“嗷！”狼爸爸说，“又该去狩猎了。”他正要纵身下山，一个拖着毛蓬蓬的尾巴的小身影跨进门来，嗥叫着说道：“狼首领啊，祝你好运。祝你们高贵的孩子好运，长出一口强壮的白牙，绝不至于忘了这世上还有挨饿的动物。”

这一位就是豺，名叫塔巴克，一个专捡残羹剩饭的家伙。印度的狼都瞧不起塔巴克，因为他到处招灾惹祸，传播流言蜚语，还到村子里的垃圾堆上扒拉碎皮烂筋充饥。但同时他们也怕他，因为塔巴克比丛林里的任何一种动物更容易发疯。他发起疯来，就会忘记自己曾经惧怕过什么动物，在森林里到处乱窜，见谁咬谁。就连老虎看到塔巴克发疯，也会跑到一边躲起来，因为在野生动物受不了的事情里面，最丢脸的就是染上疯病。我们称之为狂犬病，但他们叫作“地万泥”，也就是疯病。一看见犯这种病的，他们就跑。

“那就进来看看吧，”狼爸爸生硬地说，“不过家里没吃的。”

“那是对于狼来说的，”塔巴克说，“可是对于我这样一个下贱的人，一根干骨头就是一顿大餐了。我们算什么呀，饥度尔·洛格[1]而已，还能挑挑拣拣？”他直奔洞底，找到一根带一点点肉的公鹿骨头，坐下来，咬住骨头一端，嘁咔嘁咔美滋滋地啃起来。

“多谢这顿美餐，”他舔了舔嘴巴，说道，“这些高贵的孩子长得多美啊！眼睛多么大！还这么年轻！真是的，真是的，我本不该忘记的，国王的孩子生下来就是男子汉哟。”

没有什么事比当着父母的面夸孩子更不吉祥了。塔巴克说这话时，像别的动物一样对此心知肚明。看到狼妈妈和狼爸爸不舒服的样子，他感到很得意。

塔巴克安安静静地蹲坐着，为自己造成的不快而窃喜，然后不怀好意地说：“大头领谢尔可汗[2]的狩猎场换了地方。下个月，他要到这儿的山里来狩猎了，这是他对我说的。”

谢尔可汗就是那只老虎，他住在二十英里外的维恩贡嘎河附近。

“他没这个权利！”狼爸爸生气地开言道，“根据丛林法则，他没有权利不事先警示就改换狩猎区。他会让方圆十英里内

1　豺民。印度语中，“饥度尔”谐音是豺的意思，“洛格”谐音是民的意思。——译者注（如无特殊说明，本书注释均为译者注）

2　这里的“可汗”二字读作“克寒”，可汗是古代游牧民族最高统治者的称谓；谢尔在印度语中的谐音是老虎的意思。

的每一头猎物受惊吓的，而我——这些日子我得猎双份呢。”

“他母亲叫他浪格离[1]，那可不是凭空乱叫的，”狼妈妈平静地说，“他生下来时一条腿就瘸了。他之所以只猎杀耕牛，就是这个原因。现在维恩贡嘎的村民们被他激怒了，他就过来激怒我们这儿的村民。到时候人家到丛林里来清剿他，他却已经跑远了。可草一点着，我们和孩子都得逃走。真是的，我们可真得感激谢尔可汗呢！”

“要我向他转达你们的感激吗？”塔巴克说。

“滚出去！”狼爸爸厉声说道，“滚到你主子身边和他一起狩猎去吧。你一个晚上作的恶已经够多了。”

“好，我走，”塔巴克平心静气地说，“下面密林里谢尔可汗的动静你不会听不到。我就不该告诉你这消息。”

狼爸爸倾听着。他听见下面通往一条小河的山谷中，有一种干涩单调、怒不可遏的哼唧声。发出这声音的，是一只一无所获又不在乎让丛林里所有动物知道的老虎。

“傻瓜！”狼爸爸说，“刚开始干夜里的活儿，就弄出这么大动静！难不成他以为，我们这儿的公鹿是维恩贡嘎那些肥肥的阉牛？”

“嘘。今晚他要狩猎的不是阉牛也不是公鹿，”狼妈妈说，“是人类。”

哼唧声变成了连续不断的呼噜噜的低吼声，好像从四面八方发出来的一样。发出这声音，是要迷惑露宿的伐木工和吉卜赛人，撵得他们晕头转向，有时正好就跑到了老虎嘴里。

1　瘸子。“浪格离”在印度语中是“腿瘸”的意思。

“人类？！”狼爸爸说，露出了满口白牙，“呸！池塘里的甲虫和青蛙不够他吃吗，一定要吃人？而且是在我们的地盘上！”

丛林法则里没有一条规定是没有缘由的，其中的一条就是禁止兽类吃人。除非是为了向孩子演示如何猎杀，否则绝不可以杀人。即便如此，狩猎人类也必须在族群的地盘外面进行。之所以规定这一条，真实的原因是，猎杀了人类，就意味着迟早有一天，白种人会骑着大象挎着枪，加上几百个红种人带着铜锣、信号火箭和火把来到这儿。到那个时候，丛林里的每一个居民就都要遭罪了。而兽类自己对这条规定的解释是，人类是所有生灵中最孱弱、最没有自卫能力的，所以碰他们不是一件光明正大的事。他们还说，吃了人的兽会浑身生疥癣、掉牙齿，这话倒是不假。

呼噜噜的低吼声越来越响，最后是一声拔直了嗓门的咆哮：“啊呜！”这是老虎攻击时的吼声。

接下来是一声嚎叫，谢尔可汗发出的非虎类的嚎叫声。“他失手了，”狼妈妈说，“外面是什么声音？”

狼爸爸跑出洞外几步，听见谢尔可汗跌跌撞撞地在矮树丛里，嘴里恶狠狠地咕哝着。

“那傻瓜没长一点脑子，扑到伐木工的篝火堆上，把脚烧伤了，”狼爸爸说，很不屑地哼了一声，“塔巴克和他在一起。”

“有东西上山来了，”狼妈妈说，一只耳朵抽了一抽，“做好准备。”

矮树丛中有灌木窸窸窣窣的响声，狼爸爸蹲下去，准备一跃而起。要是你在场的话，接下来所发生的一切，将是你在这世上看到的最奇妙的情景：狼的身体跳起来以后居然半道止住了。原来他跳起时并没有看到扑击的目标，看清楚之后想收住动作，结果是他直直地向上蹿起了四五英尺，然后从空中落下来，几乎落在原地。

“人类！”他声音急促地说，“人崽儿。瞧！”

在他的正前方，站着一个刚会走路的红种人小孩。他赤裸着身子，扶着一根低矮的树枝。夜间的狼穴里，还从来不曾来过这么样一个柔嫩的、脸上长着酒窝的小东西呢。他仰望着狼爸爸的脸，笑着。

“这就是人崽儿？”狼妈妈说，“我还从来不曾见过呢。带他过来。”

一匹狼，有必要挪动自己的幼崽时，是习惯用嘴来叼的，即使叼一枚蛋，也不会把它咬破。狼爸爸把小孩子叼到了自己的幼崽们中间，虽然他的上下颚夹着孩子的背，牙齿却没有刮破孩子的一点点皮。

“多么小哟！光溜溜的，而且那么勇敢！”狼妈妈温柔地说。这时，那孩子为了靠近温暖的狼皮，已经挤进幼崽们中间。“哎嗨！他在和别的孩子一起吃东西呢。人崽儿原来就是这样的哦。可曾有过一匹母狼，能够夸口她的孩子中间有一个人崽儿吗？”

“这种事情我听说过几回，但不是发生在我们这群狼中间，也不是发生在我们这个年代，”狼爸爸说，“他全身没有毛，我用脚轻轻一踩，就能杀死他。可是你瞧，他抬起头来看，一点都不害怕。”

洞穴门口的月光被挡住了，因为谢尔可汗那方方的大脑袋和宽肩膀挤进了洞口。他的身后，塔巴克在尖叫着："我的主人，我的主人，他就是从这儿进去的！"

"谢尔可汗大驾光临，我们非常荣幸，"狼爸爸嘴里这样说，眼睛里却透着愤怒的神色，"谢尔可汗想要什么？"

"我的猎物，"谢尔可汗说，"一个人崽儿。他的父母逃脱了，他跑到这里来了，把他给我。"

正如狼爸爸所说，刚才谢尔可汗扑到了伐木工的篝火堆上。他把脚烧伤了，很痛，心里面正恼怒着。但是狼爸爸知道，对于老虎来说，这洞口太窄，进不来。即便是现在这种情形，谢尔可汗的肩膀和前爪也挤得动弹不开，就像人挤在酒桶里想打架时的感觉一样。

"狼是自由民，"狼爸爸说，"只接受狼群头领的命令，可不会听杀耕牛的家伙支使，身上有条纹也不管用。人崽儿是我们的，杀与不杀我们自己选择。"

"什么选择不选择！干吗说这种废话？凭着我杀死的公牛起誓，难道要我一直这个样子，在你们的狼窝里嗅我应得的猎物吗？是我，谢尔可汗，在对你说话！"

老虎的咆哮像雷声一样在洞穴中震响着。狼妈妈甩开幼崽们，跃上前来，她的双眼像黑暗中两个绿莹莹的月亮，直瞪着谢尔可汗灼灼逼人的眼睛。

"是我，拉克夏（恶魔），在回答你。人崽儿是我的，浪格离（瘸子）你听好喽，我要定他了！他不会被杀死。他会活下来，和狼群一起奔跑，和狼群一起狩猎。最后，捕猎没毛幼崽的家伙，吃青蛙的货色，猎杀鱼的玩意儿，你瞧好喽，将来他会猎杀你！你这就给我滚，凭着我杀死的黑鹿（我可不吃挨饿的牛）

起誓，滚回到你母亲身边去，你这个挨火烧的丛林兽，来到世上就瘸、现在更瘸的瘸子！滚吧！”

狼爸爸诧异地看着。他几乎已经忘了，当初他是在公平决斗中胜了五匹狼，才赢得了狼妈妈，而她在狼群里混出的恶魔名号，也绝非恭维之词。谢尔可汗也许可以对付狼爸爸，却顶不住狼妈妈，谢尔可汗知道，以他所在的位置，狼妈妈占尽了地利，如果打起来，那就是生死恶战。所以他嚎叫着从洞口退了出去，脱离危险境地后才吼道：“狗在自家院子里都会吠！我们瞧着好了，看狼群对收养人崽儿这件事怎么说。这幼崽是我的，我会用牙齿结果他的。嘀，你这个尾巴蓬松的窃贼！”

狼妈妈猛地一下卧倒在幼崽们中间，喘息着。狼爸爸严肃地对她说道：“谢尔可汗说的倒也不假。这幼崽必须让狼群见过才行。你仍然要收留他吗，妈妈？”

“收留他！”她气喘吁吁地说，“他赤条条地来这儿，一个人，在夜里，饿着肚子，却不害怕！瞧，他已经把我的一个宝宝推到一边去了。那个瘸腿屠夫本来会杀了他，逃到维恩贡嘎河去的。那样的话，村民就会复仇，搜遍这儿所有的狼穴捕杀我们！留下他？我一定要留下他。安安静静躺着，小青蛙。哦，你这个莫格里，我就叫你青蛙莫格里吧。谢尔可汗猎杀过你，总有一天，你会猎杀他的。”

“可我们的狼群会怎么说呢？”狼爸爸说。

丛林法则规定得清清楚楚，每一匹狼，结婚以后都可以退出他所属的狼群。但是他的幼崽长到能自己站立时，他必须带着他们去参加狼群大会，目的是让其他的狼辨认他们。这种大会一般在满月的时候召开，每月一次。经过验证之后，幼崽们就可以自由奔跑，想去哪儿都行。在他们杀死自己的第一头公鹿之前，狼群里的成年狼不得以任何借口杀死其中任何一只。谋杀行为一旦被发现，所受的惩罚就是处死。你只要想一分钟，就会明白这种规定是必需的。

狼爸爸等到狼崽儿们能跑一点路了，就在举行狼群大会的晚上，带上他们，同莫格里和狼妈妈一起，去会议岩。那是一个小山顶，布满了石块和大鹅卵石，容得下百十匹狼藏身。大灰狼阿克拉[1]，一匹孤狼，凭着力量和机智，做了狼群的首领。开会时他舒展开四肢，卧在他那块石头上，他的下方则蹲坐着四十多匹大大小小、毛色各异的狼。从毛色像獾子、独自就能制服一头公鹿的狩猎老手，到毛色偏黑、自以为也办得到的三岁青年狼，全有。孤狼领导他们已经有一年了。他年轻时曾经有两回落入捕狼陷阱，其中一回还被人暴打了一顿，丢在那儿等死，因此他知道了人类的行为方式和习惯。会议岩上几乎没有狼在互相交谈。做父母的围坐成一个圈子，狼崽儿们就在那圈子里，你压着我我压着你，翻腾打滚。不时地有一匹年长的狼静悄悄地走到一只狼崽儿跟前，仔细打量一番，然后悄无声息地走回到自己的位置上。有时会有一位做母亲的把幼崽远远地推到前面去，让他待在月光下，确保他不被大伙儿看漏了。阿克拉会在他那块岩石上喊叫："你们知道法则，你们知道法则。好好地看一看哪，狼伙计们！"那些做母亲的会接过话儿来："好好地看一看哪，狼伙计们！"

最后，时间到了，狼妈妈脖子上的鬃毛竖立起来，狼爸爸把

1 在印度语中，"阿克拉"的意思是孤独。

“青蛙莫格里”——他们就是这样叫他的——推到了圈子中间。他就坐在那儿，玩几颗在月光下闪烁着光亮的鹅卵石。

阿克拉始终把脑袋搁在爪子上，不抬起来，只继续用单调的声音喊叫着：“好好看一看！”这时岩石后面响起一声沉闷的吼叫，是谢尔可汗的喊叫声：“那幼崽是我的，把他给我。自由民要人崽儿做什么？”阿克拉连耳朵都没有抽动一下，他只说了这样几句话：“好好地看一看哪，狼伙计们！除了自由民的命令，其他的命令与自由民有什么相干？好好看一看！”

会场上响起一片低沉的嗥叫，一匹四岁的青年狼把谢尔可汗的问题抛回给阿克拉：“自由民要人崽儿做什么？”这就要提到丛林法则的一个规定了：如果对一只幼崽被狼群接受的权利有争议，那么除了他的父母之外，狼群里至少必须有两个成员为他说话。

“有谁为这个幼崽说话？”阿克拉说，“自由民中有谁出来说话？”没有狼答腔。狼妈妈做好了准备，她知道，如果事情发展成打斗，这将是她一生最后的搏斗。

这时，获准参加狼群大会的唯一一只异族动物后半身直立起来，咕咕哝哝地开了言。他是巴洛[1]，那只总像是睡不醒的棕熊，狼崽儿们就是跟他学习丛林法则的。老巴洛可以随心所欲地到处走动，因为他只吃坚果、块根和蜂蜜。

“人崽儿——人崽儿？”他说，“我为人崽儿说话。人崽儿是没有危害的。我没有说话的天赋，但我说的是真相。让他和其他幼崽一起加入进来，和狼群一起奔跑吧。我亲自来教他。”

1 “巴洛”在印度斯坦语中意思是“熊”。

“还需要一位，”阿克拉说，“巴洛已经说话了，而且他为我们做这幼崽的教师。除了巴洛还有谁说话？”

一条黑影降落到圈子里。他是黑豹巴赫拉[1]，全身墨一样黑，但在一定的光线下，会显现出波纹绸图案一般的豹子斑纹。每一只动物都认识巴赫拉，没有一只动物乐意挡他的道。因为他像塔巴克一样机智，像水牛一样勇敢，像受伤的大象一样不顾一切。但他的声音却像树上滴下的野蜂蜜一般甜柔，他的皮肤比绒羽还要柔滑。

“阿克拉啊，还有你们这些自由民，”他用愉快的呼噜声说道，“我无权参加你们的集会，但是丛林法则说，如果在一个新幼崽的事情上有了疑难，并且没有到杀死他的地步，那幼崽的生命就可以花代价买下来。法则并没有说谁可以出这个代价，谁不可以出。我说得对吗？”

“说得好！说得好！”年轻的狼们说道，他们总是吃再多也不嫌饱的，“听巴赫拉往下说。那幼崽可以出代价买下来。法则是这么说的。”

“我知道自己无权在这儿说话，所以请求你们准许。”

“你说吧。”二十个声音叫喊道。

“杀死一个没毛的幼崽是可耻的。而且，他长大后可以为你们捕到更多猎物。巴洛已经为他说话了，如果你们肯按照法则接受人崽儿，我愿意加上一头公牛。一头很肥的公牛，刚杀死不久，就在离这儿不到半英里的地方。接受这条件有困难吗？”

一片闹哄哄的声音响起，只听得七嘴八舌地在说：“有什么

1　“巴赫拉”在印度斯坦语中意思是“豹”。

关系呢？他可能被冬天的雨冻死，也可能被夏天的太阳烤焦。一只没毛的青蛙能对我们有什么危害？让他和狼群一起奔跑吧。公牛在哪儿呢，巴赫拉？我们接受他了。”这时响起了阿克拉低沉的吠叫声，他喊叫着：“好好看一看，好好看一看哪，狼伙计们！”

莫格里仍然沉浸在对于鹅卵石的兴趣中，狼一匹接一匹过来看他时，他一点也没注意到。最后，他们全体下山去找死公牛了，只剩下阿克拉、巴赫拉、巴洛，还有莫格里所属的那一大家子狼。谢尔可汗仍然在黑夜中咆哮着，因为他们没有把莫格里交给他，他非常愤怒。

“嗳，好好吼你的吧，”巴赫拉的嘴巴在髭须下面说道，“因为终有一天，这个没毛的小东西会迫使你用另外一种声调来吼叫。如果我说错了，那就是我对人类一无所知。”

“干得好，”阿克拉说，“人类和他们的幼崽是很聪明的。也许有一天，他会成为我们的帮手。”

“确实是的，在需要的时候成为帮手，因为没有谁能指望永远领导狼群。”巴赫拉说。

阿克拉没有接话。他在想，在未来的岁月里，每一个狼群的每一个首领，都会渐渐气力丧失，变得越来越虚弱，最后被别的狼杀死，出现新的首领——将来，又会轮到新首领被杀死。

“带着他去吧，”他对狼爸爸说，“把他训练成合格的自由民。”

就这样，凭着一头公牛的代价和巴洛所说的好话，莫格里加入了西奥尼狼群。

现在得跳过整整十年或十一年，这段时间莫格里与狼共度的奇妙人生，你只能自己去猜想了。你表示不满也没有用，因为如果要写出来，得写满好多本大书。他和狼崽儿们一起长大，当然，他还没有长成一个大孩子时，狼崽儿们差不多就已经是成年狼了。狼爸爸教他各种本领，给他解释丛林里各种事情的含义，直教到他对于每一片草叶的沙沙声，温暖夜空里的每一声呼吸，头顶上猫头鹰的每一声啼叫，蝙蝠落到树上栖息片刻时爪子的每一下抓挠，池塘里每一条小鱼跃起时的每一阵溅水声……都了如指掌，就像商人熟悉自己办公室里的工作一样。不学习的时候，他坐在外面太阳底下睡大觉，然后吃东西，吃完又睡。觉得身上脏或者感到渴的时候，他就去森林中的池塘里游泳。想吃蜂蜜（巴洛告诉他，蜂蜜和坚果跟生肉一样好吃），他就爬到树上去采，爬树是巴赫拉教会他的。巴赫拉会舒展身体卧在大树枝上，唤他："上来呀，小兄弟。"起先，莫格里会像树懒一样紧抱着树身不放，后来他就能在树枝间跳来荡去了，几乎像灰猿一样勇敢。在会议岩上，他也有了一个位置。狼群开会的时候他发现，如果他目不转睛地盯住任何一匹狼看，对方就会被迫垂下眼睛。所以他为了好玩，老是那样找一匹狼盯着看。可另外一些时候，他会帮朋友拔去掌心里的长刺，因为狼脚上扎了刺，或者皮毛上扎了芒刺，会难受得要命。晚上，他会走下小山坡，走进耕地，非常好奇地看着茅屋里的村民们。但是他对人类不信任，因为巴赫拉曾经指给他看一个带吊门闸的方盒子，告诉他这就是陷阱。它非常巧妙地藏在丛林里，他差一点就走了进去。他最爱做的事情，是和巴赫拉一起到幽暗又温暖的森林中央去，昏昏沉沉地睡上一整天，到了晚上就观看巴赫拉怎样猎杀动物。巴赫拉腹中饥饿时，猎杀起动物来是不分青红皂白的，莫格里也一样。但有一种猎物除外：莫格里长大懂事后，巴赫拉就告诫他，永远不要碰牛。因为他进入狼群是以一头公牛的生命为代价的。“整个丛林都是你的，”巴赫拉说，“你什么动物都可以猎杀，只要你够强壮。但是为了赎买你的那头公牛的缘故，你必须永远不杀牛，也不吃牛，不论老幼。这是丛林法则。”莫格里忠实地遵从了这条法则。

一个男孩子，肯定是会长成棒小伙子的。莫格里不断地长大，变得越来越强壮。他并不知道自己正在学会很多东西。除了吃，他不知道天底下还有什么需要考虑的事。

有一两回，狼妈妈对他说，谢尔可汗是一只不可以信任的动物，将来有一天，他必须杀死谢尔可汗。这样一个忠告，一匹年轻的狼是会时时刻刻放在心上的，莫格里却把它忘了。假如他能说人类的语言，他肯定会用狼这个称呼来自称，但他并不是一匹狼。

他老是在丛林里碰见谢尔可汗。因为阿克拉老了，变得虚弱了，狼群中比较年轻的那些狼，就跟这只瘸腿虎成了至交好友。他们跟在他后面捡食残皮碎肉，这样的事，如果阿克拉还敢正常行使自己的权威的话，是绝对不会允许的。谢尔可汗呢，就趁这个机会拍他们的马屁，说他很纳闷，这么优秀的年轻猎手，怎么会甘心受一匹垂死的老狼和一个人类的崽子的领导。“我听他们讲，”谢尔可汗会说，“开会的时候，你们都不敢正眼看他。”那些年轻狼听了，就会竖起鬃毛，嗷嗷地嗥叫。

巴赫拉处处都有耳目，这种事他已有耳闻。有一两回，他啰唆了一大堆话，为的是告诫莫格里，总有一天谢尔可汗会杀了他。莫格里听了总是笑笑，回答道："我有狼群，还有你，还有巴洛。老巴洛虽然那么懒，为了我，拍那家伙两巴掌他还是肯的。我有什么可害怕的呢？"

那是一个非常温暖的日子。巴赫拉脑子里突然生出一个新的念头——来由是他听说的一件事，好像是豪猪伊基传到他耳朵里的。于是他带着莫格里来到丛林深处，男孩子头枕着黑豹漂亮的黑色皮毛躺下来以后，巴赫拉对莫格里说道："小兄弟，谢尔可汗是你的死对头，这话我对你说过多少回了？"

"那棵棕榈树上有多少果子，你就说过多少回，"莫格里说，他自然是不会数数的，"怎么啦？我想睡觉了，巴赫拉。谢尔可汗只不过是个尾巴长、说话响的家伙，就像孔雀莫奥[1]一样。"

"可现在不是睡觉的时候。这一点巴洛知道，我知道，狼群知道，就连非常非常愚蠢的鹿也知道。塔巴克也已经告诉过你了。"

"嚯！嚯！"莫格里说，"不久前，塔巴克跑到我面前，嘴巴里不干不净，说什么我是一个没毛的人类的崽子，不配挖植物块根。我二话不说，抓住他的尾巴，抡着他朝棕榈树上磕了两下，教他下回懂点礼貌。"

"这样做很愚蠢。塔巴克虽说是个祸根，却还是有可能告诉你一些与你生死攸关的事情的。睁大眼睛，小兄弟。谢尔可汗确实不敢在丛林里杀死你，但是你要记住，阿克拉已经很老了，他

1 当地土著语称孔雀为"莫奥"。

无力捕杀公鹿的那一天很快就会到来，那时候他就不再是首领了。当年你第一次被带到狼群大会上时看过你的那些狼，也有许多已经老了。而年轻的狼听了谢尔可汗的教唆，相信狼群里不应该有人类的崽子的位置。用不了多久，你就要做回一个人了。”

“做了人，为什么就不能和他的兄弟们一起奔跑呢？”莫格里说，“我在丛林里出生，我遵守丛林法则，我们狼群里，没有一匹狼我没帮他拔过爪子上的刺。他们毫无疑问是我的兄弟！”

巴赫拉伸直了身子，半闭着眼睛。

“小兄弟，”他说，“来，摸摸我的下巴。”

莫格里把他那双强壮的棕色大手，伸到了巴赫拉丝绸般光滑的颌下。那地方圆滚滚的肌肉都被泛着光泽的毛覆盖了，但他还是摸到了一小块光秃秃的皮肉。

“丛林里没有一个动物知道，我，巴赫拉，身上有这个记号，这个戴过项圈的记号。可是小兄弟啊，我出生在人类中间，我的母亲也是在人类中间死去——她死在乌代浦[1]王宫中的笼子里。正是因为这一点，当年你还是一个没毛的幼崽时，我在狼群大会上为你付出了一头公牛的代价。是啊，我也是在人类中间出生的。我小时候从未见过丛林。他们隔着栅栏条，用一个铁盘子喂我。后来有一个晚上，我终于感觉到我是巴赫拉，一头黑豹，不是人类的玩物。我一巴掌拍过去，砸开了那把愚蠢的锁，逃了出来。正因为我了解人类之道，在丛林里我才变得比谢尔可汗更可怕。不是吗？”

“是的，”莫格里说，“丛林里的动物个个都怕巴赫拉——

1 乌代浦是古代印度拉贾斯坦地区的一个公国，现为印度拉贾斯坦邦的一个湖区城市。

除了莫格里之外。”

“是啊，因为你是人类的崽子呀，”黑豹非常温柔地说，“就像我回到了属于我的丛林里一样，你最终是要回到人类中间去的，回到你的人类兄弟中间去——如果在狼群大会上你不被杀死的话。”

“可是为什么呢——为什么会有动物想要杀死我？”

“看着我。”巴赫拉说。莫格里就目不转睛地直视着他。不到半分钟，大黑豹就把头扭开了。

“这就是为什么，”他说，爪子在树叶上滑来滑去，“连我都不能直视你的眼睛，我还是在人类中间出生的呢。而且我爱你，小兄弟。别的动物都恨你，就是因为他们的眼睛不能和你的眼睛对视，因为你聪明，因为你给他们拔掉了脚掌上的刺——因为你是人。”

“我不了解这些事情。”莫格里闷闷不乐地说，他的又浓又黑的眉毛打起了结。

“什么是丛林法则？先出手，再动舌头。正是因为你满不在乎，他们才知道你是一个人。你要聪明些啊。我心里面放不下的是，如今的阿克拉，狩猎时一回比一回消耗更多的体力才能逮住公鹿。如果下一回他失手了，狼群就会回过头来反对他，也反对你。他们会在会议岩举行丛林大会，然后……然后……我想出办法来了！”巴赫拉说着跳了起来，“你快下山，到山谷中人类的茅屋里去，取一些他们种在那儿的红花来。这样的话，到时候你就会有一个强大的朋友，比我，比巴洛，比狼群里爱你的那些狼更强大的朋友。取红花来。”

巴赫拉说的红花指的就是火，只是丛林里没有一个动物愿意用正经的名称来称呼它。兽众们个个生活在对于火的极度恐惧中，发明了上百种描述它的别名。

“红花？”莫格里说，“暮色中在他们的茅屋外面开放的那种？我去取一些来。”

“这才是人崽儿说的话，”巴赫拉骄傲地说，“记住，它是长在小盆子里的。动作要快，取一盆来，收好了，到时候用得着的。”

“好的！”莫格里说，“我这就去了。可是我的巴赫拉哦，你是不是，”他举起胳膊搂住巴赫拉漂亮的脖子，凝视着他那双大眼睛，“你是不是很肯定，这一切都是谢尔可汗捣的鬼？”

“凭着我砸开后获得自由的那把锁起誓，我很肯定，小兄弟。”

“那我凭着赎买我的那头公牛起誓，我会和谢尔可汗算总账，也许还会叫他多还一些。”莫格里说，然后就纵身下山去了。

“这才是人，这才是完完全全的一个人，”巴赫拉重新躺下去，自言自语道，“谢尔可汗呀，你狩猎那么多回，没有一次比十年前狩猎青蛙莫格里更不吉利的了！”

莫格里在森林里越跑越远，他迅猛地奔跑着，心里面滚烫滚烫的。黄昏的雾霭升起来时，他跑回到了山洞。他歇一口气，向山谷里俯望了一会儿。狼崽儿们都出去了，狼妈妈待在洞底，她从莫格里的呼吸声里，听出有事情在困扰着她的小青蛙。

“是什么事情呀，儿子？”她问。

“谢尔可汗的乌鸦嘴捣鬼，”他大声回答道，“今晚我要去耕过的田地里狩猎。”他纵身向山下飞蹿而去，穿过灌木丛，来到谷底的溪流边。这时他一下子收住了脚，因为他听见了狼群狩猎的喊叫声，听见了被追猎的黑鹿的鸣叫，听见了那公鹿无路可逃时喷鼻息的声音。接着是一帮年轻的狼不怀好意、含讥带讽的嗥叫声："阿克拉！阿克拉！让孤狼显示他的力量吧。给狼群的首领腾出地方来！扑上去呀，阿克拉！"

孤狼一定是扑了个空，因为莫格里听见他上下牙齿的猛烈磕碰声，然后是他被黑鹿前蹄踢翻时发出的一声惨叫。

莫格里没有再听下去，拔腿又向前飞奔起来。叫喊声在他身后越来越微弱，他跑进了村民们居住的庄稼地。

"巴赫拉说得真准，"他跑到一所茅屋窗户旁边的牛饲料堆旁，舒舒服服地在上面躺下来，喘息着，"明天，对于阿克拉和我，是一个重大的日子。"

他把脸贴在窗户上，望着炉子里的火。他看见庄稼汉的妻子在黑夜里起身，给炉子里添一块一块黑色的东西。早晨来临了，雾气那么寒冷那么浓，四周一片白。他看见人类的孩子端起一只柳条骨架的泥盆，往里面装了一些烧红的木炭，罩上一块毯子，端着它走出屋子，去照料牛栏里的母牛。

"就这么简单？"莫格里说，"既然一个小崽子都办得到，那就没什么好害怕的。"于是他转过屋角，大踏步迎向那男孩，从他手里把火盆夺了过来。男孩吓得号哭起来，而莫格里已经消失在雾中。

"他们和我长得很像，"莫格里一边说，一边向火盆里吹气，夜里他见到那女人就是这样做的，"如果我不给它一点东西，这玩意儿就会死。"于是他往烧红的东西里面丢了些细树枝和干树皮。上山时他在半道上遇到了巴赫拉，那黑豹的皮毛上，晨露像月长石一样闪闪发光。

“阿克拉失踪了，”黑豹说，“他们本来昨晚就会杀死他，但他们想把你一块儿杀死。此刻，他们正在山上寻找你。”

“昨晚我在耕地里。我已经做好了准备。看！”莫格里举起火盆。

“好！不过，我看见过人类把一根干树枝插进那东西里面，没多久树枝一头就开出了红花。你不害怕吗？”

“不。我干吗要害怕呢？我记起来了，如果不是做梦的话，在我做狼之前，我曾经躺在红花旁边，感到很温暖很舒服。”

那一天，莫格里整个白天都在洞里坐着，照料他的火盆。他把干树枝放在火上，看它们燃烧时的样子，他还找来了一根称心如意的枯树枝。黄昏时，塔巴克来到山洞，十分无礼地通知他，他们要他去会议岩。他哈哈大笑，笑得塔巴克窜逃而去。然后莫格里来到了会场上，他仍然在哈哈地笑着。

孤狼阿克拉卧在那块岩石的旁边，这表示狼群头领的位置已经空了出来。谢尔可汗带着那帮吃他残羹剩饭的狼随从们，在会场上大摇大摆地走来走去，接受奉承。巴赫拉紧靠莫格里卧着，火盆搁在莫格里的双膝之间。全体到齐之后，谢尔可汗开言了——这样的事，在阿克拉的鼎盛时期，他是绝没有胆量做的。

“他没有权利这么做，”巴赫拉耳语道，“你就这样说。他是个狗儿子。他会害怕的。”

莫格里跳了起来。“自由民们，”他喊道，“难道是谢尔可汗在领导狼群？他是一只老虎，我们的头领位置关他什么事？”

“看到头领的位置已经空出来了，我是应邀讲话的……”谢尔可汗开言道。

“谁邀请你的？”莫格里说，“难道我们都是豺狗，要向你这个屠宰牛的家伙摇尾乞怜？狼群头领的位置是狼群自己的事。”

响起了一阵叫嚷声。“安静，你这个人类的崽子！”“让他说吧。他一向都遵守我们的法则的。”最后，狼群里那些年长的狼发出了雷霆般的吼声：“让死狼说话。”狼群头领一旦猎杀失手，在他还活着的时候就会被叫作死狼；一般来讲，他已经活不了多久了。

阿克拉吃力地抬起老迈的头：“自由民们，还有你们，谢尔可汗的豺狗。我领导了你们十二个寒暑，带着你们来来回回猎杀，这段时间里，没有一匹狼落进陷阱或者受伤残废。现在我猎杀失手了。你们心里面明白，这是怎样一个阴谋。你们明白得很，是你们故意把我引向一头没有经验的公鹿，把我的虚弱暴露在大家面前。干得很聪明。此时此刻，把我杀死在会议岩上，这是你们的权利。所以，我想问一下，哪一个上来结果我这匹孤狼？因为按照丛林法则，你们必须一个一个地上。”

接下来是长久的静默，没有一匹狼愿意单独上去，同阿克拉决一死战。于是谢尔可汗咆哮道：“呸！我们干吗和这个没牙齿的傻瓜纠缠？他反正注定得死！倒是人类的崽子活得太久了。自由民们，他一开始就是我的肉食。把他给我。我已经对这种人狼的荒唐事厌倦透了。他已经给丛林制造麻烦十个寒暑了。把人类的崽子给我，否则我就一直在这儿狩猎，连一根骨头也不给你们。他是一个人，是人类的孩子，我恨他入骨入髓！”

狼群中超过半数的狼叫嚷道：“一个人！一个人！人与我们有什么相干？让他回自己的地方去吧。”

“你们想招惹全体村民来反对我们？”谢尔可汗叫嚣着，

“不，把他给我。他是一个人，而且我们谁也没本事直视他的眼睛。”

阿克拉重新抬起头来，说道：“他一直吃我们吃的食物。他一直和我们睡在一起。他一直为我们驱赶猎物。他从来没有违反过丛林法则。”

“而且，当初他被接受时，我为他付出过一头公牛的代价。一头公牛值不了什么，可是为了巴赫拉的荣誉，巴赫拉也许会不惜一战的。”巴赫拉用最轻柔的声音说道。

“一头十年前付出的公牛！”狼群咆哮起来，“几根十年前的骨头，我们在乎个什么？”

“十年前的誓约也不在乎？”巴赫拉说，白牙从嘴唇下面露了出来，“怪不得你们叫作自由民呢！”

“没有一个人崽儿可以和丛林居民一起奔跑，”谢尔可汗吼道，“把他给我！”

“除了血脉，他在所有的方面都是我们的兄弟，”阿克拉接过话来，“而你们竟要在这儿杀死他！的确，我已经活得太长了。你们中有些成了吃牛的狼，我还听说，在谢尔可汗的教唆下，还有些居然黑夜里摸到村民们的门口，掳他们的孩子。所以啊，我知道你们是懦夫，我这是在对懦夫说话。我必须死，这是肯定的；我的命值不了什么，否则我会拿它来替代人类的崽子的命。不过，为了狼群的荣誉——你们没了头领，就把荣誉这件小事给忘了——我许一个诺，如果你们让人类的崽子回到他自己的地方去，到了我断命的时辰，我不会向你们龇一龇牙。我愿意不和你们打斗就去死，那样至少可以救下狼群里三匹狼的性命。我只能做这么多了。不过，如果你们愿意听我的，就可以不必杀死一个无过错的兄弟，避免因此而蒙受耻辱——这个兄弟，是遵照丛林法则，有动物为他说话才加入狼群的。”

“他是一个人——是人——！”狼群咆哮道。大多数狼开始聚拢到谢尔可汗身边去，老虎的尾巴开始甩动。

“现在要看你的了，”巴赫拉对莫格里说，“我们除了战斗，已经别无办法。”

莫格里直立起来，手里拿着火盆。他冲着会场伸了个懒腰，打了个哈欠。其实他心里已经愤怒和难受得发了狂，因为，狼就是狼，这些狼从来不曾告诉过他，他们有多么恨他。“你们听好了！”他喊道，“没有必要这样狺狺地吠，像狗一样。今晚你们已经告诉我许多次，我是一个人（其实，我本来愿意做一匹狼，到死和你们在一起）。我觉得，你们说的是真话。所以我不再把你们称作我的兄弟，而是像人一样，把你们称作傻格（狗）。接下来你们做什么，不做什么，可由不得你们说了算。那要看我怎么打算了。我们不如把事情弄得简单些，我，一个人，带来了一点红花，这是你们，一群狗，所害怕的。”

他把火盆往地上一扔，几块红炭点着了一簇干苔藓，火苗立刻蹿了起来。面对跳跃的火焰，会场上所有的狼都惊恐地往后退。

莫格里把他带来的枯树枝插进火里，等那大树枝上的细枝噼噼啪啪地烧着了，把它举到头顶上，抡圆了不断地挥舞着。周围的狼都吓得缩成一团不敢动。

“你是主人了，”巴赫拉压低嗓门说道，“救阿克拉一命吧，他一直是你的朋友。”

阿克拉这匹倔强的老狼，一辈子从不请求恩典，此时用哀怜的目光看了莫格里一眼。莫格里站在那儿，全身赤裸，长长的黑发披散在肩头，辉映着熊熊燃烧的树枝所放出的火光。火光照出的一个个影子，在他周围跳跃着、颤动着。

“好！”莫格里缓缓地扫视了一圈，说道，“我清楚了，你们是狗。我离开你们，回到我的自己人那里去——如果他们是我的自己人的话。丛林对我关上了门，我必须忘记你们和我说过的话，忘记你们的友谊，但我会比你们仁慈些。因为除开血脉，我在所有的方面都是你们的兄弟。我许一个诺：我成为人类中间的人之后，不会像你们出卖我一样，把你们出卖给人类。”他用脚踢了一下火堆，火星飞溅起来，“我们狼群的任何成员之间不该有战争。但是在我走之前，还有一笔债要算。”他大踏步走向前去，走到傻呆呆蹲坐在那儿对着火光眨巴眼睛的谢尔可汗跟前，一把抓住他下巴上的一撮毛。巴赫拉跟了上去，以防出现意外。“起来，狗！”莫格里喝道，“人说话的时候，你要站着听，否则我把你的皮毛给点喽！”

谢尔可汗的耳朵平贴在脑袋后面，他闭上了眼睛，因为燃烧的枯树枝离他很近。

“这个猎杀牛的家伙说过，他会在狼群大会上杀了我，因为当年我还是个幼崽时，他没有能杀死我。那好吧，我作为人，就是这个样子打狗的。浪格离（瘸子），你要是动一根髭须，我就把红花塞进你的咽喉！”他用枯树枝劈头盖脸地敲打着谢尔可汗。在极度的恐惧中，老虎呜咽地悲嗥着。

“呸！烧焦的丛林猫，滚吧！但是你给我记住，我下次来会议岩，作为一个人来这儿时，头上会披着谢尔可汗的皮。还有一件事：阿克拉免死，他想去哪儿就去哪儿。你们不可以杀死他，因为这是我的意愿。我也不想再看见你们坐在这儿，伸着舌头好像是什么人物似的。其实你们就是我要赶走的一群狗——就像这样赶！滚！”火焰在枯树枝的一端炽烈地燃烧着，莫格里在圈子里左突右冲，火星溅到那些狼的皮毛上烧了起来。他们嗥叫着四散逃开了。最后，会场上只剩下阿克拉、巴赫拉，还有站在莫格里一边的大约十来匹狼。这时，在莫格里的内心里，开始有一种被刺痛的感觉。他这一生，还从来不曾受过这样的伤害。他哽咽着，喘不过气来，泪流满面。

“这是什么？这是什么？”他说，“我不想离开丛林，我不知道这是什么。我要死了吗，巴赫拉？”

“不，小兄弟。这只是眼泪，人类常常这样，”巴赫拉说，“现在我看出你已经是一个男人，不再是人崽儿。从此以后，丛林的门真的对你关上了。让它流吧，莫格里。这只是眼泪。”于是莫格里坐下来，哭得好像心就要碎裂一样。他这一生，从来不曾这样哭过。

“马上，”他说，“我就要去人类那边了。但我得先去向我妈妈道别。”他来到狼妈妈和狼爸爸居住的山洞，趴在狼妈妈的皮毛上哭泣着，四只狼崽儿也哀嚎不已。

“你们不会忘了我吧？”莫格里说。

“只要我们还能追踪猎物，就不会忘记你，”狼崽儿们说，“你做了人之后，到山脚下来，我们和你说说话。夜晚我们会去庄稼地里，和你一起玩耍。”

“早些来！”狼爸爸说，“聪明的小青蛙啊，要早些来。因为我们老了，你妈妈和我都已经老了。”

“早些来，”狼妈妈说，“我的光身子的小儿子。因为，人类的孩子啊，你听着，我爱你胜过爱我自己的崽子。”

“我肯定来，”莫格里说，“我来的时候，一定会把谢尔可汗的皮铺在会议岩上。别忘了我！告诉丛林里的居民们，别忘了我！”

天光开始破晓，莫格里独自向山下走去，他要去见那些叫作人的神秘动物了。

西奥尼狼群的狩猎歌

天光破晓，黑鹿发情呦呦叫，
一遍，两遍，又一遍！
一只母鹿蹦蹦跳，蹦蹦跳，
在野鹿饮水的林中池塘边，
被我独自侦察时全看见，
一遍，两遍，又一遍！

天光破晓，黑鹿发情呦呦叫，
一遍，两遍，又一遍！
一匹狼儿悄悄返，悄悄返，
给等待着的狼群把话儿捎，
我们搜索和发现，冲着踪迹叫，
一遍，两遍，又一遍！

天光破晓，狼群齐声嗷嗷嗥，
一遍，两遍，又一遍！

丛林中不留痕迹是我们的脚！

黑暗之中眼睛看得见——看得见！

舌头——伸出舌头叫！听啊！听好！

一遍，两遍，又一遍！

卡阿的狩猎

斑点是豹子的欢乐，犄角是水牛的骄傲。
要爱干净哟，猎手的力量从皮毛的光泽知晓。
若发现阉牛能掀翻你，黑鹿也用角抵你，
不用停下活儿诉说，十个寒暑前我们就知道。
莫欺压外来户的幼崽，把他们当弟妹来欢迎，
他们虽胖乎乎很小，却可能是大熊的宝宝。
“谁都不如我！”幼崽初次猎杀时言语骄狂，
叫他想一想，安静些：丛林很大幼崽渺小。

——巴洛的格言

这篇故事里讲述的一切，发生在莫格里被逐出西奥尼狼群之前，当时他还没有向谢尔可汗复仇。那些日子里，巴洛在教他丛林法则。严肃的大个子老棕熊很高兴有这么聪明的一个学生。那些年轻的狼只学了些适用于自己族群或部落的丛林法则，会背背狩猎诗，就马上跑开了："脚步轻轻莫出声，眼睛夜间看分明；窝里耳朵听风声，磨尖白牙最要紧；除了豺狗我们恨，全是兄弟一家亲。"可是莫格里作为人崽儿，必须学习的东西要多得多。有时，黑豹巴赫拉会到丛林里来逛一逛，看看他所宠爱的小家伙的学习情况。莫格里到巴洛跟前背诵一天的功课时，巴赫拉会把头靠在树上，发出呜呜的声音表示得意。男孩擅长奔跑，也擅长游泳；游泳棒，爬树也一样棒。所以，法则教师巴洛既教他林中法则，也教他水中法则：怎样分辨健全的树枝和腐烂的树枝；遇上距离地面五十英尺高的蜂房时，怎样有礼貌地对野蜂说话；正午时分打扰了栖息在树枝中间的蝙蝠芒恩，该对他说些什么；怎样向池塘里的水蛇发出警示，免得跳下去水花四溅搅了他们。所有的丛林居民都是不喜欢被打扰的，每一个丛林居民都时刻准备着扑击入侵者。然后，莫格里又学了“外来户的狩猎招呼”。无论何时，丛林居民到自己的领地外面去狩猎，都必须大声地反复打招呼，得到回应后才可以开始。这招呼的意思，翻译过来就是：“请允许我在这儿狩猎，因为我很饿。”回应则是：“那好吧，但狩猎是为了食物，不是为了取乐。”

诸如此类。你肯定看得出来，有很多很多东西，是莫格里非得用心学会不可的。同样的几句话，要重复学说一百多遍，这让他感到非常厌倦。但正如巴洛对巴赫拉所说的那样：“人崽儿毕竟是人崽儿，他必须学会所有的丛林法则。”当天早些时候，莫格里挨了一巴掌，负气跑了。

“可是你也要想想，他还只是个小孩子呀，”黑豹说——要是让巴赫拉用自己的方式来管教莫格里，肯定会把孩子宠坏的，“他的小脑瓜怎么装得下你所有的长篇大论？”

“丛林里有没有什么动物，因为太小就不被杀死的？没有吧。所以我才教他这些东西，所以他没记住时我才打了他，很轻很轻的。”

“很轻？！你知道轻重吗，老铁掌？”巴赫拉不满地咕哝道，“今天你这轻轻的一巴掌，他的整张脸全都青肿了。哼！”

“我这是爱他，就算他被我打得从头到脚都是淤青，也强过他因为无知而受到伤害，”巴洛很认真地答道，“这段时间我正教他丛林的主人话语。鸟类和蛇类居民，他所属的狼群之外的所有四条腿的猎手，都有可能会伤害他。主人话语可以保护他，只要他记住那些话语，就可以应付所有的丛林居民。难道这还不值得小小地挨一顿打吗？”

“嗯，那你小心点，别把人崽儿打死了。他不是树干，让你爪子钝了的时候，就在上面磨磨尖。对了，什么是主人话语？我不是想刨根问底，主要是想看看能不能帮上忙。”巴赫拉伸开一只爪子，看着那一个个像锋利的凿子一样的钢蓝色爪尖，自我欣赏着，“不过我还是想了解一下。”

“我把莫格里叫来，如果他愿意的话，让他说给你听吧。过来，小兄弟！”

“我脑袋里嗡嗡响，就像一棵聚满蜜蜂的树一样。”他们头顶上，一个细细的声音闷闷不乐地说道。莫格里愤愤不平地从树上溜下来，落地后又加上一句：“我是冲着巴赫拉下来的，不是冲着你，又胖又老的臭巴洛！”

“对我来说都一样，”巴洛说，虽然他受到了伤害，感到委屈，“今天我教你的丛林主人话语，你说给巴赫拉听听吧。”

“针对哪一类居民的主人话语呢？”莫格里问，很高兴有机会表现一番，“丛林里有很多语言。我全知道。”

“你知道一点，但不是很多。你看见了吧，巴赫拉，学生是从来不感谢老师的。从来不曾有一只小狼崽儿跑回来谢谢老巴洛的教导。那就说说针对狩猎居民的主人话语吧，伟大的学者。”

“你和我，我们血脉相同。”莫格里说，他复述着所有狩猎居民通用的话，那是棕熊特别强调的。

“好。现在说针对鸟类的。”

莫格里背诵着，每句话末尾都带一点鸢的哨音。

“现在说针对蛇类的。”巴赫拉说。

答复他的是一种完全无法言喻的咝咝声。莫格里向后踢脚，拍手为自己喝彩，然后跳到巴赫拉背上，侧身坐着，像擂鼓一样，用脚后跟敲打着他光滑的皮毛，一边还冲着巴洛做鬼脸，他想得出来的最难看的鬼脸。

“好啦，好啦！脸上弄点淤伤还算值，”棕熊温和地说，“总有一天你会记起我的。”然后他转过脸去，告诉巴赫拉，他是怎样乞求野象哈提[1]教他主人话语的，那一类事情哈提无所不知。他又讲了哈提怎样带莫格里下到池塘里，向一条水蛇学习蛇语，因为巴洛发不出蛇的声音。他说，现在莫格里已经算比较安全了，不会在丛林里出什么事，因为无论蛇类、鸟类，还是野兽，都不会伤害他。

“那就一只动物也不用害怕了。”巴洛骄傲地拍着毛茸茸的肚皮，总结道。

“除了他自己的族群，”巴赫拉压低嗓音说道，然后又放开嗓门对莫格里说，“当心点我的肋骨，小兄弟！你这样上蹿下跳、手舞足蹈干什么呀？”

刚才莫格里想让他们听他说话，就一直拽巴赫拉肩上的皮毛，还使劲儿踢他。现在他们注意听他了，他就拔直了嗓门大声地喊叫：“所以呀，我要有一个属于我自己的族群，领着他们整天在树枝间蹿来蹿去。”

“你这个新冒出来的傻念头是怎么回事，小梦想家？”巴赫拉说。

“没错，我们要向老巴洛扔树枝和脏东西，”莫格里接着说道，“他们答应过我的。啊！”

“啊呜！”巴洛的大熊掌一合，将莫格里从巴赫拉背上抄了下来。男孩躺在两只大前掌之间看着棕熊，发现他很生气。

1　哈提是印度人对大象的称呼之一。

"莫格里，"巴洛说道，"你和班达尔·洛格[1]——那些猴民说话了？"

莫格里望望巴赫拉，想看看黑豹是不是也生气了。巴赫拉的眼睛像绿玉石一样冰硬。

"猴民——那些灰猿——那些没有法则的居民——那些什么都吃的家伙。你和他们搅和到一起，那是极其可耻的事。"

"巴洛打伤我的脑袋后，我跑开了，"莫格里说（他仍然仰面朝天躺在熊掌间），"灰猿们从树上下来，对我表示同情。没有别的动物关心我。"他抽动鼻子，有点要哭了。

"猴民的同情！"巴洛从鼻子里哼了一声，"那要等到山涧的水停流！夏天的太阳变冷！然后呢，人崽儿？"

"然后，然后，他们给我坚果和好东西吃，他们还——他们还用胳膊把我抱到树顶上，说我是他们同血脉的兄弟，只是我没有尾巴而已，他们说我总有一天会做他们的头领。"

"他们是没有首领的，"巴赫拉说，"他们说谎。他们一向说谎。"

"他们非常友好，叫我再去。为什么从来不带我去猴民中间呢？他们像我一样，两只脚站立。他们不用硬爪子打我。他们整天地玩。让我起来！坏巴洛，让我起来！我要再去和他们一起玩。"

"听着，人崽儿，"棕熊说，他的声音像酷热的夜晚隆隆滚过的雷声，"我教了你针对所有丛林居民的丛林法则，但不包括生活在树上的猴族。他们没有法则。他们是被排除在外的弃儿。

1　印度语中，"班达尔"谐音是猴子的意思，"洛格"谐音是"民"的意思。

他们没有自己的话语，使用的都是偷听来的话儿。他们躲在树上偷窥，等待机会。他们的行事之道和我们不一样。他们没有首领。他们没有记性。他们吹牛、饶舌，做出一副了不起的大人物的样子，好像要在丛林里做出一番大事业似的。但是掉下来一颗坚果，他们就会转移心思，嘻嘻哈哈笑一阵，把一切都忘得一干二净。我们丛林居民从来不和他们沾边。猴子饮水的池塘我们不饮，猴子去的地方我们不去，猴子狩猎的地界我们不入，我们死都不和猴子死在同一个地方。到今天为止，你有没有听我提到过班达尔·洛格？”

“没有。”莫格里悄声说，因为巴洛的话说完后，森林里静寂无声。

“丛林居民嘴里不提到他们，心里也不想到他们。他们为数众多，邪恶肮脏，不知羞耻，而且有贪欲。如果说他们有什么不变的贪欲的话，那就是想得到丛林居民的注意，但哪怕他们扔坚果和脏东西砸我们的脑袋，我们也不去注意他们。”

他话音未落，坚果和小树枝就像阵雨一样从树上落了下来。他们听见头顶上的细树枝间响起了咳嗽声、嚎叫声和愤怒的跺脚声。

“猴民是禁忌，”巴洛说，“是丛林居民的禁忌。记住。”

“禁忌哦，”巴赫拉说，“我还以为巴洛早就警告过你不要沾他们呢。”

“我——你怪我？我怎么想得到，他会和那些脏东西一起玩？猴民？呸！”

又一阵雨下到他们头上，两位挟着莫格里赶快跑开。巴洛评说猴子的话一点都不假。他们是属于树顶的，而野兽很少抬头看上方，所以猴子和丛林居民没有机会狭路相逢。但是，生病的狼、受伤的老虎或熊一旦被猴子发现，就会受到他们的折磨。他们会向任何一只野兽扔枯枝和坚果，以此取乐，希望得到注意。他们会嚎叫着或者尖叫着唱一些毫无意义的歌，招惹丛林居民爬上树去和他们打斗；要不就在族群内部无缘无故地激烈打斗起来，打死的猴子会被他们丢在丛林居民看得见的地方。他们总是很快就要有头领了，很快就要有自己的法则和惯例了，但是永远不会成真，因为他们的记忆延续不到第二天。所以，他们编了一句口头禅来和稀泥："班达尔·洛格今天想到的，丛林居民今后才会想到。"这样一来，他们就得到了极大的安慰。没有一只野兽能够奈何他们，但是另一方面，也没有一只野兽会去注意他们。莫格里过去和他们一起玩，后来他们又听见巴洛很生气，这件事之所以让他们高兴得不得了，正是因为这个缘故。

他们从来不打算再做点什么——班达尔·洛格根本就没有打算过做任何事。但是有一只猴子想到了一个主意，在他自己看来，那是一个聪明绝顶的好主意。他对其他所有的猴子说，应该把莫格里留在他们的族群里，他是很有用的一个人，因为他能够把树枝编起来挡风。所以啊，如果把他逮住，就可以逼迫他教他们。莫格里作为伐木工的孩子，当然遗传了人类的各种本能，他常常会不假思索，用树上掉下来的枯枝搭建小棚屋。猴民们在树上看着他干这件事，觉得他的玩法奇妙之极。这一回他们说了，他们真的很快就要有一个头领了，猴族很快就会变成丛林里最聪明的一族，聪明得让所有其他族类都注意他们，嫉妒他们。所以，他们静悄悄地在丛林里穿行着，跟在巴洛、巴赫拉和莫格里后面。午间小睡的时间到了，已经为自己的行为感到很羞愧的莫格里，在黑豹和棕熊中间躺下来睡觉。他下定决心，再也不和猴民们来往。

他记忆中的下一件事，是感觉到胳膊和腿上有许多手，许多很硬、很结实的小手。然后是脸上刮过许多树枝。然后是自己瞪着眼睛，透过摇晃的大树枝往下看，看见巴洛深沉的喊叫声惊醒了丛林；看见巴赫拉露出每一颗牙齿，跳上了树干。班达尔·洛格发出胜利的嚎叫声，拉拉扯扯地爬到更高的树枝上，巴赫拉不敢再跟上去了。猴子们大叫起来："他注意我们了！巴赫拉注意我们了！所有的丛林居民都羡慕我们本领高强、机智灵巧。"然后，他们开始飞荡。

猴民们飞荡着在有林子的地带穿行，是一件无人能够描述的事情。他们有固定的路线和交叉路口，有上山的路线也有下山的路线，全都架设在离地面五十至七十甚至一百英尺的高度上。如果需要，夜间他们也能在这些路线上穿行。两只最强壮的猴子架着莫格里的胳膊，带着他从树顶荡到树顶，每一跃飞出去二十英尺。如果他们单独飞荡，速度可能会快一倍，男孩的重量使他们滞后了。莫格里感到晕眩和恶心，但同时也禁不住很欣赏这种狂野的奔突。地面在下方离得那么远，瞥一眼他都感到害怕。他们凌空而过时下方除空气外空无一物，每一荡结束时的急停和骤跃，都让他的心跳到了嗓子眼。两个护送者带着他蹿上树顶，他感到身子下面那些最细的树枝弯下去，噼噼啪啪地发出折裂声。然后，伴随着一声咳嗽一声呐喊，他们向前向下腾飞到空中，靠手或脚把身体吊在下一棵树部位较低的大树枝上，又荡了起来。有时，他的目光能越过静寂的绿色丛林，望出去许多英里远，就像人在桅杆顶上，能够远眺许多英里外的海面一样。接着有树枝和树叶抽打他的脸，他和两个护卫往下直坠，几乎返回到了地面。就这样，整个班达尔·洛格族群，带着他们的俘虏莫格里，哇啦啦地叫嚷着，弹跳着，哗啦啦地奔蹿着，沿着树上的路线呼啸而去。

有一阵子他很害怕摔下去。接着他生气了，但他知道还是不要挣扎的好，于是他开始动脑筋。第一件事是要捎信给巴洛和巴赫拉，因为他知道，按照猴子的行进速度，那两个朋友肯定远远地落在后面了。望下面没有用，因为只能看见树冠。所以他向上面望去，看见远远地，在蓝色天幕上，老鹰兰恩[1]时而缓缓地滑翔，时而盘旋，但始终俯视着丛林，在等待某个动物死去。兰恩看见猴子们挟带着一样东西，就降下来几百码[2]，看看他们搬运的东西是否好吃。他看见的是莫格里正被拽到树顶上，还听见他用鸢的语言呼叫着："你和我，我们血脉相同。"他不由得惊讶地打了个呼哨。枝叶的绿浪合拢来，遮盖住了男孩；兰恩滑翔到另一棵树上空，正好赶上那张棕色的小脸再次露出来。"记下我的踪迹！"莫格里喊叫着，"去告诉西奥尼狼群的巴洛和会议岩的巴赫拉。"

"用谁的名义呢，兄弟？"兰恩先前没见过莫格里，但自然是听说过他的。

"青蛙莫格里，他们叫我人崽儿！记下我的踪迹！"

最后一句话是尖叫着喊出来的，因为他正被荡向空中。兰恩点点头，然后直升上去，等到看上去只有一粒灰尘那么大时，才

---

1 在最初的英文版本中，老鹰名Chil，后作者在美国版本中将其改名为Rann，故现有中译本老鹰名译法不同，甚至前后不一。

2 一码为三英尺，不到一米。

悬停在高空，用他那望远镜一般的眼睛，注视着莫格里的护送队如旋风般而去时，树顶的晃动。

“他们走不远的，”他咯地一笑，说道，“他们做事情从来都是有始无终，总是在翻啄新花样，班达尔·洛格就这德行。这一回呀，如果我还算有眼力的话，他们给自己啄下麻烦来了。据我所知，巴洛可不是刚学飞的幼鸟，而巴赫拉能猎杀到比山羊跑得更快的动物。”[1]

于是他平伸着翅膀，双脚收拢在腹下，身子左右微微摇晃着，等待时机。

与此同时，巴洛和巴赫拉正怒火中烧，愁得发急。巴赫拉以前从来不曾这样爬过树，树枝太细，被他的分量压断了，他滑下来，抓了满爪子的树皮。

“你为什么不预先警告人崽儿？”他冲着可怜的巴洛咆哮道，巴洛正笨拙地拔腿去追，指望能赶上猴子们，“你把他打了个半死，却不警告他，这有什么用？”

“赶快！赶快啊！我们——我们也许还能追上他们！”巴洛气喘吁吁地说。

“就用这个速度追！一头受伤的母牛也能不费劲地逃掉。丛林法则教师，打孩子的高手，你像个球似的这样左摇右晃跑不上一英里，就会爆炸开来。安安静静坐下来，动动脑筋吧！想个计划出来。现在不是追捕他们的时候。如果我们跟得太紧，他们有可能会把他朝下一扔。”

“哎哟啊！喔呜！说不定他们已经厌烦捎带着他，把他扔下

1　这一段话里出现了两个“啄”字，还有一个比喻“刚学飞的幼鸟”，这是作者在暗示鸟类的思维。

来了。有谁能信任班达尔·洛格？把死蝙蝠扔到我头上！丢发黑的骨头给我吃！把我滚到野蜜蜂的蜂巢里去，蜇死我，把我和鬣狗埋在一起吧，因为我是熊里面最惨的一个！哎哟啊！哇嘀啊！莫格里呀，莫格里！我为什么不警告你防备猴族，却打破你的头呢？说不定我把一天的功课从他脑子里打出去了，没有主人话语，他在丛林里会势单力孤的。”

巴洛用爪子揪住耳朵，呻吟着在地上翻过来滚过去。

“至少刚才不久，他还正确无误向我背诵过全部的语言，”巴赫拉不耐烦地说，“巴洛，你真是既没有记性，也不顾尊严。如果我黑豹像豪猪伊基一样，蜷缩起身子，哇哇地哭嚎，丛林居民们会怎么看我？”

“我干吗要在乎他们怎么看？现在莫格里可能都已经死了。”

“除非他们闹着玩把他扔下来，或者闲得无聊把他杀死，我是不为人崽儿担心的。他很聪明，又学了很多东西，最重要的是，他有一双让丛林居民害怕的眼睛。不过如今他在班达尔·洛格控制之下，这是大不吉。他们生活在树上，不惧怕我们丛林居民中间的任何一个。”巴赫拉舔着一只前爪，沉思着。

“我真是个傻瓜！噢，我就是一个肥肥胖胖，一身棕毛，只知道掘块根的傻瓜，”巴洛说着，猛地挺直了身子，“野象哈提有句话说得对：‘各有各的惧怕。’他们，那些班达尔·洛格，惧怕的是岩蟒卡阿。他们能爬树，卡阿也能。他夜间去偷吃小猴子。轻轻地提一下他的名字，那些凶顽的家伙就吓得尾巴也发凉。我们去找卡阿。”

“他会帮我们的忙吗？他不属于我们的族群，没有脚，却有两只最毒的眼睛。”巴赫拉说。

“他老奸巨猾。最重要的是，他总是很饿，”巴洛满怀希望地说，“我们可以许诺给他多多的山羊。”

“他一旦吃饱，就会睡上整整一个月。也许现在他正在睡觉，即使他醒着，如果他宁肯自己去猎杀山羊呢？”巴赫拉不是很了解卡阿，自然表示怀疑。

“如果情况是那样，老猎手啊，你和我一起去，也许就能说得动他了。”说到这儿，巴洛用他褪了色的棕色肩膀蹭了蹭黑豹，他们就动身去找岩蟒卡阿了。

他们俩发现卡阿时，他正伸展开身体，在午后的阳光下，俯卧于一处温暖的岩架上，欣赏着自己美丽的新外衣。最近十天，他退隐在这里正是为了蜕皮。此刻的岩蟒卡阿真是光彩照人——他的三十英尺长的身躯盘扭着，打着不可思议的结和弯；他那长着钝形鼻口部的大脑袋贴着地面，蓦地射了出去。想到即将到嘴的大餐，他不住地舔着嘴唇。

“他还没有吃过东西，”巴洛说，一看见卡阿那一身棕黄相间、美丽斑驳的外衣，他就咕噜一声，松了一口气，“小心些，巴赫拉！换过皮之后，他总是有点鲁莽的，攻击的速度特别快。”

卡阿不是毒蛇——其实，他相当鄙视毒蛇，认为毒蛇是懦夫。他的力量在于他的缠绕术。无论是谁，一旦被他那巨大的身体一圈圈裹住，那就没有什么好说的了。“狩猎大吉！”巴洛喊道，直着上半身坐了下来。卡阿像所有同种族的蛇一样，稍微有些聋，一开始并没有听见有人喊他。他脑袋压低了一些，盘起身子以防不测。

“大家狩猎大吉，”他答道，“哦噻，是巴洛。你来这儿有什么事？狩猎大吉，巴赫拉。我们中间至少有一位需要食物。有猎物活动的消息吗？最好来上一只母鹿，来一只小公鹿也行。我肚子里空空的，像一口枯井。”

“我们在狩猎。”巴洛淡淡地说。他知道，对卡阿不能操之过急，卡阿太庞大了。

“请允许我和你们一起去吧，”卡阿说，“对于你们，巴赫拉或者巴洛，出击一次收获多与少算不得什么。但对于我——我得在林中小径上守候好几天，爬行半个夜晚，才有一次机会逮住一只小猿。噗嗦！如今的树枝和我年轻时不好比了，都是些烂枝子枯树杈。”

“也许，你身体太重也有关系。”巴洛说。

“我的长度正合适——长度正合适，”卡阿有些骄傲地说，“全是新长出来的林子的错。我最近一次狩猎，差一点就摔下来，真的只差一点点。当时我的尾巴没有紧紧缠着树干，我滑行时弄出来的声音惊醒了班达尔·洛格，他们用最恶毒的绰号来骂我。”

“无脚蠕虫、黄蚯蚓？”巴赫拉的嘴巴在髭须下面说道，仿佛在回忆什么事情。

“咝咝！他们就是这样称呼我的。”卡阿说。

“上个月他们嚷嚷给我们听的，就是诸如此类的话，但我们从来不去注意他们。他们什么话都说，甚至说你的牙齿全部掉光了，比小山羊大一点的动物你都不敢面对，因为——这些班达尔·洛格，他们这样说真是无耻——因为你害怕公山羊的角。”巴赫拉声音悦耳地说着。

一条蛇，尤其是卡阿这样一条谨慎的老蟒蛇，是很少表现出愤怒的。但是此刻，巴洛和巴赫拉都看得出来，卡阿喉咙两侧的两大块吞咽肌在起伏着、鼓胀着。

“班达尔·洛格已经换了地盘，”卡阿平静地说，“今天我出来晒太阳的时候，听见他们在树顶上呜哩哇啦地乱叫。”

“我们……我们现在追捕的正是班达尔·洛格。”巴洛说，话在喉咙口堵了一下，因为在他的记忆里，这是第一回一个丛林居民承认自己对猴子的所作所为感兴趣。

“你们二位这样的猎手，我相信肯定是丛林里的头领。你们居然出面追踪班达尔·洛格，肯定不是一件小事。”卡阿很有礼貌地回应道，他的好奇心在膨胀。

“其实，”巴洛开始进入正题，“我只不过是西奥尼狼崽儿们的丛林法则教师，老了，有时又很愚蠢。这位巴赫拉……”

“就是巴赫拉而已啦，”黑豹想谦恭一番，但吧嗒一下闭上了嘴，因为他不相信谦卑有什么用，“麻烦就在这里，卡阿。那些偷坚果摘棕榈叶的家伙，从我们身边偷走了人崽儿，也许你听说过他。”

“我从伊基那儿听到过一些新闻（他因为身上长着刺，说起话来很放肆），说有个人一样的东西加入了一个狼群，但我不相信。伊基满肚子都是道听途说、讹传误信的故事。”

“但这一回他说的真有其事。从来不曾有过那样一个人崽儿，”巴洛说，“他是人崽儿中最优秀、最聪明、最勇敢的。他是本人的学生，将来会使他的巴洛老师名扬整个丛林。此外，我——我们——爱他，卡阿。”

“嗤！嗤！”卡阿说，脑袋前伸后仰，“我也知道什么是爱。我有一些故事可以讲……”

“不如等一个月明风清的夜晚，我们全都吃饱了，再恰如其分地赞美一番吧，”巴赫拉语速很快地说，“如今人崽儿在班达尔·洛格手里，我们知道，在所有丛林居民中，他们只惧怕卡阿。”

“他们只惧怕我。他们怕得有道理。”卡阿说，“唠叨、愚蠢、虚荣心强，虚荣心强、愚蠢、唠叨，这就是猴子。但是人那种东西落在他们手里，运气是很不好的。他们采摘坚果，不久厌倦了，又把它们扔掉。他们搬运一根树枝大半天，打算用来做一件了不起的事，随后又咔嚓一声把它折断成两截。不必羡慕那个人一样的东西。他们还叫我什么来着，是不是‘黄色鱼’？”

“蠕虫——蠕虫——蚯蚓，”巴赫拉说，“还有些绰号就更难听了，我都说不出口。”

“我们得提醒他们，议论主人时话要说得好听些。啊——咝！他们的记忆迷失了，我们得帮帮他们。对了，他们带着那幼崽去哪儿了？”

“只有丛林知道了。我想，朝日落的方向去了，”巴洛说，“我们还以为你知道呢，卡阿。”

“我？怎么会呢？他们撞上我的时候，我会吃了他们，但我不会主动去猎杀班达尔·洛格或青蛙，或水潭里的下贱动物。”

“上面，上面！上面，上面！喂！嗨！嗨！嗨，往上面看，西奥尼狼群的巴洛！”

巴洛仰起脸来往上面看，寻找声音的出处。他看到了老鹰兰恩。那大鹰正向下飞掠而来，翅膀朝上的那一面，边缘上闪耀着太阳的光芒。这时已接近兰恩返巢睡觉的时间，但他一直在整个丛林上空巡弋着，寻找棕熊；枝叶太茂密了，他一直没能看见巴洛。

“什么事？”巴洛问。

“我看见莫格里在班达尔·洛格中间。他吩咐我捎信给你。我一路上望着他们。班达尔·洛格把他弄到河的另一边去了，进了猴子城——冷窟。在那儿他们也许会待一夜，也许会待十夜，也许只待一个钟头。我已经吩咐蝙蝠在夜里监视他们。我过来就是为了传这个信。狩猎大吉，下面的诸位！”

“祝你吃得饱睡得香，兰恩，”巴赫拉喊道，“我下次猎杀时会把你记在心上，把猎物的脑袋单给你留着，最好的老鹰哦！”

“没什么，没什么。那男孩掌握主人话语。我只能算是没偷懒。”兰恩盘旋着升上高空，回他的鹰巢去了。

“他没有忘记用他的舌头，”巴洛咯咯地笑着，骄傲地说，“想想看，这么小的小家伙，被他们拽着穿过树林的时候，居然还记得针对鸟类的主人话语！”

“那是用最强有力的手段拍进他脑子里去的，”巴赫拉说，“但我为他感到骄傲，现在我们得赶快去冷窟。”

他们三个都知道那是个什么地方，但是极少有丛林居民去那儿，因为他们称之为冷窟的，是一座废弃的城，湮没在丛林里面。野兽是极少使用人类使用过的地方的，公野猪会去，但狩猎族群不去。此外，猴子可以说是胡乱到处住宿的，冷窟也是他们的住处之一。有自尊的动物，是不会走到冷窟出现在视野中的地方去的，除非到了旱季——干旱时节，那些半毁坏的水槽和蓄水池里，会存有一些水。

“这段路程要走上半个夜晚，全速前进。”巴赫拉说。巴洛的表情很严肃。“我会用尽全力，能跑多快跑多快。”他焦急地说。

“我们不敢再等你了。你在后面跟着吧，巴洛。卡阿和我，我们要快步前进了。”

“有脚也好没脚也罢，我都能和你的四条腿并驾齐驱。”卡阿简短地说。巴洛努力试了一回，想加快脚步，结果却不得不坐下来喘粗气。于是他们就丢下他，让他随后赶过去。巴赫拉以黑豹的快步跑速度向前赶；卡阿一言不发，却像巴赫拉一样地奋力，这条巨大的岩蟒，与黑豹并肩前行着。当他们来到一条山涧跟前时，巴赫拉超过了卡阿，因为他纵身跳了过去，而卡阿是把脑袋和两英尺脖子露在水面上，游过去的。不过一到平地，卡阿就赶了上来。

“凭着我砸开后获得自由的那把锁起誓，”巴赫拉说，这时暮色已经降临了，“你移动的速度真不慢！”

“我饿了，”卡阿说，“另外，他们叫我长斑纹的青蛙。”

“蠕虫——蚯蚓、挨踢的黄皮蚯蚓。”

“都一样。我们快走吧。”卡阿的身体仿佛是涌动的水，紧贴着地面。他用沉稳的眼睛寻找着最短的路线，一直沿着捷径前行。

在冷窟里，猴民们已经根本不把莫格里当朋友了。他们把男孩子带到废城之后，当时就陶陶然自鸣得意起来。莫格里从来不曾见过印度城池，尽管这儿几乎已经成了一堆废墟，看上去仍然气概非凡。很久以前，一位国王在一座小山上建了这座城。至今，那些石头铺的人行道仍然可以分辨出来，它们通往一扇扇毁坏了的大门，那些门只剩下最后几块碎木片，悬挂在磨损了的、生了锈的铰链上。树木有的长到墙里边，有的探出了墙外。城垛全都坍塌了，腐朽风化了。塔楼的窗口垂挂着野藤蔓，塔楼的墙上倒悬着一簇簇的灌木。

小山顶上矗立着一座没了屋顶的宫殿，它的庭院里和喷泉池上的大理石都已经开裂，沾满了红色和绿色的污迹。国王饲养大象的院子里，那些大鹅卵石已经被野草和新树顶起，散落开来。从宫殿里向外望去，只见构成城池的一排排没了屋顶的房屋，就像一只只黑洞洞的空蜂巢。四条路汇聚的广场上，那些曾经是神像的石头一块块都已经不成形状；一个个街角都有坑穴和凹洞，它们曾经是公用水井所在之处；一座座庙宇的穹顶趴在地上散了架，周边抽出了野无花果的枝条。猴子们把这地方称作他们的城，装出一副很了不起的样子，瞧不起丛林居民住在森林里。但猴子们从来就不知道这些建筑造了是派什么用场的，也不知道该如何使用。他们会在国王议事殿的大厅里围坐成一圈，捉跳蚤、装人样。要不就在没了屋顶的房子里跑进跑出，从角落里搜集石膏碎片和旧砖头；然后又忘了藏东西的地方，一群群互相扭打，吱哇乱叫；然后又突然停止打斗，在国王花园的露台上跑上跑下地玩耍，摇晃玫瑰树和橘子树，观看果子和花朵落下来，以此作乐。他们探遍了宫殿里的所有走廊和黑暗地道，跑遍了几百个黑洞洞的小房间，却从来记不住自己看到过什么，没看到过什么。他们就这样游来荡去，或单独一只，或两只结伴，或三五成群，互相卖弄，告诉对方自己在做人做的事。他们在水槽里喝水，把清水弄成了泥浆，然后在水槽上打架，然后全体冲上去乱哄哄挤成一团，大喊大叫："丛林里没有谁像班达尔·洛格一样博学、善良、聪明、勇敢、高雅。”然后把全部过程从头再来一遍，直到厌烦了这座城为止。然后他们又回到树顶上去，希望得到丛林居民的注意。

莫格里受过丛林法则的训练，对于这种生活方式，他既不喜欢也不理解。猴子们是在下午晚些时候把他拽到冷窟里来的。长途奔波之后，一般的动物都会睡上一觉，猴子们却手拉手跳起舞来，还唱一些很愚蠢的歌。有一只猴子来了一段演讲，他对同伴们说，俘虏莫格里是班达尔·洛格历史上一个新的里程碑，因为莫格里会教他们怎样把树枝和藤条编织在一起，遮雨挡寒。莫格里捡起一些藤蔓，开始编，猴子们跟着模仿起来；但是没过几分钟，他们就失去了兴趣，开始拽同伴的尾巴，四条腿着地上蹿下跳，一边还发出咳嗽声。

“我想吃东西，”莫格里说，“在丛林的这一带地方，我是个外来户。给我一些食物，要不就放我出去狩猎吧。”

二三十只猴子蹦蹦跳跳地跑出去，给他拿坚果和野番木瓜。但是他们在路上打了起来，又嫌麻烦，不肯把剩下的瓜果带回来。莫格里肚子很饿，身上又疼，心里面很生气。他在这空城里到处溜达，时不时地发出外来户请求狩猎的招呼，但是没有一只动物回应他。莫格里觉得自己真是到了一个非常烂的地方。“巴洛说班达尔·洛格的话一点都没错，”他在心里思忖着，“他们没有法则，没有狩猎招呼，没有首领，什么也没有。只知道说蠢话，伸着小贼手到处摘东西。所以呀，如果我饿死或者被杀死在这儿，那全是我自己的错。我得想办法回到我自己的丛林里去。巴洛肯定会打我，但挨打总比在这儿跟着班达尔·洛格搜寻玫瑰树叶好。”

他刚走到城墙边，猴子们就把他拽了回去。他们对他说，他是身在福中不知福，然后掐他拧他，要他感谢他们。他咬紧牙关，什么也不说，只随着大喊大叫的猴子们，来到一个露台上。露台下方有一个红砂岩的蓄水池，里面蓄了半池子的雨水。露台中央有一座白色大理石的凉亭，是当年为王妃们建造的；王妃们已经故世一百年，凉亭也早已经毁坏。圆形的穹顶塌了一半，堵住了王妃们从王宫来这儿所经过的地下通道。但是凉亭的墙是大理石的格子屏风——美丽的乳白色雕花格子，镶嵌着玛瑙、玉髓、碧玉和天青石。月亮从小山后面升起来后，月光透过空格子照进来，把影子投在地上，像黑色天鹅绒刺绣。莫格里肚子很饿，身上又疼，还想睡觉，可是班达尔·洛格逗得他忍不住哈哈大笑：二十只猴子一起告诉他，他们如何博学如何强壮如何高雅，他想离开他们的念头有多么愚蠢。“我们伟大，我们自由，我们神奇，我们是整个丛林里最神奇的居民！我们全体都这样说，所以一定是真的，”他们喊叫着，“你是一个新的听众，可以把我们的话捎回去给丛林居民听。这样一来，他们以后就会注意我们。我们要把我们的优秀本质，全都讲给你听。”莫格里没有表示反对。猴子们几百只几百只地聚集到露台上，聆听他们自己的一个个演说家大唱班达尔·洛格的赞歌。每当一个演说家停下来喘口气，他们就齐声大叫：“这是真的，我们都这样说。”他们向莫格里提问，莫格里就点点头，眨巴一下眼睛，回答说“是”。那么大的噪音，吵得他脑袋发晕。“这些家伙一定全都被豺塔巴克咬过了，”他对自己说，“现在他们发了疯。这一定是疯病‘地万泥’。难道他们从来都不睡觉吗？现在有一片云飘过来，遮住了月亮。要是有一大片乌云该多好，我就可以乘黑逃跑了。但是我真的很累了。”

城墙根废弃的壕沟里，两个好朋友也在望着同一片云。巴赫拉和卡阿很清楚，猴民们为数众多时是非常危险的，他们俩不希望行动有任何冒险成分。猴子们要么不打仗，打起来就是一百比一，丛林里没有谁喜欢这种比例悬殊的打斗。

“我去西城墙，”卡阿耳语道，“从那儿快速地滑下去，西边地势斜，对我有利。他们不会几百个几百个地跳到我背上，不过……”

“我知道，”巴赫拉说，“要是巴洛在这儿就好了，可不管怎样，我们得尽力而为。那片云一遮住月亮，我就上露台。那些猴子在上面，在针对男孩开什么大会。”

“狩猎大吉。”卡阿阴森森地说。他离开巴赫拉，向西城墙滑行过去。碰巧，那段城墙正是损毁最轻的一段，大蛇耽搁了一会儿才找到一条路线爬上石头。乌云遮掩了月亮，莫格里正琢磨接下来会发生什么事，就听见了露台上巴赫拉轻轻的脚步声。黑豹几乎没弄出一点声响，就已经冲上了斜坡，并且已经在猴子中间左冲右突，大打出手。他很清楚，这个时候，还是不要浪费时间去咬他们为好，因为围坐在莫格里周围的猴子有五六十圈之多。露台上响起一片惊恐加愤怒的嚎叫声，巴赫拉踏过之处，只见猴子们的身体在翻滚和蹬踹。这时，一只猴子大叫起来：“只来了一个！杀死他！杀！”于是乌压压乱哄哄一大群猴子围住了巴赫拉，又咬又抓又撕又拽；同时，五六只猴子挟持着莫格里，拽着他上了凉亭的墙，从破损穹顶上的一个洞，把他推了进去。如果是人类训练出来的孩子，肯定会摔得浑身青肿，因为这一摔，下去足有十五英尺。但莫格里被推进去后，是按照巴洛教他的方法落下去的，他双脚着地，安然无恙。

“待在那儿别动，”那几个猴子吼道，“等我们杀了你的朋友，再和你一起玩——如果有毒的族类还让你活着的话。”

“你和我，我们血脉相同。”莫格里说，他迅速地发出了蛇类的呼唤。他能听见周围废墟中沙沙沙、咝咝咝的声响，为了稳妥，他又呼唤了一遍。

“正是咝！大家把脖子的皮褶松下来吧！”五六个低低的声音说道（这座凉亭里住着眼镜蛇；迟早，印度的每一处废墟都会变成蛇的住所），“站着不要动，小兄弟，你的脚会踩伤我们的。”

莫格里尽量安静地站着，透过空格子向外面窥望。他倾听着黑豹周围闹哄哄的激烈打斗声——猴子们的叫喊声、磕碰声、慌乱的跑动声，还有巴赫拉发出的低沉嘶哑的咳嗽声。这时，在成堆成堆的敌人压迫下，黑豹在向后退，在弓着背猛地跃起，在扭转身躯，在向前猛冲。这是巴赫拉有生以来，第一次为自己的性命而战。

“巴洛一定就在附近，巴赫拉不会单独来的。”莫格里心想。然后他大声喊叫起来：“去蓄水池那边，巴赫拉。翻滚到蓄水池那儿去。翻滚着冲过去！到水里面去！”

巴赫拉听到了。这叫喊声向他报了莫格里的平安，给了他新的勇气。他拼了命，径直向着蓄水池，一英寸一英寸地打开血路，一声不响地蹒跚着前进。这时，从最靠近丛林的那一段毁坏的城墙那儿，响起了巴洛滚雷般的战斗呐喊。老熊尽了最大的努力，但也无法再早些赶到了。“巴赫拉，我来了！”他大叫着，“我爬上来了！我赶过来了！啊嗯喔啦！石头在我脚底下打滑！等着，我来了，最不要脸的班达尔·洛格！”他喘息着刚上平台，一下子就没头没脸地淹没在了猴子的海洋里。但他一屁股坐在地上，挺直了身子，伸开前爪一搂，能搂住多少就搂多少，然后啪啪啪很有节奏地开始拍，就像船的桨轮快速地拍击水面一样。一声砰，又一声哗啦，它们告诉莫格里：巴赫拉已经打开一条血路，进了蓄水池。猴子们是不可能跟着下去的。黑豹躺在水里直喘粗气，只把脑袋露出水面；而猴子们在红色的梯级上围了三层，跳上跳下，狂怒不已，单等他从蓄水池里出来帮巴洛，就从四面八方扑到他身上去。这个时候，巴赫拉抬起了滴着水的下巴，开始绝望地用蛇类的语言吁求保护：“你和我，我们血脉相同。”他以为卡阿在最后一分钟调转尾巴开溜了，就连在露台边缘被猴子们闷得半死的巴洛，听到黑豹求助的呼唤，也忍不住咯咯地笑了起来。

卡阿费了些周折，这会儿刚刚翻过西城墙。他落地时猛地扭动了一下身子，把墙头上一块石头碰掉下来，落在了沟里。他不打算失去地利，盘起蛇身又松开，试了一两回，以确保他长长的身躯的每一英寸都功能正常。与此同时，巴洛的战斗在继续着，蓄水池边巴赫拉周围的猴子们在叫嚷着；蝙蝠芒恩在飞来飞去，把大战的消息传遍丛林；最后，连野象哈提也用喇叭似的声音叫了起来；一伙伙分散在远处的猴民也被唤醒了，沿着树上的路线纵跃而来，给冷窟里的同伴助战。打斗的喧嚣声惊醒了方圆几英里之内所有白天才出来活动的鸟儿。卡阿直直地奔过来，速度很快，他急切地要猎杀。蟒蛇打斗的威势在于头部的急速驱送，这一击集中了他全身的力量和重量。如果你能想象一根长矛，或一具攻城槌，或一柄铁锤，重量将近半吨，握在一个头脑沉着冷静的生灵手中，猛然一击，你就大致能想象出卡阿打斗时的情形了。一条四五英尺长的蟒蛇，如果正正地对着一个人的胸口，就能把人击倒；而你已经知道，卡阿有三十英尺长。他的第一下攻击不偏不倚，正中包围巴洛的那群猴子的中心；他们来不及张开嘴发出一点点声音，就被送回了老家。第二下攻击已经不需要了。猴子们一边四散奔逃，一边哭嚎着："卡阿！是卡阿！快跑！快跑啊！"

一代代的猴子不听话时，长辈给他们讲卡阿的故事，他们就乖了。故事里的卡阿是个夜贼，滑行时像青苔生长那样无声无息；他会沿着树枝溜过来，把世上最强壮的猴子偷走。故事里，年老的卡阿能把自己伪装得像一根枯树枝，或者像一截朽烂的树桩，最聪明的猴子也会上当受骗，最终被"树枝"逮住。卡阿是猴子们在丛林里唯一惧怕的动物，因为没有一只猴子知道他的力量大到什么程度，没有一只猴子能直视他的脸，没有一只猴子被他缠住后能逃出生天。所以现在，他们吓得话也说不连贯，只顾向城墙和屋顶上逃去。巴洛长长地松了一口气。他的皮毛比巴赫拉厚很多，但也在打斗中吃了很多苦头。这个时候，卡阿才第一次张开嘴，咝咝地说了一长串的话。那些从远处赶来守卫冷窟的猴子，缩头缩脑地待在原地不敢动，直到身子下面的树枝承受不住弯下去，发出噼噼啪啪的断裂声。待在城墙上和空屋子里的猴子停止了哭嚎。在这突然降临到废城的寂静中，莫格里听见巴赫拉从蓄水池里爬出来，正在抖掉身上的水。接着，重新又爆发出一阵喧嚣声。猴子们有的跳到城墙上更高的地方，有的吊在大石像的脖子上，有的一边蹦跳着在城垛上跑一边尖叫。而莫格里在凉亭里跳着舞，把眼睛凑到屏风墙的格子上，用门牙发出猫头鹰式的叫声，以此来表示嘲笑和鄙视。

“把人崽儿从那笼子里弄出来，我干不动了，”巴赫拉气喘吁吁地说，“我们带上人崽儿，离开这里。他们可能会再进攻的。”

“我不发话，他们是不敢动的。你们老老实实嗞嗞嗞地待着！”卡阿嗞嗞地说，废城里顿时又静了下来。“我没办法早些赶到，兄弟，我好像听到你唤我了。”这话卡阿是对巴赫拉说的。

“我……我可能是在打斗时喊叫了两声，”巴赫拉答道，“巴洛，你有没有受伤？”

“我不敢肯定，不知道他们有没有把我撕碎，变成一百只小熊宝宝，”巴洛说，很严肃地把每一条腿轮番抖了一遍，“哇！我很痛。卡阿，我想，我们各欠你一条命——巴赫拉和我。”

“别见外。人崽子在哪儿呢？”

“在这儿，笼子里。我爬不出来。”莫格里喊道。他的脑袋上方正对着破损穹顶的弧弯。

“把他弄走。他像孔雀莫奥一样跳舞。他会把我们的小崽子碾碎的。”里面的眼镜蛇说。

“哈！”卡阿说，咯地笑了一声，“他到处都有朋友，这个人崽子。站后面些，人崽儿。有毒的族类啊，你们把自己藏好。我要把墙撞倒了。”

卡阿仔细察看着，最后在大理石格子上发现了一条褪了色的裂缝，这是个薄弱之处。他用脑袋轻轻地撞了两三下，测出距离，然后把上身抬到离地面六英尺高，鼻子当先，使出全力，重重地撞了六七下。屏风格子墙被撞破了，扬起一片尘雾，坍倒下去，留下一堆瓦砾。莫格里从豁口跳出来，扑到巴洛和巴赫拉中间，两只胳膊各搂住一个大脖子。

“有没有受伤？”巴洛轻轻地搂住他，问。

“我很疼，很饿，身上有很多青肿。可是，啊，那些猴子把你们整惨了，哥哥们！你们在流血。”

“那些家伙也一样。”巴赫拉说，他舔着嘴唇，望了望死在露台上和蓄水池边的猴子。

“不算什么，不算什么，只要你平安就好。啊，在所有的小青蛙中，你是我的骄傲！”巴洛抽噎着说。

“这个我们以后再评判，”巴赫拉说，莫格里一点也不喜欢他干巴巴的声音，“这是卡阿，这一仗多亏了他，你欠他一条命。快按照我们的习惯谢谢他，莫格里。”

莫格里转过身去，看见那巨蟒的头在他脑袋上方一英尺处摇摆着。

“这么说，这就是人崽子，”卡阿说，“他的皮肤非常柔软，长得跟班达尔·洛格有点儿像。小心点，人崽儿，哪天我蜕旧皮换新衣后，别让我在暮色中错把你当成了猴子。”

“你和我，我们血脉相同，”莫格里答道，“今夜我的命是你救回来的。卡阿呀，今后只要你饿了，我猎杀的猎物就是你的。”

“多谢，小兄弟，”卡阿说，不过他挤了挤眼睛，“这么勇敢的猎手，会猎杀到什么样的猎物呢？我先询问一下，下回他出去狩猎时，我好跟在他后面。”

“我什么也猎杀不到，我太小了。但是我能把山羊赶到能够逮到他们的地方。什么时候你肚子里空了，就来找我，看看我说的是不是真的。这个我还是有点本事的（说到这儿他伸出双手），如果你们掉进了陷阱，我就有机会偿还欠你、欠巴赫拉还有欠巴洛的债了。祝你们大家狩猎大吉，我的主人们。”

“说得好。”巴洛用低沉的吼声说道，因为莫格里非常得体地表达了谢意。蟒蛇垂下头，轻轻地在莫格里肩头搁了一分钟。“一颗勇敢的心，一条有礼貌的舌头，”他说，“它们将带着你在丛林中走很远，人崽子。但你还是马上就走吧，快跟朋友们一起离开。去好好睡一觉，因为月亮正在落下去，接下来要发生的不是好事情，不该让你看的。”

月亮正沉落到山峦后面去，一排排猴子哆嗦着，挤在城墙和城垛上，看上去就像一排排破破烂烂、抖抖颤颤的流苏。巴洛跑下去，到蓄水池去喝水；巴赫拉开始梳理皮毛；卡阿滑行到露台中央，合拢上下颚，发出一种响亮而尖厉的声音，令所有的猴子把目光集中到了他身上。

“月亮下去了，”他说，“光线暗了，你们还看得见吗？”

从城墙那边传来一阵呻吟声，像风刮过树梢一样：“我们看得见，哦，卡阿。”

“好。现在舞蹈开始——卡阿的饥饿之舞。坐着别动，好好看。”

他左右甩动着脑袋，转了两三个大圈子。然后他把身体弯成一个圆环，扭成一个8字，再变化成一个又软又湿的三角形，一会儿又化作了正方形和五边形，然后盘绕成一个小丘……他不停不歇，不慌不忙，一直这样舞蹈着，不停地低声哼唱着。夜越来越黑，盘绕的蛇身不断伸缩着、移动着，最后隐没在了黑暗中。但他们仍然能听见蛇鳞摩擦的沙沙声。

巴洛和巴赫拉像石头一样一动不动地站着，喉咙口发着低沉的咆哮声，脖子上的毛发根根竖立。看见他们俩这副模样，莫格里非常惊讶。

“班达尔·洛格，”终于，卡阿开口说话了，“没有我的命令，你们的手脚能动弹吗？说！”

“没有你的命令，我们的手脚动弹不了，哦，卡阿！”

“好！你们全体靠近我一步。”

一排排猴子摇摇晃晃无奈地向前挪动，巴洛和巴赫拉也随着他们僵硬地向前迈了一步。

“再近些！”卡阿咝咝地说，他们又全体向前移了一移。

莫格里把手放到巴洛和巴赫拉身上，拉他们离开；两头大兽一惊，仿佛从梦中醒来一样。

“你的手放在我肩上，不要拿开，”巴赫拉耳语道，“否则我必得回去，必得回到卡阿近前去。啊！”

“只不过是老卡阿在尘土中画圆圈，”莫格里说，“我们走吧。”他们三个就从城墙上的一个豁口溜出去，进了丛林。

“呜！”重新回到寂静的林子里，在大树下站定之后，巴洛说道，“我再也不会和卡阿结盟了。”他浑身都在打战。

“他懂得比我们多，”巴赫拉颤抖着说，“如果还待着不走，不消一刻儿工夫，我就会走到他喉咙里去了。”

“月亮重新升起来之前，会有很多猴子走上那条路的，”巴洛说，“他的狩猎一定很顺利——按照他自己的方式。”

“你们说的这一切是什么意思？”莫格里问，对于蟒蛇的迷惑术的威力，他一无所知，“依我看，不过就是一条大蛇在画圆圈，天很黑了还在画。而且他的整个鼻子都很疼。嚯！嚯！”

“莫格里，”巴赫拉生气地说，“他的鼻子是为了你才疼的，我的耳朵、腰肋和爪子也是，还有巴洛的脖子和肩膀被咬，都是因为你的缘故。巴洛和巴赫拉都要有好多天不能愉快地狩猎了。”

“这算不上什么，”巴洛说，“我们重新拥有人崽儿了。”

“话是没错，可他让我们付出了沉重的代价：我们浪费了许多时间，本可以用来好好狩猎的；还受了伤，损失了毛发，我背上的毛差不多被拔掉了一半；最重要的是，名誉受了损。莫格里你记住，我，黑豹，居然迫不得已吁求卡阿的保护；还有，巴洛和我都被那个饥饿之舞弄得呆若木鸡。人崽儿啊，所有这一切，都是你和班达尔·洛格一起玩耍招惹来的。”

“是的，确实是的，”莫格里悔恨地说道，“我是一个很坏的人崽儿，我心里面很难过。”

“哦！丛林法则是怎么说的，巴洛？”

巴洛不希望再让莫格里吃苦头，却又不能肆意损害丛林法则，所以他咕哝着说：“悔恨决不能延缓惩罚。可是你要记住，巴赫拉，他还很小呢。”

“我会记住的。但是他既然闯了祸，现在就必须挨打。莫格里，你有什么可说的吗？”

“没有。我犯了错。巴洛和你受了伤。我应该受罚。”

巴赫拉打了他六七下。按照一头黑豹的观点，这是爱抚式的拍打；如果这样拍打黑豹的幼崽，甚至都不能把他们从梦中拍醒。但对于一个七岁的男孩，这六七下，就相当于巴不得能躲掉的、很重的一顿揍了。惩罚结束之后，莫格里打了个喷嚏，一言不发地站起身来。

“好了，”巴赫拉说，“跳到我背上来，小兄弟，我们回家。”

丛林法则的好处之一是，一次惩罚把所有的账都结清，不会留下没完没了的后账。

莫格里把头靠在巴赫拉的背上，睡着了。他睡得那么沉，直到他在自家的洞穴里被放下来时，都没有醒。

班达尔·洛格的行路歌

我们像飘动的花彩一样荡起，
再高些就能碰到嫉妒的月亮！
你不羡慕我们这腾跃的群体？
你不希望也拥有超级的手掌？
你不想自己的尾巴也是这般——
形状如爱神丘比特的弓儿弯弯？
喏，你生气了，别介意哦，
兄弟，你的尾巴耷拉在后面！

瞧我们在树枝上面坐成一排，
思索我们所知道的美丽事物；
梦想一桩桩我们计划的事业
一两分钟，就大功告成全部——
一些崇高、英明、美好的事情
只凭着向往，我们就能够搞定。
我们忘了，可是，别介意哦，

兄弟，你的尾巴耷拉在后面！

我们曾经听到过的所有话语
不管开口的是蝙蝠、野兽还是鸟儿，
不管他长皮或长鳍、有鳞或有羽，
且全部搬来，吱哩哇啦说上一气！
很棒！妙极了！再说上一遍！

现在，我们正像人一样说话！
我们不妨假装……别介意哦，
兄弟，你的尾巴耷拉在后面！
这正是猴族之道的体现！

加入我们跳跃的行列吧，在松林中如鱼飞在水里，[1]
如同火箭，轻盈而高升，在野葡萄藤悬荡的天际。
凭着我们一路留下的垃圾，凭着我们制造的噪音，
肯定，肯定，我们肯定会做出一番辉煌的事情！

1 这里作者用了一个生造的词scumfish，可能是scum的动词含义（飞快地经过）和fish（鱼）的组合，姑且译作“鱼飞”。

“老虎！老虎！”

狩猎怎么样啊，勇敢的猎手？
兄弟，真冷啊，我守望了很久。
你要猎杀的猎物怎么样啦？
兄弟，他仍然在丛林里吃草哪。
你引以为傲的威力哪里去了？
兄弟，它已从我的两肋边消逝。
你这样急急忙忙要去哪儿？
兄弟，我回我的巢穴——去死。

现在我们要回到第一个故事，接着往下讲了。莫格里与狼群在会议岩的一战结束后，离开狼穴，下了山，来到有村民居住的耕地里。但他不愿意停留，因为那儿离丛林太近了；而且他明白，在狼群大会上，他至少树了一个死敌。所以他继续赶路。他迈着平稳的步子，一直没离开过沿山谷而下的崎岖小路，往前小跑了将近二十英里，最后来到一片他不认识的旷野上。山谷敞开来，迎向一片非常开阔的平地。这开阔地上星星点点地分布着岩石，还有几条纵横切割的沟壑。它的一端坐落着一个小村庄，另一端是密密的丛林，绵延到草场边，戛然而止，仿佛被一把锄头切断了似的。到处有黄牛和水牛在吃草，那些放牧的小男孩看见了莫格里，马上就大喊大叫着跑开了。那种在印度的每一个村庄都见得着的整日里东游西荡的下贱黄狗，汪汪地吠叫起来。莫格里继续往前走，因为他觉得饿了。来到村子大门口时，他看见黄昏时分拉过来挡住门的那一大块荆棘栅栏，被人推到了一旁。

过去他夜里出来游逛，找东西吃时，不止一次碰见过这种路障。“嗨！”他说，“看来这地方的人也很害怕丛林居民。”他在门边坐下了。一个男人走出大门，他站起来，张开嘴，用手指指，表示他需要食物。男人瞪大了眼睛，然后跑回到村子里的一条街上，大声喊叫祭司。出来的是一个大块头，很胖，前额上有一道红黄两色的标记。祭司来到村子大门口，跟着他过来的至少有一百个人，他们瞪大眼睛、交谈、大喊大叫，还用手指对着莫格里指指戳戳。

“这些人，他们没有礼貌，”莫格里在心里说，“只有灰猿的举动才会像他们这样。”于是他把长发甩到后面，向人群皱起了眉头。

“有什么好怕的？”祭司说，“瞧瞧他胳膊和腿上的疤痕，那是狼咬的。他只不过是丛林里跑出来的一个狼孩。”

当然，狼崽儿们和莫格里一起玩耍时，常常用牙齿夹他，他们并不是存心夹那么重的。所以他的胳膊和腿上，到处都是白色的疤。如果这个样子就是咬，那么他就是天底下最后一个被咬的人了。他知道真正的咬意味着什么。

“呀！呀！”两三个女人一起说道，“被狼咬了，可怜的孩子！他是个英俊的男孩呢。他的眼睛像红色的火钳一样。以我的名誉起誓，他很像你那个被老虎叼走的男孩子，梅苏阿。”

“让我瞧瞧。”一个手腕和脚踝上戴着沉甸甸的铜镯子的女人说。她手搭凉棚，注视着莫格里。“确实挺像。他比较瘦，但是长相和我的孩子一模一样。”

祭司是个聪明人。他知道梅苏阿的丈夫是本地最富有的村民，所以他抬起头来，仰望了天空一分钟，很庄严地说：“丛林拿走的，丛林又送回来了。把这孩子带到你屋子里去，我的姐妹。别忘了给祭司以荣耀，他看透了世人的一生。”

“凭着赎买我的那头公牛起誓，”莫格里在心里说，“这一场谈话，就像是又一次狼群接纳幼崽的验看仪式！嗯，如果我是一个人，那就必须得做一个人。”

人群散去，那女人招呼莫格里去她的茅屋。屋子里有一张红漆床架，一个带着有趣的凸花纹的陶制大粮柜，六七个铜锅铜壶，一尊供奉在小壁龛里的印度神像，墙上还挂着一面真正的镜子，就是乡村集市上售卖的那种。

她给了他牛奶，让他牛饮了一通，又给他吃了面包。然后她把手放在他头上，看着他的眼睛。因为她觉得，也许他真的就是她的儿子，当年在丛林里老虎把他叼走，如今他跑回来了。她叫着他：“纳索，哦，纳索！”看莫格里的表情，他并不知道这个名字。“你记不记得那一天，我给你穿了一双新鞋？”她摸摸他的脚，它们像牛角一样硬。“不，”她伤心地说，“这双脚从来不曾穿过鞋子，但你和我的纳索非常像，你应该就是我的儿子。”

莫格里很不自在，因为他从来不曾在屋顶下面待过。他看着茅草屋顶，发现自己如果想脱逃，随时能把它撕开，而且窗户也没有插牢。“如果不理解人说的话，”最后他在心里面说道，“做人有什么好呢？现在我又傻又哑，就像人在丛林里和我们一起时会出现的情形一样。我必须学会他们说的话。”

和狼一起的时候，他学会了模仿公鹿在丛林里发起决斗时的叫声，还有小野猪的咕噜声。那不是为了好玩。所以，梅苏阿每说出一个词，莫格里马上就能惟妙惟肖地模仿。天黑之前，他已经学会了说茅屋里许多东西的名称。

上床睡觉的时候莫格里遇到了困难，因为他不愿意睡在看上去很像捕黑豹的笼子一样的东西里面，比如这座茅屋。他们关门的时候，他从窗户里蹿了出去。“随他的意吧，”梅苏阿的丈夫说，“别忘了，到目前为止，很有可能他还从未在一张床上睡过觉呢。如果他真的是神派来替代我们儿子的，他就不会逃走。”

于是，莫格里伸展开四肢，在田野边缘一堆长长的、干净的草上躺了下来。但他还没来得及合上眼睛，就有一只软软的灰色鼻子来拱他的下巴。

“唷！”灰兄弟，狼妈妈的崽子中的老大，说道，“跟了你二十英里，就得到这样的回报，太小气了吧。你身上有木柴烟和牛的气味，总的说来已经很像人了。醒醒，小兄弟，我带来了消息。”

“丛林里一切都好吗？”莫格里搂住他，问道。

“除了被红花烧伤的那些狼，全都挺好。喏，你听着。谢尔可汗已经跑到很远的地方去狩猎了，要等到皮毛长好了才回来，因为他烧伤得很厉害。他发誓，回来后要把你的骨头埋在维恩贡嘎河边。”

“这话可要两说呢。我也做出过一个小小的承诺。不过有消息总是好事。今晚我累了，那些新玩意儿弄得我很累。灰兄弟，你要经常给我带消息来啊。”

“你不会忘记你是一匹狼吧？人类不会使你忘记我们吧？”灰兄弟焦虑地问。

“绝对不会。我会永远记得我爱你，爱我们狼洞里的一大家子。但我也会永远记得，我被逐出了狼群。”

“你也可能会被逐出另一族群的。人类就是人类，小兄弟，他们说话就像池塘里的青蛙叫一样。下次我来这儿时，会在草场边的竹林里等你。”

那一夜以后的三个月里，莫格里几乎没有走出过村子的大门。他忙得很，要学习人类的行为方式和生活习惯。首先他得在身上穿一块布，这使他恼火得要命；然后他得学会用钱，这个他一丁点都弄不明白；还要学犁田，他看不出这样做有什么用。还有就是，村子里的孩子们让他非常生气。幸好，丛林法则教导过他，要克制自己的脾气；在丛林里，能否保住性命、获取食物，取决于能否克制住自己的脾气。有时他不会做游戏或放风筝，或者某个词发音错误，孩子们就取笑他。他真想将他们一把揪起来，撕成两半，只因为懂得杀死一个没毛的幼崽不够光明正大，他才忍住了。

他一点都不知道自己有多大力量。在丛林里，他知道自己比野兽们弱；但是在村子里，人们说他壮得像一头公牛。

对于种姓制度在人与人之间造成的差别，莫格里一窍不通。一个陶工的驴子滑进了泥潭，莫格里揪住驴尾巴把它拽了出来；他还帮陶工把陶罐码好，方便运到可汗席瓦拉的集市上去卖。这件事造成了很大的轰动，因为陶工是低等级种姓的人，他的驴子就更卑贱了。祭司为此斥责莫格里时，莫格里威胁要把他也放到驴子背上去。祭司就对梅苏阿的丈夫说，最好尽快安排他去干活儿；结果村子里的头人吩咐莫格里说，第二天他必须出去放牧水牛，照料他们吃草。对于这样的安排，没有人比莫格里更高兴了。当天晚上，他接受了一个任务，可以说是充当整个村子的仆人。于是他去参加每晚都有的村民小聚，地点是一棵大无花果树下的石头平台。那儿是村子里的俱乐部，头人、守夜人、知道村子里所有闲言碎语的理发师、有一支塔瓦式滑膛枪[1]的猎户老布尔迪奥，聚在一起抽烟聊天。几只猴子坐在头顶上的树枝上交谈着；平台下面有一个洞，里面住着一条眼镜蛇，他每天晚上都能喝到一盘牛奶，因为他被封为神蛇。老人们围坐在树下，一边抽着很大的胡卡斯（水烟枪），一边聊天，到夜很深才结束。他们讲一些有关神、人和鬼怪的神奇故事；布尔迪奥则讲述丛林野兽的生活习性，对于孩子们来说，这些动物故事更加神奇，他们坐在圈子外面，听得眼睛都要从眼眶里弹出来了。大部分故事与动物有关，因为丛林就在村民们的家门口：鹿和野猪来糟蹋他们的庄稼；老虎时不时地在暮色降临时分摸过来，从村子大门的视野之内，叼走一个人。

他们讲述的一些事，莫格里自然很清楚，他不得不遮住脸，不让他们发现他在窃笑。那边布尔迪奥把塔瓦式滑膛枪放在膝头，从一个神奇故事扯到另一个神奇故事，这边莫格里笑得肩膀直颤。

这会儿，布尔迪奥正解释说，叼走梅苏阿儿子的那只老虎是一只鬼虎，他被几年前去世的一个邪恶的老放债鬼附了身。“我知道那是很确实的，”他说，“因为普仑·达斯自从在一次暴动中被烧了账本、挨了揍之后，就成了瘸子；我说到的那只老虎走路也是瘸的，因为他的掌印深浅不一样。”

“确实是的，确实是的，肯定是真的。”那些灰白胡子说道，一起点着头。

“你的那些故事，都是这样云里雾里胡编乱造出来的吗？”

1　滑膛枪是步枪的前身，塔瓦式滑膛枪是最负盛名的一种，因由塔瓦公司生产而得名。

莫格里说，“那只老虎走路瘸是因为他生下来就是个瘸子，丛林里大家都知道。说什么放债人的鬼魂附到一只胆子没有豺大的野兽身上，那真是三岁小孩子的话。”

布尔迪奥有一会儿惊讶得说不出话来，头人目瞪口呆。

“哦嚯！这话是丛林里来的小毛孩子说的，是不是？”布尔迪奥说，“你既然知道这么多事情，最好去把他的皮剥下来送到可汗席瓦拉去，政府出一百卢比的悬赏要他的命呢。还有，长辈说话的时候，最好不要插嘴。”

莫格里站起来就走。“整个晚上我躺在这儿听，”他回过头来大声说道，“布尔迪奥说的那些牵涉到丛林的话，除了一两个地方，没有一句是真的。要知道丛林就在他的家门口呢。既然丛林的故事都是胡扯，他讲的那些鬼神和妖怪的故事，说是他亲眼看见的，叫我怎么相信呢？”

“绝对到时间了，让那男孩去放牛吧。”头人说。而布尔迪奥受了莫格里的顶撞，气得嘴里直吐气，鼻子里直喷气。

印度大多数村庄的风俗习惯是，让几个男孩大清早把黄牛和水牛赶出去吃草，晚上再把他们赶回来。那些牛会把白人男子踩死，却容忍几乎够不着自己鼻子的小孩子欺负他们，砰砰地敲打他们，对他们大喊大叫。男孩们只要和牛群在一起不分开，就是安全的，因为即使是一头老虎，也不敢攻击一大群牛。但如果有谁离开牛群去采花或者捉蜥蜴，有时就会被叼走。黎明时分，莫格里骑在领头大公牛拉玛的背上，从村子里的大街上经过。一头头蓝灰色的水牛，长着向后弯的长长的犄角，瞪着凶狠的眼睛，从各自的牛栏里走出来，一头接着一头，跟在他后面。莫格里向其他孩子挑明了，他是头儿。他用一根光滑的长竹竿打着水牛，吩咐其中一个男孩卡姆亚，叫他们自己放牧黄牛，小心些，不要跟牛群走散了，他自己则赶着水牛继续往前走。

印度的牧场上都有许多石头、矮树丛、水洼草丛和小沟壑，牛群分散开来，就从视野中消失了。水牛一般总是下到池塘和泥沼里，在烂泥里面打滚、晒太阳，一待就是几个小时。莫格里把他们驱赶到旷野边缘，维恩贡嘎河奔流出丛林的地方。然后他从拉玛的脖子上溜下来，小跑着来到一片竹林里，找到了灰兄弟。

“啊，”灰兄弟说，“我在这儿等你好多天了。你干这种放牛的活儿，有什么意思呀？”

“这是命令，”莫格里说，“我暂时是村子里的牧牛人。有谢尔可汗的消息吗？”

“他已经回到这一片区域，并且在这儿等了你好久。现在他又走开了，因为这边猎物太少。不过他已经打定主意要杀死你。”

“很好，”莫格里说，“只要他不在，你，或者四兄弟中随便哪一个，就坐在那块石头上，那样我就能看到你们，从村子里跑出来。他回来等我的时候，你们就待在旷野中央那棵鸽豆树旁边的沟壑里。我们没必要跑到谢尔可汗的嘴里去。”

然后，莫格里挑了一块阴凉的地方，躺下来睡觉，那些水牛就在他周围吃草。在印度放牧牲口，是天底下最闲散的事情之一。黄牛向前移动着，嘎扎嘎扎地吃草，躺下，然后又向前移动，连“哞哞”地叫两声都不肯，只会咕噜几下。水牛就差不多什么声音也不肯发了，他们一头接一头地下到泥泞的池塘里，全身钻进烂泥中，只露出两只鼻孔和一双圆瞪着的瓷蓝色眼睛在水面上；然后，他们就像一根根圆木一样，一动不动地躺在水里。

太阳晒得石头在热空气中跳起了舞，牧童们听见一只老鹰（永远不会另外多出一只）在头顶上哨叫着，那么高，几乎看不见。孩子们知道，如果他们死了，或者一头母牛死了，那只老鹰就会飞掠下来，几英里外的另一只老鹰会看见他俯冲，也会跟着下来，一只一只又一只，地上的还没有死透，天上就会不知从哪儿飞下来二十只饥饿的老鹰。望过天上的老鹰之后他们就睡，然后醒过来，然后再睡。他们用干草编小筐，把蚱蜢关在里面。他们抓两只合掌螳螂，看它们打斗。他们用红黑两色的丛林坚果做项链，观看蜥蜴在石头上晒太阳，蛇在水坑旁边捕猎青蛙。然后他们唱歌，唱很长的歌，歌的末尾带着本地话的奇特的颤音。这样过的一天，仿佛比大多数人的整个一生还要漫长。他们多半会用泥巴造一个城堡，再做一些泥人、泥马和泥水牛，在泥人的手里放些芦苇。他们假装自己是国王，那些泥人泥马泥水牛是他们的军队；或者假装自己是神，受那些泥人的膜拜。黄昏来临了，孩子们就大喊大叫，水牛笨拙地从黏黏的烂泥里爬出来，弄出一下接一下像打枪一样的叽叽声。他们全体一长串地穿过灰蒙蒙的旷野，向灯光闪烁的村庄移动。

日复一日，莫格里领着水牛们去泥塘；日复一日，他看见旷野上一英里半的地方露出灰兄弟的脊背，由此知道谢尔可汗还没有回来；日复一日，他躺在草上，听着周围的各种声音，梦想着往昔在丛林里的时光。在那些漫长而静寂的早晨，如果谢尔可汗在维恩贡嘎河畔的丛林里抬起瘸爪子踏错一步，莫格里也会听见。

终于有一天，在作为信号地点的地方，他没有看见灰兄弟；他笑了，领着水牛去鸽豆树旁边的那条沟壑。沟壑里铺满了金红色的花儿，灰兄弟蹲坐在里面，背上的鬃毛根根竖立着。

“他已经隐藏了一个月，想消除你的警戒。昨天夜里，他和塔巴克一起，踩着你的新鲜足迹，穿过了你们的活动区域。”灰狼喘着说。

莫格里皱起了眉头：“我不惧怕谢尔可汗，但是塔巴克很狡猾。”

“别害怕，”灰兄弟说，舔了舔嘴唇，“拂晓时我遇到了塔巴克，眼下他大概正在向老鹰们讲述他全部的智慧。不过，在我咬断他的脊梁骨之前，他把一切都告诉了我。谢尔可汗的计划是今晚在村子大门口等候你——谁都不等，单等你。此刻他正躲藏着，在维恩贡嘎河畔那条干涸的大沟壑里。”

“今天他吃过东西了，还是狩猎扑了空？”莫格里问，答案是与否，意味着他的生与死。

“他在拂晓时猎杀了一头——猪，他还喝过水。你别忘了，谢尔可汗是永远做不到禁食的，即使为了复仇的缘故。”

“啊！傻瓜，傻瓜！简直就是个幼崽生的幼崽！吃东西，还喝水，他还以为我会等到他好好睡过一觉呢！对了，他躲藏在哪儿？如果我们有十个兄弟，就可以乘他趴在那儿的时候扑倒他。这些水牛除非嗅到他的气味，否则是不会突然发起攻击的，而我又不会说他们的语言。我们能不能搜寻到他的踪迹，让水牛嗅到他的气味呢？”

“他沿着维恩贡嘎河游了很长一段路，切断了踪迹。”灰兄弟说。

“我知道，肯定是塔巴克教他的。他自己永远也想不到那样做。”莫格里站起身来，把食指含在嘴里，思考着，“维恩贡嘎那条大沟壑，它的口子开在半英里外的旷野上。我可以带着牛群绕个圈子，穿过丛林到沟壑的另一头，下到沟里，扫荡过来，但是他会从沟壑这一头溜出去。我们得把这一头堵住。灰兄弟，你能帮我把牛群一分为二吗？”

“我也许不行，但是我带来了一个英明的帮手。”灰兄弟快步跑开，跳进了一个洞里。接着，从洞口冒出来一颗莫格里非常熟悉的灰色大脑袋，热烘烘的空气中，顿时响起了整个丛林最悲凉的嗥叫声——正午时分一匹狼狩猎的嗥叫。

“阿克拉！阿克拉！”莫格里拍着手，说道，“我早该想到，你是不会忘记我的。我们手头有件大事要做。把牛群分成两半，阿克拉。把母牛和小牛拦在一起，让公牛和耕田的水牛自个儿归一堆。”

两匹狼走着“环小姐”[1]步子，在牛群里跑进跑出。那些牛昂起头，喷着鼻息，被分成了两群。一群是母水牛带着小牛站在中间，瞪大了眼睛，蹄子刨着地，随时准备着，只要一匹狼停下来不动，就冲过去把他撞倒、踩死。另一群是成年公牛和青年公牛，他们喷着鼻息跺着蹄子，看上去虽然好像更凶猛，其实却没有那么危险，因为他们没有小牛需要保护。这么利索地把牛群分开，就算过来六条汉子也是办不到的。

“快下命令吧，”阿克拉气喘吁吁地说，“他们又要合到一块儿去了。”

莫格里敏捷利落地骑到拉玛背上：“把公牛赶到左边，阿克拉。灰兄弟，我们离开后，你把母牛拢在一起，把她们赶进沟壑

1　环小姐，一种环形交谊舞舞步。

的这一头。”

“赶多远？”灰兄弟问。他气喘吁吁，冲那些母牛厉声吼叫着。

“直到沟壑边沿高到谢尔可汗跳不上去的地方，”莫格里大声说，“不要让她们走开，等我们从另一边赶过来。”阿克拉一阵狂吠，公牛们席卷而去。灰兄弟则站在母牛们前头不动；她们向他冲去，他就向前跑，始终跑在她们前头一点点，把她们领向沟壑的开口处。这时，阿克拉驱赶着公牛到了左边很远的地方。

“干得好！再轰一下，他们就真正开始跑了。小心些，现在要小心了，阿克拉。再多吠一声，公牛们就会猛冲了。哇呀呀！干这活儿比驱赶公鹿还要狂野。这些家伙能跑得这么快，你没想到吧？”莫格里喊道。

“当年……当年我年轻力壮的时候，也曾经狩猎过这些家伙，”阿克拉在飞扬的尘土中直喘粗气，“我该把他们赶进丛林吗？”

“哎！赶进去，快赶进去！拉玛已经愤怒得发了狂。啊，今天我需要他怎么干，我要是能告诉他就好了。”

这一次公牛们被赶向右边，哗啦啦冲进了直立生长的灌木丛中。在半英里外放牛的其他牧童，撒开腿能跑多快就跑多快，向村子里奔去，边跑边叫嚷着：“水牛疯了，跑走了。”

莫格里的计划简单得很。他想做的就是转个大圈子上山去，到达沟壑的另一头，然后把公牛赶下沟壑，在公牛群和母牛群之间逮住谢尔可汗。他知道，谢尔可汗吃饱喝足之后，他的状态就不利于打斗，也攀爬不上沟壑的边沿了。此刻他正在用声音安抚水牛，而阿克拉已经远远地落在了后面，只偶尔悲嚎一两声，催赶殿后的水牛。那是一个很长很长的大圈子，因为他们不希望离沟壑太近，引起谢尔可汗的警惕。终于，莫格里驱赶着晕乎乎的牛群聚拢在沟壑的另一头，停在了一片下到沟壑中去的、长满草的陡坡上。以他们所在的高度，可从脚下的一片树顶起，一直俯瞰到下方的旷野。但是莫格里只注意看沟壑的边沿。他发现沟壑的两侧几乎是直上直下的，而且两侧都长满了藤蔓，感到极其满意；一只老虎如果想翻出去，是没有立足点的。

“让他们喘口气吧，阿克拉，”莫格里举起一只手，说道，“他们还没有嗅出他的气味。让他们喘口气。我得告诉谢尔可汗谁来了。我们已经让他掉到陷阱里了。”

他双手合成喇叭状，对着下面的沟壑高声叫喊，在岩石间激荡起了回音。这效果就像对着地道里大喊大叫一样。

过了很久，才传来一头吃饱喝足、刚刚醒来的老虎拖腔拖调、睡意朦胧的咆哮声。

“谁在叫我？”谢尔可汗说。一只艳丽的孔雀尖叫着，扑啦啦从沟壑里飞了起来。

“是我，莫格里。偷牛贼啊，是时候去会议岩了！下去——赶他们下去，阿克拉！下去！拉玛，下去！”

牛群在斜坡边缘愣了片刻，但是阿克拉伸出舌头，全力发出狩猎的呐喊，他们就一头接一头地冲了下去，像轮船在激流上飞驰一样。一时间沙石飞迸。一旦开始，就没有机会停下来了，他们还没有完全到达沟壑的河床，拉玛就已经嗅到谢尔可汗的气味，吼叫起来。

“哈！哈！”莫格里在他背上说，“现在你明白了！”黑色的牛角、泛着白沫的牛口鼻和圆瞪的牛眼所构成的急流，沿着沟壑呼啦啦席卷而去，恰如洪水暴发时狂泻的大卵石一样。较弱的水牛被拱出这激流，甩到沟壑边上，擦着藤蔓向前狂奔。他们知道等待自己去干的是一件什么样的事——水牛群的可怕冲击是任何一只老虎都无望抵挡的。谢尔可汗听到了滚雷般的牛蹄声，站起身来，沿着沟壑笨重地向前跑，边跑边左顾右盼，想找个出路逃走。但是沟壑的两壁陡直陡直，他只得继续往前。他一肚子的食物和水，身体那么沉，现在要他干什么他都愿意，就是不愿意打斗。牛群冲过他刚离开的水潭，激得水花四溅。牛群的吼叫声让那狭窄的大地豁口也共鸣起来。莫格里听见沟壑尽头响起了呼应的吼叫声，看见谢尔可汗转过身来。老虎知道，既然是雪上加霜，与其去面对带着小牛的母牛，还不如迎向公牛们。这时拉玛绊了一下，颠了一颠，然后从某种软软的东西上面踩踏过去，继续向前狂奔。公牛们跟在他后面，和迎面而来的另一群牛咣唧唧全体撞在了一起。这一撞所引起的震动，让那些较弱的水牛四脚完全离了地。两群水牛被这一撞挟带着出了沟壑，来到旷野上，抵角、顿足、喷着鼻息。莫格里看准时机，从拉玛脖子上溜下来，左右挥舞着他的竹竿。

“快，阿克拉！把他们轰散开来。让他们散开，否则他们会互相打斗。把他们赶走，阿克拉。嗨，拉玛！嗨，嗨，嗨！我的孩子们。现在可以温和些了，温和些！事情已经结束了。”

阿克拉和灰兄弟跑来跑去，咬水牛的腿。虽然牛群转过去又要冲进沟壑，但拉玛还是被莫格里设法逼得回转身来，其他的牛就跟随着他进了那些泥坑。

已经不必再践踏谢尔可汗。他死了，老鹰们已经朝他飞过来。

“兄弟们，这种死法就像一条狗。”莫格里一边说，一边去摸刀。和人生活在一起后，他总是把刀放在刀鞘里，挂在脖子上：“不过，他本来就没有要打斗的意思。他的皮放在会议岩上会很好看。我们得快些动手干活。”

独自一人剥下一头十英尺长的老虎的皮，这样的事，对于一个在人类中培养大的男孩，是做梦也绝不会想到的。莫格里却比任何人更了解动物的皮是怎么长在身上的，比任何人更懂得怎样剥皮最容易。但无论如何，这是一件很辛苦的工作。莫格里又割又撕，呼哧呼哧忙活了一个小时；两匹狼耷拉着舌头待在一旁，莫格里叫他们的时候就上前帮着拽几下。

不知什么时候，一只手搭在了莫格里肩上。他抬头一看，是带着塔瓦式滑膛枪的布尔迪奥。原来，孩子们回村报告了水牛受惊逃窜的事，布尔迪奥就很生气地跑了出来，迫不及待地要惩治莫格里，为了他没有照顾好牛群。两匹狼一看到有人过来，马上退出了视野。

“你这是在干什么蠢事？”布尔迪奥生气地说，“居然以为你能剥老虎皮！水牛是在哪儿杀死他的？而且还是那只瘸腿虎，拿他的脑袋可以领到一百卢比的赏钱呢。嗯，好吧，你让牛群跑掉的事就不追究了，我拿着虎皮去可汗席瓦拉领赏回来，也许可以从赏钱中给你一个卢比。”他在围腰布里摸索着，掏出燧石和打火镰，俯下身来，要烧谢尔可汗的髭须。绝大多数当地猎人打死老虎后，总是会烧虎须，为的是阻止老虎的鬼魂纠缠他。

“哼！”莫格里边说边撕下老虎前爪上的皮，下面的话他一半是对自己说的，“这么说，你要拿这张虎皮到可汗席瓦拉去领赏，也许还会赏我一个卢比？我呢，我有自己的想法，这张虎皮我有自己的用处。嗨！老头，把火拿开！”

“对村子里的猎户老大怎么说这种话？你猎杀这头虎，靠的是运气，还有水牛的愚蠢帮的忙。老虎刚吃饱不久，要不然这会儿他已经跑到二十英里外去了。乳臭未干的小乞丐，你连像模像样地剥一张虎皮都不会；我，布尔迪奥，倒是真该听你有模有样地发号施令，不要烧虎须呢。莫格里，我一个安那[1]都不会赏你，只会赏你一顿胖揍。把这尸体放下！”

“凭着赎买我的那头公牛起誓，”莫格里说道，他正开始剥老虎肩膀上的皮，“非要我待在这儿陪一头老猿唠叨整整一中午吗？嘿，阿克拉，这人很烦哪。”

布尔迪奥仍然弯着身子在琢磨谢尔可汗的头，突然发现自己四脚朝天躺在草地上，一匹灰狼站在旁边俯视着他；而莫格里却只管继续剥虎皮，仿佛整个印度只有他一个人似的。

“是——的，”他从牙缝里说道，“你说得全对，布尔迪奥。你连一个安那的赏钱也不会给我。可是这只瘸腿虎和我莫格里之间，有一场早就开始的战争，很早很早以前就开始的战争，嗯——我赢了。”

公平地说，如果布尔迪奥年轻十岁，在林子里碰上阿克拉，他是会冒险和这匹狼斗一斗的；但这匹狼却服从一个男孩的命令，而男孩和一头吃人的老虎之间又有私人冲突，这就不是一匹普通的狼了。布尔迪奥心想，这是巫术，是最坏的魔法。他不知道戴在脖子上的护身符能不能保护自己。他一动不动地躺在那儿，觉得分分钟莫格里都有可能变成一只老虎。

“土邦主啊！伟大的王。”最后他喉咙干哑地低语了一声。

---

1 过去印度使用的货币单位，一安那等于十六分之一卢比。

“哎。”莫格里应道，咯咯地笑了一声，并没有回过头来看他一眼。

“我是一个老人。我并不知道你不只是个牧童。我可以站起来离开这儿吗，你的仆人会不会把我撕成碎片？”

“去吧，愿安宁与你同往。不过，下回不要再干涉我的猎物了。放他走，阿克拉。”

布尔迪奥跌跌撞撞，以最快的速度向村子里跑去，一边还不时地回过头来看，担心莫格里会变成什么可怕的怪物。回到村子以后，他讲了一个魔法、妖术和巫术的故事，祭司听了，神情非常凝重。

莫格里继续干活，但一直干到暮色已近，他和两匹狼才把那张色泽鲜丽的大虎皮从尸体上完全揭下来。

“现在我们得把这皮藏起来，把水牛赶回家！帮我把他们赶到一起，阿克拉。”

牛群在迷蒙的暮色中聚拢来，他们走近村子时，莫格里看见了灯光，听见神庙里螺号在呜呜地吹，钟在当当地响。似乎半个村子的人都在村子大门口等着他。“这是因为我猎杀了谢尔可汗。”他对自己说。但是雨点般的石头从他耳边呼啸而过，村民们喊叫着：“巫师！狼崽儿！丛林恶魔！走开！快走，否则祭司就把你变回一匹狼。开枪，布尔迪奥，开枪！”

老古董塔瓦式滑膛枪砰的一声响，一头年轻的水牛痛苦地吼叫起来。

“又是巫术！”村民们叫嚷着，“他能让子弹拐弯。布尔迪奥，那是你家的水牛。”

“这是怎么回事呢？”莫格里迷惑不解地说，这时，石头的雨点更密地飞了过来。

“你的人类兄弟和狼群没什么两样，”阿克拉说，很沉着地坐了下来，“按照我的想法，子弹要是表示了什么，那就是他们要把你赶走。”

“狼！狼的崽子！走开！”祭司喊道，挥舞着一根圣罗勒[1]的嫩枝。

“再一次被驱逐？上一次因为我是一个人。这一次因为我是一匹狼。我们走，阿克拉。”

一个女人，那是梅苏阿，迎着牛群跑了过来。她哭喊着：“啊，我的儿子，我的儿子！他们说你是巫师，能随意把自己变成野兽。我不相信，但是你走吧，否则他们会杀了你。布尔迪奥说你是男巫，可我知道你为纳索的死报了仇。”

“回来，梅苏阿！”人群大叫着，“回来，否则我们要向你扔石头了。”

莫格里短促地苦笑了一下，因为一块石头砸中了他的嘴。“跑回去吧，梅苏阿。这是他们黄昏时分在大树下讲的故事中最愚蠢的一个。至少我为你儿子讨还了命债。再见，你快跑，我要把牛群赶过去了，他们的速度会比碎砖头更快。我不是男巫，梅苏阿。再见！”

“现在，再来一次，”他喊道，“阿克拉，把牛群轰过去。”

那些水牛迫不及待地要回村子。他们几乎不需要阿克拉吆喝，就像旋风一样奔进大门，把人群冲得七零八落。

1　圣罗勒为印度草药，有草本皇后之称，据认为能用来治愈身体、精神和心灵上的伤痛。

“好好数一数！”莫格里轻蔑地大叫着说，“说不定我偷了你们一头牛呢。好好数一数，因为我再也不会为你们放牛了。再见喽你们，人类的孩子们。你们要谢谢梅苏阿，为了她，我不会带着我的狼，在你们的街上追猎你们。”

他一个转身，和孤狼一同走开了。他仰望着星空，感到很快乐：“我不用再睡在笼子里了，阿克拉。我们带上谢尔可汗的皮，离开这儿吧。不，我们不要伤害这村子，因为梅苏阿待我很仁慈。”

月亮在旷野上空升起来，把它映成一片乳白的时候，受了惊吓的村民们看见莫格里头上顶着一捆东西，身后紧跟着两匹狼，以平稳的狼步，快步穿过旷野，像火焰一样，渐渐吞没许多英里的路程，不见了。于是他们撞响了神庙里的钟，把螺号吹得比以往任何时候更响。梅苏阿哭泣着，布尔迪奥则添枝加叶地讲述他的丛林历险，最后他说，阿克拉会直立起来，像人一样说话。

莫格里和两匹狼来到会议岩所在的小山上时，月亮刚开始沉落。他们在狼妈妈的洞穴前停了下来。

“他们把我从人群里赶了出来，妈妈，”莫格里喊道，“但是我信守诺言，把谢尔可汗的皮带来了。”

狼妈妈腿脚不灵便地从洞里跑出来，狼崽儿们跟在她后面。看到那张皮，她的眼睛里放出光来。

“小青蛙呀，那一天他把脑袋和肩膀挤进这个洞口，想猎取你的性命时，我曾经对他说过，猎杀者终有一天会被猎杀。你干得好。”

“小兄弟，你干得好，”一个深沉的声音在灌木丛中说道，“没有你，我们在丛林里很孤独。”巴赫拉跑了出来，站在莫格里赤裸的脚边。他们一起爬上了会议岩，莫格里把虎皮铺在昔日阿克拉常坐的那块平坦的石头上，用四根竹刺把它钉牢。阿克拉在上面躺下来，发出了召集狼群大会的古老呼唤："看一看——好好地看一看哪，狼伙计们。"当年莫格里初次被带来参加大会时，他正是这样叫唤的。

自从阿克拉被废黜之后，狼群一直没有头领，狩猎和打斗全凭那些狼自己高兴。但是他们出于习惯，还是响应了召唤。有的狼掉进过陷阱，残废了；有的中了枪，成了瘸子；还有的因为吃了不该吃的东西，生了疥癣；另外还有许多狼失踪了。但是他们来了，幸存下来的狼全来到了会议岩，看见谢尔可汗带条纹的皮铺在石头上，四只空荡荡的脚上悬垂着四只大爪子。这时，莫格里自编自唱，唱起了一首歌。它是油然而生，自己跑到他喉咙里来的。他大声地唱着，在吱嘎作响的虎皮上跳来跳去，用脚后跟打着拍子，直唱到喘不过气来。每到一句歌词结束另一句歌词开始的间隙，灰兄弟和阿克拉都嗥叫一声。

"好好地看一看哪，狼伙计们。我有没有信守诺言？"莫格里说。群狼吠道："是的。"一匹模样褴褛的狼嗥叫道："再来领导我们吧，啊，阿克拉。再来领导我们吧，啊，人崽儿。我们已经厌倦了这种没有法则的状况，我们要重新成为自由民。"

"不，"巴赫拉呜呜地说，"这可能行不通呢。等你们吃饱了，疯病又会发作。你们叫作自由民，并不是无缘无故的。你们为自由而打斗，自由是你们的了。你们这些狼啊，把自由吃下去吧。"

"人群和狼群把我逐了出来，"莫格里说，"现在我要在丛林里单独狩猎了。"

“我们和你一起狩猎。”那四匹和他一起长大的狼崽儿说。

于是莫格里离开了会议岩。从那一天起，他和四匹狼崽儿一起在丛林里狩猎。但他并没有永远孤独下去，因为许多年以后，他长大成人，并且结了婚。

但那是讲给大人们听的故事了。

莫格里之歌

以下是他在会议岩，在谢尔可汗的皮上跳舞时所唱的歌。

莫格里之歌——我，莫格里在唱。让丛林听我把做过的事谈讲。

谢尔可汗说过他要猎杀——要猎杀！在暮色中的村子门口，让青蛙莫格里命丧！

他吃饱喝足。喝个够吧，谢尔可汗，何时你有机会再喝？睡吧，在梦里猎杀一场。

我独自在草场。灰兄弟，到我身边来！到我身边来，孤狼，有一场大戏在酝酿！

把大公牛水牛带过来，那怒眼圆睁的青皮公牛群。按我的命令，驱赶着他们奔窜。

你仍然睡着，谢尔可汗？醒醒啊，醒醒！我来了，身后跟着公牛一帮。

水牛之王拉玛顿着足。维恩贡嘎的河水啊，谢尔可汗去了何方？

他不是伊基会打洞，也不是孔雀莫奥会飞。他不是蝙蝠芒恩，能吊在树枝上。吱吱嘎嘎一起摇曳的小竹子哦，告诉我他去了何方？

噢！他在那儿。嚯！他在那儿。拉玛脚下躺着那瘸子！起来呀，谢尔可汗！

起来猎杀呀！这儿有肉，把公牛们的脖子咬断！

嘘！他睡着了。别叫醒他哟，因为他力大无穷。老鹰下来看他了。黑蚁过来结识他了。为了向他表示敬意，大集会已经开场。

啊呀呀！我身上没有缠布片。老鹰们会看见我赤身裸体。众目睽睽之下，我羞于这副模样。

把你的外套借给我吧，谢尔可汗。把你鲜艳的条纹外套借给我，我好去会议岩亮相。

对着赎买我的那头公牛，我许下过诺言——小小的一个诺言，我要履行它，所缺的只有你外套一样。

用刀，用那把人类使用的刀，用猎人的刀，我俯身领受给我的厚礼馈赏。

维恩贡嘎的河水啊，谢尔可汗为了他对我的爱，给了我他的外套。拽呀，灰兄弟！拽呀，阿克拉！谢尔可汗的皮真重。

人群愤怒了。他们扔石头，说些孩子气的话。我的嘴在流血。我还是跑吧，离开这地方。

穿过黑夜，穿过炎热的夜，和我一起快快地跑，我的兄弟们。我们去低悬的月亮下，离开村子的灯光。

维恩贡嘎的河水啊，人群驱逐了我。我没有伤害过他们，他们却怕我。为什么？

狼群哦，你也驱逐了我。丛林对我关闭了，村子对我关上了大门。为什么？

就像芒恩在兽类和鸟类之间飞来飞去一样，我在村子和丛林间奔来蹿去。为什么？

我的脚在谢尔可汗的皮上跳舞，但我的心沉重。我的嘴被村民的石头割伤，但我回到了丛林，心情轻松。为什么？

这两样东西在我心里打斗，就像蛇在春天里打斗一样。泪水涌进我的眼眶，但它落下来我却笑了。为什么？

我是两个莫格里哟，但是谢尔可汗的皮就在我脚下，有目共赏。

整个丛林知道我杀死了谢尔可汗。看一看——好好地看一看哪，狼伙计们！

唉唉！我的心因为我不理解的事，沉重异常。

白海豹

嘘！安静，我的宝贝，黑夜就在我们身后，
海水黑黢黢的，闪烁着绿幽幽的亮光。
月亮悬在卷起的浪涛上空，俯望着我们，
看我们在奔驰的浪谷中休息得安详。
浪头碰着浪头，就是你柔软的枕头，
长鳍肢的小不点儿累啦，蜷起身子睡喽！
风暴吵不醒你哟，鲨鱼赶不上你哦，
在大海轻轻摇荡的臂弯里，睡得甜香！

——海豹摇篮曲

所有这些事情都发生在几年前，在一个名叫诺瓦斯托什纳的地方。那地名又叫东北岬，在遥远又遥远的白令海中央的圣保罗岛上。这故事是利默辛讲给我听的，他是一只冬鹪鹩。当时，利默辛被风刮到一艘驶往日本的蒸汽轮船的帆索上，我把他救下来，带到我的舱房里，让他暖和过来，喂了他两天，直到他身体养得差不多了，可以飞回圣保罗岛为止。利默辛是一只非常古怪的小鸟，但他知道怎样说实话。

如果没有事要办，谁也不会来诺瓦斯托什纳；而唯一有经常性的事情要过来办的族类，就是海豹了。每年夏季，他们几十万只上百万只地，从灰蒙蒙的冰冷的大海里上来；因为对于全世界任何一个地方的海豹，诺瓦斯托什纳海滩都是最好的栖息地。

海捕手[1]知道这个。每年春天，无论他碰巧在哪一片海域，都会径直游向诺瓦斯托什纳。他像一艘鱼雷快艇一样游过来，花

1 海捕手是俄国人对成年海豹的称呼，作者用此称呼应该是因为诺瓦斯托什纳岛在俄国领海上。这篇故事中好几个名字用的是俄语谐音，如柯迪克是俄语海豹宝宝的谐音，玛特卡是俄语海豹妈妈的谐音。

上一个月和同伴们打斗，在岩石上争夺一块尽可能靠近海边的好地盘。海捕手已经十五岁，是一头体型巨大的灰皮海豹，肩膀上的毛已经差不多像鬃毛，还有一副长长的、恶狠狠的犬牙。他站直前鳍肢、昂起身子的时候，离地有四英尺多高。他的体重——如果谁有胆量称一称他的话——有将近七百磅。他浑身是伤疤，它们全都是野蛮打斗留下的印记，可他总是没个够，永远准备着再打斗一场。他会把脑袋歪向一边，仿佛不敢正眼瞧他的对手似的；然后，那脑袋会像闪电一样突然射出去，长牙插进另一只海豹的脖子，死死咬住不放。这时候对手如果还能逃走的话，那就逃吧，可是别指望海捕手主动放他一马。

不过海捕手从不追击落败的海豹，因为那是违背海滩法则的。他只是想在海边占一块地方，生儿育女。可每一年春天，都有四五万只别的海豹为了同一个目的来争抢地盘，海滩上就免不了到处是一片吓人的啸叫声、怒吼声、咆哮声和撞击声了。

站在一座名叫赫钦森山的小山上，你能望见三英里半的海滩上黑压压一片，全是打斗的海豹；拍岸的浪涛中，到处露出海豹的脑袋，他们正急着上岸，要加入到打斗中去。海豹们在浪花中打斗，在沙滩上打斗，在育儿窝磨光滑了的玄武岩上打斗，因为他们像人类一样，愚蠢而且不肯通融。不到五月底或六月初，他们的妻子绝不会到岛上来，她们才不想送上门来，被撕成碎片呢。尚未成家的两岁、三岁和四岁的小海豹，则穿过斗士们的战阵，深入内陆大约一英里半，一小群一大帮地在沙丘上嬉戏，把地面上长出来的绿色全部蹭光，一星也不剩。他们被称作霍鲁斯奇基，就是单身汉。仅仅诺瓦斯托什纳一地，也许就有二三十万头霍鲁斯奇基。

海捕手刚完成他在这个春天的第四十五回打斗，玛特卡，他性情温柔、皮肤柔滑、眼神柔和的妻子，就从海里面上来了。他叼住她颈背上的皮，把她丢进自己的领地，粗暴地说：“年年迟到。你去哪儿了？”

待在海滩上的四个月里，海捕手习惯上是禁食的，所以他的脾气通常很坏。玛特卡知道，还是别回嘴的好。她四下里望望，低声细语地说：“你想得多周到哦。这回你又占到了老地方。”

“还真是这么回事，”海捕手说，“你瞧瞧我！”

他身上有二十个地方刮破了，在流血；一只眼睛几乎废了，身体两侧撕扯出了一道道伤痕。

“唉，你们这些汉子，你们这些汉子，”玛特卡说，用后鳍肢给自己扇着风，“你们干吗不能理智一些，心平气和地解决地盘问题呢？你的模样看上去就好像跟虎鲸打过仗似的。”

“五月中旬以后，我就别的什么事都不干，一直在打斗。今年春季，这儿的海滩上拥挤得太不成样子了。我至少遇到了一百头从鲁坎农海滩来这儿找地方安家的海豹。大家为什么不能待在自己的地方呢？”

“我常常想，这儿太拥挤了，如果换个地方，去水獭岛，我们会快乐得多。”玛特卡说。

“呸！只有霍鲁斯奇基才会去水獭岛呢。如果我们去那个岛，那些家伙会说我们怕了他们。我们得保住脸面，亲爱的。”

海捕手骄傲地把脑袋埋进肥胖的肩膀中间，假装睡了几分钟；其实他始终警醒得很，随时准备应战。现在，所有的海豹夫妇都已经上了岛，即使在几英里外的海面上，也听得见他们在海滩上的喧嚣，这声音能把最响的风暴声盖住。往最少里算，海滩上也得有一百多万头海豹——老海豹、海豹妈妈、小不点儿宝宝和霍鲁斯奇基。他们对打、混战、呜啊呜啊地叫、爬行，在一起玩耍。他们成群结队地下海去，又成群结队地从海里面出来。目力所及之处，每一英尺的地面上都趴满了海豹；在雾中，到处都有群殴的身影。诺瓦斯托什纳几乎永远是雾蒙蒙的，偶尔太阳露个头，岛上的一切就会像珍珠一样光彩熠熠，像彩虹一般五色斑斓，但只有一小会儿。

玛特卡的宝宝柯迪克，就出生在那一片混乱之中。像所有小不点儿海豹必需的那样，他的脑袋和肩膀都发育全了，但他的皮色却有些特别，妈妈不由得凑近些看着他。

“海捕手，”最后她说，“我们的宝宝长大后会是白色的！”

“空蛤壳子干海藻！”海捕手从鼻子里哼了一声，不屑地说，“天底下还从来不曾有过白海豹这样的东西呢。”

“那我就没办法了，”玛特卡说，“从现在起就要有了。”然后，她低声哼唱起海豹歌谣来，所有海豹妈妈都会对着她们的宝宝这样唱：

不到六周大，你不可以游泳，
不听话就会头朝下沉到水底；
夏天的风暴和杀手虎鲸，是海豹宝宝最坏的天敌。

它们是坏天敌哟，亲爱的小耗子，
它们坏死了，坏得不能再坏；
去玩儿泼水吧，长得结结实实，

这样子才能避祸消灾。

辽阔的大海的孩儿！

当然，小家伙一开始是听不懂这些话的。他在妈妈身边扑腾着鳍肢，爬来爬去。当他的父亲和另一只海豹打斗起来，两头雄性海豹在光滑的岩石上吼叫着滚过来滚过去时，他懂得慌慌张张地爬到一边去。玛特卡常常下海去找东西吃，小宝宝两天才喂一次食，但喂的时候他会敞开肚皮饱饱地吃一顿，使劲儿地吃，使劲儿地长。

他平生做的第一件事，是爬到内陆去。在那儿他遇上了成千上万只和他同龄的海豹宝宝，他们像小狗一样一起玩，玩累了到干净的沙地上睡觉，睡足了再一起玩。育儿窝里的老海豹们不管这些小家伙，霍鲁斯奇基又待在他们自己的地方，所以海豹宝宝们玩得很自在很开心。

玛特卡去深海捕鱼回来后，会直接去他们玩耍的地方，像绵羊呼唤羔羊一样呼唤着柯迪克，在边上等着，直到听见他呜哩呜哩的叫声。然后她就沿着最直最短的路线去他所在的方向，用前鳍肢开道，左右开弓，把小东西们推得四仰八叉。游戏场里总是有几百只海豹妈妈在寻找孩子，海豹宝宝们老是被搅着，老是处在活泼热闹的状态中。不过，正如玛特卡对柯迪克所说的那样：“只要你不躺在泥浆水里染上疥癣，划破或者擦伤的地方不揉进硬沙子；只要风浪大的时候你不到海里去游泳，这儿没有什么会伤害你。”

小海豹像小孩子一样，并不是生下来就会游泳的，但是他们只要没学会游泳，就不开心。柯迪克第一次下海时，一个浪头把他卷进了没顶的海水里，就像他妈妈在歌里所唱的那样。他的大脑袋沉了下去，小小的后鳍肢翘了起来，如果不是下一个浪头又把他推上来，他就淹死了。

从那以后，他学会了躺在海滩边的水坑里，让水浪刚好能淹没自己，划水的时候身体能浮上来就行。不过他始终睁大了眼睛，留神可能会伤害自己的大浪头。他学了两个礼拜使用鳍肢；这期间他一直在水中挣扎扑腾，呛水咳嗽，咕哝抱怨。他会爬上岸，在沙滩上打个盹，然后又回到水里，直到最后，他发现海水中才真正是他的天地。

现在你可以想象得到，他和小伙伴们在一起的时光有多么开心了。他们扎猛子到长涌浪的下面；他们从卷浪的浪尖上冒出来，乘着这翻卷的浪头冲上滩涂好远，哗啦啦水花四溅上了岸；他们像老海豹一样，用尾巴支着身体直立起来，抓挠着脑袋；他们爬到浅水湾里滑溜溜长满水草，只露出水面一点点的岩石上，玩“我是城堡国王”的游戏。时不时地，他会看见水面上一道薄薄的鳍，好像是一条大鲨鱼的鳍，一直向海岸漂过来。他知道那是虎鲸格兰普斯，那家伙逮到小海豹就吃掉。一看到它，柯迪克就会像箭一样冲向海滩；那道鳍就会慢悠悠扭动着游开，仿佛根本没在寻找什么似的。

十月下旬，海豹们开始一家子一家子，或者一个族群一个族群地，离开圣保罗岛，向深海进发。不再有争夺育儿窝的打斗，霍鲁斯奇基想在哪儿玩耍就可以在哪儿玩耍了。“明年你就会成为霍鲁斯奇基，”玛特卡对柯迪克说，“但是今年你得学会捉鱼。”

他们一起动身，横渡太平洋。玛特卡做给柯迪克看，怎样仰躺在水里，鳍肢收拢在身侧，只让小鼻子刚好露出水面一点点。世上没有一个摇篮，比太平洋滚滚的、长长的波浪更加舒服了。柯迪克感到浑身皮肤刺痛时，玛特卡告诉他，那是他正在学会“感觉海水”，这针刺一样的感觉意味着坏天气就要来了，他必须使劲儿游，离开这儿。

“用不了多久，你就会知道该向哪儿游，”她说，“不过这会儿我们还是跟着海豚珀派斯吧，因为他是很聪明的。”一大群海豚正在扎着猛子，劈波斩浪地前进，小柯迪克尽可能快速地跟随着他们。“你们怎么知道该往哪儿游呢？”他气喘吁吁地问。海豚群的首领翻动着白眼珠，扎下水去。“我的尾巴感到刺痛，年轻人，”他说，“那意味着我的后方有风暴。跟我来！如果尾巴是在黏水（他的意思是指赤道海洋）的南边感到刺痛，那就意味着前面有风暴，你得掉过头来向北游。跟我来！这儿的海水感觉不好。”

这是柯迪克学会的许多事情之一，他一直在学。玛特卡教会了他沿着水下的海岸跟踪鳕鱼和大比目鱼，从海草丛中的洞穴里把三须鳕揪出来；教会了他避开水下一百英寻[1]的沉船，在鱼群逃跑的时候，像一颗来复枪子弹一样，从一个舷窗冲进去，从另一个舷窗冲出来；教会了他乘着天幕上闪电到处赛跑的时候，在浪尖上跳舞，彬彬有礼地向乘风而去的短尾巴信天翁和军舰鸟挥动鳍肢；教会了他鳍肢紧贴在身侧，弯起尾巴，像海豚一样，跳起来离开水面三四英尺；教会了他不要去碰飞鱼，因为它们身上都是骨头，没什么肉；教会了他在十英寻深的水里，从全速前进的

1 海洋深度单位，一英寻等于六英尺。

鳕鱼肩胛上撕咬下一块肉；教会了他决不要停下来向小船或大船张望，尤其是那种小划子。六个月过去后，对于深海捕鱼，如果说柯迪克还有什么不知道的话，那都是不值得去了解的了。这期间，他的鳍肢从来不曾在干的陆地上歇息过。

不过有一天，当他半睡半醒，躺在胡安·费尔南德斯群岛[1]外某处温暖的海面上时，他感到懒洋洋的，浑身无力，就像春天透进人类的小腿时，人类会感觉到的那样。他记起了七千英里外诺瓦斯托什纳坚实的好海滩，记起了伙伴们玩的游戏，还有海草的气味、海豹的吼叫和打斗。这一分钟，他坚定地掉过头来，向北游去。一路上他遇到了好几十个同伴，大家去的都是同一个方向，他们对他说："你好啊，柯迪克！今年我们大家都是霍鲁斯奇基了，我们可以在鲁坎农海滩上的浪花里跳火焰舞，在新长出来的草上面游戏。可是，你哪儿来的这身皮呀？"

现在柯迪克的皮毛几乎是纯白色的了，尽管他为此感到自豪，却只说了一句："快游吧，我急着要上陆地，骨头都疼了。"就这样，他们来到了他们出生的那片海滩上，听见老海豹们，他们的父辈，在翻腾的雾气中打斗。

那天晚上，柯迪克和一岁的海豹们一起跳火焰舞。夏天的夜晚，从诺瓦斯托什纳到鲁坎农的海面上，绵延无尽地辉映着火光。每一只海豹跳起来时，身后都留下一道燃烧的油一样的痕迹，一片灼亮的闪光，海浪就破碎成一大片粼光熠熠的条纹和旋涡。跳舞结束后，他们去内陆，来到霍鲁斯奇基的地盘，在新长出来的野麦子上面滚来滚去，互相讲述他们在大海上的时候干过

1　位于南美洲，属智利。

的事情。他们谈论太平洋，就像男孩子们谈论他们采摘坚果的树林一样。要是有人听得懂他们所说的话，回去一定能画出一幅前所未有的太平洋航海图。那些三四岁的霍鲁斯奇基，从赫钦森山上嬉闹着下来，嚷嚷着："滚一边去，小子们！大海深着呢，海里面的事情，你们离通晓还差得远呢。等你们绕过合恩角走一遭再说。嗨，那个一岁的小家伙，你从哪儿弄来这一身白皮？"

"不是弄来的，"柯迪克说，"是自己长出来的。"他正想把说大话的家伙掀翻，不料从一个沙丘后面，走出来两个长着扁平红脸的黑发男子。柯迪克从来不曾见过人类，咳嗽着低下了头。那些霍鲁斯奇基慌忙退后几码[1]，坐在那儿傻愣愣地瞪着眼睛。两个男子不是别人，正是岛上猎杀海豹的头儿克里克·布特林和他的儿子帕塔拉蒙。他们从距离育儿窝不到半英里的一个小村子过来，正在盘算把哪些海豹驱赶到屠宰栏圈里去——赶海豹就像赶绵羊一样——然后把他们变成海豹皮夹克。

"嚯！"帕塔拉蒙说，"瞧！有一只白海豹！"

克里克·布特林那张蒙着油和烟的脸几乎变得煞白，他是阿留申人，阿留申群岛的岛民是不爱干净的。接着，他开始叽里咕噜地祷告起来。"别碰他，帕塔拉蒙。自从……自从我出生以来，就不曾有过白海豹。也许它是老扎哈罗夫的鬼魂。去年他在大风暴里失踪了。"

"我不会靠近他，"帕塔拉蒙说，"他很不走运。你真的认为这是老扎哈罗夫回来了？我还欠他一些海鸥蛋呢。"

"眼睛不要看他，"克里克说，"去赶那群四岁大的。按说

1　一码等于三英尺，一英尺等于0.3048米。

工人们今天该剥两百张皮，但季节才刚开始，他们又是新手，剥一百张就差不多了。动作快！”

帕塔拉蒙拿着一对海豹肩胛骨，在一群霍鲁斯奇基面前咔嗒咔嗒地敲着。他们都呆住了，一动不动，张开嘴巴和鼻孔，直喘粗气。接着他迈步向他们逼近，那些海豹就开始移动；于是克里克走在头里，领着海豹们向内陆走去。他们丝毫也没有尝试掉过头来，回到伙伴们中间。几十万只海豹眼睁睁地看着他们被人赶走，却无动于衷，照样玩耍着。柯迪克是唯一一个提出疑问的，但同伴们什么也说不清楚，只是告诉他，每年有六个礼拜或者两个月，人类就是这样子驱赶海豹的。

“我要跟过去看看。”他说。他拖着鳍肢，循着海豹群的足迹跟了上去。他的两只眼睛圆瞪着，几乎要从眼眶里弹出来了。

“白海豹从后面跟上来了，”帕塔拉蒙嚷道，“这可是头一回，一只海豹单独朝屠宰场来。”

“嘘！别往后看，”克里克说，“那是扎哈罗夫的鬼魂！我一定要和祭司说说这件事。”

去屠宰场的路只有半英里长，却花了一个小时才走到，因为克里克知道，如果海豹走得太快，他们的身体就会发热。那样，剥皮的时候，他们的皮毛就会一片一片往下掉。所以，他们走得很慢，经过“海狮颈”，经过韦伯斯特大宅，最后来到了盐宅，它刚好在海滩上的海豹视野之外。柯迪克气喘吁吁、满肚子好奇地跟在后面。他以为自己来到了世界尽头，可是，后方的海豹育儿窝里，吼叫声却像火车在隧道里的轰鸣一样响亮。这时，克里克在青苔上坐了下来，他掏出一块沉甸甸的锡镴怀表，准备等上三十分钟，让驱赶过来的这群海豹凉一凉。柯迪克能听见雾气凝结的水珠从克里克的帽檐上滴落的声音。然后来了十到十二个人，每人拿着一根三四英尺长的包铁皮的棒子。克里克把海豹群中被同伴咬伤或者身体太热的一两只指点给工人们看，那些人就抬起海象颈子皮做的沉甸甸的靴子，把他们踢开。然后，克里克说道："开始吧！"那些人就抡起棒子，以最快的速度向海豹们的脑袋上敲下去。

十分钟后，小柯迪克再也认不出他的朋友们了，因为他们的皮从鼻子一直到后鳍肢，被人撕扯开，猛地揭下来，丢在地上，堆成了一堆。柯迪克再也看不下去了。他回过身，向大海狂奔而去（海豹在短时间里是能疾速奔跑的）；因为恐惧，他新长出来的小髭须根根直立着。在"海狮颈"，巨大的海狮坐在拍岸的浪花边，看见柯迪克把鳍肢举过头顶，猛地跳进清凉的海水，在那儿打着摆子，直喘粗气。"怎么了？"一只海狮问道，态度很粗暴，因为一般说来，海狮是同类相聚，不跟外人交往的。

"斯库克尼！欧沁斯库克尼！"（"我很孤独，非常孤独！"）柯迪克说，"他们正在所有的海滩上，杀死所有霍鲁斯奇基！"

海狮转动脑袋，向岸上望去。"胡扯！"他说，"你的朋友们跟往常一样，正在那边制造噪音呢。你一定是看见老克里克干掉了一群海豹。这活儿他已经干了三十年了。"

"太恐怖了。"柯迪克说。他正倒划着水，一个浪头打了过来；他急忙划动鳍肢，一个急旋转稳住身子，在距离一块岩石的锯齿状棱边只有三英寸的地方，停了下来。

"才一岁，能这么干真不赖！"海狮说，他对好的游泳技术是很有鉴赏力的，"我想，以你看待它的方式，这件事的确很可怕。但是你们海豹既然年年到这儿来，人类当然就会知道；除非能找到一个人类从来不曾去的岛，否则你们永远会被人赶杀。”

“没有这样一个岛吗？”柯迪克上心了。

“我跟着波尔图（大比目鱼）周游了二十年，还不能说找到了这样一个岛。但你似乎很喜欢跟比你优秀的族类交谈，所以听我说，你不妨去海象小岛，找海威奇[1]聊一聊。他也许知道点什么。别这样忙不迭地走啊，要游六英里才能到呢。我要是你，就先爬上岸去，打个盹儿，小家伙。”

柯迪克觉得这提议不错，于是绕回来，游到自己的海滩边，拽着身体爬上岸去，睡了半个小时。他睡着的时候浑身抽搐着，海豹都这样。睡醒后，他径直向海象小岛游去。那是一个方圆很小、地势低矮、布满岩石的小岛，几乎在诺瓦斯托什纳的正东北方向，岛上全是岩架、岩石和海鸥巢。海象群在岛上自成一统，没有别的动物混杂其间。

他在靠近老海威奇的地方拢了岸。老海威奇是一只北太平洋海象，大个子，很丑，臃肿，浑身疙瘩，脖子很肥，牙齿很长。除了睡觉之时，任何时候他都是粗暴无礼的，而这时他正好睡着，后鳍肢一半淹没在拍岸的水浪里，一半在水上面。

“醒醒！”柯迪克吠道，因为海鸥吵得要命。

“哈！嚯！嗯！怎么回事？”海威奇说，他用长牙敲了一下旁边的海象，把他弄醒，这一个又敲醒下一个，一个弄醒一个，最后一个个全都醒了。他们瞪大眼睛四处张望着，就是不看该看的地方。

---

1 海威奇是俄语海象的谐音。

“嗨！我在这儿呢。”柯迪克说。他在拍岸的水浪里上下颠动着，看上去像一条小小的白色鼻涕虫。

“哟！还是——剥了我的皮吧！”海威奇说。海象们一起望着柯迪克，那情景你可以想象一下，那就像一个俱乐部里，满满的都是昏昏欲睡的老绅士，目光全都落在一个小男孩身上。这个时候，柯迪克可不想再听到什么剥皮不剥皮的话了，他已经看够了那种事。所以，他大声喊叫起来：“有没有一个人类没有到过的地方，可以让海豹去那儿？”

“自己去找，”海威奇说，闭上了眼睛，“走开。我们这儿正忙着哪。”

柯迪克像海豚一样跳到空中，拔直嗓门吼叫着：“吃蛤肉的家伙！吃蛤肉的家伙！”他知道，海威奇一辈子从来不曾逮到过一条鱼，一辈子都在挖蛤蜊和海草吃，装出一副很凶的样子，吓唬谁哟。那些总是在找机会撒野的戚基、嘎弗鲁斯基和厄帕特卡，也就是北极鸥、三趾鸥和角嘴海雀，自然不会放过这个机会，也跟着叫喊起来。将近五分钟时间里——利默辛是这样告诉我的——就算有人在海象小岛上开炮，你也听不见。岛上所有的鸟类都在嚷嚷着、尖叫着：“吃蛤肉的家伙！斯塔里克（老头儿）！”弄得海威奇咕噜着咳嗽着直打滚。

“现在你愿意说了吧？”柯迪克上气不接下气地说。

“去问海牛，”海威奇说，“如果他还活着，他能够告诉你的。”

“我遇到海牛时，怎样认出他来呢？”柯迪克问，转过身子准备离开。

“他是大海里唯一长得比海威奇更丑的东西，”一只北极鸥尖叫着一边说，一边在海威奇的鼻子下面盘旋着，“更丑，更粗暴无礼！斯塔里克！”

柯迪克丢下海鸥在那儿尖叫，游回了诺瓦斯托什纳。他想为海豹族找一块安宁之地，却发现，在诺瓦斯托什纳海滩上，没有一只海豹赞同这个小小的企图。他们对他说，人类一向都驱赶霍鲁斯奇基的，这样的事儿天天都有；他要是不想看见丑恶的事，就不该去屠宰场。但是，其他海豹没有一个看到过屠杀的场景，这一点在他和朋友们之间造成了分歧。另外，柯迪克是一只白海豹。

“你应该做的事是快快长大，”老海捕手听完儿子的冒险经历后，对他说，“长成一只像爸爸一样的大海豹，在海滩上拥有一处育儿窝，到那时候，他们就不会来招惹你了。再过五年，你该能为自己打斗了。”就连他的妈妈，温柔的玛特卡，也这样说道：“你是永远没办法制止杀戮的。去大海里玩儿吧，柯迪克。”柯迪克离开了，揣着一颗小小的、沉重的心，跳起了火焰舞。

那年秋天，他早早地离开了诺瓦斯托什纳海滩，为了他执拗的小脑瓜里的一个念头，独自出发了。他要去找海牛，如果大海里真有这样一种动物的话；他要找一个安宁的、有着坚实的好海滩的岛屿，让海豹族在上面生活，让人类找不着他们。于是，他独自一人，从北太平洋到南太平洋，不断地探索着探索着，每个昼夜游三百英里。他的冒险经历太多了，简直说不完。他死里逃生，差一点被姥鲨、斑点鲨和槌头双髻鲨逮住。他遇见了大海里各种不可以信任的、东游西荡的恶棍，彬彬有礼、身体笨重的鱼，长绯红色斑点、在一个地方停泊了好几百年并且引以为自豪的扇贝。但他没有遇见海牛，也没有找到一个让他中意的岛屿。

只要海滩很好，很坚实，海滩后面有一片斜坡让海豹玩耍，那么地平线上总会有一艘熬着鲸脂的捕鲸船冒着烟。柯迪克明白那意味着什么。就算不明白，他也看得出海豹曾经来过岛上，并且被杀光了。柯迪克知道，人类来过一次，就会来第二次。

他结识了一只年老的短尾巴信天翁，信天翁告诉他，克圭仑岛正是他向往的和平安宁之地。柯迪克游到那个岛的时候，雷电交加，一场特大的冻雨袭来，差一点在一道险恶的黑色悬崖上把他砸得粉身碎骨。可是，当他顶着大风离去的时候，他看出来，就是这样一个岛，也曾经有过海豹的育儿窝。他造访过的其他岛屿，也都是这样的情形。

利默辛列出了一长串岛屿的名称，他说，柯迪克历经五个寒暑到处探索，每年到诺瓦斯托什纳休息四个月。这期间，霍鲁斯奇基常常取笑他，取笑他想象中的岛屿。他去过加拉帕戈斯，那是赤道上一个干燥得要命的地方，他差一点在那儿被烤死；他去过乔治亚岛、奥克尼群岛、埃默拉尔德岛、小南丁格尔岛、戈夫岛、布韦岛、克罗泽群岛，甚至到过好望角南边一个斑点那么大的小岛。但是，他每到一处，大海的子民告诉他的，都是同样的事情：海豹曾经去过那些岛，但是人类把他们全杀光了。他游了几千英里，游出太平洋，来到一个名叫科伦特斯角的地方（那是他刚从戈夫岛回来的时候），在一块岩石上发现了几百只生疥癣的海豹。他们告诉他，这地方人类也来过。

他的心都快碎了。他绕过合恩角，向自己的海滩游去。在北上的途中，他拽着身体爬上一个树木葱翠的岛屿，在上面发现一只很老很老、离死不远的海豹。柯迪克逮鱼给他吃，向他诉说了心中的悲伤。“现在，我要回到诺瓦斯托什纳去，”柯迪克说，“就算和霍鲁斯奇基一起被驱赶到屠宰栏圈去，我也不在乎了。”

老海豹说：“再试一次吧。我是已经灭绝的玛莎福拉族群的最后一只海豹。在人类十万只十万只地杀戮我们的日子里，海滩上流传着一个传说，说有一天，一只白海豹会从北方出来，引领海豹族去一处安宁之地。我老了，活不到看见那一天的时候了，但别的海豹能看到。再试一次吧。”

柯迪克卷起髭须（好美的髭须），说道：“我是海滩上曾经出生过的唯一的白海豹，无论是黑还是白，我是唯一想要寻找新岛屿的海豹。”

这想法给了他巨大的力量。那年夏天，他回到诺瓦斯托什纳的时候，他妈妈玛特卡乞求他结婚，安顿下来。因为他已经不再是一只霍鲁斯奇基，而是一个成年海捕手，肩胛上长着卷曲的白色鬃毛，像他爸爸老海捕手一样高大魁梧、凶猛彪悍。“再给我一个寒暑吧，”他说，“记着，妈妈，冲上海滩最远的总是第七个浪头。”

奇怪得很，正好有一只雌海豹也想推迟到明年再结婚。在动身去做最后一次探索的前一天夜里，柯迪克和她两个，沿着整个鲁坎农海滩，跳了一回火焰舞。这一回他去的是西边，因为他偶然碰到了一大群大比目鱼，就尾随而去了。他每天至少需要一百磅鱼，才能使自己的身体保持良好的状态。他一路追猎着它们，累了，就蜷起身子，躺在涌向科珀岛的滚滚浪潮的波谷中酣睡。他对那片海岸了如指掌，所以大约午夜时分，当他感觉到自己轻轻地撞上长着海草的海床时，他自言自语道：“嗨，今晚的潮水还挺猛的呢。”说着，在水底下翻个身，缓缓地睁开眼睛，伸了个懒腰。接着，他像猫一样跳了起来，因为他看见，浅滩的海水中有些巨大的东西，东嗅嗅西嗅嗅，啃啮着沉甸甸的流苏般的海草。

“凭着麦哲伦海峡的巨浪[1]起誓！”他说，嘴在髭须下面动着，“在深深的海洋里，这些是什么族类的动物？”

他们与柯迪克见过的任何一种动物都不像，包括海象、海狮、海豹、熊、鲸、鲨鱼、鱼类、乌贼和扇贝。他们的身体长在二十英尺到三十英尺之间，没有后鳍肢，却有一根铲子一般的尾巴，看上去就像用湿皮革削出来的一样。他们的脑袋是你见过的东西中模样最愚蠢的。在深水中，他们不吃草的时候，靠尾巴的末端平衡着身体，像肥胖的人挥动手臂一样挥动他们的前鳍肢，很庄严地互相行鞠躬礼。

“呃哼！”柯迪克说，“觅食顺利吗，先生们？”那些大家伙以鞠躬来作答，像青蛙男仆[2]一样挥动着鳍肢。他们重新开始吃草时，柯迪克注意到，他们的上嘴唇裂成两半，能够猛地张开一英尺宽，攫进一整个蒲式耳[3]的海草，然后又合上。他们把食料塞进嘴里，很庄严地咀嚼着。

“这种吃法真是一塌糊涂。”柯迪克说。他们又一次以鞠躬来作答。柯迪克忍不住要发脾气了。“很好，”他说，“就算你们碰巧前鳍肢多长一节，也用不着这样子炫耀。我看到你们的鞠躬姿势很优雅了，但我想知道你们的名字。”那些裂开的嘴唇嚅

1 麦哲伦海峡位于南美洲大陆南端与火地岛等岛屿之间，麦哲伦海峡的巨浪指的是从南极涌向南美巴塔哥尼亚地区的海滩和礁岩的巨浪。

2 童话《爱丽丝漫游奇境记》中的人物。

3 蒲式耳为计量单位，在英国，一蒲式耳等于36.268公升，在美国，一蒲式耳等于35.238公升。

动着，一开一合；那些眼神呆滞的绿眼睛瞪大了看着他，但他们就是不说话。

“好吧！”柯迪克说，“你们是我见过的族类中唯一长得比海威奇丑的，而且更无礼。”

这时他脑子里电光一闪，记起了当年他还是一只一岁的小海豹时，在海象小岛，北极鸥尖叫着对他说过的话。他在水里来了一个后滚翻，因为他知道，他终于找到了海牛。

海牛们继续嘶啦啪嗒地吞咽、咀嚼着海草，柯迪克用旅途中偶然学会的各种语言向他们提问；海族也说不同的语言，他们的语言种类几乎和人类的一样多。可是海牛们不回答他，因为海牛不会说话。他们脖子里本应有七节骨头，可是他们只长了六节[1]。据海底下传说，这个毛病甚至妨碍了他们和同伴之间的交谈。不过，你知道，他们的前鳍肢多长出了一节，把它上下左右挥动，就能发出一种相当于笨拙的电报电码的信号。

拂晓时分，柯迪克气得鬃毛根根倒竖，他先前的好心情去了死螃蟹去的地方。这时，海牛非常缓慢地开始北上，途中他们时不时地停下来，开荒唐的鞠躬大会。柯迪克跟随着他们，对自己说道：“像他们这样白痴的族类，如果没有找到安全的岛屿，肯定早就被杀光了。对海牛来说够好的地方，对于海捕手也一定是够好的。尽管如此，我还是希望他们赶紧些。”

对于柯迪克来说，这是一件令人厌烦的事。海牛群每天行的路从来不超过四五十英里，夜间还停下来吃东西；或行或停，始终靠近海岸。柯迪克在他们前后左右、上面下面游来游去，却无

1 海牛属哺乳动物，而哺乳动物的颈椎一般都有七节骨头。

法催逼他们多行半英里。到了北边之后，他们每隔几小时便要开一次鞠躬大会，让柯迪克好不耐烦，几乎要把自己的髭须咬掉。最后，柯迪克看出来了，这些海牛是在跟随着一股海洋暖流前行，这才对他们增加了几分敬意。

一天夜里，他们沉到闪闪发光的水下——像石头一样沉下去，然后迅速往前游，这是柯迪克认识他们以来，第一回见到。柯迪克跟了上去。他们的速度让他感到惊讶，因为他做梦也没有想到，海牛竟然是游泳健将。他们游向海岸边的一座峭壁——那峭壁一直插进海水深处，他们一头扎进了峭壁脚下一个黑森森的洞里，洞口在海面下二十英寻[1]深的地方。那是一次时间漫长的潜泳，柯迪克憋坏了，等不及他们引领他游出黑暗的隧道，急着要换气，吸一口新鲜的。

"我的个海狗子哟！"他从隧道另一端钻出来，升上辽阔的海面，呼哧哧地喘着粗气，"这个猛子扎得太久了，不过倒是很值得。"

海牛们已经分散开来，正沿着柯迪克见过的最精美的海滩的边缘，懒洋洋地吃草。这儿有大片大片磨光滑的岩石，绵延好几英里，正适合做海豹的育儿窝；海滩后面有坚实的沙地，带着一点坡度伸向内陆，正好做游戏场所；还有卷浪长涌给海豹们在里面跳舞，有茂密的长草给海豹们在上面打滚，有沙丘给他们爬上爬下。最棒的是，凭着对水的直觉，柯迪克知道，这儿还不曾来过人类。这种直觉从来不曾欺骗过一只真正的海捕手。

他做的第一件事，是亲自确认一下这儿是否可以捕到好多

1　英寻为海洋长度单位，一英寻等于1.8288米。

鱼。然后，他沿着海滩往前游，数一数，半隐半现在翻腾弥漫的美丽雾气之中的，有多少可爱的低矮沙质岛屿。在远处的北边，在出海的地方，散布着一串沙洲、浅滩和礁石，它们把任何一艘船拦在了海滩六英里之外。这些岛屿和陆地之间，是一片深水区，一直延伸到那些陡直的峭壁下面；峭壁水下的某个地方，就是那条隧道的出入口。

“又是一个诺瓦斯托什纳，但要比它好上十倍，”柯迪克说，“海牛一定比我想象的更聪明。即使有人类来到，他们也无法从峭壁上下来；伸向大海的那些浅滩，会把进来的船只撞成碎片。如果大海上有什么地方是安全的，这儿就是了。”

他开始想念他丢下的那些海豹，但尽管急着要回诺瓦斯托什纳，他还是把这块新领地彻底探察了一遍，这样他回去后，才能应答所有的提问。

然后他潜下水，摸清楚了隧道口的位置，便疾速穿过隧道，向南游去。除了海牛们和一头海豹，别的动物做梦也想不到，大海上会有这样一个地方；当柯迪克回过头去望着峭壁时，连他自己也不敢相信，他曾经从它的底下穿过。

虽然他游得不慢，却也花了六天时间才游回诺瓦斯托什纳。当他拽着身体，恰好从“海狮颈”上面爬上岸时，他第一个遇到的，正是一直在等待他的那只雌海豹；她从他的眼睛里看出来，他终于寻找到了他梦中的岛屿。

但是当他述说他的发现时，霍鲁斯奇基、他的父亲老海捕手和所有别的海豹都嘲笑他。一头和他差不多年龄的年轻海豹说道：“你说的一切都很棒，柯迪克。可是，你不能从一个没人知道的地方游过来，然后就这样命令我们出发。记着，我们一直在为我们的育儿窝打斗，这件事你却从来不曾做过。你宁愿在大海上到处漂荡。”

其他海豹也嘲笑他没有打斗过，那头年轻海豹开始来回扭动脖子。那一年他刚结婚，正在飘飘然不知轻重的劲头上。

“我没有育儿窝可以为之打斗，”柯迪克说，“我只是希望向你们大家展示一个可以安全生活的地方。打斗有什么用处呢？”

“啊，如果你想缩回去的话，我当然就没有什么可说的了。”年轻海豹说，咯咯地笑了笑，很难听。

“如果我赢了，你跟我去吗？”柯迪克说。他的眼睛里冒出了绿光，因为他对于不得不打斗，根本就是很生气的。

“很好，”年轻海豹很轻率地说，“如果你赢了，我跟你去。”

年轻海豹已经没有机会改变主意，因为柯迪克的脑袋已经射出去，柯迪克的牙齿已经陷进他脖子上的皮下脂肪里。然后柯迪克猛地向后一蹲，把对手拽到海滩上，抖一抖，撞翻在地。然后，柯迪克咆哮着对海豹们说道：“过去的五个寒暑里，我为你们尽了力。我已经为你们找到了那个可以安全生活的岛屿，但除非把你们的脑袋从你们愚蠢的脖子上拧下来，你们是不会相信的。现在我就来给你们上一课。你们小心了！”

利默辛告诉我，他一生中从来不曾——利默辛每年都看到成千上万头大海豹打斗——在短短的一生中，他从来不曾见过柯迪克冲进育儿窝营地那样的场景。柯迪克瞄准一只个头最大的海捕手，猛扑过去，咬住他的喉咙，使他透不过气来，一个劲儿地狠撞猛击，直到他哼哼着求饶为止。然后，柯迪克把他甩到一边，立刻向下一只海豹发动攻击。你知道，柯迪克从来不曾像那些大海豹一样，每年禁食四个月；深海旅行又使柯迪克一直处于完美的状态，最重要的是，以前柯迪克从来没有参加过打斗。盛怒之下，他卷曲的白色鬃毛竖立起来，眼睛里冒出火光，大犬牙闪闪发亮，看上去真是威风凛凛。那些鬃须灰白的老海豹，仿佛是大比目鱼似的被他拽过来扔过去，那些年轻的单身汉也被他撞得东倒西歪。他的父亲老海捕手看见他这样骁勇，冲开一条路直闯过来，大吼一声，叫喊道："你父亲也许是个傻瓜，但他是海滩上最棒的斗士！别和你的父亲动手，我的儿子！他站在你这一边！"

柯迪克咆哮着应答了他。老海捕手髭须直立，像火车头一样喘着粗气，摇摇摆摆地加入了打斗。玛特卡和那只待嫁柯迪克的雌海豹躲在后面，欣赏着她们的男子汉。这是一场很漂亮的仗，父子俩一直打到没有一只海豹敢把头抬起来为止。然后，他们肩并肩，大声吼叫着，很威风地在海滩上走来走去。

入夜，北极光眨着眼睛、透过雾气开始闪烁的时候，柯迪克爬上一块光秃秃的岩石，俯望着七零八落的育儿窝，俯望着皮开肉绽、流着血的海豹们。"行了，"他说，"我已经给你们上了一课。"

"我的个海狗子哟！"老海捕手说，僵硬地挺着身子，因为他自己也是遍体鳞伤，"就算是虎鲸来打斗，也不能把他们伤得更厉害了。儿子，我为你感到骄傲，而且，我要跟你去你那个岛——如果真有那样一个地方的话。"

"你们听好了，大海里的肥猪们。谁跟我去海牛的隧道？快回答，否则我再教训你们一顿。"柯迪克咆哮道。

海滩上下响起了一片窃窃私语声，就像潮水的涟漪荡漾开来的声音一样。“我们跟你去，”几千个疲惫的声音说道，“我们愿意跟随白海豹柯迪克。”

于是，柯迪克把头垂在肩窝里，骄傲地闭上了眼睛。他不再是一头白色的海豹，而是从头到尾浑身血红。可他还是照样不屑于看一眼，或者摸一摸自己的伤口。

一个礼拜之后，柯迪克的军队（将近一万只霍鲁斯奇基和老海豹）启程向北方进发，开往海牛隧道，柯迪克率领着他们。那些留在诺瓦斯托什纳的海豹，在背后说他们是白痴。可是第二年春天，当大伙儿在太平洋的捕鱼海岸碰头的时候，柯迪克的海豹们讲述了许多海牛隧道另一头的新海滩的故事。从此后，越来越多的海豹开始离开诺瓦斯托什纳。当然，事情并不是一蹴而就的，因为海豹不是很聪明的动物，他们需要一段比较长的时间，在脑子里翻来覆去地盘算。但年复一年，越来越多的海豹离开诺瓦斯托什纳、鲁坎农和其他育儿窝营地，前往安宁的、受老天庇护的新海滩。每一年，柯迪克整个夏季都栖息在那儿，他一年比一年更高大、更肥、更强壮；霍鲁斯奇基在他身边玩耍着，在那一片没有人类到达的海域。

鲁坎农

这是圣保罗岛的海豹回过头来向他们的度夏海滩前进时，所唱的那首深海之歌。这是海豹族的一首忧伤的族歌。

我在早晨遇到同伴们，（可是啊，我已经年老！）
夏日的巨浪长涌滚滚而来，在岩架上咆哮；
我听见他们扬起合唱的歌声，在鲁坎农海滩，
两百万个雄壮的声音，淹没了拍岸浪花的喧嚣。

歌唱盐水湖旁那些舒适怡人的栖息地，
歌唱大队人马拽着身子喘着气开下沙丘，
歌唱午夜的舞蹈把大海搅得火焰闪闪——
海豹猎人到来之前的，鲁坎农海滩！

我在早晨遇到同伴们，（从来没有过这么多！）
他们来来往往，黑压压遮蔽了整个海岸。

朝着泡沫斑斑、声音所能及的远处海面，
我们向登陆团队欢呼，用歌声迎他们爬上海滩。

鲁坎农海滩哦——冬小麦长得那么高——
青苔皱巴巴滴着水，海雾弄得到处湿淋淋一片！
游戏场里的平台，全都磨得又光又亮！
鲁坎农海滩哦——诞生我们的家园！

我在早晨遇到同伴们，七零八落的一帮。
人类在水中把我们射杀，在岸上把我们敲扁；
把我们赶到盐宅去，像驱赶愚蠢驯顺的绵羊，
但我们仍然歌唱鲁坎农——在猎人到来之前。

快转身，转身向南；啊，走吧走吧，走！
去向深海的总督诉说我们的悲惨遭遇；
暴风雨不把海岸横扫一空，如鲨鱼之卵，
鲁坎农海滩就不会再得到它子孙的消息！

“哩叽·啼叽·嗒喂”

“皱皮”跑进了洞里面，
“红眼”冲着洞口咋呼。
听听小“红眼”怎么说：
“纳格，来呀，和死亡跳个舞！”

眼瞪着眼，头冲着头，
（跟上节拍，纳格。）
死掉一个，跳舞才会结束；
（悉听尊便，纳格。）
翻转对翻转，扭动对扭动——
（看你怎么逃避，纳格。）
哈！戴兜帽的死神扑了空！[1]
（你灾祸临头了，纳格！）

---

1 “戴兜帽的死神”指眼镜蛇纳格，眼镜蛇的颈部皮褶膨胀起来时，颇像兜帽。

这一场大战的故事，讲的是哩叽·啼叽·嗒喂，在锡高丽兵营大平房的浴室里，单枪匹马，英勇杀敌。长尾缝叶莺达西[1]帮了他一把；总是贴着墙根爬来爬去，从来不去地板中间的麝鼠楚春德拉，给他出了些主意，但真正上去玩命的，是哩叽·啼叽。

哩叽·啼叽是一只獴。他的皮毛和尾巴有点像小猫，脑袋和生活习性却十分像鼬鼠。他的眼睛，和他永不停歇的尾巴尖梢，都是粉红色的。他可以用任何一条腿挠到自己身上的任何一个地方，用前腿或后腿，愿意用哪一条就用哪一条。他能够把尾巴蓬开，让它看上去像一支瓶刷子。他在高高的草丛里奔蹿时，发出的战斗呐喊是这样一种声音："哩克——啼克——啼叽——啼叽——嘁克！"

一天，一场夏季大洪水淹了他和父母一起居住的洞穴，把他从里面冲了出来。他踢蹬着腿儿，吱吱咕咕地叫着，被冲到了路边的沟里。他看见水面上漂着一束草，就一把抓住，直到失去知

1　达西是印度语对缝纫工的称呼。

觉都没有放手。他苏醒过来的时候，身在一条花园小径中间，在热辣辣的太阳底下晒着，着实是邋遢得很，正赶上听见一个小男孩说道：“这儿有一只死獴。我们来举行葬礼吧。”

“不，”他母亲说，“我们把他弄进屋，把他的身体弄干。也许他还有气，没死。”

他们把哩叽·啼叽搬进了屋子。一个大个子男人用食指和大拇指夹住他，拎起来，说他并没有死，只是呛了个半死。于是他们用棉絮把他裹起来，放在小火炉上方，让他烤烤暖和。他睁开眼睛，打了个喷嚏。

“行了，”大个子男人说（他是一个刚搬进这幢平房里来的英国人），“别吓着他，我们看看他会干些什么。”

要吓住一只獴，那可是天底下最难的事，因为他从鼻子尖到尾巴梢，整个儿都被好奇心吞没了。所有獴家族的家训都是：“到处跑跑，查看出个究竟。”而哩叽·啼叽是一只地地道道的獴。他看了看棉絮，断定它不是好吃的东西，就在桌子上跑了一圈，然后坐起来，梳理一下皮毛，挠挠痒，跳到小男孩的肩上。

“别害怕，特迪，”小男孩的父亲说，“这是他交朋友的方式。”

“哎哟！他弄得我下巴颏儿下面好痒。”特迪说。

哩叽·啼叽透过男孩的领子和脖子中间，往里面看了看，又嗅了嗅他的耳朵，然后爬下去，蹲坐在地板上，揉着自己的鼻子。

“天哪，”特迪的母亲说，“野生动物就是这样子的啊！我估摸着他那么乖，是因为我们对他好。”

“所有的獴都是这个样子，”她丈夫说，“只要特迪不去拎他的尾巴，不把他招惹急了，他会整天在房子里跑进跑出。我们给他点东西吃吧。”

他们给了他一小块生肉，哩叽·啼叽爱吃极了。吃完后他跑到外面走廊上，在太阳底下坐着，蓬松开皮毛，晒一晒，让它干透。然后，他觉得好多了。

“这幢房子里有许多东西可以探查个究竟，”他对自己说，“比我们全家一辈子能够发现的东西还要多。我当然应该待在这儿，查看出个究竟。”

那一天他没干别的，一直在屋子里漫游。他差一点在浴缸里把自己淹死。他在一张写字台上把鼻子伸进了墨水里。他的鼻子被大个子男人的雪茄头烫了一下，谁叫他爬到大个子男人的膝盖上去，看字是怎样写的呢。夜色降临后，他跑进特迪的儿童室，去看煤油灯是怎样点亮的。特迪上床后，哩叽·啼叽也爬了上去。但他是个不肯安稳的伙伴，一整夜，他只要听到一点声响，就非得爬起来，去查看一下究竟是什么东西。特迪的父母睡觉前过来看看孩子，发现哩叽·啼叽躺在枕头上，睁着眼睛。“这样不好吧，”特迪的母亲说，“他也许会咬孩子的。”“他不会干这种事，”做父亲的说，“有这头小兽陪着特迪，比有一头大狼狗守着他还要安全。这会儿要是有蛇进来……”

特迪的母亲打断了他，她不愿意想这么可怕的事情。

第二天一大早，哩叽·啼叽骑在特迪的肩膀上，到走廊里来吃早饭。他们给他吃了香蕉和煮蛋。他在每一个人的膝头上轮流坐了一遍，因为每一只有教养的獴，都希望有朝一日成为家獴，有许多房间可以在里面跑来跑去。哩叽·啼叽的母亲（她以前常住在锡高丽的将军家里）曾经仔仔细细跟哩叽讲过，万一遇上一家白人，该怎么做。

吃完早饭，哩叽·啼叽跑出屋子，去花园里看看有什么可看的东西。这是一座大花园，只有一半种了花草：有一簇簇凉亭一般大的尼尔元帅玫瑰[1]丛，有酸橙树和橘子树，还有一小片一小片的竹子和又高又密的草丛。哩叽·啼叽舔了舔嘴唇。“这是个极好的狩猎场。”他说。一想到狩猎，他的尾巴顿时像瓶刷子一样蓬了开来。他在花园里蹿来蹿去，这儿闻闻，那儿嗅嗅，最后听见一片荆棘丛里有很伤心的哭声，才停住脚。

是长尾缝叶莺达西和他的妻子在哭。先前，他们把两张大叶子拽拢，用须根把叶子边缘缝合在一起，做了一个美丽的巢，在里面铺了棉花和绒毛。现在，他们栖在巢边上哭泣着，巢在空中荡来荡去。

“怎么回事呀？”哩叽·啼叽问。

“我们太惨了，”达西说，“昨天，我们的一只宝宝从巢里掉出来，被纳格[2]吃了。”

“嗨！”哩叽·啼叽说，“那是很伤心的事——可我在这儿是个外来户。谁是纳格？”

达西和他的妻子没有回答，只把身子往下一缩，窝在巢里。原来，从灌木根旁密密的草丛里，传来了低低的嘘嘘声。那声音让人觉得寒嗖嗖的，好可怕，把哩叽·啼叽吓得往后一跳，退出去足足两英尺。接着，草丛中一英寸一英寸地，昂起了黑色大眼镜蛇纳格的脑袋和鼓胀的颈部皮褶。从舌尖到尾巴梢，纳格有五英尺长。他的身体三分之一抬离地面后，停下来左右晃动着做了

1　1817年一位法国园丁用麝香蔷薇和中国月季杂交培育出来的玫瑰。

2　纳格是当地土人对眼镜蛇的称呼。

一下平衡，那样子恰如蒲公英的绒花在风中摇晃着平衡自己一样。纳格用邪恶的眼神看着哩叽·嗁叽，无论蛇在动什么脑筋，蛇的那种眼神都是永远一成不变的。

“谁是纳格？”他说，“我就是纳格呀。当初大神梵天睡觉的时候，第一条眼镜蛇鼓胀开兜帽为他遮挡阳光，梵天就在我们所有族民身上打下了印记。好好看一看，感到畏惧了吧！”

他把颈部皮褶鼓胀得比什么时候都大，哩叽·嗁叽看见了他背后的眼镜印记，那形状就好像是衣服上面钩眼扣子的扣眼。他害怕了一分钟，但是要一只獴害怕稍长一点的时间，那是不可能的。哩叽·嗁叽虽然从来不曾见过活眼镜蛇，他妈妈却喂他吃过一条死眼镜蛇的肉。他知道，一只长大的獴，一辈子要做的事就是斗蛇、吃蛇。这一点纳格也知道，在他冰冷的内心深处，他其实是很害怕的。

“得了吧，”哩叽·嗁叽说，他的尾巴重新蓬了开来，“什么印记不印记的，你以为自己有权吃掉巢外边的雏鸟吗？”

纳格心里面打着主意，眼睛盯着哩叽·嗁叽身后草丛里最细微的动静。他知道，花园里有獴，意味着早晚有一天，他和他的一家子会大难临头。他想让哩叽·嗁叽放松戒备，所以把脑袋垂下来一点，歪到一边。

“我们来谈一谈吧，”他说，“你吃蛋，为什么我就不能吃鸟？”

“你背后！看你背后！”达西嗁叫道。

哩叽·嗁叽不糊涂，没有浪费时间去看。他使出最大的劲儿，高高地跳到空中。就在这一刹那，纳格的邪恶妻子纳格埃娜的脑袋，嗖的一下贴着他身子底下射了过去。原来她乘着哩叽·嗙叽和纳格说话，悄悄地潜行到了哩叽·嗙叽背后，想结果他。他听见她偷袭扑空后恶狠狠地发着咝咝声。他落下来时，差一点骑跨在她背上；如果他是一只老獴，就会知道那是个好时机，可以一口咬断她的背。但他害怕眼镜蛇那一记可怕的回身一抽；他确实咬了一下，但咬的时间不够长，然后就跳出蛇尾抽击的范围，任由身上被拉了个口子的纳格埃娜自个儿去生气。

“达西，大大的坏！”纳格说，使尽力气向荆棘丛里的鸟巢抽过去，但达西的巢只是晃了晃；它筑在高处，蛇够不着。

哩叽·嗙叽感觉到自己的眼睛在变红和发热（獴的眼睛变红，就说明他发怒了），他像一只小袋鼠一样，靠尾巴和后腿支撑着坐直了身子，环顾四周，怒不可遏地吱吱直叫。但是纳格和纳格埃娜已经消失在草丛里。蛇扑空后，什么也不会说；下一步有什么打算，也不会表示出来。哩叽·嗙叽不想去追他们，因为他感觉到，同时对付两条蛇自己并没有把握。所以他小跑着离开花园，来到房子旁边的碎石小径上，坐下来思考。对于他来说，这是一件大事。

假如你读过从前的自然史方面的书，就会发现书上说，獴和蛇搏斗时如果不巧被咬伤，就会跑开去找一种草药吃，那草药能解蛇毒。哪儿有这回事哟。唯一的制胜之道在于眼疾脚快，那是蛇的攻击与獴的跳跃互相对决：蛇发动攻击的时候，蛇头的动作之快，是无论谁的眼睛也跟不上的，所以，事情本身比任何草药都要奇妙得多。哩叽·嗙叽知道自己是一只年轻的獴，所以，一想到刚才避开了背后的偷袭，他不由得感到格外得意。这给了他自信，当特迪沿着小径向他跑来时，哩叽·嗙叽已经准备接受抚爱了。

可是特迪正要弯下腰来时，尘土里有个东西微微地蠕动了一下，一个细小的声音说道：“小心。我是死神！”说话的是卡莱特，一种专门喜欢躺在尘土里的土褐色小蛇；被他咬一口，跟被眼镜蛇咬一口同样危险。但是他很小，没有人把他当一回事，所以他对人的危害比眼镜蛇更大。

哩叽·啼叽的眼睛又变红了，他用家族遗传的那种特殊动作，晃动着摇摆着，像跳舞一样迎向卡莱特。这姿势看上去很滑稽，却是一种非常完美的平衡步法，可以随心所欲把它变化成任意角度的出击。用来对付蛇，这是一种优势。哩叽·啼叽正在干的这件事，要比斗纳格的危险性大得多，因为卡莱特的个子那么小，可以非常迅速地转身。除非哩叽咬在靠近它后脑勺的地方，否则卡莱特反身一击，他的眼睛或嘴巴就会遭殃。要是哩叽·啼叽知道这一点就好了。但是他不知道。他的眼睛已经变得通红，他前后晃动着，在找一个可以一口咬住的好地方。卡莱特出击了。哩叽闪到一旁，想来一个短兵相接的搏斗，不料那邪恶的土灰色小脑袋唰地甩过来，差一丝丝就击中了他的肩。他不得不跳起来，跃过蛇身，卡莱特的蛇头追着他的脚后跟就贴了上来。

特迪对着屋子里大叫：“快来看哪！我们的獴正在杀一条蛇。”哩叽·啼叽听见特迪的母亲一声尖叫。男孩的父亲拿着一根棍子跑了出来，但他赶到跟前的时候，卡莱特已经一蹿蹿过了头，哩叽·啼叽已经蹦起来，跳到蛇背上，脑袋从两条前腿中间深深地扎了下去。哩叽的嘴尽量靠近蛇头，一口咬住蛇背，翻滚到路边。这一口咬下去，卡莱特就全身瘫软了。哩叽·啼叽正想按照獴家族用正餐的习惯，从尾巴开始把蛇整个儿吃下去，忽然记起来：吃得太饱会使獴行动迟缓，想要保持精力充沛动作敏捷，就必须不让自己发胖。

他走到一旁，在蓖麻树[1]丛下面享受起尘土浴来，这时，特迪的父亲还在痛打已经死翘翘的卡莱特。“现在打他还有什么用呢？”哩叽·啼叽心想，“我已经把事情全摆平了。”接着，特迪的母亲跑到跟前，把哩叽·啼叽从尘土中拎起来，搂在怀里，哭哭啼啼地说，他救了特迪的命。特迪的父亲说，他来他们家是天意。特迪本人则吓坏了，瞪大了眼睛一直在那儿呆呆地看着。这种大惊小怪的场面，让哩叽·啼叽觉得挺好玩，当然，他并不理解。哩叽认为，要是特迪也到尘土中耍一耍，特迪的母亲也会这样子宠爱特迪的。这一刻，哩叽快活极了。

那天晚上吃饭的时候，哩叽在桌子上的酒杯间走来走去。他原本有可能把三倍的好东西填进自己肚子里，但他想起了纳格和纳格埃娜。所以呀，虽然他可以坐在特迪的肩膀上，特迪的母亲宠爱他、轻轻地拍他，这种感觉非常愉快，但他的眼睛还是会不时地变红。有时，他会爆发出他那种长长的战斗呐喊：“哩克——啼克——啼叽——啼叽——喊克！”

特迪抱着哩叽·啼叽去卧室上床睡觉，非要他睡在自己下巴下面不可。哩叽·啼叽有很好的教养，不会咬人也不会抓人，但是特迪一睡着，他就溜下床去，开始绕着屋子巡夜。黑暗中，他碰上了顺着墙根悄悄走动的麝鼠楚春德拉。楚春德拉是一只心碎的小野兽。他总是整夜地呜呜咽咽、吱哩吱哩，试着下定决心跑到屋子中间去。但他从来不曾到过屋子中间。

“别杀我，”楚春德拉说，差不多要哭了，“哩叽·啼叽，

1　蓖麻树不是树。蓖麻是一年生或多年生草本植物，长得比较高，对于小动物獴有点像树。

别杀我！”

“你认为杀蛇的猎手会杀死麝鼠吗？”哩叽·啼叽很不屑地说。

“杀死蛇的会被蛇杀死，”楚春德拉说，语气从来不曾这么伤心过，“我怎么能确定，在某个漆黑的夜里，纳格不会错把我当成你呢？”

“一丁点这种危险也没有的，”哩叽·啼叽说，“纳格在花园里，我知道你是不去花园的。”

“我的表兄，老鼠楚阿告诉我说……”楚春德拉正说着，打住了。

“告诉你什么？”

“嘘！纳格是无处不在的，哩叽·啼叽。你真该去花园里找楚阿聊一聊。”

“我没和他聊过——所以得由你来告诉我。快说，楚春德拉，不说我就咬你！”

楚春德拉一屁股坐在地上，开始哭，直哭得泪珠从髭须上滚落下来。“我是个非常可怜的男子，”他抽抽搭搭地说，“从来没有足够的勇气走出墙根边，走到房间当中去。嘘！我什么也不必告诉你了。你听不见吗，哩叽·啼叽？”

哩叽·啼叽谛听着。屋子里一片寂静，但他觉得自己隐约听见了世上最轻微的刮擦声，像黄蜂在窗玻璃上爬一样轻，那是蛇鳞在砖头地上刮擦出来的干涩声音。

“是纳格或者纳格埃娜，”他对自己说，“他正爬进浴室的排水槽。你说得对，楚春德拉，我真该去找楚阿聊一聊。”

他悄悄地迈步向特迪的浴室跑去，但浴室里什么也没有，于是他跑向特迪母亲的浴室。在光滑的灰泥墙墙根下，有一块砖头被抽掉了，形成一个槽口，排放浴室里的水。哩叽·啼叽顺着安放浴缸的石砌围栏溜进排水槽，听到外面，纳格和纳格埃娜在月光下凑在一起，悄声嘀咕着。

“要是房子里没人了，”纳格埃娜对她的丈夫说，“他也只好离开，到那时候，花园就又是我们的天下了。你悄没声地进去，记住，先咬那个杀死卡莱特的大个子男人。然后出来告诉我一声，我们一起去猎杀哩叽·啼叽。”

“你确信杀死里面的人对我们有好处？”纳格说。

“好处多得很呢。要是平房里没有了人类，我们的花园里还会有獴吗？只要平房里没人了，我们就是花园的国王和王后。别忘了，我们在瓜圃里的蛋一孵化（说不定明天就孵出来了），就需要有个地方，让我们的孩子安安静静地待着。”

“这我倒没想到，”纳格说，“我这就去，但完事后没必要再去猎杀哩叽·啼叽。我会杀死大个子男人和他的妻子，有可能的话，把孩子也杀了，然后悄悄地离开。那样一来，平房里没人了，哩叽·啼叽就会走的。”

哩叽·啼叽听到这儿，愤恨交加，气得浑身直颤。这时，纳格的脑袋从排水槽口钻了进来，跟着是他那冰冷的五英尺长的身体。哩叽·啼叽固然很愤怒，但看到大眼镜蛇的身量后，不由得也很惊恐。纳格把身体盘起来，昂起头，在黑暗中向浴室里张望着，哩叽看得见他眼睛里的闪光。

“如果我现在把他就地杀死，纳格埃娜就会知道；如果我在开阔的地板上和他搏斗，形势会对他有利。怎么办才好呢？”哩叽·啼叽·嗒喂在心里说。

纳格来回晃动着，接着，哩叽·啼叽听见他在喝水，给浴缸注水的那个最大的水罐里的水。“很好，”眼镜蛇说，“喏，卡莱特被杀死的时候，大个子男人拿着一根棍子。现在他可能仍然拿着那根棍子，但他早上到浴室来洗澡的时候，是不会拿着棍子的。我就在这儿等他进来。纳格埃娜——你听见我说话了吗？——我要在这个凉快的地方等着，一直等到天亮。”

外面没有应答。哩叽·啼叽知道，纳格埃娜走开了。纳格由上而下，一圈又一圈，把身体盘绕在水罐下部的大肚子上。哩叽·啼叽一动不动地待着，仿佛是一个没有生命的物件。一小时后，他开始一点一点缩放着肌肉，向水罐移动。纳格睡着了，哩叽·啼叽注视着粗大的蛇背，想一口咬住，但不知道在哪个地方下口最好。“要是我第一下扑上去没咬断他的背，”哩叽在心里说，“他就还有打斗能力。如果他打斗……啊，哩叽！”他注视着蛇兜帽下面肥厚的蛇颈，但那地方他是咬不透的；而如果咬在蛇尾附近，那只能使纳格发狂。

“必须咬蛇头，”最后他心想，“兜帽上面的蛇头。咬住以后，就不能松口。”

于是他纵身一跃。蛇头离开水罐一小段距离，在盘绕的蛇身下方。哩叽的牙齿咬住蛇头之后，弓起背抵在红色陶罐的大肚子上，好使上劲儿把蛇头按住。这为他赢得了一秒钟的时间，他充分利用了这一秒钟。然后，就像耗子被狗叼在嘴里甩来甩去一样，哩叽被纳格接连不断地摔打起来——来来回回，上上下下，在地板上被甩着大圈子抡个不停。但哩叽眼睛通红，死死地咬住纳格不放，任凭蛇身像赶大车的鞭子一样在地板上挥舞，打翻了白铁皮勺子、肥皂盒子和洗浴刷子，在白铁皮浴缸的侧壁上撞得砰砰响。哩叽咬住不放，上下颚越咬越紧，因为他横下了一条心，等着被摔打死。为了家族的荣誉，他宁愿被人发现死了牙齿还紧扣着蛇头。他感到晕，感到疼，感到自己被抡得快散架了，这时，就在他身后，有个什么东西像劈雷一样轰了一声。一股热浪震得他失去了知觉，红红的火舌轻微地舔焦了他的皮毛。原来是大个子男人被浴室里的动静弄醒了，把双筒猎枪里的两发子弹全轰进了纳格的身体里，正中蛇颈褶皱后面的要害。

哩叽·啼叽闭着眼睛，咬住蛇头不放，因为他满以为自己已经死了。但是蛇头已不再动弹，大个子男人把哩叽拎起来，说道："又是獴，爱丽丝。这一回小家伙救了我们大家的命。"

特迪的母亲脸色煞白地走进来，看了看死蛇的样子。哩叽·啼叽拖着身子，回到了特迪的卧室。那天后半夜，他有一半时间在轻轻地摇晃身体，他想弄清楚，自己是否真像想象中那样，身体碎成了四十块。

天亮以后，他觉得浑身一动就痛，但他挺得意自己干下的事情。"现在我还有纳格埃娜要算账，她要比纳格厉害五倍，也不知道她说的蛋会在什么时候孵化。天哪！我得去看看达西。"他说。

哩叽·啼叽不等开早饭，就跑到荆棘丛那儿去了。达西正拔直了嗓门，在唱一首凯旋之歌。纳格死掉的消息已经传遍了花园，因为清洁工把他的尸体扔到了垃圾堆上。

"噢，你这一团笨羽毛！"哩叽·啼叽生气地说，"现在是唱歌的时候吗？"

"纳格死了——死了——死了！"达西唱着，"英勇的哩叽·啼叽咬住蛇头，紧紧摁住。大个子男人拿起砰一响的棍子，纳格就倒下断成了两截！他再也不会吃我的宝宝了。”

“你唱的全都是大实话。可是纳格埃娜在哪儿呢？”哩叽·啼叽说，仔细地看着四周。

“纳格埃娜去浴室的排水槽找纳格，”达西接着往下唱，“纳格被棍子挑出屋子，扔到了垃圾堆上。我们来歌唱伟大的、红眼睛的哩叽·啼叽！”达西敞开歌喉，滔滔不绝地往下唱。

“我要是上得去的话，就把你的宝宝们从巢里扒拉出来！”哩叽·啼叽说，“你不懂得在正确的时间做正确的事情。你待在上面的巢里安全得很，可对于下面的我，这是战争。别唱了，停一分钟，达西。”

“为了伟大的、美丽的哩叽·啼叽的缘故，我停一下，”达西说，“啊，杀死可怕的纳格的杀手，你有何吩咐？”

“问你第三遍：纳格埃娜在哪儿？”

“在马厩旁的垃圾堆上，正在哀悼纳格呢。白牙齿的哩叽·啼叽真伟大。”

“别拿我的白牙齿来烦我！你有没有听说她把蛋藏在哪儿？”

“在瓜圃里，围墙边的瓜圃里，那儿几乎整天都晒得到太阳。她把蛋藏在那儿好几个礼拜了。”

“你就没有想到早该告诉我？你是说，围墙边的瓜圃里？”

“哩叽·啼叽，你不会是要去吃她的蛋吧？”

“不仅仅是吃；不是吃，达西。如果你还有一丁点头脑，你就起身，飞到马厩去，假装翅膀折断了，让纳格埃娜离开那儿，追着你到荆棘丛这边来。我得去瓜圃，如果我现在就去，会被她看见的。”

达西是个记性很差的小家伙，他的脑袋里一向不能同时装下两个念头。正因为他知道纳格埃娜的孩子像他的孩子一样，是卵生的，所以他首先想到的是，杀死他们是不公平的。但他的妻子是一只有头脑的鸟儿，她知道，现在的眼镜蛇蛋，意味着将来的小眼镜蛇。所以她从巢里飞出来，丢下达西替代自己给宝宝们保暖，继续唱他的纳格死了的歌。在某些方面，达西跟男人是很相像的。

她飞到垃圾堆旁边，在纳格埃娜面前扑腾着翅膀，嚷嚷着："啊，我的翅膀断了！男孩从屋子里向我扔了一块石头，把它打折了。"说完，更加拼命地扑腾起翅膀来。

纳格埃娜抬起头来，咝咝地说："那一天我眼看着就要杀死哩叽·啼叽了，可你警告了他。说实在的，你弄折翅膀挑的不是地方。"她冲着达西的妻子，在尘土中一路滑行过去。

"男孩用石头打折了我的翅膀！"达西的妻子尖叫着说。

"得啦！我会找男孩算账的，你临死前知道这一点，也算是个安慰。今天早晨我丈夫躺在了垃圾堆上，但是天黑之前，屋子里的男孩就会一动不动地躺着了。逃跑有什么用呢？我肯定会逮住你的。小傻瓜，看着我！"

达西的妻子不糊涂，不会照她的话去做，因为鸟儿一旦看着蛇的眼睛，就会吓得魂飞魄散，无法动弹。达西的妻子尖声哀叫着，不离开地面，继续扑腾翅膀，纳格埃娜加快了速度。

哩叽·啼叽听见她们沿着小径离开了马厩，立刻向围墙边的瓜地飞奔。他在那儿找到了二十五枚蛇蛋，它们的大小和矮脚鸡的蛋差不多，不过没有蛋壳，只有一层发白的膜。那些蛋被很狡猾地藏匿在盖瓜的褥草里，很温暖。

“我要是再迟来一天，可就晚了哟。”他说，因为他看得见，蛋膜里面小眼镜蛇蜷曲着，已经成形。他知道，蛋一旦孵化出蛇来，每一条都可能杀死一个人或者一只獴。他尽可能快地把蛇蛋的顶端咬破，仔仔细细地将小眼镜蛇压烂，还不时地翻动褥草，看看有没有遗漏。最后，只剩下三枚蛇蛋了，哩叽·啼叽正想咯咯地暗自窃笑一回，却听见达西的妻子在尖叫：

“哩叽·啼叽，我把纳格埃娜引到了屋子这边，她已经进了走廊，啊，快来吧，她打算杀人了！”

哩叽·啼叽碾烂了两枚蛇蛋，把第三枚叼在嘴里，一个后滚翻，离开了瓜圃。他撒开腿，使出最大的劲儿蹬着地面，向走廊方向飞蹿而去。特迪和他的父母在走廊上，刚开始吃早饭。但是，哩叽·啼叽看见他们并不在吃东西。他们像石头一样一动不动地坐着，脸色煞白。纳格埃娜在特迪椅子旁边的地席上盘着身体，特迪的光腿在她很容易一击得手的距离之内。她正来回摇摆着脑袋，唱一首凯旋之歌。

“杀死纳格的大个子男人的儿子，”她咝咝地唱道，“安静地待着别动。我还没准备好。等一会儿。你们三个，全都待着别动！你们动一动，我就出击；你们不动，我也会出击。愚蠢的人啊，你们居然杀死我的纳格！”

特迪的眼睛定定地看着父亲，他父亲没别的办法，只能悄声对他说：“坐着别动，特迪。不能动。特迪，待着别动。”

这时哩叽·啼叽赶了过来，他喊道：“转过来，纳格埃娜。转过来干一仗。”

“来得正是时候，”她说话时目光没有移动，“我马上就和你算账。瞧瞧你的朋友们，哩叽·啼叽。他们很安静，脸色煞白。他们很害怕。他们不敢动，你再走近一步，我就出击。”

“瞧瞧你的蛋，”哩叽·啼叽说，“在靠近围墙的瓜圃里。去看看吧，纳格埃娜！”

大蛇转过来半个身子，看见了放在走廊上的蛋。“啊啊！把它给我。”她说。

哩叽·啼叽两只前爪夹住蛇蛋的两边，他的眼睛血红血红的。“你出什么价钱来换一只蛋呢？这可是一条小眼镜蛇，一条幼小的眼镜王蛇。最后一只了——那一窝蛋里的最后一只。瓜圃里面，蚂蚁正在吃其余的蛋呢。”

纳格埃娜把整个身子转过来了。为了最后一只蛋的缘故，她忘了一切。哩叽·啼叽看见特迪的父亲箭一样快地伸出一只大手，抓住特迪的肩膀，把他拽到了小茶几的另一边。特迪出了纳格埃娜的攻击距离，安全了。

“上当了！上当了！上当了！哩克——嘁克——嘁克！”哩叽·啼叽咯咯地笑着，“男孩安全了，是我——我——是我昨晚在浴室一口咬住了纳格的兜帽。”然后他四条腿一齐用，脑袋挨着地，一上一下蹦跶起来，“他把我甩来甩去，却甩不掉我。大个子男人把他轰成两截之前，他就已经死啦。是我干的！哩叽——啼叽——嘁克——嘁克！那就来吧，纳格埃娜。来和我斗一斗。你当寡妇的时间长不了喽。”

纳格埃娜明白，她已经错失了杀死特迪的机会，而她的蛋却夹在哩叽·啼叽的两只爪子中间。“把蛋给我，哩叽·啼叽。把我的最后一只蛋给我，我就离开，再也不回来。”她垂下兜帽，说道。

“是的，你会离开，你再也不会回来。因为你会去垃圾堆，和纳格作伴。开战吧，寡妇！大个子男人去拿枪了！开战吧！”

哩叽·嘀叽的小眼睛像烧红的煤，他绕着纳格埃娜跳来跳去，始终在她一击刚好够不着的地方。纳格埃娜打起精神，向他扑去。哩叽·嘀叽往前一跳，往后一蹦。纳格埃娜一次一次又一次地出击，每一次她都把脑袋重重地击打在走廊里的草席上，然后像钟表里的弹簧一样把身子收拢。哩叽转着圈子像跳舞一样蹦跶着，想从后面偷袭纳格埃娜；纳格埃娜则原地旋转着，设法始终跟哩叽脑袋对脑袋。这样一来，她的尾巴就不停地在草席上沙沙地响着，像风卷枯叶的声音一样。

哩叽·嘀叽把蛇蛋给忘了。它仍然躺在走廊上，纳格埃娜一点一点挨过去，最后，乘着哩叽·嘀叽喘一口气的工夫，把它叼进了嘴里。她向走廊的台阶转过身，像一支箭一样沿着小径窜逃而去，哩叽·嘀叽跟在后面紧追不舍。那母蛇逃命的速度，就像马鞭子轻轻地抽在马脖子上一样快。

哩叽·嘀叽知道，他必须逮住母蛇，否则所有的麻烦都会从头再来。纳格埃娜径直向荆棘丛旁高高的草丛里奔去，哩叽·嘀叽奔跑时支着耳朵，听见达西居然还在唱他那支愚蠢的凯旋小曲儿。但是达西的妻子比较聪明。看见纳格埃娜一路奔过来了，她就飞出鸟巢，在纳格埃娜的头顶上拍着翅膀；要是达西也过来帮忙的话，说不定他们就能逼她转身回头了。可是纳格埃娜把兜帽一低，只管继续往前蹿。不过，片刻的耽误仍然给了哩叽·嘀叽追上她的机会；当她一头钻进她和纳格常住的耗子洞时，哩叽细小的白牙齿已经咬住了她的尾巴。他跟着她下到洞里去——无论多么聪明老成的獴，极少有愿意跟着眼镜蛇进洞的。洞里漆黑一片，哩叽·嘀叽根本就不知道什么时候它会一下子变宽敞，给纳格埃娜转身的余地，回过头来袭击他。他只管凶猛地咬住她不放，并且把脚伸直，抵在倾斜的洞里热烘烘、湿乎乎的泥地上，当作刹车。

这时，洞口的草丛停止了晃动，达西说道：“哩叽·啼叽完蛋了！我们得给他唱死亡之歌了。英勇的哩叽·啼叽死了！因为纳格埃娜肯定会在地下把他杀死。”

于是，他唱起了一首他一时冲动之下现编的哀歌。他正唱到最感动人的地方，洞口的草又晃动起来，哩叽·啼叽一身污泥，一条腿一条腿地从洞里把自己拽了出来，一边还舔着自己的髭须。达西停止歌唱，轻轻地惊叫了一声。哩叽·啼叽抖掉皮毛上的尘土，打了个喷嚏。“一切都结束了，”他说，“寡妇再也不会出来啦。”生活在草茎中间的红蚂蚁听见他的话，就一个接一个地排好队开拔，下去看一看他说的是不是真的。

哩叽·啼叽在草丛里蜷起身子，就地睡着了——他睡呀睡，一直睡到下午很晚的时候，因为这是艰难的一天，他刚完成一件很辛苦的工作。

“现在我要回房子里去了，”醒来后，他说道，“达西，你告诉铜匠一声，他会把纳格埃娜已经死掉的消息传遍花园的。”

铜匠是一只鸟，他发出的声音就像一柄小锤子在敲打铜锅。这只鸟总是发这种声音的原因是，他是每个印度花园的街头公告宣读人，向愿意倾听的人传达各种消息。哩叽·啼叽走上小径的时候，已经听见他像一只小开饭锣一样，在叫喊“大家注意”，接下来，就是持续不变的吆喝声：“叮——咚——噔！纳格死了——咚！纳格埃娜死了！叮——咚——噔！”听到这消息，花园里所有的鸟儿都唱了起来，青蛙也呱呱地唱起了歌，因为纳格和纳格埃娜不但吃小鸟，也常常吃青蛙。

哩叽走到房子跟前的时候，特迪、特迪的母亲（她的脸色看上去仍然很苍白，因为刚才她晕过去了）和特迪的父亲，都跑了出来。他们差一点为他大哭一场。那天晚上，他把他们给他的食物全都吃了，一直吃到撑得吃不下为止。然后，他趴在特迪的肩膀上去睡觉。夜里，特迪的母亲很晚过来看他们的时候，他睡得正香，仍然趴在特迪的肩膀上。

“他救了我们俩的命，救了特迪的命，”她对丈夫说，“想想看，他救了我们全家人的命。”

哩叽·嗬叽一惊，醒了过来，因为獴睡觉的时候是很容易惊醒的。

“啊，是你们，”他说，“你们还在为什么事烦心呢？所有的眼镜蛇都已经死了。如果还有没死的，有我在这儿呢。”

哩叽·嗬叽有权为自己感到骄傲，但他并没有变得太骄傲。他尽着獴的本分，用牙齿，用蹦和跳，用咬的办法，看管着花园，再也没有一条眼镜蛇敢把脑袋探到围墙里来。

达西唱的颂歌

（歌颂哩叽·啼叽·嗒喂）

我是歌手也是裁缝，
我懂得双倍的快乐：
为我直上云天的歌声骄傲，
为我缝制的住房而自豪——
我编织的音乐有高有低，就像我上针下针编织住房一样。

孩子他妈，抬起头来，
再给雏鸟们唱上一曲！
祸害我们的恶徒已被除掉，
死神死了，躺在花园里。
藏在玫瑰丛中的可怖者已失去威胁，死后被丢在粪堆上！

是谁拯救了我们，是谁？
告诉我他的巢穴和名姓。

正是英勇忠诚的哩叽，

正是眼珠如火的啼叽，

哩叽·啼叽·嗒喂，齿若象牙、眼珠如火的猎手，盖世无双！

向他表达鸟类的谢忱，

展开尾翎，向他鞠躬！

用夜莺的语言把他赞美——

不，还是让我来把他歌颂。

听！我来给你们唱一曲，把瓶子尾巴红眼珠的哩叽颂扬！

（唱到这儿被哩叽·啼叽打断，余下的歌失传了。）

大象们的图麦

我会记住自己是谁，我已经厌倦绳索和锁链——
我会记住我过去的力量和森林里的所有事件。
我不会再为了一捆甘蔗，把脊背出卖给人类：
我要出去找同类，找兽穴里的林中伙伴。

我要出去，直到天光破晓，白昼来临——
去享受风儿无污的亲吻，河水洁净的摩挲；
我要忘记脚踝上的铁环，折断拴我的木桩。
我要重访失去的爱人，和无主的昔日玩伴！

卡拉·纳格，这名字的意思是“黑蛇”，他已经以一头大象力所能及的各种方式，为印度政府服务了四十七年。当年他被捕的时候已经足足二十岁，所以现在他已经将近七十岁了。对于一头大象来说，这是一个老成的年龄。他记得，当初他曾经脑门上垫一块大皮垫子，推一门深陷在淤泥里的大炮。那是1842年阿富汗战争之前的事，当时他的力气还没有完全长足。

他的母亲拉德哈·皮阿里，也就是宝贝儿拉德哈，是在同一次围捕中和儿子一起被捕的。在卡拉·纳格换掉小乳牙之前，她就曾经告诉过他，胆小怕事的大象往往受到伤害。卡拉·纳格知道，那是一个很好的忠告，因为他第一次看见一发炮弹爆炸时，尖叫着往后退，躲到一个堆放来复枪的台子上，身上所有柔软的部位都被刺刀戳伤了。所以，在二十五岁之前，他就抛弃了恐惧；所以，在为印度政府服务的大象中，他最受人喜爱，得到了最好的照料。他搬运过帐篷，一千二百磅重的帐篷，在北印度的行军途中。他曾经被一台蒸汽起重机吊到轮船上，漂洋过海，经过好多天，来到一个离印度很远的、到处是岩石的陌生国度，驮运一门迫击炮。在马格达拉，他看见过死后躺在地上的西奥多皇帝[1]。后来，他又乘轮船回印度，听士兵们说，那艘船被授予了阿比西尼亚战争勋章[2]。十年后，在北方一个名叫阿里·穆斯基德的地方，他看见过他的大象伙伴们死于寒冷、癫痫、饥饿和中暑。后来，他被派往南方，南下几千英里，到毛淡棉[3]的木料场拖运和堆放柚木大木料。在那儿，他曾经差一点杀死一头桀骜不驯的年轻大象，那家伙偷懒，不肯干自己应该干的那份活儿。

那次事件之后，人们就不让他拖运木料了；他和几十头受过专门训练的大象一起，协助人类在加罗山区[4]捕捉野象。大象受到印度政府的严格保护，有一个专管部门，什么都不做，只管搜寻大象，抓捕大象，驯化训练大象；需要大象工作时，派他们北上或南下。

卡拉·纳格站着的时候，肩膀离地足足有十英尺，他的两根长牙被切短至五英尺，在末端加了铜箍，防止它们开裂。但是，他用那两根残桩，比未经训练的大象用完整的尖象牙，能做更多的事。那些分散在山区的大象，经过好多个礼拜的小心驱赶，有四五十头野生巨兽被赶进了最后的围栏；那道用树干扎在一起做成的闸门，在他们身后嘎嘎地落下。这时，卡拉·纳格会听从命令，进入那个火光闪耀、群象乱吼的地狱（通常是在晚上，火把摇曳的光使大象很难判断距离）。他挑出一头最大、最野的长牙暴徒，把他击败，逼迫他安静下来；这时，骑在其他大象背上的

---

1 西奥多二世，1855年36岁时自立为埃塞俄比亚皇帝，1868年在对英作战中兵败自杀。马格达拉位于埃塞俄比亚高原以东，西奥多二世在此修建要塞，作为他的首都。

2 阿比西尼亚是埃塞俄比亚的旧称。

3 缅甸孟邦首府。

4 加罗山区位于印度的阿萨姆地区，居民是属蒙古人种的加罗族人。

人类就抛出绳索，把个头较小的野象拴起来。

在打斗技巧方面，卡拉·纳格这头聪明的老“黑蛇”，可以说无所不精。他正当年的时候，曾经不止一次勇敢地抵抗受伤老虎的猛攻。他卷起柔软的长鼻子，避免它受到伤害；然后用脑袋做一个镰刀砍的快动作，侧着撞向跳起来的猛兽，把对手撞到半空中。这一招完全是他自己发明的。把对手撞倒后，他就将巨大的膝头压在老虎身上，直到随着最后一口长气最后一声吼，生命消逝，地上只留下一堆毛茸茸带条纹的东西，等待卡拉·纳格拽着尾巴把它拖走。

“是的，”他的驭手大图麦说，大图麦是当年带他去阿比西尼亚的黑图麦的儿子，早年看着他被捉住的“大象们的图麦”的孙子，“除了我，‘黑蛇’什么也不怕。他看着我们一家三代人喂他、照料他，他会活着看到我们家第四代人做他的驭手。”

“他也怕我。”小图麦说。他站直了已经有四英尺高，身上只围了一块破布。他十岁，是大图麦的长子，按照习俗，他长大后会接替父亲骑到卡拉·纳格的脖子上，接过那根沉重的铁制驱象刺棒。那根棒子经过他的曾祖父、祖父和父亲的手，已经被磨得很光滑了。

他懂得卡拉·纳格说的话，因为他是在卡拉·纳格的影子下出生的，还没有学会走路，他就已经搂着卡拉·纳格的长鼻子尖玩耍；刚学会走路，他就带着卡拉·纳格下河。那一天，大图麦把棕色的小宝宝放在卡拉·纳格的象牙下面，吩咐他向未来的主人致敬。从那一刻起，卡拉·纳格就做梦也没有想到过违抗小家伙尖声细气发出的命令，更没有想到过杀死他。

“没错，”小图麦说，“他怕我。”他装腔作势地迈着大步走到卡拉·纳格跟前，叫他老肥猪，还让他把脚一只一只地抬起来。

“哇！”小图麦说，“你真是一头很大的大象，”他学父亲的样，说话时晃动着毛茸茸的脑袋，“也许给大象出钱的是政府，但大象的主人却是我们这些象夫。卡拉·纳格，你老了以后，会来一位富有的拉甲[1]，把你从政府手里买下来，按你的个头大小和行为举止计价。到时候你就不用再干活儿，只要戴上金耳环，驮着个金象轿，披一块缀着金子的红布，走在国王的仪仗队前头就可以了。啊，卡拉·纳格，到时候我会骑在你脖子上，手里拿着白银驱象刺棒；会有人举着金色的棍子，在我们前面奔跑着，高喊：‘让一让，国王的大象来了！’那样确实挺不错，卡拉·纳格，但还是不如现在这样在丛林里狩猎。”

“哼！”大图麦说，“你是个孩子，却像水牛犊一样野。这样在山里面跑来跑去，并不是最好的政府差事。我快要老了，我不喜欢野象。最好给我一座砖砌的大象营地，每一头大象一间象房，有些大桩子可以把他们拴牢靠，有宽阔平坦的路面可以训练他们，而不是像现在这样，东跑西颠随处扎营。啊哈，坎普尔象营就不错。附近有集市，一天只要干三个钟头的活儿。”

小图麦记得坎普尔大象营地，所以不吭声了。他非常乐意过野营生活，讨厌那些宽阔平坦的道路，讨厌每天要到饲料仓库找草料。他讨厌那些漫长的时辰，没事可干，只能守着拴在桩子上的卡拉·纳格，看他不停地做着机械动作。

小图麦喜欢的事情有许多：沿着只有大象能走的马道爬

---

1 拉甲是旧时印度称呼，指酋长、王公或贵族。

山，稍微探一探下面的溪谷，偷窥几英里外的野象吃草，看受惊的野猪和孔雀在卡拉·纳格脚下奔窜……他喜欢下起暖雨来天地间一片朦胧，山峰和溪谷全都弥漫着水汽；雾蒙蒙的美丽早晨，没人知道晚上在哪儿宿营……他喜欢沉着地、小心翼翼地驱赶野象，他喜欢最后一夜围赶时的奔突、火光和喧嚷；野象们泻进围栏如同山崩时的滚滚巨砾，发现出不去了，就用身体猛撞粗大的柱子，只待人们用呐喊声、熊熊的火炬和齐放的空包弹把他们赶回去。

在那种场合，甚至一个小男孩都能派上用场，而图麦抵得上三个男孩。他会拿起火炬挥舞着，拔直了嗓门喊叫。但真正激动人心的时刻，是重新往外赶野象的时候，这时“珂鞑”——就是围栏——看上去就像一幅世界末日的图画。男人们互相打着手势，因为他们听不见自己说话。这时小图麦会爬到一根颤动的围栏柱子顶端，满脑袋被太阳晒褪色的棕色头发披散开来，在肩头飘动着，在火炬的光亮中，看上去像一个妖怪。一旦喧嚷声短暂地平息一会儿，就能听见他给卡拉·纳格加油的呐喊声，他的高音盖过了大象们的吼叫声和撞击声、绳子的噼啪声、被拴住的野象的呻吟声：“卖欧，卖欧，卡拉·纳格！（快上，快上，黑蛇！）挡杜！（用象牙戳他一下！）索马洛！索马洛！（小心！小心！）麻罗！麻尔！（揍他，揍他！）留神柱子！啊嘞！啊嘞！嗨！呀嗳！驾——啊——啊！”他会大喊大叫；卡拉·纳格和野象们会在“珂鞑”里面，来来回回大战许多个回合；那些老捕象人会擦去眼睛上的汗水，找到机会，向柱子顶端快活地扭来扭去的小图麦点点头。

他不只是在柱子顶端扭动。有一天夜里，他从柱子上滑下来，溜到大象中间，捡起一根掉下来的绳索没做绳套的那一端，扔上去丢还给一个驭手，那人正设法套住一头乱踢乱蹬的象犊子的腿（象犊子往往比成年象难对付）。卡拉·纳格看见了他，就用长鼻子一卷，把他递上去交给了大图麦。大图麦当时就给了他一巴掌，把他送回到柱子上。

第二天早晨，大图麦把他好一顿臭骂，他说："待在砖砌的大象营地，搬运搬运帐篷，不够好吗？你个小废物，非要图自己高兴，来这儿捕象。现在好喽，那些工钱比我少的傻瓜捕象人，已经把这件事跟彼得森·萨希伯说了。"小图麦害怕了。他对白人不太了解，但在他心目中，彼得森·萨希伯是天底下最了不起的白人。他是所有"珂鞑"行动的头儿——印度政府所有的大象都交给他去捕捉；若论对于大象习性的了解，活在世上的任何一个人都及不上他。

"那么……那么会出什么事呢？"小图麦说。

"什么事！再糟不过的事。彼得森·萨希伯是个疯子。要不他怎么会来围捕这些狂野的魔鬼呢？说不定他还真做得出，把你要去做捕象人，在这种到处是热病的丛林里，跑到哪儿就睡在哪儿，最后在'珂鞑'里面被野象踩死。还好，这件荒唐事太太平平地过去了。下个礼拜捕象行动结束，我们这些平原地区的象夫会被遣返到自己的驻地去。那时候我们就会在平坦的路上行进，把这种围捕的事忘个干净。可是儿子，我很生气，你居然搅和到属于这些肮脏的阿萨姆[1]丛林居民的事情里去了。卡拉·纳格除了我谁也不会服从，所以我必须和他一起进'珂鞑'，但他只是一

1 印度最东北的邦，多山，与中国相邻。

头战象，帮助拴野象并不是他的事。所以我挺自在地坐在上面，象夫就该是这样——不单单是个猎手——我说的是象夫，一个服役期满可以领取养老金的人。难道‘大象的图麦’家族的人，要在‘珂鞑’的烂泥里被野象踩在脚下？坏孩子！淘气包！废物儿子！去给卡拉·纳格洗一洗，料理一下他的耳朵，看看他的脚有没有刺扎进去。要不彼得森·萨希伯肯定会把你逮去，把你变成一个野蛮的捕象人，一票屁颠屁颠地跟着大象脚印跑的货色，一头丛林熊。呸！丢人！快去！”

小图麦一言不发地走开了，但是，他给卡拉·纳格检查脚的时候，把心里的委屈都告诉了他。“不要紧的，”小图麦一边说，一边把卡拉·纳格巨大的右耳的耳朵边翻过来，“他们把我的名字说给彼得森·萨希伯听了，也许……也许……也许……谁知道呢？嗨！这是我拔到过的最大的一根刺！”

接下来的几天是这样度过的：把大象们赶到一起；把每一头新捕的野象夹在一双驯象中间，让它们走来走去，预防他们在下到平原去的行进途中，惹出太多的麻烦；清点毯子和绳索，以及已经用坏或者在森林中丢失的物品。

彼得森·萨希伯骑着他的聪明的母象普德米尼过来了。他已经在给山里其他营地的人结工钱，打发他们离开，因为围捕季节就要结束了。一个本地人职员坐在树下的桌子后面，给大象驭手们发工钱。每个人发到钱之后，就回到自己的大象背上，加入到已经站好、准备出发的队列中去。那些捉猎物、追猎物和轰猎物的人，都是“珂鞑”的长期雇工，年复一年地待在丛林里。这会儿，他们坐在属于彼得森·萨希伯的常备队伍的大象背上，或者挎着枪靠在树上，正在取笑那些即将动身离开的驭手。一看见新捕获的大象冲出队列乱跑，他们就哈哈大笑。

大图麦把小图麦领在身后，向职员走去。马库阿·阿帕，猎物追踪人的头儿，压低声音对他的一个朋友说道：“至少来了一块捕象的好材料。真可惜，那只丛林小公鸡要被送到平原上去换羽毛了。”

在所有活物中，野象是最沉默的，一个人要听到野象的动静，必须浑身都是耳朵，此刻就有这样一个人——彼得森·萨希伯。他虽然一直躺在普德米尼的背上，却转过身来说道：“你们说什么？我认识的平原驭手中，没有一个汉子有这种机灵劲儿，连一头死象也拴不住的哟。”

“不是汉子，是个男孩儿。最后一次赶象他进了‘珂駯’，把绳子扔给巴尔茂。当时我们正在驱赶肩头有红斑的那头象犊子，把他从母亲身边弄走。”

马库阿·阿帕指指小图麦，彼得森·萨希伯望过去，小图麦一躬到地。

“他扔绳子了？他还没有拴马桩高呢。小家伙，你叫什么名字？”彼得森·萨希伯问道。

小图麦吓得说不出话来，但是卡拉·纳格在他身后，小图麦打了个手势，大象就用长鼻子把他一卷，举到和普德米尼的前额一般高，与了不起的彼得森·萨希伯面对面了。这时小图麦双手捂住了脸，因为他还是个孩子，除了在大象的事情上，他和别的孩子没什么两样。平时，他也是很害羞的。

“哦嗬！”彼得森·萨希伯说，胡子下面的嘴露着笑意，“你为什么教你的大象玩这种把戏？为了在把玉米穗拿出来晒的时节，帮你偷屋顶上的青玉米？”

“穷人的保护者哦，不是青玉米，是甜瓜。”小图麦说。坐在周围的人一阵哄堂大笑，他们中的大多数人，小时候都教过大象玩这种把戏。小图麦悬在八英尺高的空中，却恨不能钻到八英尺深的地底下去。

“他的名字叫图麦，是我的儿子，萨希伯，”大图麦皱着眉头说道，“他是个很坏的小孩，将来的结局是下大狱，萨希伯。”

“这我可不相信，”彼得森·萨希伯说，“这孩子小小年纪，就敢面对整个‘珂韃’，结局不会是坐牢的。瞧，小家伙，这是四个安那[1]，给你买甜食吃；因为你的一大团茅草一样的头发下面，有一颗聪明的小脑瓜。说不定到时候你也会成为一个猎人的。”听到这儿，大图麦的眉头皱得比先前更厉害了。“不过你要记住，‘珂韃’可不是小孩子好玩的地方。”彼得森·萨希伯接着又说。

“那我就永远不可以进去啰，萨希伯？”小图麦喘了一口大气，问道。

“是的，”彼得森·萨希伯说，再一次露出了笑容，“要等你看见大象跳舞，到那时候才合适。什么时候你看见大象跳舞了，就来找我，那时候我会让你进所有的‘珂韃’。”

又是一阵哄堂大笑，因为这是捕象者中间流传的一个老笑话，意思就是绝不可能的事。原来，森林里隐藏着大块的平整空地，被称作“大象的舞场”，但只有碰上很偶然的机会才会发现它，并且从来不曾有人看见过大象跳舞。一个驭手吹嘘自己的本

1　过去印度使用的币名，一个安那等于十六分之一卢比，卢比是相当于“元”的货币单位。

事和胆量时，别的驭手会说：“什么时候你看见过大象跳舞？”

卡拉·纳格把小图麦放下，小图麦又一次一躬到地，然后跟着父亲走了；那个四安那的银币，他给了正在给小弟弟喂奶的母亲。他们全家人被放到卡拉·纳格的背上。哼哼唧唧、长声尖叫的大象组成的队列，浩浩荡荡，沿着山路向下面的平原开去。因为新大象的加入，行程变得很活泼。那些新象每到一处涉水过河的地方，都要惹些麻烦；每隔一分钟，就得哄他们一下，或者揍他们一下。

为了发泄，大图麦戳了一下卡拉·纳格，因为他很生气，但是小图麦高兴得说不出话来。彼得森·萨希伯注意到他了，还给了他钱，那感觉就像一个列兵被司令官从队列中叫出来，嘉奖了一番。

“彼得森·萨希伯说大象跳舞是什么意思？”最后，他小声地问他的母亲。

大图麦听见了，哼了一声：“意思就是你永远不会像那帮子山区水牛一样，成为一个追捕野象的人。他说的就是这个意思。哎，前面的人，是什么把路堵住了？”

隔着两三头大象，一个阿萨姆邦的驭手，气哼哼地扭过头来，嚷道：“把卡拉·纳格赶到前面来，撞一下我这头小象，叫他老实些。彼得森·萨希伯干吗挑我和你们这些稻田里的猴子一起下山去？把你那头畜生赶到我旁边来，让他用象牙戳一下。凭着所有的山神起誓，这些新大象都中邪了，要不就是闻到了丛林里同类的气味。”卡拉·纳格撞了一下新大象的肋骨，打掉了他的威风，这时大图麦就说：“最后一次围捕时，凡是有野象的山头，我们都扫荡过了。只怪你驾驭大象太毛糙。难道整个队列的秩序都得由我来维持？”

“听听他说的！”另一位驭手说道，“我们都扫荡过了！嗬！嗬！你们这些平原人可真聪明。只要不是从来没见过丛林的糨糊脑袋，谁都明白，他们知道这个围捕季节已经结束。所以，今晚所有的野象都会……我干吗要耗费脑筋在一只河龟身上呢？”

“他们会怎样？”小图麦叫起来了。

“哦，小家伙。你也在听着？好吧，我给你讲讲，因为你有一个冷静的头脑。他们会跳舞。对你那个已经‘都扫荡过了’的父亲来说，今晚有必要在他的桩子上多加一条铁链。”

“这是什么话？”大图麦说，“我们家祖孙三代侍弄大象，都四十年了，可从来没听说过大象跳舞之类的梦话。”

“没错，可一个住在茅屋里的平原人，只知道他家茅屋的四面墙。嗯，今晚把你的大象链子卸掉，看看会发生什么事。至于说他们跳的舞，我见过那地方，在那边——喔哟哇！迪汉河[1]到底有多少个弯？这儿又是一个浅滩，我们得让象犊子游过去。你们后面的，先站那儿别动。”

就这样，他们聊着、争吵着、溅着水花，过了河。他们第一段行程的目的地，是一种招待新大象的营地，但现在离营地还远着哪，野象们就发起了脾气。

于是大象们的后腿被铁链子拴在了很粗的树桩子上，新大象额外又加了几道绳子，饲料成堆地放在他们面前。山地驭手们穿过午后的阳光回到彼得森·萨希伯身边去，临行前吩咐平原驭手

1 迪汉河是布拉马普特拉河位于印度境内的中间一段；布拉马普特拉河是亚洲主要大河之一，在中国境内的一段称为雅鲁藏布江。

们，当天夜里要格外小心；平原驭手问缘由，他们笑而不答。

小图麦照料卡拉·纳格吃晚饭。夜幕降临后，他心里说不出地高兴，在营地里到处转悠着，想找一只手鼓。印度孩子心潮澎湃的时候，不会胡乱嚷嚷、到处跑，而是坐下来，自个儿以某种方式尽情狂欢。彼得森·萨希伯跟小图麦说过话啦！他要是没找到想要的东西，我还真担心他会憋出病来。好在随营的甜食小贩借给他一只小手鼓——用手掌拍打的一种小鼓。当星星开始出来的时候，他在卡拉·纳格面前坐下，盘起双腿，把手鼓放在膝间，嘭嘭地拍打起来。嘭嘭嘭，嘭嘭嘭，嘭嘭嘭。他独自一人，坐在大象的饲料中间，越咂摸自己得到的巨大荣誉，越是拍打得起劲。没有曲调也没有歌词，但这样拍打让他很快乐。

新大象们和绳索较着劲，不时地发出又长又尖的叫声和吹号一样的声音，他听得见母亲在营帐里唱着歌哄他的小弟弟入睡。那是一首非常非常古老的歌，唱的是从前，湿婆大神告诉所有的动物他们各自该吃什么食物。那是一支非常抚慰人、使人安静的催眠曲，开头几句是这样的：

让我们风调雨顺、五谷丰登的湿婆神哟，
很久以前的一天，坐在门口分派；
给每人应得的一份：食物、劳作和命运，
从宝座上的国王，到大门口的乞丐。
一切由他安排哟——保护神湿婆。
玛哈德奥！玛哈德奥！他安排一切——[1]

1　在印度教中，湿婆神又称玛哈德奥，意思是毁灭者，同时又是复生者。

骆驼吃带刺的植物，母牛吃饲料，

瞌睡的小脑袋占着母亲的心，我的小宝贝哦！

母亲唱到每一句的末尾，小图麦都插进去一下“咚——呃——咚”。敲着敲着，睡意上来了，他就摊开手脚，在卡拉·纳格旁边的饲料上睡了。最后，大象们开始一头接一头地躺下，这是他们的习惯。末了，只剩下队列右边的卡拉·纳格还站着。他缓缓地左右摇晃着身子，向前伸着耳朵，倾听着山峦间缓缓吹过的晚风。空中充满了各种各样夜的声音：一根竹子碰到另一根竹子时的咔嗒声，某种动物在林下灌草层里活动的沙沙声，一只半醒的鸟发出的抓挠声和叫声（夜间，鸟儿们醒过来的次数比我们想象的多），极遥远的地方水瀑的声音……所有这些声音合在一起，便又成了一片大的寂静。小图麦睡着了一阵子，醒来的时候，天地间已是一片月亮的清辉。卡拉·纳格静静地站立着，支着耳朵。小图麦在饲草上窸窸窣窣地翻了个身，转过来望着半天星光映衬下，卡拉·纳格宽大的背部的轮廓线。他这样望着的时候，听见一头野象发出的“呼——嘟”声，穿透静寂，从遥远的地方传来。太远了，那声音并不比风穿过针眼的声音大多少。

队列中所有的大象都跳了起来，好像被子弹击中一般。他们的咕哝声终于吵醒了熟睡的象夫们，他们走出来，用大木槌把桩子砸深些，把这根绳子系系紧，把那个绳结打打牢，直到一切安静下来为止。一头新大象差一点把拴他的桩子拔出来，大图麦就把卡拉·纳格腿上的铁链取下，用它把新大象的前脚和后脚拴连起来。他只在卡拉·纳格腿上套了一圈草绳，吩咐他记着自己被拴紧了。他知道，他、他的父亲和祖父，从前干过几百回同样的事。对于主人的命令，卡拉·纳格往常总是咯咯地回应一声，这一次却没有。他一动不动地站立着，脑袋微微扬起，耳朵像大蒲扇一样撑开，眼睛眺望着月光下层层叠叠的加罗山峦。

“夜里他要是不安稳的话，看着他点。”大图麦对小图麦说，然后就走进棚屋去睡了。小图麦正要睡，却听见很轻的啪的一声，那根椰子皮壳纤维编的绳子断了。卡拉·纳格缓缓地、无声无息地挣脱了桩子，就像一朵从溪谷口挣脱出来的云。小图麦光着脚，沿着月光下的小路，啪嗒啪嗒地跟在他后面，压低嗓门喊叫着：“卡拉·纳格！卡拉·纳格！带上我呀，哦，卡拉·纳格！”大象回过头来，在月光下悄无声息地向男孩后退了三大步，垂下长鼻子，一卷一荡，把他放在了自己的脖子上。小图麦差一点没来得及把双膝夹紧，卡拉·纳格就已经溜进了森林。

大象队列中起了一阵狂躁的喇叭似的吼叫，然后一切又重归寂静。卡拉·纳格开始往前走。有时，一簇高高的草拍打着扫过他的侧腹，就像波浪拍打着滑过轮船的船舷一样。有时，会有一串野胡椒藤从他背上擦过去，一根竹子被他的肩膀碰到后发出嘎吱嘎吱的声响。但是除了这些时候，他前进时绝对没有发出过一丁点声音。他在密密的加罗森林里漂移着，仿佛他就是一片烟雾。他正在往山上走，但小图麦虽然透过树林间的空隙望着星星，却说不出朝着哪个方向。

这时，卡拉·纳格来到坡顶上，停了一分钟。小图麦放眼望去，只见月光下，树冠连在一起如斑驳的毛皮，铺展出去好多好多英里；山谷中的河流上方，弥漫着蓝白色的雾气。小图麦向前倾着身子俯望，觉得森林在他下方醒着——醒着，活泼泼的，挤满了生灵。一只以水果为食的棕色大蝙蝠擦着他的耳朵飞过。一头豪猪的箭刺在密林里发出咔咔的响声。他听见，在树干之间的黑暗里，一只猪獾在使劲儿挖掘潮湿温暖的泥土，一边挖一边用鼻子嗅。

树枝又在他头顶上合拢起来，卡拉·纳格开始下山，向溪谷中前进——这一回不再是静悄悄的了，而是如同一门失控的大炮冲下陡岸一样，一口气冲到底。他那庞大的四肢像四个活塞一样平稳地运动着，每一步跨出去八英尺，肘关节处的皱皮发着窸窸窣窣的声音。林中的下层灌木被他分开到两侧，发出帆布撕开的声音。被他的肩膀推开到左右两侧的幼树反弹回来，砰地打在他肋部。他左右甩动脑袋为自己开路，一大串一大串的爬藤缠结在一起，挂到了他的长牙上。小图麦趴下来，紧紧地贴住他粗大的脖子，以免大树枝弹过来把他刮到地上。这时，他真希望自己回到了营地。

草地变得湿软起来，卡拉·纳格的脚将草踩下去时，被咯吱咯吱地吸着。谷底的夜雾使小图麦打起了寒战。咕咚一声脚踩下去，哗啦一声水溅起来，奔流的水汩汩地响着，卡拉·纳格在一条河的河床上一步一步地探着路，大步大步地往前走。河水打着漩，小图麦听见河的上游和下游有别的溅水声和喇叭似的吼叫声，它们盖过了绕着卡拉·纳格的脚打漩的水的喧响——有别的大象在大声咕哝着，凶猛地喷着鼻息。小图麦周围的雾气中，仿佛处处翻腾起伏着许多影像。

“呀！”他牙齿咯咯地打着战，差一点大声叫起来，“今夜象族出动了。这样看来，要跳舞啦！”

卡拉·纳格扑通通哗啦啦地从水里走出来，把长鼻子里的水喷干净，开始第二次上坡。但这一回他不是单枪匹马，也不需要自己开路。路已经开好了，六英尺宽，在他面前；路上被踩趴下的丛林野草正使劲儿想站起来，恢复原状。一定有许多大象，就在几分钟前，从这儿经过。小图麦回头望去，看见一头巨大的、有长牙的野生动物，睁着一双红炭一般的小猪眼，刚从雾蒙蒙的河里升上岸来。这时树木又是密密地靠拢着的了，大象们吼叫着、碾压着往上走，四面八方都是树枝折断的声音。

终于，卡拉·纳格到了山顶，静静地站在两棵大树的树干之间。山顶是一片三四英亩大小的不规则空地，空地周围长着一圈树，那两棵树便在其中。小图麦看得出来，整片空地的地面已经被踩踏得像砖地一样坚硬。有几棵树长在林中空地的中央，但树皮已经被蹭掉，露出了白生生的木头，在斑驳的月光下闪着亮，显得格外光滑。高处的树枝上有藤蔓挂下来，藤蔓上有钟形的花朵，白色的，很大，好像是牵牛花一类的东西，全都倒垂着，合上花瓣熟睡着。但是整个空场子里一片绿叶也没有——什么也没有，只有踩踏过的地面。

月光把空地映照成了一片铁灰色，除了几头大象站立的地方：大象的影子是墨黑色的。小图麦屏住呼吸呆望着，两只眼睛快从眼眶里瞪出来了。在他呆望着的时候，越来越多的大象从树干之间出来，摇摇摆摆地来到空旷处。小图麦只能数到十，他扳着手指数了又数，最后忘了有几个十，头都晕了。他听得出来，林中空地外面的林下灌草层里仍然在哗啦啦地响着，那是后续的大象们在披荆斩棘地赶到山坡上来。不过他们一旦进入树干的圈子里，移动起来立刻就像鬼魂一样了。

有挺着白晃晃的长牙的公象，他们脖子上的皱褶里、耳朵的折裥里，沾着落叶、坚果和小树枝。有肥胖的、步履缓慢的母象们，她们的肚子下面有黑里透着粉色的小象犊子在跑动着，他们只有三四英尺高，一刻也不肯安静。年轻的大象刚露出一点点象牙，为了这一点点，他们非常自豪。瘦长、皮包骨头、谨小慎微的老母象，凹下去的脸上透着焦虑，鼻子像粗糙的树皮。凶野的老公象，从肩膀到肋部，印着一道道过去打斗时抽伤和割伤留下的大疤痕；他们孤单地洗泥浆浴所残留的一块块干土，正从肩头剥落下来。还有一头大象，断了一根象牙，身体一侧还有可怕的抓痕，那是老虎的爪子全力一击留下的印记。

他们脑袋冲脑袋地站立着，或者成双成对地在场地上来回走动着，或者自个儿在那里摇晃着身体——总共有好几十头大象。

小图麦知道，只要他安安静静地趴在卡拉·纳格脖子上，他就不会出事。因为即使在“珂鞑”围捕的冲撞和混乱中，野象也不会把长鼻子伸上来，从一头驯象的脖子上卷走一个人。而且这些大象今夜并没有把人类放在心上。突然他们把耳朵向前支起来，因为他们听见森林里响起了脚镣的叮当声。一场虚惊。原来是普德米尼，彼得森·萨希伯所宠爱的大象。她带着一小截断了的铁链子，嘴里咕咕哝哝、鼻子里呼哧呼哧，登上了山坡。她一定是弄断了拴她的桩子，直接从彼得森·萨希伯的营地跑来的。小图麦还看见了另一头大象，一头他从没见过的公象，背上和胸上带着深深的绳索勒痕和擦伤；它肯定也是从周围山里的某个营地里跑出来的。

终于，森林里不再有大象走动的声响，卡拉·纳格摇晃着从两棵树中间的位置走出来，来到象群中间，发出咕咕咯咯的声音。所有的大象用象族自己的语言交谈起来，一边聊一边走动。

小图麦依然趴着，他俯望着好几十个宽阔的脊背，好几十对晃动的耳朵，好几十根甩动的长鼻子，好几十双转动的小眼睛。他听见象牙和象牙偶然磕碰发出的咔嗒声，两根象鼻子缠在一起发出的干涩的窸窣声，庞大的肩膀和肋部在大象堆里移动时发出的摩擦声，大尾巴不停地轻轻甩动拍打发出的呼呼声。这时，一片云飘过来遮住了月亮，小图麦在一片漆黑中坐了起来。在黑暗中，大象们依然在平静、平稳地推搡着，挤来挤去，发出咕咕的声音，一切照样继续。他知道，卡拉·纳格四周全是大象，他是没有机会退出这集会的；所以他咬紧牙关，打起了哆嗦。在“珂䡴”里，至少还有火炬的光亮和人的喊叫；而在这儿，他是真正孤身一人在黑暗之中。有一回，一根举起来的象鼻子碰到了他的膝盖。

接着，一头大象喇叭似的吼叫起来，其余所有的大象马上就跟着叫。那五到十秒钟真是可怕。露水像下雨似的，从上面的树枝上洒落下来，掉在那些看不见的脊背上。一种沉闷的隆隆声起来了，起初不太响，小图麦说不出那是什么声音。但是它越来越响了。卡拉·纳格抬起一只前脚，然后抬起另一只，一起落下去，一二，一二，像杵锤一样有规律。现在大象们在一起跺脚了，那声音像在山洞口擂战鼓一样。露水纷纷从树上洒落下来，直落到一滴不剩。隆隆声在继续着，地面在晃动，在颤抖。小图麦双手捂着耳朵，想挡住那声音，这当然是不顶用的：巨大的震颤贯穿了他全身——这是几百只沉重的脚跺在光秃秃的地上。有一两回，他感觉出来卡拉·纳格和其他所有大象向前涌动了几大步，重击声变成了好像鲜嫩的绿色植物被捣烂碾碎时的声音。但是一两分钟后，又响起了在坚硬的地面上顿脚的隆隆声。离他不远的地方，一棵树在吱吱嘎嘎地呻吟着。他伸出手去，摸到了树皮，但是卡拉·纳格又向前移动了，并且依然不停地跺着脚。他说不出自己是在林中空地的哪个方位。大象们全都一声不吭，只有一回，两三只小象犊子一起短促地尖叫了几声。接着，他听见一记撞击和一阵拖着脚走的声音，随后隆隆声又响了起来。这样持续了大约足足两个小时，小图麦的每一根神经都在痛；但是从夜间空气的气味中，他已经感觉到黎明即将来临。

破晓的晨曦是葱翠的青山后面的一片淡黄色。随着第一缕光线透射进来，隆隆声戛然而止，仿佛这黎明之光就是一道命令。小图麦还没赶走脑袋里的嗡鸣，甚至还没有来得及换个姿势，视野中就已经没有一头大象，只留下了卡拉·纳格、普德米尼和那头被绳索勒伤的大象。顺着山坡，没有任何记号，没有丝毫的窸窣声或低语声，表明其他的大象去了何方。

小图麦瞪大眼睛看了又看。经过一夜，他记忆中的林间空地已经变大了许多。立在新的空地中央的树多了几株，而周边的林下灌草层和丛林野草都退后了。小图麦瞪大眼睛又看了一遍。现在他理解了跺脚的意义。大象们踩踏出了更大的地方——把密密的草和肥嫩的藤茎踩踏成渣滓，把渣滓踩踏成薄片，把薄片踩踏成细小的纤维，最后把纤维踩踏成了坚硬的地面。

“哇！卡拉·纳格，我的大象老爷，我们跟普德米尼一起走，去彼得森·萨希伯的营地吧，”小图麦说，他的眼皮已经很沉重，“要不我会从你脖子上掉下去的。”

第三头大象看着两头象离去。他喷了一下鼻息，打了个转，然后走上了自己的路。他也许属于五六十英里外，或者一百英里开外的某个小土邦王治下。

两小时后，彼得森·萨希伯正在吃早饭的当口，那帮子在夜里被他加了锁链的大象，喇叭似的叫了起来。肩膀以下全是淤泥的普德米尼、脚痛得厉害的卡拉·纳格，蹒跚着走进了营地。小图麦脸色发灰，面容憔悴，头发被露水淋得透湿，还沾了不少树叶，但他还是强打着精神向彼得森·萨希伯行了礼，并且有气无力地嚷嚷道："跳舞——大象跳舞！我看到了，我——要死了！"卡拉·纳格坐下的那一刻，他从大象脖子上滑下来，昏死过去了。

但本地孩子是没有神经质毛病一说的，两小时后，小图麦已经心满意足地躺在彼得森·萨希伯的吊床上，脑袋下面枕着彼得森·萨希伯的猎装。一杯热牛奶、一点白兰地和少许奎宁已经进了他的肚子。那些胡子拉碴身上带疤的老猎手，在他面前里外坐了三层，盯着他看，仿佛他是个精灵似的。他讲了自己的故事，孩子就是孩子，话很简短；末了他说："喏，要是我说了一句假话，你们可以派人去看，他们肯定会发现，大象族在他们的舞场边踩出了更多的场地。他们还会发现十条加十条，好多个十条的小路，通到那个舞场。大象们用脚踩出了更多的场地。我看到了。卡拉·纳格带我去的，我看到了。卡拉·纳格把他的腿也累坏了！"

小图麦又躺了下去，他睡了长长的一个下午，直到日暮时分还没有醒。他睡着的时候，彼得森·萨希伯和马库阿·阿帕跟着两头大象的足迹，在山里穿行了十五英里。彼得森·萨希伯从事捕象业已经有十八个年头，此前只有一回发现过那样一个大象跳舞的场地。马库阿·阿帕不用看第二眼，也不必用脚趾头抠一下夯实的泥土，就已经明白，那片林间空地上发生过什么事情。

"孩子说的是真话。"他说，"这些都是昨天夜里干的。我数过了，有七十条小路穿过河流。萨希伯，你来看，普德米尼的脚链子在那棵树的树皮上割开的口子！没错，她也到过那边。”

他们上上下下打量着对方，心里面很纳闷。因为大象的行为方式对于人类，无论是黑人还是白人，凭自己的智力是无法理解的。

“我跟随我的大象老爷四十五年了，”马库阿·阿帕说，“这孩子见过的事情，我却从来没有听说有人类的孩子看到过。凭着所有的山神起誓，这是——怎么说才好呢？”他摇了摇头。

他们回到营地时，已经是晚饭时间。彼得森·萨希伯独自在帐篷里吃饭，但他下了命令，叫营地里宰两头羊，杀几只鸡，准备双倍的面粉、大米和盐，因为他知道，一定会开宴会的。

大图麦心急火燎，从平原上的营地赶来找他的儿子和大象。现在他找到了，却怔怔地看着他们，好像他的儿子和大象都令他畏惧似的。在旺旺的营火边，当着一排排拴在桩子上的大象的面，一场宴会正在举行；小图麦是整个宴会的主角。那些棕色皮肤的大个子捕象人，那些追踪大象、驱赶大象和捆绑大象的好手，那些知道秘诀、能制服最狂野的大象的能人，把小图麦从一个人手中传递到另一个手中，用刚宰的丛林公鸡胸脯上的血，在他前额上画记号，表示他是森林居民，已经被所有的丛林接纳，可以在所有的丛林里自由来去。

最后，营火熄灭了，在烧过的木头发出的红光映照下，大象们看上去仿佛在血里浸过似的。这时——马库阿·阿帕，所有“珂魃”的所有驭手的头儿；马库阿·阿帕，彼得森·萨希伯的另一个自己，一个四十年不曾见过一条人工道路的人；马库阿·阿帕，行不更名坐不改姓的、了不起的马库阿·阿帕——跳了起来。他把小图麦举过头顶，高高地举在空中，大声说道：“听好喽，我的兄弟们。你们也听好喽，那边的一排排大象老爷。我，马库阿·阿帕，要讲话了！这个小家伙从此以后不再叫小图麦，而是要改称‘大象们的图麦’了，在他之前，他的曾祖父用过这个称号。人类从来不曾见过的事情，他看了长长的一整夜；象族的宠爱和丛林诸神的宠爱，降在他一人身上了。他会成为一个了不起的追捕手。他会变得比我更了不起，连我——马库阿·阿帕，也比不上他！他将用明亮的眼睛追踪新的踪迹、不新鲜的踪迹和混杂的踪迹！当他在珂鞑里面，在有长牙的大兽肚子下面奔跑，给他们绑上绳子时，他不会受到伤害。如果他滑倒在向前冲撞的公象脚前，公象会知道他是谁，不会碾压他。嗳嗨！拴着铁链的大象老爷们，”他从排桩跟前疾步走过，“就是这个小家伙，在你们的隐秘地方看见了你们的舞蹈——人类从来不曾看见过的景象！给他荣耀吧，我的老爷们！行额手礼吧，我的孩子们。向大象们的图麦致敬！贡加·普沙德，啊啊啊叫！希拉·古伊、伯奇·古伊、库塔·古伊，啊啊啊叫！普德米尼，你跳舞的时候见过他，还有你，卡拉·纳格，大象中的珍珠！啊啊啊叫！一起叫！向大象们的图麦欢呼。开始！”

随着他最后一声狂野的呐喊，整排的大象把长鼻子甩起来，鼻尖碰到前额，爆发出最高规格的欢呼声。这“珂鞑”的额手礼，这惊人的喇叭声，原本是只有印度总督[1]才能享用的。

而这一切都是为了小图麦：他看见了人类从来不曾见到过的景象——独自一人，在加罗山区的中央，看见大象在夜间跳舞！

1 当时的印度是英国殖民地，英国派遣的印度总督为最高统治者。

湿婆和蚱蜢

（图麦的母亲给宝宝唱的歌）

让我们风调雨顺、五谷丰登的湿婆神哟，
很久以前的一天，坐在门口分派；
给每人应得的一份：食物、劳作和命运，
从宝座上的国王，到大门口的乞丐。
一切由他安排哟——保护神湿婆。
玛哈德奥！玛哈德奥！他安排一切——
骆驼吃带刺的植物，母牛吃饲料，
瞌睡的小脑袋占着母亲的心，我的小宝贝哦！

小麦他给富人，小米分派给穷人，
残羹剩饭给挨门挨户乞讨的圣人；
老虎去拼命搏斗，老鹰来吃腐肉，
无家可归的恶狼，有肉渣和骨头。
在他的眼里，一切众生没有高低——

帕尔芭蒂[1]在旁边看着他们来来去去；
她想骗骗丈夫，开湿婆一个玩笑，
就把小蚱蜢偷去，藏匿在她胸口。
她就这样骗了他，骗了保护神湿婆。
玛哈德奥！玛哈德奥！转过身来看喏。
高高的是骆驼，沉重的是母牛，
但这是小东西中最最小的，我的小宝贝哦！

分派完毕之后，她笑嘻嘻地问道：
“夫主啊，百万众生之口，可有谁没有分到？”
湿婆笑着回答：“众生皆得了应得之分，
连你藏在心口的小东西，也没有漏掉。”
做了小偷的帕尔芭蒂从胸前掏出蚱蜢，
看见最小的小东西在啃一片新长出来的嫩叶！
她领悟、畏惧又惊讶，向湿婆祷告——
他真的给所有生灵分派了食物，一个不少。
一切由他安排哟——保护神湿婆。
玛哈德奥！玛哈德奥！他安排一切——
骆驼吃带刺的植物，母牛吃饲料，
瞌睡的小脑袋占着母亲的心，我的小宝贝哦！

1 湿婆神的妻子，雪山神女。

女王陛下的仆人

你可以用分数或简单的比例法算个清楚，
但嘀嘟当和嘀嘟嘀用的是不同的法子。
你可以搓，可以翻，也可以编，直到罢手，
但波尔温和温尔波走的是不同的路子！[1]

---

1 嘀嘟当和嘀嘟嘀是童话《爱丽丝漫游奇境》中的孪生兄弟，这两个人物最初是英国大诗人拜伦创造的，现已被用来比喻难以区分的两个人或难以区别的两件事物；“波尔温和温尔波”是吉卜林本人的诗集《七海》中《班卓琴》一篇中的人物。

大雨已经下了整整一个月，雨中的兵营里有三万士兵，几千头骆驼、大象、马匹、阉牛和骡子。他们全都集中在一个名叫拉瓦尔品第[1]的地方，等待印度总督的检阅。他要接待阿富汗埃米尔[2]的来访——接待一个野蛮国家的野蛮君王。这位埃米尔随身带了一支八百人马的卫队，那些来自中亚背后某个地方的野蛮人和野蛮马，此生从来不曾见过兵营和火车头。每天夜间，那八百匹马中，必定有一小群挣脱拴后蹄的绳子，在黑暗中踩着泥浆，在营地里来回乱蹿。要不就是有骆驼挣断缰绳，到处乱跑，绊倒在支帐篷的绳索上。你可以想象，对于想睡上一觉的人来说，这种事情令人愉快到了何等的程度。我支帐篷的地方离骆驼营地很远，原以为会太平无事，不料一天夜里，一个士兵冷不防地把脑袋伸进来，大声喊叫："出来，快！他们来了！我的帐篷已经完啦！"

1　现属巴基斯坦，原属印度，1849年被英军占领后，因处于印度西北的防御要冲而受到重视。

2　阿米尔为阿拉伯国家国王、王公和最高军事长官的称号，现只用于称呼某些君主世袭制国家的元首。

我知道“他们”是谁，所以立马穿上靴子和雨衣，蹿到外面的烂泥里。我的小猎狐犬维克森，从帐篷另一头蹿了出去。只听得一阵稀里哗啦、呼噜噜、咕嘟嘟的声音，便看见支帐篷的杆子折了，帐篷瘪进去，像个发疯的幽灵似的跳起舞来。一匹骆驼一头撞进了我的帐篷里。我浑身湿漉漉的，很生气，可还是忍不住哈哈大笑。笑完了我就往前跑，因为我不知道还有多少骆驼挣脱了绳子。我蹚着泥泞，没多久，就跑出了营地的视野。

最后我绊倒在一门炮的尾端，这才意识到自己已经走到了炮兵兵营附近，这儿是夜间堆放加农炮的地方。我不想淋着毛毛雨在黑暗中蹚着水乱跑，就把雨衣搁在一门炮的炮口上，找了两三根炮管通条，支成一个简易小棚子，靠着另外一门炮的尾部躺了下来，也不知道维克森去哪儿了，我自己又身在何处。

我正准备入睡，却听见叮叮当当一阵挽具的响声和一声咕噜，一头骡子抖动着湿耳朵从我旁边跑了过去。他隶属于一个螺式炮炮兵连，因为我听见他的鞍垫上铁皮条、铁环、铁链等什物丁零哐啷地在响。螺式炮是一种微型炮，分成两大件，使用的时候螺合在一起。这种炮可以运到大山里去，只要是骡子能找到路的地方都可以去，所以，在多山的国家作战时非常有用。

骡子后面跟着一头骆驼，他大而柔软的脚在泥泞中吱吱地打滑，他的脖子一前一后地晃悠着，就像一只离群的母鸡。幸好我从本地人那儿学到了足够多的兽语——当然，不是野兽的语言，而是兵营牲口的语言——所以听得懂他在说什么。

他一定就是扑进我帐篷的那头骆驼，因为他对骡子喊道：“我该怎么办哪？我该去哪儿呢？我跟一个飘舞的白色东西干了一仗，它拿起一根棍子，打在了我的脖子上（那是我折断的帐篷杆子，听说这么回事我很高兴）。我们该继续往前跑吗？”

“哦，原来是你啊。”骡子说，“大闹营地的，是你和你的朋友们吧？好得很。明天早晨，你们会为此挨一顿揍的。不过，现在我就可以先赊给你几下子。”

我听见挽具叮叮当当一阵响，骡子后退几步，对着骆驼的肋骨咚咚就是两脚，声音像打鼓。“下回你就会变聪明些了，”他说，“不会大晚上闯进骡子的炮兵连，乱叫‘遭贼啦！失火啦！’，你给我坐下，别晃悠你那愚蠢的脖子。”

骆驼按照骆驼的方式，像一根两脚尺子[1]一样弯起身子，坐在地上呜咽起来。黑暗中响起有规律的蹄子踢踏声，一匹高大的军马慢跑着过来了，步子平稳得好像在接受检阅似的。他跳过一门炮的尾部，在骡子近前落了地。

“真丢人现眼。”他喷着鼻息，说道，“那些骆驼又一次闹哄哄地穿过我们的营地，已经是这个礼拜的第三次了。晚上不让一匹马睡觉，白天他怎么有精神呢？谁在这儿？”

“我是第一螺式炮炮兵连二号炮的炮后膛骡子，”骡子说，“另一位是你的一个朋友。我也是被他吵醒的。你是谁？”

“枪骑兵团九营E连十五排迪克·坎利夫的坐骑。站过去点儿。”

“哦，请原谅。”骡子说，“天太黑，看不清楚。这些骆驼不是太让人讨厌了吗？我从营地里走出来，是想在这儿清静一会儿。”

“我的老爷们，”骆驼谦卑地说，“晚上我们做了噩梦，我

1　一种老式尺子，形状类似圆规，但用来量物而不是画圆。

们害怕得很。我只不过是第三十九本地步兵团的一匹辎重骆驼，我没有你们那么勇敢，我的老爷们。”

“那你干吗不好好地待着，给三十九本地步兵团运送辎重物品，却要在兵营里乱跑？”骡子说。

“那些梦太可怕了，”骆驼说，“对不起。你们听！那是什么声音？我们要不要再奔跑？”

“坐下，”骡子说，“否则，你那几条细棍子一样的长腿会在炮中间卡断的。”他竖起一只耳朵，听了听。“是阉牛！”他说，“拉炮的阉牛。要我说，你和你的朋友们已经把整个兵营都吵醒了。能把拉炮的阉牛也惊动起来，动静可真不小呢。”

我听见铁链子在地上拖的声音，一对同轭的大块头阉牛，绷着脸，并肩走了过来。在大象不肯再靠近火线的时候，人们就让这种阉牛拉着沉重的攻城炮上去。接着又来了一头炮兵连的骡子，他着急得要命地喊叫着“比利”，差一点踩到铁链子上。

“这一位是我们新招募来的，”老骡子对军马说，“他在找我。这儿哪，小伙子，别再尖叫了。还没有谁被黑夜弄伤过呢。”

那一对拉炮的阉牛一起躺下，开始咀嚼反刍的食物；年轻骡子则向比利依偎过来。

“有东西！”他说，“好可怕好恐怖哦，比利！我们睡着的时候，它们闯进营地里来了。你觉得他们会杀死我们吗？”

“我有一个超棒的念头，就是想漂漂亮亮地踹你一脚，”比利说，“想想看，一头身高十四手宽[1]的骡子，受过训练，居然在

1　长度单位。一手宽为四英寸，用来测量马等家畜的高度。

这位绅士面前，丢炮兵连的脸！”

“跟他好好说，好好说。”军马说道，“别忘了，开头的时候都是这样的。我第一次见到人时掉头就跑（那是在澳洲，我三岁），跑了半天没停步。要是我看见的是一头骆驼，说不定直到现在还没停下来呢。”

派到印度来的英国骑兵胯下的战马，几乎都来自澳洲，并且由骑兵自己驯养和训练。

“这话倒不假，”比利说，“别再发抖了，小伙子。他们头一回把带链子的全套挽具放到我背上的时候，我用前腿站着，扬起后腿，把它们全蹬掉了。当时我并不懂得真正的踢腿学问，可炮兵连的人说，他们还从来不曾见过我这样的呢。”

“可那并不是挽具，也不是什么叮当响的物件，”年轻骡子说，“你知道我如今已不在乎那些了，比利。是树一样的东西，它们在营地里一上一下地扑腾，还噗噗地响。我脑袋上的绳子[1]断了，找不到我的驭手，也找不到你，比利。所以，我就和——和这两位绅士一起跑出来了。”

“哼！”比利说，“我一听说骆驼松开了，就自顾自跑了出来。一个炮兵连——嗯，一头驮螺式炮的骡子，居然把拉炮的阉牛称作绅士，肯定是吓得不轻，脑子出问题了。那边地上坐着的两位老弟，你们究竟是谁？”

两头拉炮的阉牛卷动舌头嚼着反刍的食物，齐声答道：“大炮连一号大炮第七轭公牛。骆驼来的时候我们正熟睡着，被他踩了以后我们就起身走开了。安安静静地躺在烂泥里，也比待在垫草

1 这儿“脑袋上的绳子”也就是缰绳，这是动物比较自尊的说法。

上被打扰的好。并没什么可怕的事，这话我们对你的这一位朋友说过；但他知道得太多，有另外的想法。哇！”

他们继续咀嚼。

“那是出于恐惧，”比利说，“拉炮的阉牛在笑你呢。希望你喜欢，小青年。”

年轻骡子的牙齿喀嘣喀嘣响，我听到他好像在说不怕天底下任何一头强壮的老阉牛什么的。但那一对阉牛只是咔嗒一声，互相碰了一下牛角，然后只管继续咀嚼。

“别刚害怕过现在又生气，这是最最懦夫的表现，”军马说，“我想，无论是谁，因为在夜里看到自己不了解的东西，受了惊吓，都是可以谅解的。我们四百五十四匹军马，曾经一而再再而三地弄断拴马桩。没别的，就因为一匹新招募来的军马，老给我们讲澳洲家乡鞭蛇的故事。最后弄得我们见到脑袋上的绳子没系住的那一头，也会害怕得要死。”

“在营地的时候样样都好，”比利说，“逢到有一两天没出去溜达的时候，我自己也并非不屑于乱蹿一下，权当寻个乐子。对了，你当差的时候做些什么呢？”

“哦，那就完全是另外一码事了，”军马说，“我当差时，迪克·坎利夫在我背上，膝头夹紧我。我只须留神看好脚落下去的地方，后腿始终稳稳地支着身子，灵敏地跟着缰绳动。”

“什么是灵敏地跟着缰绳动？”年轻骡子问。

“以澳洲人烟稀少的腹地的蓝桉[1]的名义，我问你，”军马喷了个响鼻，“你的意思是说，他们没教过你当差的时候灵敏地跟

1 蓝桉原产于澳洲。

着缰绳动？脖子上缰绳一紧，你得马上就能原地转身，否则要你来干吗？对于你身上的人，这意味着生与死，当然对于你自己也意味着生与死。感觉到脖子上缰绳一动，就要立刻用后腿支着身体转身。如果没有回转的空间，那就身体稍稍往后仰一仰，靠后腿站着绕过来。这就是灵敏地跟着缰绳动。”

“没教过我们这一招，”骡子比利生硬地说，“只教过我们服从前头的人：他叫齐步走就齐步走，他叫插进队伍就插进队伍。依我看，结果都一样。当个差，何必搞这一套花式，还要后腿站立，肯定对你的跗关节很不好，你干的是什么活儿呢？”

“这要看情况了，”军马说，“一般说来，我得跑到一大堆多毛的、拿着刀大喊大叫的人中间去。他们的刀很长很亮，比随军兽医的刀还要凶。我得留神让迪克的靴子刚好碰到旁边人的靴子，又不把它挤坏了。我的右眼能够看到迪克的长矛在右边时，我就知道自己是安全的。迪克和我很忙时，我们对面的人或马就……我可不愿意像他们一样。”

“刀子不伤人吗？”年轻骡子说。

“嗯，有一回我的胸部挨了一刀，但那不是迪克的错……”

“要是我受了伤，我会很在意是谁的错！”年轻骡子说。

“那是必须的，”军马说，“如果你不信任你背上的人，你也可以立刻跑开啊。我们有些马就是这样做的，我并不责怪他们。刚才我说过，那不是迪克的错。当时那人躺在地上，我拉长身子想跨过去不踩到他，他却向上一挺刀，砍我。下一回，我要是不得不从一个躺着的人身上过去，我会踩他，狠狠地踩。”

“哼！”比利说，“这些事听上去很蠢。刀子在任何时候都是恶劣的东西。该干的正经事情，是驮着一副两边平衡的鞍子去爬山，靠四条腿和两只耳朵，一路向上攀，向上爬，扭动身体蜿蜒前进，最后来到众人上方几百英尺高的岩架上，那种地方只容得下你的蹄子。然后就一动不动地站着，保持安静——决不要叫人牵住你的头，小青年——在组装一门炮的时候，保持安静。然后看着那些小罂粟壳子掉到下面很远的树冠中间去。”

“你绊倒过吗？”军马问。

“俗话说，如果骡子也绊倒，你就能撕裂母鸡的耳朵了，”比利说，“有时候，如果鞍子上的东西没放好，一头骡子也许会向一侧翻倒，但这种事儿很少见。真希望能让你看一看我们是怎么当差的。很漂亮的活儿哟。呃，我花了三年时间才弄明白人类的意思。这件事里面的学问就是，决不要把自己的身形露出到空中轮廓线上方，因为，你露出来了，就有可能挨枪子儿。记住这一点，小青年。永远尽量隐蔽自己，哪怕为此要偏离路线一英里。碰到要这样爬山的时候，在炮兵连我领头。”

“还没机会跑进开火的人中间，就挨了枪子儿！”军马说，苦苦地思索着，“我受不了这个。我要冲锋——和迪克一起。”

“哦，不，用不着你干的。你知道，大炮一到位，他们就把装填的活儿全干了[1]。那是有学问的，而且干得干净利落。至于说刀——呸！”

辎重骆驼已经来来回回晃悠脑袋好半天了，他急着要从旁插一句话。这会儿我听到他开口了，他清了清嗓子，紧张地说：

“我……我……我打过仗的，但不是用那种爬山的方式或那种奔跑的方式。”

---

1 军马和骡子都说charge，但他们表达的是这个字眼的不同意思。前者的意思是冲锋，后者的意思是装填炮弹。

“没错。既然你提起这话儿，”比利说，“我看你还真不像天生就是爬山或者奔跑的材料——不太像。嗯，你是什么方式呢，老草包？”

“恰当的方式，”骆驼说，“我们全都坐下……”

“哦，我的护臀甲和护胸镜哟！”军马压低嗓门说道，“坐下！”

“我们坐下——总共有一百头呢，”骆驼继续往下说，“围成一个大正方形。人类把我们的鞍具和驮子堆放在正方形外面，隔着我们的背向外面开火；人类就这样干，从正方形的每一边向外开火。”

“什么样的人？走过来的随便哪一个人吗？”军马说，“在骑术学校，他们教我们躺下，让我们的主人隔着我们开火，但这样做我信得过的人只有迪克·坎利夫一个。这样做会蹭到我的肚带，弄得我很痒；而且脑袋垂到地上我就看不见了。”

“隔着你开火的是什么人又有什么关系呢？”骆驼说，“旁边有许多的人，许多别的骆驼，还有许多烟雾。那种时候我不害怕。我安静地站在那儿等着。”

“可是你却晚上做噩梦，”比利说，“搅得营地里鸡犬不宁。得啦，得啦！在我躺倒之前，别说什么坐下来让人隔着我开火之类的屁话。我的脚后跟有话儿，先得跟那人的脑袋说说呢。你们大家听说过坐着挨打这么可怕的事情吗？”

沉默了好长时间，然后，一头拉炮的阉牛抬起他的大脑袋，说道：“这其实是很愚蠢的。只有一种打仗的方式。”

“哦，请继续，”比利说，“别在意我。我估摸着，你们这些家伙是用尾巴站着打仗的吧？”

“只有一种方式，”两头阉牛齐声说道（他们一定是双胞胎），“这方法就是，双尾巴吹喇叭后，把我们全体二十轭的阉牛全套在那尊大炮上。”[1]

“双尾巴为什么吹喇叭呢？”年轻骡子问。

“表示他不会再靠近另一方的烟雾半步。双尾巴是个大懦夫。然后，我们就一起使劲儿拉那尊大炮——嘿呀——呼啦！嘿呀！呼啦！我们不像猫那样爬，也不像小牛一样奔跑。我们穿过平坦的平原，二十轭的阉牛一起拉，直到从轭上卸下来。我们去吃草，那些大炮就隔着平原，对一个围着泥土城墙的城镇说话，城墙就坍下去几块，尘雾腾起来，仿佛许多牛在奔回家一样。”

“哦！你们选那种时候吃草？”年轻骡子问。

“那种时候或者另外随便什么时候。吃东西总是好事。我们一直吃到又被套上轭为止，再把大炮拉回到双尾巴等着的地方。有时候，城里面也有大炮说话回敬我们，我们有些牛被杀死了，那样一来，活下来的就有格外多的草可以吃。这是命。但再怎么说，双尾巴是个大懦夫。这就是合适的打仗方式。我们兄弟俩是从哈布尔[2]来的。我们的父亲是一头献给湿婆神的公牛。我们说过的。”

“嗯，今晚我肯定学到了些东西，”军马说，“二位螺式炮炮兵连的绅士，如果大炮在轰你们，双尾巴在你们后方，你们还有心情吃东西吗？”

“那就等于是说，我们有心情坐下来，让人类伸开手脚趴在我们大家身上；或者等于是说，我们很想跑到拿着刀子的人群中

---

1 “双尾巴”是营地里称呼大象的俚语。——原注

2 印度北部靠近首都新德里的一个小地方。

间去。我从来没听到过这种屁话。给我一座大山的岩架、一驮两边平衡的物品、一个可以信任的驭手，再让我自个儿挑选路线，我就是你的骡子。别的事情——免谈！”比利说，跺了一下脚。

“当然，”军马说，“每一种动物生来都是不一样的。我十分清楚，你们家族，就你的父系方面来说，对于许多许多事情是不能理解的。”

“别惦记着我们家族的父系，”比利生气地说，因为每一头骡子都讨厌别人提醒自己父亲是驴子，“我父亲是一位南方的绅士，他能把他碰到的每一匹马推倒，用牙齿和蹄子把他们撕成碎片。记住这一点，你这匹大个子棕色澳洲野马！”

说人家是澳洲野马，就等于说他是没有任何教养、野性未驯的马。想象一下，如果一匹拉车的马称呼苏诺尔[1]“老废物”，她会是什么感觉，你就能想象出那匹澳洲马当时的感受。我看得见他的眼白在黑暗中闪着光。

“听着，你这头进口的马拉加[2]公驴的儿子，”他咬牙切齿地说，“我要让你知道，在母系方面，我和墨尔本杯奖获得者卡尔宾有亲戚关系。在我们家乡，我们可不习惯让那些鹦鹉嘴巴猪脑袋的骡子糟践，管他什么装备着玩具气枪玩具射豆枪的炮兵连。你准备好了吗？”

“你就抬起前蹄子来吧！”比利尖叫着说。他们俩面对着面，都用后腿直立起来。我正等着看一场激战，却听见黑暗中一个咕咕噜噜的声音从左边传来，喊道：“孩子们，你们在那边打什么架呀？安静些。”

1　苏诺尔是当时美国一匹著名的母马，因在单座双轮马车赛中屡屡获胜而闻名。

2　西班牙南部省名及其首府名，该省山区多驴。

两头畜生憎恶地喷了个响鼻，前腿落了地；因为无论是马还是骡子，听到大象的声音都受不了。

“是双尾巴！”军马说，“我吃不消他。两头各有一条尾巴，这不公平！”

“你说出了我的感觉，”比利说，凑到军马跟前，合成了一伙儿，“在某些方面，我们很相像哦。”

“我估摸着，这些地方是从我们的母系方面遗传来的，”军马说，“为那点鸡毛蒜皮争吵真不值。嗨！双尾巴，你被拴着吗？”

“是啊，”双尾巴说，从他的长鼻子里发出一阵笑声，“我被拴在桩子上过夜。刚才你们两个家伙说的话我都听见了。不过，你们不用害怕。我不会过去。”

骆驼和两头阉牛声音不怎么响地说道：“害怕双尾巴——简直是屁话！”两头阉牛又接着说道，“真不好意思这样说你，但这是实话。双尾巴，大炮开火的时候，你干吗要害怕？”

“嗯，”双尾巴一边说，一边用一条后腿蹭了蹭另一条后腿，那模样恰如一个小男孩在朗诵一首诗，“我不十分清楚你们是否会理解。”

“我们不理解，但是我们得拉那些炮。”两头阉牛说。

“我知道，我知道你们十分勇敢，比你们自己想象的还要勇敢得多。但我就不一样了。几天前，我们炮兵连的上尉说我是个跟不上时代的厚皮动物。”

“我猜，那也是一种打仗方式？”正在重新振作精神的比利说道。

“当然，你们不明白那个称呼的意思，我却明白。那意思就是说我非驴非马、不好不坏，我的情形正是如此。在我的脑海里，我能看见炮弹爆炸时会发生的事，你们阉牛不能。”

“我能，”军马说，“至少能看到一点儿。我不让自己想它。”

“我能看到的比你多，而且我思考。我知道，我得好好照顾自己；我知道，如果我病倒了，没有人知道怎样治好我的病。他们唯一能做的事是停发我的驭手的薪水，直到我病好为止，而我是不能信赖我的驭手的。”

“啊！”军马说，“这么一解释就明白了。我是可以信赖迪克的。”

“就算你把一个团的迪克放到我背上，也不能让我感觉好些。不舒服的滋味我已经尝够了，但还不够让我不管不顾地生活下去。”

“我们听不明白。”两头阉牛说。

“我知道你们听不明白。刚才的话不是说给你们听的。你们不知道血是什么。”

“我们知道，”两头阉牛说，“是红色的东西，会渗进地面，还有腥味儿。”

军马踢了一踢，跃了一跃，喷了个响鼻。

“别说出来，”他说，“我已经闻到那味儿了，放在心里想就行啦。我闻到那味儿就想奔跑——当迪克在我背上的时候。”

“但是这儿并没有血，”骆驼和两头阉牛说，“你干吗犯傻？”

“血是脏东西，”比利说，“我不想奔跑，也不想聊它。”

“你们瞧，我说对了吧！”双尾巴说，摇摇尾巴算是解释。

“没错。是啊，今夜我们一直在这儿呀。”两头阉牛说[1]。

双尾巴一个劲儿地跺脚，直跺得脚上的铃铛叮叮当当响起来：“啊，这话我不是说给你们听的。你们不能在脑海里看见东西。”

“是的。我们用四只眼睛看东西，”两头阉牛说，“我们直视前方。”

“我要是能直视前方，其余什么也看不到，就根本用不着你们去拉大炮了。要是我像我们上尉那样——开火之前他能在脑海里看见东西，浑身直打哆嗦，但他知道得太多，没法逃跑——要是我像他那样，拉大炮的活儿我就能照干不误了。但我要是有那么聪明，就决不会到这地方来。我会像从前那样，在森林里称王，大白天一半时间睡觉，高兴了就去洗个澡。我已经有一个月没好好洗一回澡啦。”

“这一切听起来很美，”比利说，“但是说上一长串好听的，并不能让事情好起来。”

“嘘！”军马说，“我想，我弄明白双尾巴的意思了。”

“一分钟后你会更明白的，”双尾巴生气地说，“现在你们给我说说，你们干吗不喜欢这个！”

他拔直嗓门，像喇叭似的狂吼起来。

“别叫了！”比利和军马齐声说。我听得出他们在顿足、发抖。大象的吼叫声总是很难听的，尤其在漆黑的夜里。

“我不会停的，”双尾巴说，“请你们解释一下，行不行？呃啊！呜！呃啊！呜啊！”可是接着他突然停止了吼叫，我听见

1 大象说的是“there you are！”，意思是“你们瞧，我说对了吧！”，阉牛没弄明白，理解成了这句话的另一层意思：“原来你们在这儿！”

黑暗中有一种轻轻的呜咽声，知道维克森终于找到了我。她和我一样，知道天底下如果有一样东西大象比别的动物更害怕，那就是一只吠叫的小狗。所以她停止呜咽，去欺侮拴在桩子上的双尾巴，绕着他的脚狂吠。双尾巴把脚移来移去，吱吱地尖叫着。“走开，小狗！”他说，“别嗅我的脚踝，再嗅我踢你啦。好小狗，友好的小狗狗……不听是不是！回家去，你这只吵死人的小畜生！哦，怎么没有谁把她弄走？过一分钟她就要咬我了。”

“我看哪，”比利对军马说，“我们的朋友双尾巴好像什么都害怕。嗳，要是我在阅兵场上每踢一条狗就能饱饱地吃一顿，我该差不多像双尾巴一样胖了。”

我呼哨一声，维克森立刻跑到了我跟前。她浑身污泥，舔着我的鼻子，跟我讲了半天她怎样在营地里到处找我。我从来不让她知道我懂兽语，否则的话，什么放肆的事情她都干得出来。我索性把她藏在胸前，扣上了大衣扣子。双尾巴把脚移来移去，跺着地，低低地咆哮着自言自语。

“怪事！真是怪事！”他说，“我们家族总是遇到怪事。嗳，那只肮脏的小畜生去哪儿啦？”

我听见他用长鼻子探来探去。

“好像我们各自都会在不同的方面受到袭扰，”他接着说道，从长鼻子里喷着气，“唷，刚才我大吼大叫，让各位先生受惊了。”

“确切地说，不是受惊，”军马说，“只是让我觉得，本该放马鞍子的地方好像叮满了大黄蜂。别再那样叫了。”

“我会受一只小狗的惊吓，这只骆驼呢，总是夜里做噩梦，吓得不轻。”

“很幸运，我们不必全都用同样的方式打仗。”军马说。

“我想知道的是，”年轻骡子开言道，他已经沉默好长时间了，“我想知道的是，我们究竟为什么必须打仗。”

“因为他们吩咐我们去打仗。”军马说，很不屑地喷了个响鼻。

“是命令。”骡子比利说，他的牙齿嘎嘣响了一下。

“呼啃嗨！”（这是命令！）骆驼说，喉咙里咯地一响。双尾巴和两头阉牛重复道：“呼啃嗨！”

“没错，但命令是谁发出来的呢？”新招募的骡子问道。

“走在你前头的人。”“坐在你背上的人。”“牵缰绳的人。”“揪你尾巴的人。”比利、军马、骆驼、两头阉牛一个接一个地答道。

“但是，谁给那些人下命令呢？”

“你问得太多了，小青年，”比利说，“这是找踢的一个方式。你只要服从前头的那个人就行了，什么也不要问。”

“他说得很对，”双尾巴说，“我不能时时事事都服从，因为我非驴非马，不好不坏。但比利说得对。服从身旁下命令的人，否则你就会使整个炮兵连停下来，还要挨一顿暴揍。”

两头拉炮的阉牛起身要走了。“快天亮了，”他们说，“我们要回营地去啦。没错，我们只能用眼睛看东西，而且不是很聪明。不过，今夜没有害怕过的动物只有我们俩。晚安，你们这些勇敢的动物。”

没有谁答腔。为了转移话题，军马说道：“那只小狗去哪儿了？有狗在，就意味着附近有人。”

“我在这儿，”维克森吠道，“和一个人一起，在大炮的尾部下面。你这个莽撞的大兽、死笨的骆驼，你掀翻了我们的帐篷。我的主人可是很生气哟。”

“唷！”两头阉牛说，“他一定是个白人！”

“当然啰，”维克森说，“难不成你以为，照料我的是一个黑人阉牛驭手？”

“呼哇！呜哇！哇！”两头阉牛说，“我们赶快走。”

他们在泥泞里使劲儿往前冲，使劲儿折腾着想把他们的牛轭抽出来，它卡在一辆弹药车的车辕上了。

“得啦，你们已经尽了力，”比利安安静静地说，“别再拼命啦。天亮之前你们挂在那儿动不了。这到底是怎么回事呢？”

两头阉牛一下子嗞嗞地喷起鼻息来，喷了好长时间，只有印度牛才这样喷。他们恶狠狠地咕噜着，推呀，挤呀，向旁边拽呀，跺脚，打滑，差一点摔倒在泥泞里。

“再过一分钟你们就会把脖子拧断，”军马说，“白人又怎么啦，干吗这么怕他们？我就跟他们住在一起。”

“他们……吃……我们！拉呀！”靠这一边的阉牛说。牛轭嘣的一声折断了，他们俩笨笨地一同脱了身。

以前我一直弄不明白，印度牛那么怕英国人，究竟是什么缘故，原来是因为我们吃牛的肉。牛肉这东西，牛的驭手是碰也不碰的——吃牛肉这件事，牛当然不喜欢。

“愿我脚上的链子抽到我自己！有谁想得到，那样两个大块头，居然有可能会掉脑袋？”比利说。

“没关系的啦。我要去看看那个人。我知道，大多数白人的口袋里是有东西的。”军马说。

“那我要先走一步了。我自个儿说不上怎么喜欢他们。另外，没地方睡觉的白人多半是窃贼，我背上有许多政府的财物呢。来吧，小青年，我们回自己的营地去。晚安，澳洲佬！明天阅兵场上见，会见到的。晚安，老草包！想办法控制住自己的情感，好不好？晚安，双尾巴！明天阅兵场上，你如果从我们身边经过，请不要喇叭似的叫。那会破坏我们的队形。”

骡子比利大摇大摆，摆出一副老兵的派头，一瘸一拐，踩着沉重的步子走了。这时军马把脑袋拱到了我胸前。我给了他几块饼干，而维克森是一只最爱逞能的小狗，她对他撒了些无关紧要的谎，胡吹什么她和我养了好几十匹马。

“明天我要乘着狗车去阅兵场，”她说，“你会在什么位置？”

“在第二骑兵中队的左手。我们整个马队的行进速度会由我来控制，小太太，”他彬彬有礼地说，“现在我得回到迪克身边去了。我的尾巴上全是泥，他得辛辛苦苦干两个小时，把我打扮好，准备接受检阅。”

全体三万人参加的大阅兵在那天下午举行。维克森和我有一个不错的位置，离总督和阿富汗的埃米尔很近。埃米尔戴着一顶高高的、俄国阿斯特拉罕黑色卷毛羔羊毛的帽子，它的中央嵌着一颗很大的钻石之星。检阅的第一部分在大太阳底下进行，步兵团走过去，士兵们的腿一浪挨着一浪，整齐划一，手中的枪支排成一条线，看得我们眼花缭乱。然后骑兵过来了，他们以漂亮的骑兵慢步跑动作，踏着“邦尼·邓迪”的节奏[1]。维克森坐在她的狗车里，竖起了耳朵。第二枪骑兵中队快速通过，昨夜那匹军马

1　《邦尼·邓迪》是苏格兰诗人瓦尔特·司各特1830年创作的一首诗歌，谱曲后成为苏格兰军团的军乐。

就在其中。他的尾巴像绢丝纺绸，脑袋弯下去贴着胸，一只耳朵朝前，一只耳朵朝后；他的腿像流畅的华尔兹音乐一样迈动着，控制着整个骑兵中队的行进速度。接着过来的是一门门大炮，我看见双尾巴和另外两头大象齐头并进，并排套在一门发射四十磅重的炮弹的攻城炮上。他们后面跟着二十对同轭阉牛，其中第七对阉牛的牛轭是新的，那两个家伙的动作显得有些僵硬和疲惫。最后过来的是螺式炮，瞧骡子比利那副派头，仿佛是他在指挥整支军队似的；他的挽具上了油，擦得亮光闪闪。我在众人之中特立独行，为骡子比利喝了一声彩；但他目视前方，丝毫也没有左顾右盼。

又开始下起雨来。有一会儿，水汽蒙蒙，看不清军队在做什么。他们已经在平原上围成一个巨大的半圆，正在铺展开来，排成一条直线。直线越来越长，最后，从左翼到右翼，足有四分之三英里，形成了一道厚厚的由人、马和大炮构成的墙。随后，这道墙向着总督和埃米尔径直移动过来。随着它越来越近，大地开始颤抖，就像蒸汽发动机迅速运转时轮船的甲板会颤动一样。

除非你亲临现场，你绝对无法想象，这支军队稳如泰山一般压过来时，观众们感受到了一种多么震魂摄魄的气势——即使他们知道这是在阅兵。我向埃米尔望过去。在这之前，他一直不动声色，没有流露出惊讶之类的神情。但是现在，他的眼睛越睁越大，他从马脖子上拿起缰绳，看了看身后。有一分钟，他仿佛要拔出剑来，从后面一辆辆四轮马车里坐着的英国男女中间杀出一条血路，落荒而逃。这时，军队突然停止前进，大地寂然不动了。整个队列举手敬礼，三十支乐队同时开始演奏。阅兵结束了，各团在雨中散去，回归自己的营地。一支步兵乐队奏起了这样一首曲子：

动物们进去了，一对接一对，
好哇！
动物们进去了，一对接一对，
大象和炮兵连的骡子
全部躲进方舟里，
为的是避雨！

这时，我听见一位年老的、蓄着长长的花白头发的中亚酋长，在向本地的一位军官提问题。这酋长是陪同埃米尔过来阅兵的。

“那么，”他问道，“这件奇妙的事情是用什么方法来完成的呢？”

军官答道：“发一道命令，他们就遵照命令去做。”

“但是，那些牲口也和人一样聪明吗？”

“他们像人一样服从命令。骡子、马、大象和阉牛，全都服从他们的驭手，驭手服从军士，军士服从中尉，中尉服从上尉，上尉服从少校，少校服从上校，上校服从指挥三个团的准将，准将服从将军，将军服从总督，总督是女王的仆人。这样就解决了。”

“要是在阿富汗也这样就好了！”酋长说，“在我们那儿，各人只服从自己的意愿。”

“正是因为这个原因，”本地军官一边捻着胡子，一边说道，“你们所不服从的埃米尔才只好来这儿，接受我们总督的命令。”

军营动物受检阅之歌

炮队的大象

我们借给亚历山大海格立斯的力量[1]，
我们前额的智慧，和膝弯的灵巧；
我们俯首服役，脖子再也放松不了。
让路——给十只脚的辎重队让个路，
它运的是发射四十磅重炮弹的大炮！

拉炮的阉牛

那些套着挽具的英雄避开了一发炮弹，
他们了解炸药，一个个全都心神不安；
我们来接班，拽起了大炮不辞辛劳。
让路——给二十对同轭阉牛让个路，

1　“亚历山大”指古代马其顿国王亚历山大大帝，“海格立斯”又译“赫拉克勒斯”，希腊神话中主神宙斯在人间的儿子，力大无比的英雄。

我们拉着发射四十磅重炮弹的大炮!

骑兵的军马

凭我肩上的烙印起誓，最美的曲调，
演奏者是枪骑兵、轻骑兵和龙骑兵；
对于我，它比马厩和水更加甜蜜——
骑兵慢跑进行曲“邦尼·邓迪”！

喂我们驯服我们，刷我们驾驭我们，
给我们好骑手和广阔的驰骋天地，
把我们投入骑兵中队的行列，看一看，
战马的脚步怎样跟着“邦尼·邓迪”！

运螺式炮的骡子

我和同伴们正在上山的小径上登攀，
滚石湮没了道路，我们仍奋力向前；
小子们，我们能攀爬和蜿蜒而行，无处翻不上去，
啊，我们的乐趣，是登上勉强能挪足的高山之巅!

祝每一位军士好运，请让我们自行择路上山；
愿所有不能驮一物的驭手噩运连连：
小子们，我们能攀爬和蜿蜒而行，无处翻不上去，
啊，我们的乐趣，是登上勉强能挪足的高山之巅!

军需处的骆驼

我们自己并没有一首骆驼之歌，
一路上给我们这些懒货打气，
但一个脖子就是一支毛茸茸的长号。
（嘀嗒嗒嗒！一支毛茸茸的长号！）
我们的进行曲如此这般：
不能！不要！不该！不愿！
把这调调挨个儿往下传！
有个伙计背上的包滑下来了，
真希望是我，那多开心！
有个伙计的驮子颠落在路上——
停下来闹哄哄真是来劲！
呜噜噜！呀噜噜！咯噜噜！啊噜噜！
有个伙计正在挨训！

所有牲口的齐声合唱

我们是兵营的孩子，
各守本分为军队效力；
我们属于车轭和鞭子，
货包和挽具，鞍垫和驮子。
看，我们的队伍在平原上穿行，
像一根脚索，曲曲弯弯，

伸展着，蠕动着，滚滚向前，
席卷而去，奔向远方的火线！
行走在我们旁边的人
一言不发，眼皮沉重，满身灰土，
说不清我们和他们，为什么
日复一日行军和受苦。
我们是兵营的孩子，
各守本分为军队效力；
我们属于车轭和鞭子，
货包和挽具，鞍垫和驮子。

恐惧怎样降临

河水枯了——池塘干了，
你和我，我们结伴而行；
脸颊发烫，灰土满身，
摩肩接踵沿河岸而行；
对干旱的恐惧带来了寂静，
断绝了搜寻或猎杀的念想。
母亲身下的小鹿看出来了，
消瘦的群狼很畏怯，和他一样。
看到曾撕破父亲喉咙的尖牙，
高大的公鹿不畏缩，镇定如常。

池塘枯了——河水干了，
你和我，我们结伴玩耍，
直到远方的云释放了雨水——狩猎大吉！
——打破我们的因水停战协定。

丛林法则，它是这世上最最古老的法律。对于丛林居民身上可能发生的几乎所有种类的偶发事件，它都有规定可循。从时间和习俗所能达成的意义上说，这套法则直至今日都是完美的。你一定记得，莫格里在西奥尼狼群中生活的很长一段时间里，向棕熊巴洛学习了丛林法则。巴洛告诉男孩，当他对那些亘古不变的法令感到不耐烦时，丛林法则就成了巨大的藤蔓，它会抽到任何一个动物的身上，谁也无法逃脱。“小兄弟，等你活到我这个岁数时，就会看明白整个丛林是怎样服从同一个法则的。到那个时候，你看到的就不会是愉快的景象了。”巴洛说。

这番话莫格里一只耳朵进，另一只耳朵出，因为一个只知道吃和睡的男孩，是不会去操心任何事的，要等到事情真的摆到面前了，他才会上心。但是刚过去一年，巴洛的话就成了真，莫格里看明白了，整个丛林，都在丛林法则的制约之下。

事情是从过冬后开始的。整个冬季几乎没下过一滴雨，豪猪伊基在一片竹林里遇见莫格里的时候，告诉他野薯藤全枯死了。每个动物都知道，伊基挑食到了很可笑的地步，他只吃最好的、最成熟的东西。所以莫格里笑笑，说道：“那与我有什么关系？”

“现在关系是不大，”伊基说，很不自然、很不自在地把箭刺抖得咔咔响，“但是过一阵子，我们就会明白的。蜜蜂岩下面的深石潭里，现在还有谁跳下去潜水吗，小兄弟？”

“没有。那些傻乎乎的水快跑光了，我可不想撞破脑袋。”莫格里说。那些日子他牛得很，满以为自己知道的东西，抵得上五个丛林居民加在一起。

“那是你的损失哟，一条小裂缝也能装进去不少智慧呢。”伊基迅速地把脑袋扎下去，不让莫格里拔他鼻子上的髭须。莫格里把伊基的话告诉了巴洛，巴洛神情很严肃，半是自言自语地咕哝道：“我要是无牵无挂，现在就乘着别的动物还没想到，先换一个狩猎场了。可是，在陌生动物中间狩猎结果往往是打斗，而且他们可能会伤害人崽儿。我们还是等一等吧，看看长叶雾冰藜木树开花的情形再说。”

那年春天，巴洛特别钟爱的长叶雾冰藜木树没有开花。奶油色中泛着一点绿的、蜡一样的花骨朵，还没开就热死了；他直立起来，摇撼着树，上面只落下来几片难闻的花瓣。接着，肆虐的炎热就一英寸一英寸地渗入到丛林中央，把它烤成黄色、棕色，最后变成了黑色。山涧两岸的绿色植物被烘灼成断裂的细线和翻卷的薄片，全都枯死了。原先绿荫遮蔽的池塘全都见了底，塘底只剩下干裂的泥块，岸边最后留下的足印仿佛是铁铸的一样。原本茎梗多汁的藤蔓从它们攀附的树上脱落下来，死在树的脚下。竹子枯了，热风过时，喀啦啦地响。丛林深处的苔藓也从岩石上剥落下来了，留下光秃秃发烫的石头如同河床上闪着蓝光的大鹅卵石。

鸟类和猴族年初就已经北徙，因为他们知道即将来临的是什么。鹿和野猪闯进了远处村子里枯萎的田地，不知什么时候，已经倒毙在村民们眼前，而那些村民也已经虚弱得没有力气杀死他们。老鹰兰恩养得肥肥的，待着不走了，因为有大量的腐尸可以吃。一个黄昏又一个黄昏，他捎来消息，告诉十分虚弱、已经无力强行开辟新狩猎场的野兽们，说太阳正在杀死丛林，无论朝哪个方向，飞行三天也飞不出遭灾的区域。

莫格里还从来不曾尝过真正的饥饿滋味，现在却要靠陈蜜充饥了。他从岩石上被遗弃的蜂窝里把蜜刮下来，三年前的蜜，颜色黑得像黑刺李，表面已经析出粉末一样的干糖。活物他也猎取：从树皮下面掏出深藏的蛴螬，劫掠黄蜂新孵的幼蜂。丛林里所有的猎物都瘦得皮包骨头，巴赫拉一晚上能捕杀三倍的猎物，却极少能吃上一顿饱饭。最要命的还是饮水问题，丛林居民虽然喝水次数少，但每一次都必须喝个够。

炎热一直不断地持续着，吸干了所有的水分。最后，维恩根加河的主河道只剩下一条细细的水流，萎缩在死气沉沉的两岸之间。在这水流的中央，一条狭长的青色石脊露出了水面，活了一百多岁的野象哈提[1]看见了它。他知道自己望着的正是和平岩，便片刻也不耽误，举起长鼻子，宣布因水停战。五十年前，他的父亲也曾经这样宣示过一次。鹿、野猪和水牛声音嘶哑地跟着他喊叫起来，老鹰兰恩在一个很远、很宽广的范围里，绕着很大的圈子飞翔着、啸叫着，尖声传达停战警示。

根据丛林法则，一旦宣布因水停战，在饮水的地方猎杀动物

---

1 “哈提”是印度语中对大象的称呼之一。

就是违法，要被处死，理由是饮水优先于进食。如果只是猎物稀少，丛林里的动物还是可以各自想办法凑合的。但水就是水，没有东西可以替代，所以只剩下一处水源的时候，所有的狩猎都必须停止，让丛林居民去水边解渴。年景好的时候，雨水充沛，那些下到维恩根加河边，或者到别的水源去饮水的动物，是要冒生命危险的。而夜间活动的魅力，相当一部分就在于这种冒险：十分灵巧地下去，不惊动一片树叶；蹚进水深及膝的浅滩，水流的喧响淹没了身后所有的声音；一边饮水，一边回头张望，每一条肌肉都紧绷着，准备随时于极度惊恐间拼命跃起；最后，在水边的沙地上打个滚，鼻子嘴巴湿漉漉的，肚子圆鼓鼓的，回到充满仰慕之情的鹿群中间。这是每一头长着高大犄角的年轻公鹿都喜欢干的事情。之所以如此，恰恰是因为他们知道，任何一个瞬间，巴赫拉或者谢尔可汗都可能扑上来，把他们压倒。可是现在，所有这种生死游戏的乐趣都终结了，丛林居民们又饿又累地来到枯缩的河流旁——老虎、熊、鹿、水牛、野猪，一起来了——来喝这已经变得污浊的水，在水边徘徊不去，他们已精疲力竭，走不动了。

鹿和野猪整天脚步沉重地转悠着，希望寻觅到比干树皮和枯叶好吃些的东西。水牛找不到一个水坑可以让自己凉快一下，找不到一棵绿色的庄稼可以偷吃。蛇类已经离开丛林，下到河边，希望逮到一只流落在外的青蛙。他们盘绕在潮湿的石头上，一只正在拱地觅食的野猪用鼻子拱他们，赶他们走，他们却没有一点还击的表示。河龟早已被最聪明的猎手巴赫拉猎杀干净，鱼类把自己深埋在干裂的河泥下面。只有和平岩横在浅水中，像一条长长的蛇；细小而疲惫的涟漪荡漾到它发烫的边沿，嗞嗞地就蒸发了。

这个地方莫格里每天夜里都来，为了图凉快，也为了找伙伴。他的敌人，即便是最饥饿的，这时也不会对这个男孩上心了。他的没毛的皮肤，使他比任何一个伙伴更显得瘦，更显得可怜。他的黑发被太阳晒褪了色，成了黄毛；一条条肋骨清晰可辨，就像篮筐的肋条；因为经常四肢着地爬着走，他的膝头和肘关节磨出了茧子，使他瘦瘪的胳膊腿看上去像是长节疤的草茎。但是在蓬乱的额发下面，他的眼睛依然冷静沉着，因为在这艰难时节，有巴赫拉做他的指导老师。巴赫拉告诉他要轻轻地行走，不慌不忙地狩猎，无论如何，绝不要情绪失控。

“现在是灾难时节，”在一个火炉一般烘热的黄昏，黑豹说，“但只要我们活下去，熬到最后，灾难会过去的。你肚子吃饱了吗，人崽儿？”

“我肚子里有东西，但并不觉得好受。巴赫拉，你觉不觉得雨把我们忘了，永远不会回来了？”

“我觉得不是！我们还会看到长叶雾冰藜木树开花，看到新草长出来，把小鹿喂得肥肥的。到下面的和平岩去听听消息吧。爬到我的背上来，小兄弟。”

“现在不是你负重的时候哟。我自个儿还能站稳。不过说真的，我们都不是长了膘的小公牛，我们俩。”

巴赫拉身体两侧沾满灰土，皮毛乱蓬蓬的。他扫了一眼自己的这副模样，对莫格里耳语道：“昨天夜里，我猎杀了一头轭下的小公牛。我跃不起来，我想，如果他是松开的，我都不敢扑上去。呜！”

莫格里笑了。“是啊，我们现在是非常了不起的猎手，”他说，“我很勇敢——已经吃起蛴螬来了。”他们俩一起往下走，穿过噼啪作响的林下灌草层，来到河岸上，望着网一样从河水中伸向四面八方的一条条浅水沟。

“这儿的水经不住几天耗了，”巴洛说，走过来同他们会合在一起，“看看河对面。那边有几条小径，好像是人类走的路。”

河对岸的平原上，已经枯死的丛林硬草直立着，行将枯死的杂草已经干瘪。鹿和野猪踩踏出来的小径，每一条都通向河边，在十英尺深的草中，犁出尘土弥漫的“沟谷”，给无色彩的平原添上了一道道条纹。尽管时间还早，每一条长长的路上，已经挤满了急匆匆奔向水边的第一批来客。你能听见，雌鹿和小鹿在鼻烟一样呛人的灰尘中咳嗽着。

在河的上游，在缓慢的水流包围着和平岩的河湾拐弯处，作为因水停战协定的监护者，站着野象哈提和他的儿孙。月光下，他们看上去是灰白的，那么枯瘦，身体来回晃动着——他们总是在晃动着。海西下面不远处是鹿的先头部队，再下面是野猪和野水牛。在对岸，在高大的树木一直延伸到水边的地方，有一块隔开的地方是留给食肉动物的——老虎、狼、豹子、熊，还有其他猛兽。

巴赫拉蹚进河水，望着对面一排排圆瞪的眼睛和咔嗒咔嗒互相碰撞的犄角，那是鹿和野猪在来来回回互相推挤。“确实，我们在同一法则约束之下。”他说。他四仰八叉地躺在了浅水里，身体一侧露在水面上，然后加上一句：“狩猎大吉，和我同一血脉的诸位。”最后，他又从牙齿缝里挤出了一句：“要不是那一条法则，本来是会非常狩猎大吉的。”

最后那句话刮进了灵动的鹿耳朵里，一阵惊恐的低语声在鹿的队伍里传播开来："停战协定！别忘记停战协定！"

"那边安静，安静！"野象哈提咯咯地说，"停战协定执行期，巴赫拉。现在不是谈论狩猎的时候。"

"有谁比我更清楚这个？"巴赫拉答道，翻了翻黄色的眼珠子，看着上游，"我是吃河龟的——是捕食青蛙的渔夫。嗯啊啊呀！但愿嚼嚼树枝能对我有好处！"

"我们希望如此，极其希望。"一只小鹿呦呦地说，他是当年春天才出生的，一点也不喜欢春天。心情沮丧的丛林居民们被逗乐了，就连哈提也忍不住咯咯地笑出了声。莫格里这时正用胳膊肘支着河底，躺在暖烘烘的水里，他哈哈大笑，两只脚踢腾起水花来。

"说得好，嫩犄角小伢子，"巴赫拉呜噜噜地说，"停战结束后，你的话会被记住，这对你是有利的哟。"透过黑暗，他用锐利的目光盯着小鹿又看了一回，确保自己能辨认出他来。

渐渐地，交谈声在饮水处上上下下蔓延开来。听得见野猪在拖着脚行走，喷着鼻息，要求给他们留的地方再大些；水牛们咕咕哝哝，自己的团伙里在互相埋怨，东倒西歪地越过沙洲往外走；鹿群里在讲述他们忍着脚疼，长途跋涉寻找食物的可怜经历。他们不时地向河对岸的食肉动物询问情况，但听到的全是坏消息。丛林里的热风呼啸着，在岩石和沙沙作响的树枝间来回穿行，扬起细树枝和灰土撒在水面上。

"人类也在死去，倒在他们的犁旁边，"一头年轻的黑鹿说，"从日落到天黑，我从三个死人身边经过。他们一动不动地躺着，他们的小公牛躺在旁边。用不了多久，我们也要躺下不动了。"

“昨天夜里到现在，河水又落下去不少，”巴洛说道，“哈提呀，你这一辈子见过这样的干旱吗？”

“会过去的，会过去的。”哈提说，一面向自己的背上和侧腹喷水。

“我们这儿有一个撑不了太久的。”巴洛一边说，一边向他所爱的男孩望去。

“说的是我？”莫格里从水里坐起来，愤愤地说，“我没有长长的皮毛遮盖住我的骨头，但是——但是如果把你的皮剥下来，巴洛……”

这念头让哈提浑身战栗，巴洛严厉地说：“人崽儿，对丛林法则老师说这样的话是很不合适的，还从来不曾有谁见过我没有皮的样子。”

“不是的，我没有伤害你的意思，巴洛。我只是想说，好比你是一只有壳子的椰子，我同样也是一只椰子，却光光的没有壳。既然你的棕色壳子……”莫格里盘腿坐着，像往常一样用食指比画着做解释，不料巴赫拉伸出一只肉掌，把他拽了个后仰，翻倒在水里。

“越说越不像话了，”黑豹说话的时候，男孩泼溅着水花，又坐了起来，“先是说剥巴洛的皮，现在又说他是一只椰子。他可不像成熟的椰子那么好对付。”

“那是什么？”莫格里说。这是丛林里最古老的一个诡计，但是一瞬间，巴赫拉还是解除了戒备。

“看我不敲破你的脑袋。”巴赫拉温和地说，又把他拽倒了。

“拿你的老师开玩笑可不好。”棕熊说，这时，莫格里第三次被按进水里。

“不好？！你们想要多好？这没毛的东西跑来跑去，把曾经的好猎手们当猴耍，揪着我们中间最棒的动物的髭须闹着玩儿。”说这话的是瘸子老虎谢尔可汗。那家伙正一瘸一拐地下到水边来，他停了一停，欣赏着自己在对面的鹿群中造成的轰动。然后，他低下他那装模作样的方脑袋，一边开始舔水，一边咆哮着：“丛林现在成了没毛崽子们的天下了。看着我，人崽儿！”

莫格里摆出一副自己想象得出的最傲慢无礼的架势，看着——还不如说瞪着——老虎。一分钟后，谢尔可汗很不自在地把头扭了过去。“人崽儿这个，人崽儿那个，”他一边嗡隆嗡隆地说着，一边继续喝他的水，“这崽子既不是人也不是幼兽，否则肯定会害怕的。下一个春季，我想喝口水大概还得求他允许呢。啊呜呃！”

“也许会有那一天的，”巴赫拉说，两只眼睛很沉着地直视着他，“也许会有那一天的——呸，谢尔可汗！——你又给这儿带来了怎样的耻辱？”

瘸子老虎已经把下巴和下半张嘴浸到水里，一片片黑乎乎的油花从他嘴边浮上水面，向下游漂去。

“人类！”谢尔可汗冷酷地说，“一小时前我猎杀了一个人。”说完，他自顾自地继续呜噜着，低沉地咆哮着。

水边，野兽们的队形晃荡起来，像波浪一样涌动着。先是一阵低语声，然后声音越来越响，变成了叫喊：“人类！人类！他杀了人！”所有的目光都向野象哈提望去，但哈提仿佛什么也没听到似的。不到时候决不做出反应，哈提向来如此，这是他活这么长久的原因之一。

“在这样一个季节猎杀人类！就没有其他活动着的猎物了

吗？”巴赫拉很不屑地说，他从被污染的水里拔出身子，像猫那样抖动着一只只爪子，把水甩干。

“我杀人是因为喜欢，不是为了得到食物。”谢尔可汗话音刚落，惊恐的低语声又响了起来，哈提的小眼睛警惕地向老虎的方向翻了个白眼。“就是因为喜欢，”谢尔可汗拖长声音说道，“现在我过来是为了喝水，把自己洗洗干净。有什么不行的吗？”

巴赫拉弓起背，像被强风吹弯的竹子一样。哈提举起长鼻子，声音很平静地开言了。

“你杀人是因为喜欢？”他问。哈提提问，最好还是回答。

“那又怎样？这是我的权利，今夜是我的夜晚。这你是知道的啊，哈提。”谢尔可汗用几乎可以说是殷勤的态度说道。

“不错，我知道。”哈提答道。沉默片刻之后，他问：“你喝足了吗？”

“今晚喝足了。”

“那就走吧。河水是用来喝的，不是用来玷污的。在这个季节，除了瘸子老虎，没有谁会夸口他的权利，眼下——眼下大家在共同受苦受难——人类和丛林居民都一样。无论你有没有洗干净，回你的窝去吧，谢尔可汗！”

最后几个字像银喇叭一样清脆响亮，哈提的三个儿子摇摆着向前迈了半步，不过并没有这个必要。谢尔可汗溜走了，连低低地咆哮一声也没敢，因为他知道——每一个丛林居民都知道——归根结底，哈提是丛林的主人。

“谢尔可汗说的这个权利是什么？”莫格里凑在巴赫拉耳朵边低声问道，“杀死人类，永远是可耻的事情。丛林法则这么说的。可是哈提却说……”

“你问他吧。我不知道，小兄弟。无论那个权利有还是没有，要不是哈提发了话，我早就给那个瘸子屠夫一顿教训了。刚杀了人就跑到和平岩来，还大言不惭地吹嘘，这种卑鄙的伎俩只有豺狗才玩得出来。而且，好好的水被他弄脏了。”

莫格里等了一分钟才开口，他要先鼓起勇气来，因为没有谁喜欢直接对哈提说话。他喊道：“谢尔可汗的权利是什么呀，哈提？”他的问话在河两岸引起了回应，因为所有的丛林居民都非常好奇。刚刚看到的事情大家都不理解，只有巴洛好像有点明白，此刻他一副若有所思的样子。

“那是一个古老的传说，”哈提说道，“一个比丛林还要古老的传说。大河两岸的都保持安静，我给你们讲一讲吧。”

有一两分钟，野猪群和水牛群顶着肩膀互相推挤着；然后，两个兽群的头领一个接一个咕噜着说：“我们等着听呢。”哈提大步走上前来，直走到和平岩所在的河湾里，站在水深几乎及膝的地方。他身上很瘦、全是皱褶，而且象牙已经发了黄，但一看他的气度，丛林居民就知道他是谁——他是他们的主人。

“孩子们，你们知道，”他开言道，“在所有动物之中，你们最害怕的是人类。”兽群里响起一片咕哝声，表示同意。

“这个传说涉及到你，小兄弟。”巴赫拉对莫格里说。

“我？我属于狼群——我是一个自由民猎手，”莫格里回应道，“和人类有什么相干？”

“你们不知道自己为什么害怕人类吧？”哈提接着说道，“原因就在这个传说中。不知从什么时候起，有了丛林。最初，我们丛林居民是生活在一起的，相互之间不害怕。那些日子里没有干旱，同一棵树上，又长叶子，又开花儿，又结果子。我们只吃树叶、花朵、青草、果子和树皮。”

“很高兴我不是那些日子里出生的，”巴赫拉说，“树皮只能用来磨尖爪子。”

“丛林的君主是撒，大象的始祖。他用长鼻子将丛林从深深的水域中拽出来；他用象牙犁出地沟，沟就成了河；他跺跺脚，就出现了池塘和甘甜的水；他用长鼻子吹气——像这样一吹——树木就从天而降。撒就这样创造了丛林，我听到的传说就是这样讲的。”

“在传讲的过程中，这传说居然没有掉膘。”巴赫拉在底下悄声说道，莫格里听了，捂着嘴直笑。

“那些日子里没有谷物、瓜、胡椒和甘蔗，也没有你们大家见到过的任何一种小坚果。丛林居民不知道有人类这种东西，只知道一同在丛林里生活，共同形成了一个族类。可是没多久，他们开始为食物发生争执，其实草有的是，足够喂饱所有的动物。他们太懒了。个个都希望躺在那儿就能吃饱，就像如今，我们在春季雨水好的时候所做的那样。撒，大象的始祖，正忙着创造新的丛林，给河床引水。他不可能行走到所有的地方。所以，他让老虎的始祖做了丛林的主人和法官，丛林居民有了争执，要找他来评判。那些日子里，老虎的始祖和其他动物一样，吃果子和草。他的个子和我一样高大，长得非常漂亮，浑身的颜色像黄色藤蔓开的花。这个丛林初生时的好日子里，他的皮上是一条纹一道杠也没有的。所有丛林居民来到他面前时，心中没有恐惧；他的话就是整个丛林的法律。你们记住，那时候，我们是同一族类。

“可是，一天夜里，两头公鹿之间发生了争执——为了吃草而争吵，这种事情放到现在，你们会用犄角和前蹄来解决。据说，当时老虎的始祖躺在花丛中，他们俩一起在他面前申诉，一头公鹿用犄角顶了他一下，老虎的始祖就忘了自己是丛林的主人和法官，扑向那头公鹿，咬断了他的脖子。

“在那一夜之前，我们中间从来不曾有动物死亡。老虎的始祖看到自己干下的事，被血腥味弄昏了头，就犯了傻，丢下大家逃到北方的沼泽地里。我们丛林居民被没有了法官，就陷入到内斗之中。撒听到混战的声音，就回来了。当时我们有的这样说，有的那样说，但是撒看到了花丛中死去的公鹿，就问是谁开了杀戒。我们丛林居民都不肯说，因为血腥味弄得我们昏了头，犯了傻。我们来回兜圈子奔跑，欢蹦乱跳，大喊大叫，摇头晃脑。于是，撒给丛林里低垂的树木和蔓延的爬藤下了一道命令，叫它们给杀死公鹿的凶手打上印记，好让他下一回见到凶手时，能够辨认出来。他又问：‘现在谁愿意做丛林居民的主人？’住在树枝上的灰猿跳出来，说：‘我愿意做丛林居民的主人。’撒听后笑了笑，说：‘那就这样吧。’非常生气地离开了。

“孩子们，灰猿你们是知道的。他现在什么样，当初就是什么样。起先他还做出一副聪明面孔，但没有多久，他就开始东抓西挠，上蹿下跳。撒回来的时候，发现灰猿头朝下倒悬在一根大树枝上，正在嘲笑站在树下的动物，他们也对他反唇相讥。所以呀，那段时间丛林里没有法律——只有愚蠢的交谈和无知的废话。

“于是撒把我们全体召集在一起，说道：‘你们的第一个主人给丛林带来了死亡，第二个带来了耻辱。现在是该有一部法则的时候了，一部你们不得违背的法则。现在该让你们认识恐惧了，你们发现他后，就会知道他是你们的主人，其他动物都要听从他。’我们丛林居民就问：‘恐惧是什么？’撒说：‘去找吧，找到后你们就知道了。’于是我们在丛林里跑东跑西到处找恐惧，不久水牛们……”

“嘿！”水牛的头领麦萨说。他和他那些水牛在河道中间的沙洲上。

“是的，麦萨。正是水牛。他们带回消息说，恐惧坐在丛林里的一个山洞中，他没有毛，用两条后腿行走。于是，我们丛林居民跟着水牛群，一直来到山洞跟前。恐惧站在洞口；正如水牛所说，他没有毛，用两条后腿行走。见到我们后，他大声喊叫起来，他的声音使我们充满了恐惧。直到如今，我们听到那声音，也会感到非常恐惧。当时我们撒腿就跑，因为很害怕，逃跑时互相践踏和撕扯。我听到的故事就是这样讲的：那天夜里，我们丛林居民没有按照习惯，像往常一样躺在一起，而是各个族群分开来，各自待在一个地方——野猪归野猪，鹿归鹿；犄角挨犄角，蹄子挨蹄子——同类相依偎，就这样，躺在丛林里瑟瑟发抖。

“只有老虎的始祖没和我们在一起，因为他仍然躲藏在北方的沼泽地里。我们捎话给他，告诉他我们在山洞里看见的东西，他听了之后说道：‘我要去找那东西，咬断他的脖子。’于是他奔跑了一整夜，来到山洞。但是一路上，树木和藤蔓记着撒所下的命令，垂下枝条，在他跑过去的时候，给他身上留下了印记。它们的手指从他的背部、身体两侧、前额和下颚上面划过。他原本纯黄色的皮，凡是被它们碰到的地方，都留下了印记和条纹。他的子孙一直带着那些条纹，直到今天！他来到山洞的时候，恐惧，那个没毛的怪物，伸出手来，称他为‘夜间来到的带条纹的怪物’。老虎的始祖害怕没毛的东西，就跑回到沼泽地去，在沼泽里不停地嚎叫着。”

听到这儿，莫格里下巴浸在水里，不出声地咯咯直笑。

“他的嚎叫声很大，撒听到了，就问他：‘你为什么事哀痛呢？’老虎的始祖抬起口鼻，冲着新造的天——如今天已经很老了——说道：‘啊，把我的威力还给我吧，撒。我在整个丛林面前出了丑，我从没毛的怪物面前逃走，他还用可耻的称呼叫我。’‘他为什么呢？’撒问。‘因为我身上抹了沼泽地里的污泥。’老虎的始祖说。‘那就去水里游一游，在湿草上滚一滚。如果是污泥，洗得掉的。’撒说。老虎的始祖就去游水，又在草上一遍又一遍地翻滚，直到丛林在他的眼前打起转来。但是他皮上的条条杠杠一点也没有变化。撒一直看着他，这时笑了。老虎的始祖就说：‘我作了什么恶，竟然在我身上发生这种事？’撒说：‘你杀死了公鹿，你在丛林里释放了死亡，恐惧就随着死亡来了。所以丛林居民互相害怕，正如你害怕没毛的怪物。’老虎的始祖说：‘他们决不会害怕我的，因为从一开始我就认识他们。’撒说：‘去试试看吧。’老虎的始祖就来回奔跑，大声呼唤着鹿、野猪、黑鹿、豪猪和所有的丛林居民。他曾经是他们的法官，但现在，他们全都从他跟前跑开了，因为他们害怕。

“于是老虎的始祖跑了回来。他内心的骄傲破碎了，他用头撞着地，用四只脚刨着土，说道：‘记住，我曾经是丛林的主人。啊，别忘了我，撒！让我的子孙们记住，我曾经是没有耻辱和恐惧的！’撒说：‘这些要求我会照办，因为你和我是一起看着丛林被创造出来的。对于你和你的子孙，每一年有一个夜晚，丛林会像公鹿被杀死前那样。在那个夜晚，如果你遇见没毛的怪物——他的名字是人——你不会怕他，他反而会怕你，仿佛你是丛林的

法官和所有生灵的主人。在他感到恐惧的那个夜晚，对他示以仁慈吧，因为你已经知道恐惧的滋味。’

“老虎的始祖答道：‘我知足了。’可是当他又去喝水，看见自己身体两侧的黑色条纹时，他想起了没毛的怪物给他的称号，非常生气。他在沼泽地里生活了一年，等待撒履行诺言。一天夜里，月亮的豺狗（晚星）[1]高高地站在丛林上空，他觉得，他的夜晚降临了，就去那个山洞，去会一会没毛的怪物。于是，事情像撒许诺过的那样发生了。没毛的怪物在他面前倒下，伏躺在地上；老虎的始祖攻击他，咬断了他的脊背，因为他以为，这样的东西丛林里只有这么一个。他以为自己已经杀死了恐惧。他正嗅着被杀者，却听见撒正从北方的树林里赶过来，并且很快就听见了大象的始祖说话的声音，那声音就像我们现在听到的一样……”

这时，在干旱的、满目疮痍的山峦间，响起了滚滚的雷声。但是只打雷，不下雨，只有灼热的闪电沿着山脊倏倏地闪烁。哈提继续往下讲：“他听到的正是这样的声音，那声音说：‘这就是你的仁慈吗？’老虎的始祖舔着嘴唇，说道：‘有什么大不了？我已经杀死了恐惧。’撒说：‘真是盲目和愚蠢啊！你给死亡的脚松了绑，他会跟随着你的踪迹直到你死去。你教会了人类杀生！’

“老虎的始祖傲然站立着，被杀者在他脚下。他说：‘人已经和公鹿一样了。恐惧不存在了。现在我要重新做丛林居民的法官。’

“撒说：‘丛林居民再也不会到你跟前来了。他们将不再踏上

---

1 豺狗总是跟在老虎之类的猛兽后面，等着吃猛兽捕杀的猎物，而晚星常常伴随着月亮，所以，在老虎的眼里，晚星是月亮的豺狗——这是作者匠心独运的地方之一。

你的足迹，不再睡在你的附近，不再到你的窝边吃草。只有恐惧会跟随你，他会吩咐你等着；至于哪一天给你看不见的一击，要听他的便。他会使你脚下的地裂开，叫藤蔓勒住你的脖子，让树干在你周围长高合拢让你跳不出去[1]，最后，在他的幼崽感到冷的时候，他会拿你的皮去裹他们。你没有对他示以仁慈，他就不会对你示以仁慈。'

"老虎的始祖毫不胆怯，因为他的夜晚还没有过去，他说：'撒一诺九鼎，他不会取消我的夜晚吧？'撒说：'我说了它是你的，这一个夜晚就是你的，不过那是要付出代价的。你教会了人类杀生，他可不是个笨学生。'

"老虎的始祖说：'此刻他在我脚下，他的脊背已经断了。得让丛林知道，我已经杀死了恐惧。'

"撒笑了，他说：'你杀死了许多中的一个，你自己去告诉丛林吧——因为你的夜晚已经结束。'

"白昼来临了。从洞口走出来另外一个没毛的怪物，他看见了小径上的被杀者，看见老虎的始祖踩着尸身，就操起了一根尖头的棍子……"

"他们投一种砍动物的东西。"豪猪伊基一边说，一边窸窸窣窣地从河岸上往下走。冈德人[2]普遍认为豪猪的肉好吃，把豪猪叫作"好爱果"，所以伊基知道冈德人有一种邪恶的小斧子，它能像蜻蜓一样，旋转着飞过空地。

"那是一根尖头棍子，就是他们布在陷阱底部的那种，"哈提说，"他把它投出去，深深地扎进了老虎的始祖的侧腹里。就

1　这里指的是把老虎关在笼子里。

2　印度中部的德拉维地族的一支。

这样，撒所说的事情发生了。老虎的始祖嚎叫着，在丛林里来回奔跑，直到把身上的棍子弄出来为止。整个丛林知道了没毛的怪物能从远处攻击，从此，丛林居民比先前更恐惧了。就这样，老虎的始祖教会了没毛的怪物杀生——这件事的危害你们是知道的，因为我们所有兽民都遭到猎杀——套索、陷阱、隐蔽的夹子、会飞的棍子、出来时冒白烟的钻肉的飞蝇（哈提说的是来复枪），还有把我们驱赶到空旷处去的红花。但是，每年仍然有一个夜晚如撒所许诺的那样，没毛的怪物害怕老虎。老虎从来不曾放松过他，不肯让人的心里面少一点点恐惧。老虎记着自己的始祖所蒙受的羞辱，在哪儿发现他，就在哪儿杀死他。而在其余的日子里，恐惧日夜在丛林里四处游荡。”

“啊嗨！啊喔！”鹿说，心里面在琢磨这一切对他们意味着什么。

“只有像现在这种时候，一个大恐惧笼罩了一切，我们丛林居民才能丢开小恐惧，像现在这样，聚集到一个地方来。”

“只有一个夜晚人类害怕老虎？”莫格里问。

“只有一个夜晚。”哈提说。

“可是我——可是我们——可是整个丛林都知道，谢尔可汗一个月杀两三次人。”

“那并不说明他不害怕。平时他杀人，是从背后扑上去的，咬的时候把头扭向一边，因为他充满了恐惧。如果人类看着他的眼睛，他就会逃跑。但在属于他的那个夜晚，他可以大摇大摆地进村。他在房屋之间走来走去，把头伸进门口。人们见了他，就脸贴着地趴着不动，他就在这样的情形下杀人。那一夜，他可以毫不畏惧地杀死一个人。”

“哦！”莫格里自言自语道，在水里翻了个身，“现在我明白了，怪不得刚才谢尔可汗叫我看着他呢！不过他没得到便宜，因为他的目光不能保持镇定，而且……而且我当然不会倒在他的脚下。但我既然是自由民，就不是人。”

“嗯！”巴赫拉的声音发自毛茸茸的喉咙深处，“老虎知道什么时候是他的夜晚吗？”

“要等到月亮的豺狗站在天上，不被暮霭遮住时才知道。老虎的这一个夜晚，有时在干旱的夏天来到，有时在潮湿的雨季降临。要不是老虎的始祖，就不会有那样一个夜晚，我们大家也不会知道恐惧。”

鹿悲哀地咕噜了一声，巴赫拉卷起嘴唇，露出一个不怀好意的笑容。“人类知道这个……传说吗？”他问。

“除了老虎和我们大象——撒的子孙，谁也不知道。现在，你们在河湾边的都听到了，我也讲完了。”

哈提把长鼻子浸到水里，表示他不再说话。

“可是——可是——可是，”莫格里转而问巴洛，“老虎的始祖为什么不继续吃草、树叶和树皮呢？当时他只是咬断了公鹿的脖子。他并没有吃，是什么引着他去吃热气鲜肉的呢？”

“小兄弟啊，树和藤蔓给他打上了印记，使他成了现在这种身上带条纹的样子。所以他不愿再吃它们的果实，反而为了报仇，把气撒在了鹿和其他食草动物的身上。”巴洛说。

“你早就知道这个传说的，对吧？你为什么不讲给我听呢？”

“因为丛林里这样的故事俯拾皆是。我要是开了个头，就会没完没了。让我的耳朵清静些吧，小兄弟。”

丛林法则

我把一些适用于狼的条文翻译成诗歌（巴洛总是用类似于唱歌的方式来朗诵它们），仅供你对纷繁复杂的丛林法则有个概念。当然，没有录在这儿的有成百上千条，以下只列举了少数比较简单的规定。

这就是丛林法则——像青天一样古老和真切；
狼遵守它就会家族兴旺，违背它必然命殒。

像藤蔓缠绕树干，丛林法则不离左右——
因为狼群的力量在于匹狼，匹狼的力量在于狼群。

每日从鼻尖洗到尾巴梢，畅饮但勿饮太多；
记住夜晚是狩猎的时辰，勿忘白天是睡觉的光阴。

豺可以跟着老虎，但是崽子啊，待你长出髭须，
要记住狼是猎手——前行和猎食都靠自己。

与丛林的主人们——老虎、豹、熊，和平相处；
勿打扰沉默者哈提，勿嘲笑窝里的公野猪。

当狼群与狼群在丛林里相遇，都不肯让路，
躺下等头领们谈妥——说话在理就不会输。

与其他狼群的狼冲突时，去远处单打独斗，
以免其他狼加入后引发大战，狼群减损丁口。

狼窝是狼的庇护所，是他一大家子的住处，
狼的首领也不可入内，会议成员也不可进入。

狼窝是狼的庇护所，如果他挖得太浅，
狼群大会将通知他改正，再挖一遍。

午夜前猎杀要安静：树林睡着，勿吵勿吠，
以免吓跑吃庄稼的鹿，兄弟们空手而归。

猎杀可以为自己、为配偶和待哺的崽子们；
切勿为取乐而杀生，重复七遍：切勿杀人。

若抢到弱者的猎物，得意中勿吃得一点不落；
狼群之权是最卑贱者的权利，头和皮给他留下。

狼群的猎物狼群共享，必须就地进食；
不可以私自挟带回窝，否则就被处死。

匹狼的猎物匹狼独享，他可以随意处置，
未经允许，他的猎物狼群不可擅吃。

狼崽之权是一岁狼的权利。猎杀者吃过后，
他有权饱餐一顿，狼群里的狼都不可拒绝。

狼窝之权是狼妈妈的权利。同龄狼每次猎杀，
她都有权为崽子要一块肉，没有狼可以拒绝。

洞穴之权是狼爸爸的权利。自己狩猎自己吃，
狼群召唤可不应，只有狼群大会可以审判他。

在丛林法则不限的事情上，头狼的话就是法律，
因为他年长而足智多谋，爪利且牢握紧抓。

这就是丛林法则，条目繁多且威高权重；
但从头到尾，每一条每一款说的都是——服从！

虔信者普伦的奇迹

夜晚，我们感觉到大地要移动，
我们偷偷地伸手去拽他，
因为我们爱他，那一种爱
体会得到却弄不明白。

山坡轰隆隆地咆哮着崩塌了，
整个世界往下掉，劈头盖脸；
我们救了他，我们这些渺小的族类；
可是看哪，他没有返回！

悲哀哦，我们救他是出于
野生生灵所拥有的一点爱。
悲哀哦！我们的兄弟不再醒来，
他的同类赶我们离开！

——叶猴的挽歌

从前有个人，是印度西北部一个半独立的土邦的首相。他是个婆罗门，种姓[1]很高，所以对他来说，种姓已不具有任何特殊意义。他的父亲曾在旧式印度宫廷里，在一帮披红戴绿的乌合之众中间，做过大官。但普伦·达斯长大后，感觉到事物的旧秩序正在改变，任何人希望青云直上，提高社会地位，就必须跟英国人搞好关系。凡是英国人认为好的东西，都要模仿；与此同时，作为一名土邦官员，又不能断了主子的恩宠。这是个艰难的游戏，但这位沉静而且沉默寡言的年轻婆罗门，受助于孟买大学良好的英国式教育，沉着冷静地玩着这个游戏，步步高升，最后成了王国的首相。也就是说，他掌握了比主子土邦大君更大的实权。

不信任英国人，也不相信英国人的铁路和电报的老君王死后，普伦·达斯的地位便和年轻的继位者一样高了。新大君是在一个英国老师的教导下长大的，普伦·达斯时时留意把荣誉让给他，和他一起创办女童学校，修筑公路，开设公共诊所，举办家

1　印度的世袭等级制度，以姓氏分高低贵贱而沿袭。

具展，并且每年发表“邦国之道德和物质进展”蓝皮书。对此，英国外交部和印度政府感到很高兴。土邦国全盘接受英国式发展，这是非常罕见的，因为他们不愿意相信，对英国人有好处的事情一定对亚洲人有双倍的好处，而普伦·达斯的行动表明了他相信这一点。这位首相成了大家尊敬的朋友，他们中有总督、省长、副省长、医疗传教士和普通传教士，包括那些来土邦禁猎区打猎的难以驾驭的英国军官，还有寒冷季节里一大批一大批到印度各地旅游的游客；他向所有这些人解释各种事务该如何处理。闲暇时间里，他捐赠奖学金给严格按英国方式进行教育的学校，用于医药专业和制造专业的学习。他还写信给印度最大的日报《先驱报》，解释他主子的目标和目的。

最后，他在一次出访时去了英国。回来后他不得不拿出巨款孝敬祭司们，因为，即使是普伦·达斯这样高种姓的婆罗门，横渡不吉利的海洋后也可能失去种姓。而在伦敦的时候，他与每一个值得认识的人会面、交谈，那都是些闻名世界的人物；他话说得不多，却多多地观察。他被一些知名大学授予荣誉学位，他发表演讲，向穿着晚礼服的英国贵妇人讲述印度的社会改革。最后，整个伦敦都在嚷嚷：“自从人类初次铺上桌布以来，这是我们在餐桌上遇到过的最有魅力的人。”

他回到印度后，一片炫目的荣耀加在他身上。总督本人专程前来土邦访问，授予土邦大君印度之星大十字勋章——珐琅质的勋章，镶着钻石，佩着绶带。在同一仪式上，在礼炮声中，普伦·达斯被授予印度帝国爵级司令勋章[1]。于是，他的姓名晋升为

1　此为二等勋章，和印度之星大十字勋章一样，同属英国圣米切尔及圣乔治勋章系列——当时印度是英国的殖民地。

普伦·达斯爵士，印度帝国二级爵士。

当天晚上，在总督的大帐篷里举行了餐会。他胸前佩戴着代表勋级的勋章和项饰，站起身来发表演讲，以答谢来宾们祝他家主子健康的祝酒辞。他的一番话精彩之极，那帮英国人几乎没有一个口才比他更出色。

一个月后，城里恢复了那种太阳炙烤下的宁静。就在这个时候，他做出了一件英国人梦里也不会做的事：世上的诸多事务如常进行着，他却消失了。他镶珠宝的骑士勋章回到了印度政府手里，土邦任命了一位新首相来处理事务，下属班子任命大调整的激烈角逐开始了。发生了什么事，祭司们是知道的，百姓们则纷纷猜测。不过，印度是天底下独一无二的地方：一个人在这儿可以喜欢做什么就做什么，没有人问原因。地万[1]普伦·达斯爵士，印度帝国二级爵士，辞去官职，告别宫廷，放弃权力，拿起乞食钵，穿上了苦行僧[2]或者说圣人的赭色袍子，这样一个事实并没有被视为离奇出格。如印度教古代律法所建议的那样，他一生中二十年是青年，二十年是武士——虽然他一天也没有拿过武器，二十年是家族首领。财富和权力他用在了自己认为值得的地方；荣誉不期而至时他得到了它们；他看过了远远近近的人和城市，人和城市在他面前起立，给他荣耀。现在，他要抛开那一切，就像一个人抛掉一件不再需要的斗篷一样。

他胳膊下面夹着一张羚羊皮和一根铜柄拐杖，手里拿着一只

1　地万是印度对邦政府首席部长或财政部长的称呼。

2　原文sunnyasi应该是作者对梵文“苦行僧”一词的音译，通用的英译名是sadhu。

光滑的棕色复椰子[1]乞食钵，独自一人，赤着脚，眼睛看着地面，走出了城门。他的身后，人们正在棱堡[2]上鸣放礼炮，向幸运的继任者致敬。普伦·达斯点点头。那一种生涯彻底结束了。恶意也好，善意也罢，他不再承受那一切，就好比一个人在夜间做完了一个无色的梦。现在他是一个苦行僧，一个没有家、到处漂泊的托钵僧，靠邻人施舍每日的吃食。在印度，只要还有一小口食物可以分着吃，不论祭司还是乞丐，都不会挨饿的。他一生从来不曾尝过肉，连鱼也非常难得吃一口。过去的许多年里，他是百万钱财的绝对主人，但一张五英镑的钞票，就足够其中任何一个年头他个人的全部食物开销。甚至早在他周旋于伦敦结交名流的时候，他就已经怀抱着他的平和与宁静之梦——长长的、白蒙蒙的、飏起尘土的印度道路上，布满了光脚板的脚印；无尽的、缓缓移动的人流；暮色中的无花果树下，刺鼻的柴火烟袅袅升起，那是徒步旅行者在围坐着吃晚饭。

梦想成真的时候到了，这位首相采取了适当的步骤，三天后，普伦·达斯便淹没在无数来来往往、漂泊不定、聚散离合的印度人里面了。即使在浩瀚的大西洋的海槽里找一粒气泡，也可能比在人群中找到普伦·达斯更加容易。

夜晚，黑暗在哪儿追上他，他的羚羊皮就铺在哪儿——有时在路边的苦行僧寺院里，有时靠着卡拉·皮尔[3]圣地的泥柱。在卡拉·皮尔圣地，懂得各种姓各派别价值的修行者，都会得到另一

1 又称双椰子、海椰子、大实榈、巨籽棕等，全世界每年收获的这种椰子果实仅1200枚左右，十分珍稀。

2 古代城堡的一种，形状不是通常的凸多边形，而是凹多边形。

3 苦行僧的先祖之一，据说能睁着眼睛站着睡觉。

个神秘的圣修者派别——瑜珈修行者的收留，普伦·达斯也会被收留。有时在一个印度小村庄的村边，孩子们会悄悄地靠近他，送上父母叫送的食物；有时在光秃秃的草场的斜坡上，他用枯树枝点燃的火焰会惊醒瞌睡的骆驼。对于普伦·达斯——现在他自称虔信者普伦——在哪儿都一样。大地、人、食物，都一样。不知不觉中，他的双脚带着他向北、向东；从南方北上到了罗塔克[1]，从罗塔克到了科努尔[2]，从科努尔到了已成废墟的撒玛纳，沿着只有山中降雨后才会有水的古格河的干涸的河床，向上游而去。终于有一天，他望见了远处巍峨的喜马拉雅山的轮廓。

这时虔信者普伦露出了笑容，因为他记起来了，他的母亲出生于拉杰普特邦的一个婆罗门家庭，在古卢[3]式的环境中长大——她是个山里的女人，总是思念着家乡的雪。最终，这一点点山区的血脉，将一个人带回到了他所属的地方。

“到了那边，”虔信者普伦说，胸口抵着塞瓦列克群山[4]低处的山坡，坡上立着的一棵棵仙人掌，就像一个个七枝的枝形烛台，“到了那边，我会坐下来悟道。”他走在通往西姆拉[5]的路上时，喜马拉雅山凉爽的风在他耳边啸鸣。

上一回他走这条路时，威仪隆重，由蹄声嗒嗒的马队护送着，去拜访总督中最温文尔雅殷勤好客的一位。他们俩在一起谈了一个小时，聊他们在伦敦的共同的朋友，聊印度普通民众对一些事情的真实想法。这一次虔信者普伦不去造访故交，而是靠在

1 印度哈里亚纳邦东南部城市，在德里西北50公里。

2 印度哈里亚纳邦一地区。

3 古卢是印度喜马拉雅山地区的一个县，应该就是普伦此时所在的位置。

4 喜马拉雅山脉印度一侧的一支。

5 印度北部的一个镇子。

林荫路的栏杆上，一直望着下方绵延四十英里的平原，将一幅壮观的景象尽收眼底。最后，一个本地的穆斯林警察对他说，他妨碍了交通。虔信者普伦很虔敬地向法律[1]行了穆斯林额手礼，因为他懂得法律的价值，并且正在寻找他自己的法律[2]。于是他继续往前走。那天夜里，他睡在乔塔·西姆拉[3]的一间无人的茅舍里。那地方看上去就像是大地的尽头，其实只是他旅途的起点。

他循着“喜马拉雅山—西藏”之路前行。那条十英尺宽的小道，是用爆破法从坚硬的岩石上开凿出来的，有些地方在百丈深渊上架了木头。小道时而降下去，潜入温暖潮湿而幽闭的溪谷；时而升上来，在燃烧的玻璃一般的太阳直射下，爬过荒凉的、长满野草的山胛；有时还拐一个弯，穿过到处滴着水的幽暗森林，林中的树干从头到脚都被桫椤[4]缠裹着，野鸡呼唤配偶的叫声，时而可闻。他遇见了带着狗赶着羊的西藏牧人，每一只绵羊的背上都搭着一小口袋月石；他碰到过到处游荡的伐木人，和披着袈裟、裹着毯子，来印度朝圣的西藏喇嘛。一路上他还见到过偏僻的山区小国的信使，骑着有环状花纹的花斑矮脚马递送急件；他还碰到过一位拉甲[5]的马队，赶赴某地拜访某人。有时，在一个晴朗而漫长的白天，他什么人也遇不到，只见到一只黑熊，在下面的溪谷中一边咕噜着一边拱土觅食。当初他出发的时候，他所抛下的尘世的喧嚣，这时依然在他耳边鸣响；就像火车开过后很久，隧道中还回响着它的轰鸣声一样。可是，当他将穆提安尼山隘丢在身

1 这里的“法律”一词实际上指的是执法的警察。

2 这里的法律实际上指的是“道”，普伦正在修行求道。

3 “乔塔”的意思是“小”，小西姆拉是西姆拉镇土著人的居住区域。

4 桫椤是现存唯一的木本蕨类植物，极其珍贵，被众多国家列为一级保护的濒危植物。

5 拉甲是旧时印度称呼，指酋长、王公或贵族。

后时，一切的喧嚣都结束了，虔信者普伦只剩下独自一人，行走着，讶异着，思索着。他的眼睛看着地，他的思想在云端。

一天黄昏，他翻过了一个迄今为止他遇到过的最高的山隘——他攀爬了两天才上到隘口。抬起头来，映入眼帘的是一排积雪的山峰，它们围住了整个地平线——这一片群山高达一万五千至两万英尺，看上去离得很近，几乎扔出去一块石头就能砸到，实际上却在五六十英里开外。山隘顶上覆盖着黑森森的密林——雪松、胡桃树、野樱桃树、野橄榄树和野梨树，但最多的是雪松，这是喜马拉雅山雪松。在雪松的阴影下，立着一个废弃的神祠，它供奉的是迦利女神——她是难近母杜尔迦、女神湿陀罗，有时被人当作对抗天花的神来崇拜[1]。

普伦·达斯把石头地面扫干净，冲着龇牙咧嘴的神像笑了笑，在神祠背后用泥巴给自己糊了个小炉灶，又把新鲜松针垫在下面，铺上他的羚羊皮当作床，然后把他的拜拉吉——他的铜柄拐杖——夹在腋下，坐下来休息。

就从他的栖身之处开始，山坡向下倾斜。下面有一千五百英尺的坡面干干净净，一览无余。底下是一个小村庄，那些村舍都是石头墙，屋顶是用打过的泥坯做的，全都紧挨着陡峭的坡面。村子周边是一小块一小块的梯田，向外面延伸开去，就像小布片拼缝起来的围裙，遮在大山的膝头。不比甲虫大的母牛，在一片片用光滑的石头圈起来的打谷场之间吃草。而当目光越过山谷眺望时，眼睛就要受蒙骗，认不准物体的尺寸了。第一眼望过去，对面大山的侧面长着的好像是低矮的灌木丛，其实呢，那是一大

1　迦利女神和难近母杜尔迦是印度教大神湿婆之妻雪山神女帕尔芭蒂的两个凶相化身，在印度南方，又被当作天花女神湿陀罗。

片松林，一棵棵松树高达上百英尺。虔信者普伦看见一只鹰从巨大的山谷上空掠过，但那只大鸟还没飞到半中间，就已经缩成了一个小圆点。几条狭长的云带排成一行，在山谷中沉浮着，时而被山绊住，时而升起来，升到和隘顶齐平的地方，便从视野中消失了。“我将在这儿找到宁静。”虔信者普伦说。

要知道，一个山民上山下山走几百英尺山路是不当一回事的。村民们一看见废弃的神祠里冒出烟来，村里的祭司就立刻爬上开了梯田的山坡，去欢迎异乡人。

当他和虔信者普伦目光相遇，看到那一双往常统治千万人的眼睛时，他一躬到地，一言不发地接过了乞食钵。他回到村里，对大家说：“我们终于迎来了一位圣人。我从来不曾见过这样一个人。他是平原上的人，但皮肤很白，是婆罗门中的婆罗门。”于是，村子里所有的主妇都问他：“你觉得他会留在我们这儿吗？”每一位主妇都使出浑身解数，为这位虔信者烹制最美味的饭食。山民们的饮食是非常简单的，但是山里有荞麦和玉米、大米和红胡椒，山谷里的溪流中有小鱼，筑在石壁上的、管风琴风管一样的蜂窝里有蜂蜜，还有杏干、姜黄、野生姜和面饼。有了这些东西，一个虔诚的主妇是能够做出好东西来的。她们做出来的饭食，祭司带了满满一钵去送给虔信者。他会留下来吗？祭司问。他是否需要一个弟子为他乞食？他有没有毯子御寒？饭食好吃吗？

虔信者普伦吃了饭食，谢了布施者。他心里想着要留下。这就好，祭司说，就把乞食钵放在神祠外面吧，搁在那两道盘绕在一起的树根中间的凹槽上，每天都会有人来送饭食的，因为有这样一个人留在这儿——说到这里他怯怯地看着虔信者的脸——村民们感到荣耀。

这一个日子，成了虔信者普伦流浪生活终结的见证。他已经来到上天指定给他的地方——静寂与空旷之地。从现在起，时间停止了，他坐在神祠的口子上，已经说不清自己是生还是死，说不清自己是一个尚能控制自己四肢的人，还是群山、行云和不断轮替的雨和阳光的一部分。他喃喃自语着，把一个名字重复上万次，到最后，每重复一次，他似乎就游离出自己的身体一分，然后快速地飘升起来，升向某个非凡极致的发现的门口；但是，那道门正要打开，他的躯体又把他拉了回来，他悲痛地感觉到，自己被闭锁在虔信者普伦的骨与肉之躯中。

每天早晨，装满饭食的乞食钵被人静悄悄地放在神祠外的天然树根托架上。送饭的有时是祭司，有时是一个借宿在村子里、急着要得到这份荣誉的拉达克[1]商人，他沿着那条小道走上来时很吃力。但更多的时候，送饭的是头天晚上做这顿饭的妇人；她会几乎不出声地喃喃念叨着："虔信者呀，请为我在众神面前说些好话吧。就说是某某样子的一个妇人，某某人的妻子！"时不时地，还会有个勇敢的孩子获准得到这份荣耀；虔信者普伦会听到他放下乞食钵，撒开小腿就溜，能跑多快就跑多快。但是虔信者从来不曾到下面的村子里去过，它铺展在他脚下就像一幅地图。他能看见黄昏时分的聚会，地点是打谷场一带，因为那是唯一的一片不倾斜的平地；他能看见稻田里那一片奇妙的未名之绿，靛青色的玉米，一小片一小片酸模草似的荞麦；他能看见当令的苋菜开着红花，它们那细小的种子既不是粮食也不是豆子，做成食物，可以在斋戒期给印度人食用而不违反戒律。

1　拉达克是今天西藏阿里地区以西，克什米尔以东，以列城为中心的地区。

年末岁初，村舍的所有屋顶就成了一小片一小片纯金的广场，因为村民们是把玉米棒子摊在屋顶上晒干的。蜂群贮蜜和庄稼收获，稻子播种和碾米去糠，都从他眼前过，都在下面一块块多边形的田地里，绣着它们的图案。他思索着那一切，想知道经过许多辛劳之后，所有这些人最终将被引向什么样的归宿。

即使在人口众多的印度，一个人也不可能整天一动不动地坐着，任由野生动物把他撞倒，从他身上跑过去，仿佛他就是一块石头一样。而在那一块荒凉的地方，那些原本就很熟悉迦利女神神祠的野物，很快就回来察看入侵者了。自然，最先回来的是叶猴，那种体型大、长着灰髭须的喜马拉雅山猴子，因为他们充满了好奇心。他们弄翻了乞食钵，拨弄着它在地上滚来滚去，在铜柄拐杖上试了试牙齿，又对着羚羊皮做了几个鬼脸，然后断定，那个一动不动地坐着的人类是无害的。黄昏时分，他们会从松树上跳下来，伸手讨要东西吃，然后荡着优美的弧线离开。他们也喜欢火的温暖，会团团地围住泥灶，直到要添柴了，虔信者普伦不得不把他们推到一边。早晨醒来时，他多半会发现一只毛茸茸的猿猴在和他分享毯子。从早到晚，猴群里总有一两只猴子陪他坐着，瞪大眼睛眺望着远处的雪，嘴巴里哼哼唧唧，脸上流露出无法言喻的智慧和忧伤。

猴子之后来的是沼鹿，那是一只大鹿，很像我们的红鹿，但更强壮。他希望在冰冷的迦利女神石像上，蹭去他鹿茸上的绒毛状嫩皮。看见神祠前有人，他跺了跺脚，但是虔信者普伦纹丝不动。一点一点地，那高贵的公鹿挤上来，用鼻子触了触人的肩。虔信者普伦抬起一只冰凉的手，摩挲着他两只发烫的鹿角。这触摸使烦躁的兽渐渐平静下来，他低下头，虔信者普伦轻轻地揉擦着，使那一层嫩皮剥落下来。后来，沼鹿将他的母鹿和小鹿带了过来，那些温和的生灵就跑到圣人的毯子上，咕咕哝哝地不知说着些什么话语。白天不来的话，他就会晚上独自过来，享用分给他吃的新鲜胡桃，这时他的眼睛在闪烁的火苗映照下，会闪出绿光。最后，那最害羞的，几乎是小鹿中个头最小的鹿——麝鹿，也来了；她把兔耳一般的长耳朵一直竖着。就连很安静的、有深色斑纹的灰色穆锡克那巴[1]，也一定要弄明白神祠那边的火光是怎么回事；她低下头，把麋鹿一样的鼻子凑到虔信者普伦的腰膝之间，然后在火光映照下跑来跑去，她的影子也跟着她在动。虔信者普伦称他们“我的兄弟”，中午他低低地唤几声：“布亥！布亥！”[2]他们只要在听力所及的范围里，就会从林子里跑出来，走到他身边。那头喜马拉雅山黑熊索纳，易怒而且多疑，他的颏下有一个V形标记。他不止一次地从神祠前走过，虔信者普伦并没有流露出恐惧，索纳也就没有表示愤怒，而是专注地观察着他，然后走近些，乞求一份关爱，讨要一点面饼或野浆果。寂静的拂晓时分，有时虔信者会爬上隘口之巅，看红色的曙光走过一个个积雪的山峰；这时他往往会发现，索纳拖着脚，咕噜着从他脚下走过，好奇地将一只前爪塞到倒伏的树干下面，不耐烦地大叫一声把它搬开。有时，他早起的脚步声会吵醒蜷着身体睡觉的索纳；那巨兽会直立起来，一副想要打斗的架势，直到听见虔信者的话语声，知道是自己最好的朋友过来了，才作罢。

几乎所有远离大城市独居的隐士和圣人，都有能在野生动物身

---

1 mushick-nabha，麝鹿之一种，主要生活在喜马拉雅山地区。此动物名出自Robert A Sterndale的《印度哺乳动物》一书，很少使用。

2 布亥，印度语“兄弟”。

上造奇迹的声名，但所有的奇迹都系于保持安静，决不仓促行动，并且至少在很长一段时间里，不直视来访的动物客人。村民们看见沼鹿的轮廓像个影子似的，从神祠后面黑森森的林子里昂首阔步地走过；看见喜马拉雅山棕尾虹雉在迦利女神石像前，焕发和闪耀出她最鲜艳的色彩；看见叶猴蹲坐在神祠里，在玩胡桃壳子。有些孩子还听见索纳在塌下来的石头后面对着自个儿唱歌，唱熊的那种歌。虔信者普伦的造奇迹者的声名，就这样树立了。

其实，奇迹这个东西与他的心神离得最远。他相信所有事物是一个一体的大奇迹，一个人如果懂得了这一点，就会懂得一些使他继续前行的东西。他确确实实地懂得，尘世间没有什么事物伟大，也没有什么事物渺小：他日日夜夜地努力思索着，要想出一条途径，通过它进入事物的中心，回归他的灵魂的来处。

他就这样冥思着，一直没理过的头发披散在肩头。羚羊皮旁边的石板被他的铜柄拐杖的头捣出了一个小凹洞；那个树干之间的树根托架，因为日复一日地搁放乞食钵而陷下去，磨出了一个凹坑，它变得几乎跟那棕色的椰壳乞食钵一样光滑了。每一只兽都知道自己在灶火旁的准确位置。田地随季节而变换着颜色，打谷场堆满了又清空，空了又满，满了又空。入冬以后，叶猴们在缀着一层薄薄的雪的树枝间蹦跳，一直跳到春天到来时，猴子妈妈们带着眼神忧郁的小宝宝们从温暖的山谷里重上山隘。村子里几乎没什么变化。祭司老了，当年常常送饭食的小孩子里面，如今许多已经在差自己的孩子干这件事。你要是问村里人，他们的圣人在隘顶上的迦利女神神祠里住了多久，他们会答道："他一直住在那儿。"

后来下了一场山区多年未见的夏季豪雨。一连三个月，山谷笼罩在云层和潮湿的雾气之中，暴雨持续不断、不依不饶地下着，刚停一会儿便打雷，一阵雷雨接着一阵雷雨。大部分时间里，迦利女神神祠处于云层之上；有整整一个月，虔信者不曾瞥见过一眼下面的村庄，它被厚厚的白色云层挤压在下面了。云层晃荡着漂移着翻滚着，向上方膨胀着，但永远突不破它的防波堤——淌泻着雨水的山谷两侧。

那段时间里，他什么也听不到，只有百万条涓涓细流的流淌声从头顶上的树身而来，从脚下的地面而来。雨水浸透了松针，从垂软下来的羊齿草的叶舌上往下滴，沿着斜坡上新冲开的泥沟缝往下泻。然后太阳出来了，挑动雪松和杜鹃散发出清香，又从远方招来了那种山民称之为“雪的气味”的清新气息。灼热的阳光照耀了一个礼拜，然后雨又聚集在一起，做它们最后的大倾泻。雨水瓢泼而下，剥去一层地表，变成泥浆从地上溅起来。那天晚上，虔信者普伦把柴堆得高高的，让火烧得旺旺的，因为他确信他的兄弟们需要取暖。但一只兽也不曾到神祠跟前来。他徒然地呼唤了一遍又一遍，最后一边琢磨着林子里发生了什么事，一边耷拉下脑袋，睡着了。

就在这个漆黑的夜晚，午夜时分，雨声像一千面鼓在咚咚地敲，有谁拽了拽毯子，把他弄醒了，他伸过手去，摸到了叶猴的一只小手。“待在这儿比待在树林里好，”他睡意朦胧地说，把折叠成两层的毯子摊开来，“盖上，暖和暖和。”猴子捉住他的手，使劲儿地拽。“那你是想要吃的？”虔信者普伦说，“等一下，我给你弄一点。”他起身跪着给灶火添柴，叶猴跑到神祠门口，啸叫了几声，又跑回来，拉扯他的膝弯。

“怎么了？你遇上了什么样的麻烦，兄弟？”虔信者普伦说。叶猴的眼睛里全是话语，说不出来。“难不成一个和你同族的家伙掉进了陷阱？可这儿没人设陷阱呀。这种天气我可不愿出去。兄弟你看，连沼鹿也来避雨了！”

沼鹿大步走进神祠里来，鹿角磕磕碰碰，撞到了龇牙咧嘴的迦利女神石像。他把犄角垂下来冲着虔信者普伦，不安地跺着脚，从半闭的鼻孔里发着嘘嘘的声音。

“嗨！嗨！嗨！”虔信者一边说，一边噼噼啪啪打着榧子，“这就是让你们宿夜的报酬？”可是鹿只管顶着他向门口走。这时虔信者普伦听到了一种声音，好像什么东西张开嘴叹了口气；他看见地上两块石板分开了，石板下黏湿的泥土叭叽叭叽地咂着嘴唇。

“我明白了，”虔信者普伦说，“难怪我的兄弟们今夜没有在灶火旁蹲着。这山要崩塌了。可是——我干吗要走呢？”他的目光落在空空的乞食钵上，顿时变了脸色，“自从……自从我来这儿以后，他们每天给我好饭食，我要是不赶紧的话，明天山谷里就一张吃饭的嘴也没有了。不行，我一定得下去给他们发警报。让一让，兄弟！让我点个火。”

沼鹿很不情愿地退让到一边，虔信者普伦将一支松木火把深深地插进灶火中，快速转动着，把它点旺。“啊！你们跑来警示我，”他直起身子，说道，“这很好，但我们要做得更好，做得更好。现在出去吧，兄弟，把你的脖子借给我，因为我只有两条腿。”

他右手抓住沼鹿毛发直立的鬐甲[1]，左手举着火把，起步走

---

1 鬐，音qi；鬐甲，马等动物肩胛骨中间隆起的部分。

出神祠，走进狂暴的黑夜里。一丝风也没有，可是大鹿因为急着下坡，一屁股坐在地上往下滑时，大雨差一点浇灭摇曳的火焰。他们一出林子，虔信者更多的兄弟就加入了进来。他虽然看不见，却听见叶猴们簇拥在左右，索纳呼哧呼哧地跟在后面。他的长长的白发被雨水缠结成一绺绺湿漉漉的绳子，他的光脚板踩下去水花四溅，他的黄色长衫粘贴在他孱弱衰老的身躯上。但是他靠在沼鹿身上，一步一步坚定地往下走。他不再是一个圣人，而是普伦·达斯爵士，印度帝国二级爵士，一个不算小的土邦的首相，一个惯于发号施令的人，此刻正出门去拯救他人的生命。虔信者和他的兄弟们簇拥在一起，沿着积满水的陡峭山道蜂拥而下，不停地往下走往下走，最后沼鹿的脚绊到了一片打谷场的石头围栏，他嗅到人的气味，打了个响鼻。此刻他们到了村子里一条弯弯曲曲的小街的口子上，虔信者用拐杖敲打起铁匠家带栅栏条的窗户，他的火把有了屋檐遮雨，变旺了起来。“快起床，出来！”虔信者普伦喊叫着；他认不出自己的声音，因为他已经有好多年不曾大声对着人说话，“山塌了！山在崩塌！里面的人，快起来啊，出来！”

“是我们的虔信者，”铁匠的妻子说，“他站在他的野兽中间，快把小的们叫到一起，出去报警。”

警报一家一家传递着。那些兽挤在狭窄的小街上，在虔信者周围涌动着，互相靠拢着。索纳不耐烦地喷着气。

村民们慌忙地跑到街上——总共不超过七十口人——在火把的照耀下，看见他们的虔信者正拽住受了惊吓的沼鹿，猴子们可怜兮兮地拉着他的衣角，索纳一屁股坐在地上，咆哮着。

“穿过山谷，到另一边的山上去！”虔信者普伦喊叫着，

“一个也别落下！我们跟在你们后面！”

村民们奔跑起来，只有山里人才能那么跑，因为他们知道，发生山崩的时候，必须爬到山谷对面最高的地方去。他们逃啊逃，哗啦啦地溅着水涉过谷底的小溪，呼哧呼哧地喘着气爬上山谷对面的梯田，虔信者和他的同胞们跟在后面。他们在对面的山上不断地不断地往上爬，互相喊叫着名字——给全村的人点了一次名。大个子沼鹿紧紧地跟在他们后面，虔信者普伦的气力越来越弱，身子倚靠着沼鹿越来越沉，使沼鹿走得很累。最后，沼鹿在一片很深的松林的树荫下停了下来，这里已经离坡底五百英尺。先前本能曾经向他预警山体滑坡，这时本能告诉他，在这儿是安全的。

虔信者普伦在沼鹿身子一侧晕倒了，寒冷的雨水和剧烈的攀爬正在消耗他的生命。但他还是对着前面分散开来的火把，大叫了一声“停下来点一下人数”，然后，他看着围拢来的火光，声音很轻地对沼鹿说：“待在我身边，兄弟。陪着我……等我……去了再……”

空中响起一声叹息。叹息变成咕哝，咕哝又变成吼叫，吼叫声超出了所有动物的听觉极限。村子所依傍的那面山坡在黑暗中被击中，被击中而摇晃起来。然后，一个音调，如管风琴的深沉C大调一样平稳、深沉、真切的音调，淹没了一切大约五分钟之久；与此同时，这边山坡上的松树的树根在不停地颤抖着回应它。它渐渐地变弱，停止了；方圆好几英里内雨点般砸在坚硬地面和草地上的声音，变成了柔软的泥地上闷鼓般的水声。这几分钟里发生了什么事，这些声音已经告诉了我们。

没有一个村民，包括祭司，有足够的勇气，对救了他们的命的虔信者开口说话。大家蜷缩在松树下，等待天明。天终于亮了，他们向山谷对面望去，看见曾经是林子、梯田、小径穿插其间的草场的地方，变成了一片毛糙的、红色的、扇形的狼藉之地，几棵树头朝下倒插在斜坡之上。那片扇形区域地势高过他们避难的山头，堰塞住了那条小溪，溪水开始漫开来，形成一个砖红色的湖。村庄、通往神祠的路、神祠本身、神祠后面的树林，都已经没了踪影。一英里宽、足足两千英尺深的侧面山体已经剥离，被从头到脚削平了。

村民们一个个静悄悄地走出林子，来到他们的虔信者面前祈祷。他们看见沼鹿站在旁边守护着他，沼鹿看见他们走近便逃了。他们听见叶猴们在树枝中间哀嚎，索纳在山头上呜咽。他们的虔信者死了，背靠在树上，盘腿坐着，拐杖夹在腋窝下，脸朝着东北方向。

祭司说："我们看到了奇迹之后的又一个奇迹，因为所有的苦行僧都必须以这种姿势下葬的！因此，我们要在他现在所待的地方，为我们的圣人建庙。"

不到一年时间，庙就建成了，那是一座石头和泥土建造的小小神祠；时至今日，他们一直用香烛、鲜花和祭品供奉着他。但他们不知道，他们所崇拜的圣人是前任普伦·达斯爵士，印度帝国的二级爵士；他拥有教会法规博士、哲学博士等头衔，曾经担任过进步开明的莫希尼瓦拉土邦国的首相；他还是许多学术团体和科学学会的荣誉会员或通信会员：无论在这个世界还是在另一个世界[1]，诸如此类的团体和学会如果太多，是没有什么益处的。

1　另一个世界指的是"下世"，死后的世界，死者的世界。

伽比尔的一首歌[1]

啊，尘世在他手里掂量着很轻！
啊，他采邑千户，良田万顷！
他已经离开宝座，穿上尸衣，
离开人世时的身份如拜拉吉[2]所示！

去德里的白茫茫的路是他的脚垫，
婆罗双树和金合欢树为他抵御酷暑；
帐篷、荒地和人群中间是他的家——
他在寻找拜拉吉所示的道路！

他目光清澈，已见识过人（伽比尔说：
有过一个，有一个，只有一个）；

1 Kabir（1440—1518），印度教虔诚派运动著名领袖，虔诚派信徒即为虔信者。他同时是诗人，有大量诗作遗世，其中一部分诗歌由印度著名诗人泰戈尔编译成了《伽比尔诗集》。

2 拜拉吉，苦行僧的拐杖。

滚滚红尘已经淡如一片云雾——
他走上了拜拉吉所示的道路！

他要去了解和辨认他的泥土兄弟，
他的野兽兄弟，他的天神兄弟，
他已经退出会议，穿上尸衣，
（“你听得见么？”伽比尔问）如拜拉吉所示！

让丛林来吞噬

遮住它们，盖住它们，围住它们，
哦，花朵、藤蔓和野草——
让我们忘记那些景象和声音，
忘记那个族类的气味和特征！

祭坛石旁厚厚的黑色灰烬哦，
白足的雨水来了，接着吧；
雌鹿在未耕种的田地里产崽，
没有谁再去惊吓她们；
没了门窗的墙坍了，无人知晓，
里面再也不会住人！

你一定记得，莫格里把谢尔可汗的皮钉在会议岩上之后，他对西奥尼狼群里残留的所有狼说，从此以后，他要在丛林里单独狩猎了。狼妈妈和狼爸爸的四个孩子说，他们要和他一起狩猎。但是，要在一分钟里完全改变生活方式是不容易的，尤其是在丛林里。乱哄哄的狼群不声不响地溜走后，莫格里做的第一件事，是回到自家的洞穴，睡了一天一夜。然后，他从自己在人类中间的冒险经历里，挑出狼妈妈和狼爸爸能够理解的，讲给他们听。他把剥皮刀——就是他剥下谢尔可汗的虎皮的那把刀——解下来，让早晨的阳光在它的刀刃上来回闪烁。狼妈妈和狼爸爸说，人崽儿已经学会一些本领了。然后，阿克拉和灰兄弟只好把他们参与行动，在沟壑里驱赶大水牛的事讲解了一遍。巴洛吃力地爬上山来，从头到尾听了他们的讲述；巴赫拉把全身都挠了一遍，纯粹是因为高兴：莫格里居然能用那样一种办法来斗谢尔可汗。

太阳已经升起来好长时间了，但谁也想不到要去睡觉。大家说着话，狼妈妈不时地扬起头，满意地深吸一口气，嗅着风儿从会议岩那边吹送过来的虎皮的气味。

“这件事多亏了阿克拉和灰兄弟帮忙，”莫格里最后说道，“否则我什么也做不成。妈妈啊，妈妈！黑色的公牛群奔涌着冲下沟壑的情景，还有人群向我扔石头时他们冲进村子大门的情景，要是给你看见就好了！”

“我很高兴没有看到事情的过程，”狼妈妈严厉地说，“心疼地看着我的崽子像豺狗一样被人赶来赶去，那可不是我的习惯。我会向人群讨还公道的，但我会放过那个给你牛奶喝的女人。没错，我就放过她一个人。”

“别激动，平静些，拉克夏！”狼爸爸懒洋洋地说，“我们的青蛙又回来了，他这么聪明，他的亲爹真该舔舔他的脚。头上破了一两个口子，有什么大不了的？别去招惹人类。”巴洛和巴赫拉齐声附和道：“别去招惹人类。”

莫格里把脑袋靠在狼妈妈身上，露出了满意的笑容。他说，拿他自己来讲，他再也不想看见人类，不希望再听到他们的声音，嗅到他们的气味。

“但是如果，”阿克拉竖起一只耳朵，说道，“如果他们来招惹你，那怎么办呢，小兄弟？”

“我们有五个呢。”灰兄弟看着身旁的伙伴们，说道。说最后一个词时，他咔嗒一声做了个咬的动作。

“那种狩猎我们也会到场的，”巴赫拉说，他轻轻地甩甩尾巴，看着巴洛，“但是，现在干吗要想到人类呢，阿克拉？”

“嗯，是这么回事，”孤狼答道，“黄皮贼的皮贴在石头上的时候，我踩着自己的脚印，沿着我们走过的路跑回村子。我朝旁边岔着跑，又躺下身子，把踪迹弄乱，以防有人跟踪我们。当我把踪迹破坏得一塌糊涂，连自个儿也几乎认不出来的时候，蝙蝠芒恩飞到树丛中捕食来了。他悬停在我头顶上，说道：‘把人崽儿赶出来的那个人群的村子，像大黄蜂的巢一样嗡嗡嗡地吵。’”

“那是因为我扔了一块大石头。”莫格里咯咯地笑道。为了取乐，他常常把成熟的番木瓜扔进大黄蜂的巢里，然后飞快地跑，在大黄蜂追上他之前，跳进离他最近的池塘。

“我问芒恩看到了什么。他说，村子的大门口开着红花，人们带着枪，坐在红花旁边。他这一说我就明白了。我是有根有据的，”阿克拉垂下眼睛，看了看自己侧腹上干结了的旧伤疤，“人类身上带枪可不是闹着玩的哟。用不了多久，小兄弟，就会有人带着枪来追踪我们——也许，实际上他已经上路了。”

“可他干吗要跟踪我们呢？人类已经把我赶出来了。他们还想怎么着？”莫格里生气地说。

“你是一个人，小兄弟，”阿克拉回敬道，“你的同胞要干什么，为什么要干，不该让我们自由猎手来告诉你。”

他的爪子嗖的一下刚离地，剥皮刀已经深深地扎进土里。莫格里出击的速度之快，一般人的眼睛是跟不上的，但阿克拉是一匹狼。即便是一条狗，已经和自己的野狼祖先隔了许多代的狗，也能在车轮子碰到侧腹时从熟睡中醒来，不等它轧上来，就安然无恙地跳开。

“下一回，”莫格里把刀插回刀鞘，若无其事地说，“说到人群和莫格里时，要分开来，别搅在一起。”

“哇！那东西牙齿挺锋利，”阿克拉说，嗅了嗅地上的切口，“不过你和人类一起生活了一段时间，眼力受损不少，小兄弟。你出击的那一会儿工夫，我都能杀死一头公鹿了。”

巴赫拉一跃而起，尽量把头往上抬，嗅着空气，身上的每一根曲线都紧绷起来。灰兄弟很快也学着他的样子，身体稍稍偏向左边，嗅着从右边吹过来的风。阿克拉则迎着风跳出去五十码，半蹲着，也绷紧了身体。莫格里羡慕地看着他们。他能嗅到极少有人能嗅出来的东西，但是，他的嗅觉从来都赶不上丛林动物的鼻子那种精细入微的灵敏度；可悲的是，他在烟熏火燎的村子里待了三个月，嗅觉又退步不少。不过，他还是用手指蘸了点口水，擦擦鼻子，挺直身体，去捕捉从上风头飘过来的气味。它虽然弱得不能再弱，却是再真切不过的。

“人！”阿克拉低沉地咆哮道，一屁股坐了下来。

“布尔迪奥！”莫格里说，也坐了下来，“他追踪我们，那边的亮光是太阳照在他的枪上。瞧！”

光只闪了一下，只有几分之一秒的时间。那是旧塔瓦式滑膛枪的黄铜夹扣，丛林里没有一样东西的闪光和它一模一样。只有当云彩在天上疾驰的时候，才会有一片云母，一个小池塘，甚至一片极光滑的树叶，会像日光仪那样亮光闪烁。但是那一天没有一片云，没有一丝风。

“我就知道人类会跟来，”阿克拉得意扬扬地说，“我当狼群的首领可不是白给的。”

四只狼崽儿一句话也没说，肚皮贴着地跑下山去，像鼹鼠消失在草地上一样，钻进荆棘和林下灌草层里，不见了。

“你们去哪儿，也不吱一声就走？”莫格里喊道。

“嘘！不用到中午，我们就会在这儿拿他的脑壳滚着玩！”灰兄弟答道。

“回来！回来待着！人是不吃人的！”莫格里尖叫道。

“是谁刚才还自认是狼来着？是谁怪我认为他是人，用刀子扎我？”阿克拉说。这时，四匹狼已经反身跑回来，郁闷地往地上一趴。

“难不成我每做一件事都要说明理由，是不是？”莫格里怒不可遏地说。

“这就是人类！人类就是这样说话的！”巴赫拉的嘴巴在髭须下面嘀咕道，“在乌代浦，大公的笼子周围，人也是这样说话的。我们丛林居民知道，人类是所有动物中最聪明的。如果我们相信自己的耳朵，就会知道，人类又是万物中最愚蠢的。”他抬高声音，加上一句，“人崽儿在这件事上做得对。人类是成群结队狩猎的。杀死一个人，又不了解别的人会搞什么名堂，那样的狩猎不是好事情。好吧，我们来看看这个人打算对我们怎么着。”

“我们不去，”灰兄弟低沉地咆哮道，“你自己去吧，小兄弟。我们知道自己的想法。要不是你，我们这会儿已经搞定，可以把他的脑壳儿弄到这里来了。”

莫格里一直在挨个儿地看着朋友们，他的胸膛起伏着，眼睛里充满了泪水。他大步上前，单腿跪在四匹狼跟前，说道：“我不知道我自己的想法吗？看着我！”

他们不自在地看着他，他们的目光游移开去后，他又一再地叫他们收回目光。最后，他们四肢发抖，浑身的毛直立起来，而莫格里却一直目不转睛地看着他们。

“现在你们说，”他问道，“我们五个，谁是首领？”

“你是首领，小兄弟。”灰兄弟说，舔了舔莫格里的脚。

“那就跟我来。”莫格里说，四匹狼就夹着尾巴紧紧地跟在他后面。

“这是在人群中生活的结果，”巴赫拉说，悄悄地跟了上去，“现在，除了丛林法则之外，丛林里又有别的规矩了，巴洛。”

老熊嘴上什么也没有说，心里却想了很多。

莫格里无声无息地在丛林里穿行着，冲着布尔迪奥的行走路线，抄近路向右前方斜插过去。终于，他拨开林下灌草层，看见那老头儿肩上挎着滑膛枪，正沿着前一天晚上他们留下的踪迹小跑着。

你一定记得，莫格里离开村子时，肩上扛着刚剥下不久的谢尔可汗的皮。虎皮很重，又有阿克拉和灰兄弟跟在他后面，所以，他们留下的三条足迹是非常清晰的。你知道，阿克拉回来后又回过头去把脚印弄乱了，这会儿布尔迪奥已经来到那地方。他坐下来，咳嗽着、咕噜着，然后在周围林子里绕了几个小圈子，想重新找到他们的踪迹。这段时间里他随便什么时候扔一块石头，都能砸到正盯着他的这几位。没有谁能够像狼一样，不想让别人听见的时候，决不出一丁点声响。莫格里虽然在狼的眼里动作很笨，却也能像影子一样来去。他们像一群海豚包围一艘全速行驶的蒸汽轮船一样，把老头儿围了起来。他们一边包抄过去，一边还满不在乎地交谈着，因为他们的说话声低于人类听力范围的下限，未经训练的人是听不到的（人类听力范围的上限是蝙蝠芒恩的高声尖叫，许多人是根本听不到的。所有的鸟类、蝙蝠和昆虫，都用超过这个上限的高音交谈）。

“什么样的猎杀也比不上这个，”灰兄弟说，这时布尔迪奥正喘着粗气，弯着腰四下里窥望，“他的样子就像丛林里一头在河边迷了路的野猪。他嘴巴里在说什么哪？”布尔迪奥正恶狠狠地嘟囔着。

莫格里翻译道：“他说，狼群一定在这四周跳过舞。他说，他一辈子都没见过这样的脚印。他说，他累了。”

“他要先休息一下，然后再找踪迹，”巴赫拉冷冷地说，他从树干上滑下来，加入到正在进行的这场捉迷藏游戏中，“这会儿，瘦子在干什么哪？”

“把烟吃进嘴里，再吐出来。人类总是玩他们的嘴巴。”莫格里说。这些悄无声息的追踪者看见老头儿给水烟管装上烟丝，点着了，喷出烟来。他们牢牢地记住了烟草的气味，凭着这种气味，将来如果有必要，即使在最黑的夜里，也能确定布尔迪奥的位置。

这时，沿着山道走来了一小群烧炭夫。他们自然要停下来和布尔迪奥聊几句，至少在方圆二十英里内，老头儿是个很有名的猎人。所有的人都坐下来抽烟了，巴赫拉和大家一起靠过去监视着他们。布尔迪奥开始讲恶魔孩子莫格里的故事，讲完一个又讲一个，添油加醋，外带胡编乱造。如何如何谢尔可汗其实是他本人杀死的。如何如何莫格里把自己变成一匹狼，和他斗了整整一个下午，又变回一个男孩，对他布尔迪奥的枪施妖术，所以他把枪瞄准莫格里，射出去的子弹却拐弯打中了他布尔迪奥自家的水牛。如何如何那些村民认定他是西奥尼地区最勇敢的猎手，派他出来猎杀这个恶魔孩子。他说，村民们派他出来的同时，已经抓住梅苏阿和她的丈夫，他俩肯定是这个恶魔孩子的父母。村民们把他们关在自家的小屋里，没多久就要动刑，逼他们招供自己是女巫和男巫，然后，他们会被烧死。

“什么时候？”烧炭夫们问。他们非常乐意去现场观看火刑。

布尔迪奥说，他不回去，他们就不会动手，因为村民们希望他先杀死丛林里的男孩。完成这件事后，他们再处置梅苏阿和她的丈夫，并且分了他们的土地和水牛；梅苏阿的丈夫有几头水牛还是特别出色的。他布尔迪奥认为，消灭男巫和女巫是一件大好事；能收留丛林里的狼孩，明摆着是女巫中最坏的女巫。

可是，烧炭夫说，如果英国人听说这件事，会不会出什么岔子？他们听说，英国人是十足的疯子民族，他们是不会让诚实的农夫太太平平地杀死女巫的。

嗯，布尔迪奥说，村子里的头人会报告说梅苏阿和她的丈夫是被蛇咬死的。那些事已经全安排好了，现在唯一要办的事，是杀死狼孩。你们有没有碰见过那样一个畜生？

烧炭夫们小心翼翼地环顾了一下四周，说感谢老天爷没让他们碰见他，不过，如果有谁能找到他，那肯定是布尔迪奥这样勇敢的人。太阳快落山了，他们有个想法，想赶到布尔迪奥的村子里，去看看那个邪恶的女巫。布尔迪奥说，尽管他的责任是杀死恶魔孩子，但也不能不闻不问，让一群手无寸铁的人穿过丛林；没有他的护送，这样在丛林里行走，随时随地都可能招来那狼魔。所以，他要陪他们回村。如果巫师的孩子露头——嗯，他就给他看一看，西奥尼地区最好的猎手是怎样对付这种事情的。他说，婆罗门给过他一个镇压邪灵的符咒，能保他诸事大吉，一切平安。

“他说的是什么？他说的是什么？他说的是什么？”每隔几分钟，狼兄弟们就会重复问一次。莫格里不断地给他们翻译，但说到女巫那一段的时候，就有些超出他的理解范围了；于是他解释说，对他很好的男人和女人掉进了村民们的陷阱。

“人类用陷阱捕捉人类？”巴赫拉问。

“他就是这么说的。那段话我弄不明白。他们全都疯了。说什么梅苏阿和她的男人跟我有什么干系，应该把他们套住。还有，他们说到了红花，这和红花有什么关系？我一定要留心这件事。无论他们要怎样对付梅苏阿，布尔迪奥回去之前他们不会动手。所以……”莫格里用手指抚弄着剥皮刀的刀柄，苦苦地思索着。这时，布尔迪奥和烧炭夫们排成一列纵队，英勇无畏地出发了。

“我急着要赶回到人群中去。”莫格里终于说道。

“那么这些人呢？”灰兄弟说，饥饿的目光追随着烧炭夫们的棕色脊背。

“唱歌送他们回家，”莫格里咧开嘴笑了，“我希望他们天黑之前到不了村子大门口。你能拖住他们吗？”

灰兄弟不屑地露出满口白牙：“我们能领着他们兜圈子，就像用绳子牵着山羊一样——如果说我对人类还算了解的话。”

“这倒不需要。稍微给他们唱唱歌就行了，免得他们路上寂寞，还有，灰兄弟，歌儿不需要唱得太甜。和他们一起去吧，巴赫拉，帮着把歌儿编一编。夜色合拢来的时候，在村边跟我会合——那地方灰兄弟知道的。”

“这是摸黑狩猎，为人崽儿干活。我该什么时候睡觉呢？”巴赫拉说，他打着哈欠，眼睛里却流露出兴奋的神色，显然他很高兴参加这种娱乐活动，“让我给没毛的人唱歌！我们就试一试吧。”

巴赫拉压低了脑袋，这样声音才传得远。他把调子拖得长长的，喊了一句“狩猎大吉”——这是在下午发出半夜的狩猎呐喊。唱歌这样开头，可真够吓人的。莫格里听见这声音在身后隆隆地响着，起伏着，收尾的时候变成了一种令人毛骨悚然的悲嗥。他一边在丛林里奔跑，一边暗自窃笑。他能看见烧炭夫们挤成一团，老布尔迪奥的枪管像香蕉叶子一样挥舞着，东南西北各个方向一下子全都指到了。接着，“呀——啦——嘿！呀——啦——哈！”灰兄弟发出了驱赶公鹿的叫唤声。狼群往前驱赶印度大羚羊（那种青色大母兽）时，也是这样叫的。这声音仿佛起于大地尽头，越来越近，越来越近，最后会在尖叫声中戛然而止。另外三匹狼呼应着灰兄弟，到最后莫格里简直可以起誓，是整个狼群在竭尽全力地叫喊着。接着，他们突然全体唱起了华丽的丛林晨歌；狼群里凡是叫声深沉洪亮的狼都会唱的每一个转折音，每一个装饰颤音，每一个倚音，全都唱了出来。下面是丛林晨歌的大意，不过你一定要想象一下，当那歌声突然打破丛林下午的寂静时，听起来是一种什么样的感觉：

再过片刻，我们的身体
将不会在平原上投下影子；
此刻它们仍然黑而清晰，
一路紧跟着我们跑回家去。
在寂静的早晨，石头和灌木丛
坚硬而粗糙，高高地挺立；
号令发出来了：“所有遵守
丛林法则的，好好休息！”

此刻丛林居民的犄角和皮毛
已和隐蔽的居处融为一体；
此刻，丛林大王们正弯腰低头
悄无声息地走向洞穴和山丘。
此刻，人类的壮实平庸的耕牛
在使劲儿拉着新套上的犁；
此刻，万物敬畏的红色晨曦
映亮了圣湖，一抹抹悬在天际。

嚯！回窝去吧！太阳在闪耀着，
从吐纳着气息的青草后面：
示警的低语一路飒飒地响着
穿行在青青的嫩竹林中间。
我们闪烁着眼睛巡视的树林
白天变得陌生，面目全非；
而野鸭从天上飞下来，叫嚷着：
“白天——白天属于人类！”

干了哦，浸润我们皮毛的露水，
溅湿我们路径的露水；
我们的饮水处那泥泞的河岸
正在干结成泥块，卷起脆皮。
叛变的黑夜出卖了每一道
张开或蜷起的爪子的痕迹；
这时号令响起：“所有遵守

丛林法则的，好好休息！”

但是，任何翻译都无法传达它唱出来的效果，无法透显出四匹狼在一字一句中嗥出来的轻蔑。他们听见那些人慌忙爬上树去，弄出噼里啪啦的声音；听见布尔迪奥开始一遍一遍地念咒语。于是，他们躺下来睡觉了。跟所有凭自己的努力在天底下生存的动物一样，他们的头脑构造是有条理的；无论是谁，不睡觉头脑就无法思考。

这时，莫格里已经以每小时九英里的速度，把好几英里的路抛在身后。他大摇大摆地继续前行，很高兴发现自己还行：在人群中过了几个月受拘束的日子后，依然那么强健。他脑子里只有一个念头，那就是把梅苏阿和她的丈夫从陷阱里救出来，不管那是个什么样的陷阱。他天生就不信任陷阱。他在心里面立誓，以后要和村子算总账。

黄昏时分，他看见了那片难以忘怀的草场和那棵鸽豆树。杀死谢尔可汗的那天早晨，灰兄弟就是在那边等他的。他对人类这个种族和群体很生气，所以一望见村子里的屋顶，就有个东西涌到喉咙口，堵得他透不过气来。他注意到，所有的人都很不寻常地早早从田地里回了村，而且不去做晚饭，全都聚集在村子里的那棵村树下面，喋喋不休地说着什么，还大喊大叫。

“人一定得不断地设陷阱对付人，否则他们就不舒心，”莫格里说，“昨晚对付莫格里——不过，只隔一天就像已经过去了好几个雨季。今天对付梅苏阿和她的男人。明天和以后的许多夜晚，又回过头来轮到莫格里。”

他蹑手蹑脚地沿着村子的围墙往前走，来到梅苏阿家的小屋边，透过窗户向里面张望。梅苏阿躺在地上，嘴里塞着东西，手脚都被捆着，呼吸困难，在闷声闷气地呻吟。她的丈夫被绑在漆了鲜艳颜色的床架上。朝向街道的屋门紧闭着，有三四个人背靠着门，坐在门外。

村民们的生活方式和习惯，莫格里了解得很清楚。他的看法是，只要他们饭没吃完，话没说完，烟没抽完，就不会干别的事。但是一旦吃饱喝足，他们就会变得很危险。用不了多久，布尔迪奥就会回村；如果莫格里派给他的护送队完成了任务，他会有一个很有趣的故事可以讲给大家听。于是，莫格里从窗户跳进屋子里，弯下腰，给男人和女人割断捆在身上的皮带子，拿掉塞在嘴里的东西，然后他在小屋里张望着，想找点牛奶给他们喝。

梅苏阿已是痛苦与恐惧交加，处在半疯状态（整个上午，她都在挨打，挨石头砸），还好莫格里及时用手捂住她的嘴，才没让她尖叫出来。她丈夫只感到迷惑不解和愤怒，坐在那儿，清理被揪坏了的胡须上的灰土和碎屑。

“我知道的——我知道他会来的，”梅苏阿终于呜咽着说出话来，“现在我知道了，他确实是我的儿子！”她紧紧地将莫格里搂在胸前。莫格里一直十分镇定，这一下却让他浑身颤抖起来。他惊讶极了，想不到自己会有这样的反应。

“干吗弄这些皮带子？他们为什么绑你？”顿了一下之后，他问道。

“因为生了你这个儿子，就要被处死了——还能是什么原因呢？”男人绷着脸说道，“瞧！我流血了。”

梅苏阿什么也没有说。这时莫格里在查看她的伤口，他看见血的时候，他们听见他牙齿咬得咯咯响。

“这是谁干的？”他说，“他得付出代价。”

“村子里人人都有份。我太富了。我的牛太多了。所以我们收留了你之后，她和我就成了女巫和男巫。”

“我不明白。让梅苏阿说说这是怎么回事。”

“我给你喝牛奶，纳索。你还记得吗？”梅苏阿怯怯地说，“因为你是我的儿子，被老虎叼走的儿子，因为我深深地爱你。他们说我是你的母亲，魔鬼的母亲，所以该死。”

“魔鬼是什么？”莫格里问，“死我倒是见过的。”

男人抬起眼睛，愁容满面地看了他一眼，梅苏阿却笑了。“你看！”她对丈夫说道，“我知道的——我说过，他不是巫师。他是我的儿子——我的儿子！”

“儿子也好，巫师也罢，对我们有什么好处？”男人应道，“我们已经死定了。”

“那边的一条路通向丛林，”莫格里指着窗外说，“你们的手和脚已经自由了。快走。”

“我们不熟悉丛林，我的儿子，不像……不像你，”梅苏阿开言道，“我觉得我们走不远的。”

“那些男女会扑到我们背上，把我们拖回来。”她丈夫说。

“嗨！”莫格里用剥皮刀的刀尖挠着自己的手掌，说道，“我不想伤害这村子里的任何人——眼下还不想。不过我想，他们是留不住你们的。稍微过一会儿，他们就有许多别的事要考虑了。啊！”他抬起头，听着外面的喊叫声和杂沓的脚步声，“听这动静，几个家伙终于放布尔迪奥回家了？”

“今天早晨他们派他去杀你，”梅苏阿哭着说，“你遇到他了吗？”

“是的——我们——我遇到他了。这会儿他有故事要讲，他讲故事我们就有时间办事了。不过我要先听听他们的打算。你们想好去什么地方，我回来时就得告诉我。”

他纵身一跳，出了窗户，仍旧沿着村子围墙的外侧往前跑，直到能听见菩提树周围聚会人群的说话声了，才停下来。布尔迪奥正躺在地上，咳嗽着、呻吟着，人人都在问他话。他的头发披散在肩头，手和腿都因为爬树蹭掉了皮。他几乎连说话的力气也没有了，却仍然强烈地意识到自己的重要地位。他不时地提到魔鬼，唱歌的魔鬼，还有魔法什么的。这只是个开头，先吊一吊大家的胃口，接着他就要水喝。

“呸！”莫格里说，“喋喋不休地说啊说，说啊说！人类真是班达尔·洛格的骨肉兄弟。这会儿他肯定要用水漱口了；这会儿他肯定会吐烟了；干完这些事，他还有故事要讲。他们是非常聪明的种族——人类。不等到布尔迪奥的故事塞满耳朵，他们是不会留下一个人去看守梅苏阿的。而我……这会儿我变得和他们一样懒了！”

他抖擞了一下身子，悄悄地溜回小屋。刚到窗户跟前，他就感觉到脚被碰了一下。

“妈妈，”他说，碰他的那根舌头他太熟悉了，“你来这儿干吗？”

“我听见我的孩子们一边穿过树林一边唱歌，就跟着我最爱的那一个孩子过来了。小青蛙，我有个愿望，想见见给你牛奶喝的女人。”狼妈妈说。她浑身都被露水打湿了。

“他们把她绑起来，打算杀死她。我割断了带子，想让她，和她男人，穿过丛林离开这地方。”

“我也会跟着的。我老了，但牙齿还没掉光。”狼妈妈踮起后脚，趴着窗户向黑黑的屋里张望。

过了一分钟，她悄无声息地落下身子，没说别的，只是叹道：“你小时候吃的是我的奶，但巴赫拉说的是实话：人终归要回到人身边去的。”

“也许吧，”莫格里说，脸上露出很不愉快的神情，“但不是今夜，我走上那条路还早着呢。在这儿等着，别让她看见。”

“你从来不怕我，小青蛙。”狼妈妈一边说，一边退回到高高的草丛中去，按照她知道的办法，把自己隐蔽起来。

莫格里身子一荡，又从窗户进了屋子。他高高兴兴地说：“这会儿，他们所有人正围坐在布尔迪奥身边，听他讲那些并不曾发生过的故事。他们说定了，等他一讲完，就带着红花——带着火来这儿，把你们俩烧死。你们是怎么打算的？”

“我和我男人商量过了，”梅苏阿说，“可汗席瓦拉离这儿三十英里，但是在可汗席瓦拉我们可以找到英国人……”

“他们是什么族群？”莫格里问。

“我不知道。他们是白皮的人，据说他们统治着所有的土地。没有证据就打人、烧死人，这种事情他们是不容忍的。今夜我们如果能到那儿，就能活命。不然我们就得死。”

“那就活命。今夜没有人能出村子的大门。可是，他在做什么？”这时，梅苏阿的丈夫正跪在屋子的一角，用两只手挖东西。

“那是他的一点点钱，”梅苏阿说，“我们没有别的东西可以带走了。”

“啊，没错。就是那种从一只手里递到另一只手里，永远不会变暖和的东西。在别的地方，也用得着它吗？”莫格里说。

男人生气地瞪大了眼睛。“他不是魔鬼，是傻瓜，”他咕哝道，“用这些钱我可以买一匹马。我们伤得很厉害，走不远的，村子里的人不用一个小时就能追上我们。”

“听着，只要我不想让他们追上，他们就追不上。不过弄一匹马倒是个好主意，因为梅苏阿很累。”这时梅苏阿的丈夫站起身来，把最后几个卢比塞进围腰布，打了个结。莫格里帮着梅苏阿翻出了窗户。夜间的空气那么凉爽，她为之精神一振。但是星光下的丛林看上去很黑，很可怕。

“你们认识去可汗席瓦拉的路吗？”莫格里悄声地问。

他们点点头。

“好。你们记着，不用害怕，也不用走很快。只是……只是在你们前面或后面，丛林里可能会有细微的歌声。”

“就算冒险在丛林里走一夜，再怎么的，也不会比被他们烧死更可怕吧，你说呢？被野兽杀死，总比被人弄死的好。”梅苏阿的丈夫说。梅苏阿脸上洋溢着笑容，只看着莫格里，不说话。

“听着，”莫格里接口说道，就仿佛他是巴洛，在对着一个小崽子，重复某一条丛林法则第一百遍一样，“听着，丛林里不会有谁向你们龇一下牙，也不会有谁冲你们抬一下脚。无论是人还是兽，不会有谁阻挡你们。你们可以一直走，走到看得见可汗席瓦拉的地方。有伙伴在你们身边守护着。”他迅速地转过身去对着梅苏阿，说道：“他不相信，可是你相信吧？”

“嗯，当然相信，我的儿子。无论伙伴是人，是鬼，还是丛林里的狼，我都信。”

“听到我的伙伴唱歌时，他会害怕的。到时候你们就明白了。那好，你们走吧，慢些，不用急着赶路。村子的大门已经关上了。”

梅苏阿呜咽着扑倒在莫格里脚下，男孩一个哆嗦，慌忙把她扶起来。接着，她吊着莫格里的脖子，念着她能想到的每一个神的名字祝福他。她丈夫却嫉恨地望着他的田地，说：“我们要是能走到可汗席瓦拉，我一定让英国人听听这件事。我要告那个婆罗门，告老布尔迪奥和别的人，让他们不死也脱层皮。他们让我的田撂荒，让我的牛挨饿，就得付出双倍的代价。我要大大地讨回一个公道。”

莫格里笑了：“我不知道什么是公道，不过……下个雨季你们回来看看，看看这儿还剩下些什么吧。”

他们向着丛林出发了，狼妈妈从藏身处跳了出来。

“跟着他们！”莫格里说，“一定要让整个丛林都知道，这两个人必须平安无事。稍微吠一吠。我去叫巴赫拉。”

低而悠长的狼嗥声起起伏伏地响了起来，莫格里看见梅苏阿的丈夫畏缩着转过身来，差一点就想跑回小屋去。

“继续往前走啊，”莫格里愉快地喊道，“我说过会有歌声的。这歌声会一路跟着你们到可汗席瓦拉。这是丛林的庇护。”

梅苏阿催促她的丈夫往前走。黑暗合拢来，吞没了他们和狼妈妈的身影。这时巴赫拉就像从脚下冒出来的一样，蓦地出现在莫格里身边；使丛林居民狂野的夜之喜悦，使他快活得直打哆嗦。

“我为你的同胞感到丢人，”他说，喉咙里呼噜噜地响着，“什么？他们没有甜甜地唱些歌儿给布尔迪奥听吗？”莫格里说。

“唱得太好了！太好了！他们甚至让我忘记了自尊心。凭着我砸开后获得自由的铁锁起誓，我一路唱着歌穿过丛林，仿佛春天里出来求偶一样！你没有听见我们的歌声吗？”

“当时我手头在玩别的把戏。我们去问问布尔迪奥喜欢不喜欢你们的歌。可是，四兄弟在哪儿呢？今夜，我不希望人群里面有一个人走出村子的大门。”

“还找四兄弟干吗？”巴赫拉说，他倒换着脚，眼睛放光，喉咙里的呼噜声比什么时候都响，“我能摆平他们，小兄弟。要以猎杀告终吗？听到那些歌，看到人们爬上树的情景，我早就跃跃欲试了。我们关照的人是谁——那个棕色皮肤、光着身子挖土的家伙？那个没有毛也没有牙齿的家伙？那个吃泥土的家伙？我跟他一整天了——中午——在白晃晃的太阳底下。我照看他就像狼照看公鹿一样。我是巴赫拉！巴赫拉！巴赫拉！我和那些人跳舞，就像和我自己的影子跳舞一样。瞧！”大豹蹦跶着，就像一只小猫跳跃着想抓住头顶上旋转的一片枯叶。他左右开弓，击打着空无一物的空气，舞出呼呼的风声。他悄无声息地落地，又一次次地跳起来，那半是咕噜半是吼叫的声音钻进人的脑袋，就像水壶里咕嘟咕嘟烧开的水。“我是巴赫拉——在丛林里——在夜里，我浑身是劲儿。有谁抵挡得住我的扑击？人崽儿哦，我一爪子掴过去，就能把你的脑袋拍平，让它的样子像夏天被踩死的青蛙！”

“那你就掴吧！”莫格里说，他说的是村民们的土语，而不是丛林的语言。听到人类的话语，巴赫拉蓦地愣住，不舞也不言语了。他一屁股坐下来，两条后腿直打哆嗦，这个姿势使他的脑袋正好和莫格里的头齐平。莫格里又一次瞪大了眼睛，他像先前看着那四个想造反的狼崽儿一样，直视着巴赫拉那双浅蓝色的眼睛，直到那蓝色后面的灼灼红光渐渐泯灭，变得像海面上二十英里外灯塔上的光。最后那双眼睛垂了下来，长着那双眼睛的大脑袋也越垂越低，越垂越低，那根锉刀般的红舌头舔到了莫格里的脚背，发出沙沙声。

“兄弟——兄弟——兄弟！”男孩低语着，不断轻轻地拍着巴赫拉，从脖子开始，沿着隆起的脊背一路拍下去，“安静，安静！这是黑夜的错，不是你的错。”

“是因为黑夜的气味，”巴赫拉后悔地说，“这夜的空气向我大喊大叫。你是怎么知道的呢？”

自然，一个印度的村庄，周围是会弥漫着各种各样的气味的；而对于任何一个几乎完全通过鼻子来思考的生灵，气味会使他发狂，就像音乐和毒品会使人类发狂一样。莫格里又安抚了大豹几分钟，他终于像猫躺在炉火跟前一样躺了下来，将爪子缩拢在胸前，半闭着眼睛。

“你属于丛林，又不属于丛林，”他终于开口道，“而我只是一只黑豹。可我是爱你的，小兄弟。”

“他们在树下说话很长时间了，”莫格里说，没注意巴赫拉的最后一句话，“布尔迪奥一定已经讲了好多故事。他们很快就会过来，动手把女人和男人从陷阱里拖出去，丢进红花里。他们会发现陷阱已经空了。哈哈！”

“你，听我说，”巴赫拉说道，“我的血现在已经退烧了。让他们在陷阱里找到我吧！几乎没有人遇见我以后，敢不躲在家里不出门。这不是我第一回待在笼子里；我想，他们是不会拿绳子绑我的。”

“那你要机智些。”莫格里大笑着说，他像黑豹一样，开始生出一种想胡来的感觉；这时，巴赫拉已经悄悄地溜进小屋。

“呸！”巴赫拉咕噜道，“这地方一股子人类的臭味儿，不过这有张床，当年在乌代浦，在国王的笼子里，他们给我睡的床就是这个样子。我来躺一下，”莫格里听见棚床的棚绳在大兽的重压下，发出噼噼啪啪的断裂声，“凭着我砸开后获得自由的铁锁起誓，他们一定会以为自己逮到了一个大猎物！过来坐在我身边，小兄弟；我们一起给他们一个‘狩猎大吉’！”

“不了，我肚子里有另外一个想法。我不想让人群知道我在这游戏中的角色。你自己狩猎吧。我不想看见他们。”

“那好吧，”巴赫拉说，“啊，他们来了！”

在村子的另一头，菩提树下的集会越来越吵，终于爆发出一阵狂喊乱叫，男男女女挥舞着木棒竹竿、镰刀菜刀，冲到街上。布尔迪奥和婆罗门冲在头里，暴民们紧随其后，喊叫着：“巫婆和巫师！我们来瞧瞧，烧烫的钱币会不会让他们坦白！放火烧他们头顶上的屋子！好好教训他们，竟敢收留狼魔！不，先揍他们一顿！火把！多带些火把！布尔迪奥，让你的枪管发烫吧！”

对付门闩费了点周折，太紧了。那帮人索性用身体把门撞开。火把的光照进屋子，只见一个家伙伸直身子趴在床上，两只前爪交叉着从床头耷拉下来一点点，像地狱一样黑，像魔鬼一样可怕。那正是巴赫拉。死一样的寂静持续了半分钟，前排的人蓦地转过身，扒开人群，跨出门槛，夺路而去。就在这一刻，巴赫拉抬起头，打了个哈欠——很复杂、很刻意、很夸张地打了个哈欠。他想侮辱对手时，总是做这样一个动作：唇边长着髭须的嘴巴向后拉，张开来；通红的舌头卷起来；下颚不断往下拉，直拉至你能看到热乎乎的喉咙一半深的地方；一颗颗巨大的犬牙白森森地立在深渊边的牙床上，最后上下牙床合拢来，咔嗒一响，就像保险箱的门合上时，三个边上的钢贴面簧舌弹回去时的声音一样。转眼间，街上已经空无一人。巴赫拉跳出窗户，跑回来站在莫格里身边；与此同时，窜逃的人流中一片吱哇乱叫声，人们在恐慌中争先恐后、互相磕绊着践踏着，急忙逃回各自的小屋去了。

“天亮之前，他们不会再有动静了，”巴赫拉轻声说，“现在干什么呢？”

寂静笼罩了村子，仿佛是午睡时的那种寂静。不过他们仔细地听，还是能听出来沉重的粮食柜子拖过泥地顶住门的声音。巴赫拉说得对，天亮之前，村民们不会再有动静了。莫格里静静地坐着，想着，脸色变得越来越阴沉。

“我做错事了吗？”巴赫拉问。最后他站起身来，摇着尾巴表示讨好。

“没有，你干得很棒。天亮前盯着他们。我要去睡一觉。”莫格里离开巴赫拉，跑进了丛林。他倒在一块岩石上，睡得像死人一样。他睡啊睡，睡过白天，一直睡到黑夜再次降临。

莫格里醒来时，巴赫拉站在他身边，脚下是一头刚杀死的公鹿。莫格里用剥皮刀割肉的时候，巴赫拉好奇地看着。吃喝完毕之后，莫格里又手托着下巴思考起来。

“男人和女人一路平安，已经到了能看见可汗席瓦拉的地方，”巴赫拉说，“你狼窝里的妈妈托老鹰兰恩捎话过来了。获得自由的那个夜晚，他们前半夜找到了一匹马，走得很快。这不好吗？”

“这很好。”莫格里说。

“今天，太阳很高了村子里的人群才有动静。他们吃了东西，很快又回屋了。”

“他们有没有，嗯，碰巧看见你？”

“可能看见了。拂晓的时候，我在村子大门口的尘土中打滚，可能我还对着自个儿稍微唱了几句。现在没有别的事可干了，小兄弟。回去跟我和巴洛一起狩猎吧。他有些新蜂窠想给你看看，我们都希望你回来，就像从前一样。去掉你脸上那副神情吧，连我看了都害怕！男人和女人不会被他们扔进红花里了，丛林里一切都好。难道这不是实情？我们忘掉人群吧。”

“稍微过一阵子就会忘掉的。今夜哈提在哪儿进食？”

“看他愿意在哪儿啰。那个沉默的怪物，他的事有谁答得上来呢？问这干吗？有什么事我们干不了，非得哈提来干？”

“吩咐他和他三个儿子来这儿见我。”

“可是，说实话，真的，小兄弟，好像……好像对哈提呼来喝去不太合适。别忘了，他是丛林的主人，在人群还没有改变你脸上的表情时，他教过你丛林的主人话语。”

“那也没什么两样。现在我就有一句主人话语给他，咐吩他来见青蛙莫格里。如果一开始他不听，你就吩咐他为了洗劫伯特坡田地的事过来。”

“洗劫伯特坡田地，”巴赫拉为了不至于弄错，重复了两三遍，“我去了。最坏的情形也就是哈提很生气而已。我愿意牺牲月光下的狩猎机会，去试一试主人话语，看它能不能逼迫沉默的怪物顺从。”

巴赫拉走了，丢下莫格里在那儿生闷气。他怒气冲冲地把剥皮刀扎进土里。在捆绑梅苏阿的皮带子上，他看到了，并且嗅到了她的血；在这之前，他有生以来不曾见过人类的血。这件事对他来说非同小可。梅苏阿一直对他很好，就他对爱的了解而言，他对梅苏阿的爱之彻底，正如他对其余人的恨之彻底。他深深地厌恶他们，厌恶他们的谈话，他们的胆怯。无论丛林对他施加什么，他都不会让自己去过人类的生活，再让自己的鼻子嗅到那种可怕的血腥味。他的计划简单得很，但更彻底得很。正是布尔迪奥晚上在菩提树下讲的一个故事，使他脑子里产生了这个主意，想到这一点，他暗自窃笑起来。

“还真的是主人话语，”巴赫拉对他耳语道，“他们在河边进食，他们像小公牛一样服从了。看那边，他们来了！”

哈提和他的三个儿子已经到了，他们像往常一样，一言不发。他们侧腹上的河泥还没有干。哈提若有所思地嚼着一棵大蕉树的青绿的树干，那是他用象牙刨倒的一棵幼树，但是，在遇上事情总是能看明白的巴赫拉眼里，他庞大身躯上的每一根线条都表明，这不是丛林的主人在对人崽儿的发话，而是心怀恐惧者来到无所畏惧者跟前。哈提的三个儿子左右摇晃着，站在他们的父亲身后。

哈提祝莫格里“狩猎大吉”的时候，莫格里几乎头也没抬。他不停地摇晃着身子，倒换着脚，过了好长时间才开口；而且他说话时没有对着大象们，而是对着巴赫拉。

“我要讲一个故事，是你今天狩猎的那个猎人讲给我听的，”莫格里说，“事关一头年老睿智的大象，他掉进了陷阱，坑里的尖桩伤了他，从脚跟以上一点点直到肩隆，给他留下了一道白色的疤痕。”莫格里一甩手，哈提便转过身子，把蓝灰色身体的一侧展现在月光下。一道长长的白色伤疤，仿佛被烧红的钢鞭抽出来的一样。“人过来了，把他弄出陷阱，”莫格里接着说道，“但是他很强壮，挣断绳索跑了，养好了伤。然后他怀着愤怒，在夜间来到那些猎人的田地里。对了，我想起来了，他有三个儿子。这件事发生在好多好多个雨季之前，离这儿很远——在伯特坡的田野里。后来收割庄稼的时候，那些田地里发生了什么事，哈提？”

“庄稼被我和我的三个儿子收割了。”哈提说。

“收割完之后，耕种的时节呢？”莫格里问。

“那些田地没有耕。”哈提说。

“那些靠地里的绿色庄稼生活的人呢？”莫格里问。

“他们离开了。”

“那些人睡觉的小屋呢？”莫格里问。

“我们把屋顶扯得稀烂，丛林吞噬了屋墙。”哈提说。

“还有呢？”莫格里问。

“我从东到西走了两夜，由北向南走了三夜，被我踏过的好地都被丛林占了。我们让丛林吞噬了五个村庄，包括那些村子的土地、草场和松软的庄稼地。那些地方，从土地里取得食物的人如今一个也没有了。这就是洗劫伯特坡田地，是我和我的三个儿子干的；现在我想问一声，人崽儿，这消息是怎样到你这儿的？”哈提说。

“是一个人告诉我的，现在我明白了，即使是布尔迪奥，也可能会说真话。干得好，带白色记号的哈提；不过第二次会干得更好，因为这一次有一个人来指挥。你们知道把我赶出来的那个人群的村庄吗？他们懒、蠢而且残忍；他们要嘴皮子，他们杀死弱者不是为了得到食物，而是为了取乐。他们吃饱以后，会把自己的同类扔进红花里。这些我都看见了。不该再让他们住在这里，我恨他们！”

“那就杀了他们。”哈提三个儿子中最小的那个说道。他拔起一簇草，在前腿上掼去泥土，扔到一边；同时，他的两只红红的小眼睛鬼鬼祟祟地瞟过来瞟过去。

“一堆白骨对我有什么用？”莫格里生气地回应道，“难道我是一只在太阳底下玩骷髅头的狼崽儿？我杀死了谢尔可汗，他的皮在会议岩上腐烂；可是……可是我不知道谢尔可汗去了哪里，我的肚子里仍然是空荡荡的。这一回，我要事情的结果看得见摸得着。让丛林来吞噬那个村子，哈提！”

巴赫拉哆嗦起来，身子缩成一团。按他的理解，最坏最坏的情形，也就是迅速地冲上村子里的街道，在人群里左冲右突地攻击；或者玩个阴的，乘着人们在暮色中耕地时，将他们杀死。但这却是一个深思熟虑的谋划，要把整个村子从人和兽的眼前抹去。他吓坏了。现在，他明白了莫格里为什么派他去叫哈提。这样一场战役，除了长寿的大象，是没有谁能够部署和完成的。

“让他们逃跑，就像当年人们逃离伯特坡田地一样。最终我们会用雨水取代最后一架犁，用厚厚的叶子上的雨声取代纺锤的嗒嗒声——最后，巴赫拉和我会把窝安在婆罗门的家里，公鹿会到神庙后面的水槽里饮水！让丛林来吞噬吧，哈提！”

“可是我……可是我们并没有和他们闹翻。必须受了巨大的痛苦，盛怒之下，我们才会捣毁人类睡觉的地方。”哈提犹疑地说。

“难道你们是丛林里唯一的食草动物吗？把你们的族类驱赶

过来。让鹿、野猪和大羚羊来料理这件事。你们不必露出一手宽[1]的皮，只管等着看那些田地变成光秃秃的一片。让丛林来吞噬吧，哈提！”

“不杀人吧？洗劫伯特坡田地的时候，我的象牙都染红了，我不想再唤醒那种气味的记忆。”

“我也不想。我甚至不想让他们的骨头躺在干净的土地上。让他们走，去找新的窝。不能再让他们待在这儿了。给我食物的那个女人，我看到并且嗅到了她的血——要不是我，他们已经把她杀死了。只有他们家屋门口台阶上新长出来的青草的气息，才能去掉那种气味。它在我嘴里像火烧一样。让丛林来吞噬吧，哈提！”

“啊！”哈提说，“尖桩留下的伤疤当年也这样烧我的皮。直到我们看着那些村庄湮没在春天长出来的草木下面，那种感觉才消失。现在我明白了。你的战争就是我们的战争。我们会让丛林来吞噬的！”

莫格里心中充满愤怒和仇恨，浑身一直在发抖。这会儿他几乎还没来得及喘一口气，大象们刚才站着的地方就已经空了，巴赫拉正惊恐地望着他。

“凭着我砸开后获得自由的铁锁起誓！”黑豹终于开口道，“当年大家都年轻的时候，我在狼群里为他说话的那个没毛的小东西，他是你吗？丛林的主人啊，等到我的力气消失的时候，请为我说话——为巴洛说话——为我们大家说话！在你面前我们是小崽子！是脚下噼啪断裂的小树枝！是失去了母鹿的小鹿！”

1　长度单位。一手宽为四英寸，用来测量马等家畜的高度。

巴赫拉是一头离散的小鹿，这个想法把莫格里完全弄癫了。他大笑，然后不停地喘气，然后呜呜地抽泣，接着又大笑，最后只好跳进池塘里让自己安静下来。他在水里游了一圈又一圈，在一缕缕月光里潜下水去又冒出来，就像青蛙，那种和他同名的小动物。

这个时候，哈提和他的三个儿子已经在分头行动。罗盘上的四个方向，他们各去一个。他们正默不作声地，沿着一英里外的山谷，大踏步往前走。他们不停地行进着，在丛林里走了两天——这就是说，走了长长的六十英里。他们迈出的每一步，他们长鼻子的每一次挥动，蝙蝠芒恩、老鹰兰恩、猴民们和所有的鸟类都见到了，注意到了，并且探根究底讨论了一番。然后他们开始进食，安安静静地吃了大约一个礼拜。跟岩蟒卡阿一样，哈提和他的儿子们不到迫不得已，从来是不着忙的。

那段时间快结束的时候，也不知道是从谁那儿开始的，一个谣言在丛林里流传开来，说是在怎样怎样的一个山谷里，有更好的食物和水。为了饱餐一顿，野猪自然是走到天边也愿意的，他们第一个结伴动身了，翻过山岩，急匆匆地往前赶路。随后是鹿，鹿的后面，紧跟着小个子野狐狸，他们是靠吃兽群中已死和将死的动物为生的。肩膀厚重有力的大羚羊和鹿平行移动着，沼泽里的野水牛跟在大羚羊后面。一个个兽群疏疏落落，零星散乱，吃草、闲逛、喝水又吃草。本来，一件最小的事情也可能使他们改变方向，但是无论何时，一有惊慌发生，就会有一个动物挺身而出安抚他们。这一回是豪猪伊基，带来一大堆好消息，说前面不远的地方就有好牧草；下一回是蝙蝠芒恩，他快活地叫喊着，拍着翅膀沿林中通道往前飞，做给他们看：什么危险也没有；要不就是巴洛跑出来，满嘴的块根，在他们旁边蹒跚地走着歪歪扭扭的路线，又做出半是吓唬半是玩闹的样子，笨拙地回到正常路径上去。许多动物或者突然折返，或者跑开，或者失去了兴趣；但仍有许多动物留在队伍里，继续前进。又是十来天过去了，这个过程快结束的时候，正是这样一个情形。鹿、野猪和大羚羊在一个半径八到十英里的圈子里漫无目的地乱转，食肉动物们则在这个圈子的外围有目的地打转。圈子的中心正是那个村庄。村子周围的庄稼已经成熟，庄稼地里有一些像鸽子栖木一样的小台子，他们叫作“狩猎台”，是在四根柱子顶上架些木棍搭起来的，上面坐着人，为的是吓跑鸟儿和其他偷吃庄稼的动物。这时鹿已经用不着再哄了，有食肉动物紧跟在他们后面，逼迫着他们往前走，往里走。

哈提和他的三个儿子溜出丛林悄悄走过来的时辰，是一个漆黑的夜。他们用长鼻子折断了狩猎台的柱子，它们便噼里啪啦地全倒了，那响声就像正开花的毒芹倒下时茎梗折断的声音一样脆。从台子上摔下来的那些人，听见耳边响着大象们深沉的咯咯声。这时，不知所措的鹿的大军的先头部队，像决堤的水一样涌进了村子的草场和耕地。蹄子锋利、刨土觅食的野猪跟着他们一起冲了进去，鹿放过的，野猪接着来糟蹋。时不时地，一声狼来了的警讯在鹿群中引起震动，他们就拼命地来回奔突，踩倒了大麦的秧苗，踏平了灌溉渠的堤埂。拂晓之前，圈子外围的压力在一个点上消失了：食肉动物后撤，留出了一条向南的通道，一群接一群的公鹿顺势逃了出去。一些胆子大的则躲进了灌木丛，准备第二天夜里接着吃完这顿大餐。

不过，工作实际上已经完成了。早晨村民们出来看时，发现他们的庄稼已经损失殆尽。这意味着，如果他们不搬走就没有活路，因为年复一年，随着丛林的逼近，饥饿会逼近他们的生活。水牛被放出去吃草时，那些饥饿的牲畜发现鹿群已经将草场啃得精光，于是游荡着走进丛林，和他们的野生同类结伴离去了。暮色降临后，村子里的三四匹矮脚马躺倒在马厩里，脑袋被砸扁了。只有巴赫拉才会出手这样重，也只有巴赫拉才那么肆无忌惮，才想得出来将最后一具尸体拖到空荡荡的街道上。

那天晚上，村民们已经没有心思在田地里点火，于是哈提和他的三个儿子跑过去捡拾遗漏的庄稼；凡是哈提拾过漏的地方，就没有必要跟在后面再捡拾一遍了。村民们决定靠储存的谷种过日子，熬到雨季来临，然后去外面打短工做帮佣，接续上损失的年成。可粮食贩子正盘算着把一个个柳条箱装满谷物，卖了以后会得到多少赢利，哈提尖锐的象牙已经凿破了他的泥屋的一角，捅开了那个外面糊着牛粪、里面装着宝贵货物的大柳条粮囤。

这个最后的损失曝光之后，轮到婆罗门出来说话了。他已经向自己的神祈祷过，但是没有得到回音。他说，这也许是因为无意之中，村民们冒犯了丛林里的神，因为毫无疑问，丛林在跟他们作对。于是，他们派人去请来了离村子最近的冈德部落的头人。冈德部落是一个流浪狩猎部落，冈德人矮小、聪明，肤色很深，住在丛林深处；他们的祖先源自印度最古老的种族——这片土地最原始的主人。村民们把拿得出来的东西全拿了出来，招待冈德头人。他用一条腿站着，手里拿着弓，头顶上的发髻里插着两三支毒箭，半是恐惧半是轻蔑地看着焦虑的村民和他们被毁的田地。他们想知道，是不是他的神——古老的神祇——对他们动了怒，应该献祭什么样的牺牲[1]。那冈德人什么也没有说，只捡起一长串苦瓜藤——那种结出葫芦形苦味野瓜的藤蔓，当着怒目圆睁的印度教红色神像的面，缠绕在神庙的门上。然后，他抬起一只手，顺着通往可汗席瓦拉的道路方向，对着空气做了一个推的动作，就回他的丛林里去了。在丛林里，他看见丛林居民正在迁移；他知道，当丛林移动的时候，只有白人才有望把它挡开。

没有必要询问他那些动作的意思了。他们祭拜神灵的地方，将来会生长出野苦瓜；他们必须自己救自己，越早越好。

但要让一村的人割舍故土，不是一件轻而易举的事。只要还有一丁点夏天收获的吃食剩下，村民们就拖着不走。他们去丛林里捡拾坚果，但是，目光灼灼的身影盯着他们，甚至中午也在他们眼前晃来晃去。他们惊恐地往回跑，回自家的屋子去，一路上经过的树木，不到五分钟就会被剥了树皮，留下巨爪击打形成的凹痕。他们越是待在村子里不出来，维恩根加河畔的草场上那些欢蹦乱跳、你呼我叫的食草野物就越大胆。他们没有时间修补背对丛林的那些空牛棚的后墙，给它们抹灰泥。野猪把它们踩倒了，根上多节疤的藤蔓急忙跟过来，把一节一节的胳膊肘甩出去，占住新赢得的土地。粗糙的野草像猪鬃般地在藤蔓后面冒出来，像妖怪大军的枪骑兵追击溃退的敌人一样。先逃走的是村子里的未婚男子，他们把消息传到远近各处，说他们的村子注定要毁灭了。他们说，菩提树下的平台下面，眼镜蛇也已经弃洞而去，有谁斗得过丛林，或者丛林里的神呢？村子与外界的贸易本来就很少，随着旷野里人踩出来的小径日渐减少日渐模糊，越发

1　牺牲一词的原意是为祭祀而宰杀的牲畜。

萎缩得可怜了。最后，哈提和他的三个儿子夜间不再用喇叭似的吼叫声骚扰村民，因为村子里已经没什么东西可以打劫。地面上的庄稼和地面下的种子都已经被掠食，边远地带的农田已经不成形，是时候去可汗席瓦拉投奔英国人，靠他们的施舍度日了。

按照土著的风俗，他们一天天地拖延离开的时间，一直拖到第一场雨袭来。失修的屋顶把大水放进屋子，草场的积水淹没到脚踝，经过了暑热的植物全都蓬蓬勃勃地猛长起来。这时他们——男人、女人和孩子们——才冒着使人目光迷离的热乎乎的晨雨，在泥泞中跋涉着离去。他们一边走，一边自然而然地回过头来，用目光向自己的家园做最后的告别。

当最后一家人肩扛手提地从村子的大门鱼贯而出时，他们听见，村子的围墙里面传来了房顶的茅草和桁梁轰然塌落的声响。刹那间，他们看见一根闪着亮光的、黑黑的、蛇一样的长鼻子举起来，在空中扬洒湿透的茅草。它不见了，又是哗啦一阵响，紧跟着是一声长长的尖叫。哈提一直不停地掀屋顶，就像你从水中捞睡莲一样。一根桁木反弹回来，扎了他一下。要让他释放出全部的力量，缺的就是这一下。因为丛林里的所有动物中，被激怒的野象是最狂野无羁、最具破坏性的。他向后踹了一脚，一堵泥墙便应声坍塌成一堆碎土，紧接着又被瓢泼大雨浇成了黄色泥浆。然后他像车轮一样转动身体，长声尖叫着，在狭窄的街道上狂奔，用身体压歪街道两旁的小屋，摇撼晃晃荡荡的屋门，把屋檐撞得七撬八裂。他的三个儿子跟在他后面，也在不停地逞凶肆虐，就像当年洗劫伯特坡田地时一样。

“丛林会吞没这些壳子的，”一个平静的声音在残垣断壁中说道，“必须得推倒的是外面的围墙。”从一堵像疲惫的水牛一样卧着的墙上，莫格里跳回到了地面，他光溜溜的肩膀和胳膊上，雨水如注。

“快了，别急，”哈提气喘吁吁地说，“啊，我的长牙在伯特坡可是见了红的。我们来推围墙，孩子们！用头顶！一起使劲儿！开始！”

四头大象肩并肩一起顶，围墙鼓起来了，裂开来了，倒了下去。村民们吓得不敢出声，透过参差不齐的豁口，他们看见了破坏者那凶蛮的、被泥土弄成了五花的脑袋。这时，那些没有了家也没有食物的村民，终于离开这地方，沿着山谷落荒而去。在他们身后，他们的村庄被撕开，抛到空中，踩在脚下，化成了污泥。

一个月后，这儿已经成了一个酒涡状的土丘，上面覆盖着新长出来的柔嫩的绿色植被。雨季结束的时候，不到六个月前还是耕地的地方，已经变成了丛林，大风过时，啸啸作响。

莫格里的反人类之歌

我要针对你们释放出捷足的藤蔓，
我要召来丛林踏平你们的营地！
屋顶将在它面前化为乌有，
屋梁将塌落无遗；
苦瓜，苦涩的苦瓜枝叶
将覆盖这里的一切！

我的子民将在你们议事的门里唱歌，
蝙蝠族将攀附在你们的谷仓里面；
蛇将成为你们房子的看守人，
守着无人打扫的炉边石板；
因为苦瓜，苦涩的苦瓜
将在你们睡觉的地方结瓜！

你们看不见袭击者，只能听和猜想；
月亮升起之前，我会派手下去收税，

狼将成为牧人，放牧你们
在已经前移的界标周围，
因为苦瓜，苦涩的苦瓜
将在你们所爱的地方种下！

田主开镰之前，我就收你们的庄稼；
你们没了吃食，就捡拾遗落的麦穗，
鹿群将取代你们的耕牛，
站在无人耕犁的田头，
因为苦瓜，苦涩的苦瓜
将在你们造屋处开枝散叶！

我要针对你们释放出畸足的藤蔓，
我已经派丛林淹没了你们的营地。
树木，树木在跟你们作对！
屋梁将塌落无遗；
苦瓜，苦涩的苦瓜枝叶
将覆盖你们的一切！

收尸者

当你和塔巴克称兄道弟，当你呼唤鬣狗来吃肉，

即可与贾卡拉[1]（四条腿扛着个肚子）全面停战。

——丛林法则

1 贾卡拉是一条鳄鱼，在《红豺》一篇中提及。

“尊重上了年纪的！”

那是一个重浊的声音，模糊不清，你听了会毛骨悚然——就像一件软绵绵的东西裂成两半时发出的声音一样。那里面有颤音，有怨言，有呜咽。

“尊重上了年纪的！大河的伙伴啊，尊重上了年纪的！”

放眼望去，宽阔的河面上什么也看不到，只有一支小小的船队：几条挂着方帆、带木头围栏的驳船，装着建筑石料，刚从铁路桥下钻出来，正向下游驶去。船夫们在扳动着粗笨的舵柄，避开河水冲刷桥墩所形成的沙洲。就在那三条船齐头并进，从沙洲旁通过的时候，那个可怕的声音又响了起来：

“河里的婆罗门啊，尊重年老体弱的！”

坐在船舷上的一个船夫转过身来，举起一只手，嘴里不知说了些什么，反正不是祷告，那些船就在暮色中吱吱嘎嘎地继续往前驶去。这条宽阔的印度大河，看上去不像是一条大川，倒像是串在一起的许多小湖泊。波平如镜，河中间的航道倒映着沙红色的天空，而低矮的河岸边水花溅起，晃荡着一片片黄色和暗紫色的倒影。多雨的季节会有许多小川汇入大河，但现在，它们干涸的河口明显地悬在大河水位以上。河的左岸，几乎就在铁路桥下，坐落着一个村庄，村子里的房屋都是泥糊砖砌、茅草屋顶、细木头桁梁的结构。此刻那条主街上正挤满了回栏去的牛，它直通河边，街尽头是一个简陋的砖砌凸式码头。村里人想洗东西的话，可以从码头边一级级台阶下去，蹚进水里。那就是泽鳄河边台阶村的河边台阶。

夜色很快降临到了种着小扁豆、稻子和棉花的田野上。那是一块低洼地，每年发大水时，河水都会漫过河湾边的一圈芦苇荡，再漫过寂静的芦苇荡后面那一片放牧牛群的杂乱丛林，把它淹没。黄昏时分，鹦鹉和乌鸦一直在一边饮水，一边叽叽呱呱聊个不停，此时他们已经飞往内陆去宿夜。迎面过来的是出来觅食的狐蝠大军，还有乌压压一大片一大片的水鸟。各种水鸟哨叫着、发着雁鸣似的声音，正涌向他们夜间藏身的芦苇荡；有黑背枪筒头野鹅、短颈野鸭、赤颈鸭、绿头鸭和翘鼻麻鸭，还有白腰杓鹬，还有东一只西一只的火烈鸟。

一只笨拙的秃鹳落在最后面，慢慢地扑动着翅膀，每一下都仿佛是他最后的搏击似的。

“尊重上了年纪的！大河里的婆罗门——尊重上了年纪的！”

秃鹳把脑袋偏过去一点，身体稍稍转向声音传来的方向，僵直地着陆在桥下的沙洲上。现在你可以看清楚，他确实是一个长相很凶的家伙。从背后看过去，他是极其体面的，因为他站直了有将近六英尺高，模样挺像一个可敬的秃顶教区牧师。但从正面看就是两回事了，因为他阿利·斯洛珀[1]式的脑袋和脖子上没有一根羽毛，下巴下面的脖子上还有一个包着疙瘩皮的嗉囊——那是一个百宝箱，他的鹤嘴锄一般的喙所窃取的东西，全藏在里面。他的腿长而细，皮包骨头，但是移动起来很优雅。他骄傲地望一望自己的两条腿，用喙梳理梳理烟灰色的尾羽，又扭过头去，目光越过滑溜的肩胛瞥了瞥身后，然后身体僵直地来一个“立正”。

一只身上长满疥癣的小豺，刚才一直待在一处不高的陡岸上，饥饿地吠叫着。这会儿他竖起耳朵和尾巴，快步跑过浅滩，来到秃鹳身边。

他在豺族中的地位是最低的，并不是说豺里面最好的能好到哪儿去，只是这一只豺特别下贱。他半是乞丐，半是罪犯，还是村子里的垃圾堆的清理工。他要么怯懦之极，要么胆大包天，永远吃不饱；一肚子的坏水，却从未给他带来过任何好处。

“呸！”他爬上岸来，垂头丧气地抖了抖身子，“但愿红疥癣把这个村子里的狗给灭了！我身上的每一只跳蚤都咬了我三口，只因为我看了一眼——请你注意，只是看了一眼——牛棚里的一只旧鞋子。总不能要我吃泥土吧？”他边说边挠着左耳朵下面。

“我听说，”秃鹳说道，声音像一把钝锯在锯一块厚木板，“我听说，那只鞋里有一只刚生下来的狗崽。”

“耳听为虚，眼见为实。”豺说，他对谚语知道得不少，都是拾人牙慧，夜晚从围着篝火的村民那儿听来的。

“十分正确。所以啊，为了查实消息，我乘着大狗们在别处

1　英国19世纪喜剧人物，曾红极一时。

忙活，去照看了一下那只狗崽。”

“大狗们确实忙得很，”豺说，“嗯，这一阵子我不必去村子里搜罗残羹剩饭了。这么说，那只鞋里还真有一只还没开眼的狗崽[1]？”

“在这儿哪，”秃鹳说，目光越过自己的喙，斜着看了一下鼓鼓的嗉囊，“一个小东西而已，不过，在这个慈善已经死去的世界上，还算是过得去的一餐吧。”

“唉！如今的世道很严酷啊。”豺哀嚎着说。这时，他那双滴溜溜不停的眼睛捕捉到了河面上最轻微的一点涟漪，便迅速地接着说道：“我们大家的生活都不易，我不怀疑，连我们优秀的主人，河边台阶的骄傲，大河上的受羡慕者……”

“骗子、马屁精，所有的豺都是一个蛋里孵出来的。”这话秃鹳并不是专门冲着谁说的，因为他遇上麻烦的时候，为了自己的利益，说起谎来也相当不赖。

“没错啊，大河上的受羡慕者，”豺抬高声音重复道，“我不怀疑，就连他也发觉，自从桥造好后，好食物变得很稀罕了。不过话说回来——这话我决不会当着他高贵的面说——他那么聪明，那么有德行，就像我一样。唉，我的意思不是……”

“一只豺承认自己灰的时候，那他得黑到什么程度！”秃鹳咕哝道。他没有看出即将要发生的事。

“我是说他从来不会短缺食物，因此……”

一下轻轻的刮擦声，仿佛一只船刚碰到浅滩似的。豺迅速地转过身去，面对着（面对来者始终是最佳选择）他刚才一直在谈

1　刚生下来的小动物，包括婴儿，眼睛是看不见的，他们从看不见到看见，谓之为“开眼”。

论的生灵。那是一条二十四英尺长的鳄鱼，身体仿佛套在上了三倍铆钉的锅炉钢板里，缀了饰钉，安了龙骨，还加了顶饰。他上面一排牙齿的发黄的牙尖，刚好悬在漂亮下颚上的凹槽上方。这就是泽鳄河边台阶村的阔鼻泽鳄。他的岁数比村里的任何一个人都大，村子就是以他的名字来命名的。铁路桥建成之前，他是浅滩上的恶魔，集杀手、食人怪和当地人迷信的神物于一身。此刻他趴在浅滩上，下巴浸在水里，稳住身子待在那儿一动不动，只有尾巴搅起一丝几乎看不见的涟漪。豺清楚地知道，那条尾巴在水中一甩，就能像蒸汽发动机一样带动泽鳄冲上岸来。

“遇见你真幸运，弱者的保护神！”他奉承道，说一个词退后一步，“听到你的声音真愉快。我们希望和你亲切地交谈一番，所以就过来了。我等在这儿原本是没尾巴的瞎估摸[1]，却真的等到了机会，可以跟你聊上几句了。希望我刚才说的话不曾被你无意中听到。”

刚刚豺对秃鹳说的那番话，正是说给泽鳄听的，因为他知道，弄到吃食的最好方法就是奉承拍马。泽鳄知道豺的话正是为了这样一个目的，豺知道泽鳄知道这一点，泽鳄知道豺知道他知道这一点，因此，他们俩都很满意，皆大欢喜。

老畜生咕噜着，气喘吁吁地使劲儿上得岸来，咕哝道：“尊重年老体弱的！”他叉开腿，推动着臃肿的桶状身体前进。在他的三角形脑袋的顶上，那双小眼睛在沉重的角质眼睑下自始至终像烧红的煤炭。接着他趴在那儿不动了。对于泽鳄的习性，豺已经习以为常，但即使已经看到过一百遍，每当他又一次看见泽鳄冒

1 豺当然是有尾巴的，他说自己没尾巴是为了向鳄鱼表示谦卑。

充木头漂到沙洲上来时，仍然不由得感到吃惊。老家伙甚至煞费苦心，考虑到时间和地点的不同，考虑到不同季节的水流不同，相应地让自己的身体与水面形成不同的角度，做到和一根自然而然搁浅的木头一模一样。所有这一切，当然只是个习惯问题，这一回泽鳄上岸来只是为了开开心；但只要是鳄鱼，就永远不会嫌吃得太饱，豺要是受这种表象的迷惑，就活不到今天，像哲学家一样思考这个问题了。

“我的孩子，我什么也没听见，”泽鳄闭上一只眼睛，说道，“我耳朵里进了水，而且饿得有些晕。自从铁路桥造好后，我村子里的子民就不再爱我了，这让我心碎。”

“啊，真可耻！”豺说，“而且破碎的是这么高贵的一颗心！不过在我看来，人都是一个德行。”

“不，其实差别是很大的，”泽鳄温和地应道，“有的瘦得像船篙，另一些胖得像年轻的嗯……狗[1]。我从来不无缘无故地辱骂人。人有各式各样的，不过多年来一次又一次的经历告诉我，人都是很好的。男人、女人和孩子们——我不曾发现他们有什么过错。记住，孩子，谁指责世界，世界就会指责他。”

“阿谀奉承比肚子里装个空罐头还要糟糕。不过，我们刚才听到的都是至理名言。”秃鹳放下一只脚，说道。

“不过，想想看，对于这么优秀的一个神物，他们竟然忘恩负义。”豺柔声细语地开言道。

“不，不，谈不上忘恩负义！”泽鳄说，“他们不为别人着想，仅此而已。不过我躺在浅滩下我的驻地时注意到，对于老人

1 鳄鱼脑子里想着吃豺，说到此处差一点脱口而出“年轻的豺”。

和小孩子，新桥的扶梯是极难爬的。说实在的，老人还不怎么值得考虑，但是我很为胖胖的孩子们发愁，真的很发愁。但我想，稍微过一阵子，等桥的新鲜劲儿过去了，我们会看到我的子民们像从前一样，光着棕色的腿，勇敢地溅着水花蹚水过河。到那时候，我老泽鳄会重新受人尊敬的。”

“可是就在今天中午，我千真万确看见有金盏花花环从河边台阶的边缘漂下水。”秃鹳说。

在全印度，金盏花花环都是崇敬的表示。

“一个误会——那是个误会。蜜饯商贩的老婆干的事。她的眼睛一年一年越来越不行了，分不清是木头还是我——河边台阶的泽鳄。她抛出花环的时候，我就看出了她的错误，因为当时我正躺在河边台阶的最底下，如果她再向下走一步，我就会让她看一看这里面的小小区别。不过她是好意，我们必须尊重这种奉献精神。”

“但是一个动物快要上垃圾堆的时候，金盏花花环又有什么用呢？”豺说，他在捉跳蚤，但始终有一只眼睛盯着他所谓的弱者的保护神，一瞬也不放松警惕。

“这话不假，可是带走我的垃圾堆还没有开始堆呢。我看到过五次河道往后退，给村庄让出地方，在街尾形成新的土地。我看到过五次村民们重修河岸，我还会见到他们五次重修。我不是猎鱼为生、不讲信义的恒河鳄；虽然像俗话说的那样，我今天在卡西明天在普雷亚格[1]，却始终是蹚水过河处浅滩的忠实守护者。孩子，这村子以我的名字命名，并不是无缘无故的。正像俗话说

1　卡西和普雷亚格均为印度教圣地，其中卡西又称瓦拉纳西，是湿婆神的领地，为印度教七大圣地中的第一圣地，普雷亚格为出现长生不老仙丹的四个地方中的一个。

的那样，‘长久的守候，终会得到酬报’。”

“我长久地守候——非常长久——差不多守候了一辈子，可我得到的酬报是被狗咬被人揍。”豺说。

“嗬！嗬！嗬！”秃鹳大笑。

八月里生下了豺，
九月下了场雨；
“发过那么可怕的大水，”
他说，“我怎么记不起！”

秃鹳有个非常令人厌恶的怪癖。说不准什么时候，他的两条腿就会突然安静不下来或者说痉挛，难受之极。鹳类都是极其可敬的，尽管秃鹳比任何一只鹳都更加道貌岸然，他还是飞到一旁，翅膀半张着，秃脑袋上下颠动着，像踩着一高一低的高跷一样，狂野地跳起战舞来。与此同时，出于他自己才最清楚的原因，他在小心翼翼地选择时机，准备用最刻薄的言语发动最恶劣的攻击。他唱完最后一个词之后，又立正站好了，比先前更有秃鹳的派头十倍。

豺本能地畏缩了，尽管他已经有整三岁，但如果侮辱来自一个喙有一码长，并且有力量像投梭镖一样用喙来啄你的家伙，你是不能表示愤恨的。秃鹳是个最臭名昭著的胆小鬼，但是豺比他还要不如。

“我们首先得活下来，然后才能学到东西，”泽鳄说，“有一句话我得对你讲，孩子啊，小豺是非常普通的，但我这样一条泽鳄却非同寻常。尽管如此，我并不骄傲，因为骄傲就是灭亡。

不过要注意，这都是命运；面对命运，无论是水里游的还是地上跑的，一句反对的话都不该说。我就对命运很知足。运气好，眼睛尖，加上有个上岸前先考虑河湾或回水处[1]是否有安全出口的好习惯，许多事情是可以办成的。”

“我曾经听说，连弱者的保护神也犯过错误。”豺不怀好意地说。

“确实如此，但我的命运在那桩事情上帮了我。当时我还没有完全长成，那是在倒数第四次饥荒发生之前。（那些日子里，恒河左右两边，一条条支流里水总是满满的！）是啊，当时我年轻，没有头脑，发洪水时谁有我那么高兴？我年轻的时候，只要稍微发一点大水我就很快乐了。当时村子里一片汪洋，我从河边台阶上方游过，进入陆地深处，来到已成一片泥浆的稻田边。我还记得，那天黄昏我碰上了一副手镯（是玻璃的，它们添了不少麻烦）。是的，玻璃手镯；如果我没记错的话，还有一只鞋。我本该把两只鞋都抖搂掉的，可当时我很饿，就漏了一只。以后我就学乖了。是的。我就那样吃饱了，歇了一阵子。可是当我准备回到河里去时，洪水退下去了，我在主街上的泥泞里爬行着。除了我还有谁？我所有的子民都出来了，祭司、女人和孩子们也出来了，我用慈善的目光看着他们。泥泞中不是打斗的好地方。一个船夫说：‘去拿斧子来劈死他，他是蹚水过河的浅滩那儿的泽鳄。’‘别这样，’婆罗门说，‘瞧，他在驱赶洪水呢！他是我们村子的村神。’于是他们向我抛了许多花，有一个人想得周到，从路对面牵了一头山羊过来。”

1 回水是一个术语，指水流受阻后回流。

“多好啊——山羊真是太好了！”豺说。

“毛多——毛太多了，而且假如在水里碰上，感觉极有可能会藏一个十字钩子。但我接受了那头山羊，然后极其光荣地向河边台阶爬去。后来，我的命运又把那个想用斧子砍掉我尾巴的船夫送给了我。他的船搁浅在过去的一片浅滩上，那地方你们是不会记得的。”

“在座的可不全是豺哟，”秃鹳说，“是大旱那年石料船沉水形成的浅滩吗？经过三次洪水后，那片长长的浅滩才被冲掉。”

“有两片，”泽鳄说，“上游一片下游一片。”

“唉，我怎么忘了。一条航道把它分成了两片，后来航道又干了。”秃鹳说，他很得意自己记性好。

“那个要我好看的家伙，船搁浅在下游那片浅滩上。当时他正在船头睡觉，半梦半醒中跳到齐腰深的水里——不，水不止淹到他的膝盖——去推船。他的船没装货，往上行了一段，但还没行到下一片水域就又触了底，当时的河道就是这个样子的。我跟了上去，因为我知道，会有人下来把船拖上岸去的。”

“有人下来了吗？”豺问，他有些肃然起敬了，是狩猎的规模使他印象深刻。

“在船搁浅的地方和下游一点地方，他们下了水。我没有再往前，不过那样一来，我一天逮到了三个——都是吃得很胖的曼吉斯（船夫），而且除了对付最后一个的时候（最后我有些大意了），我没有让他们叫喊出一声警告岸上的人。”

“啊，干得漂亮！这需要多么聪明的头脑，多么非凡的判断力啊！”豺说。

“不需要多么聪明，孩子，只要肯动脑筋。正如船夫们所说，生活中要动一点脑子，就像吃饭少不了盐一样。我一向是深深地动脑子思考的。我的堂兄，吃鱼的恒河鳄，曾经告诉过我，他追踪鱼有多么辛苦，鱼和鱼有多么的不同，他必须全面了解它们，了解它们的共同习性和各自特点。要我说，那是智慧。不过话说回来，我的堂兄恒河鳄是生活在他的子民们中间的；而我的子民不会像雷瓦那样，嘴巴露在水面上，成群结队地游；不会像莫霍和小查普塔那样，不断地浮到水面上来，翻过来肚皮朝天；也不会像巴恰和契尔瓦那样，洪水过后聚集到浅水处去。”[1]

“全是非常好吃的鱼。”秃鹳吧嗒着他的喙，说道。

“我堂兄也是这么说的。他狩猎的时候会造成一片大乱，但鱼儿们并不会爬上岸去逃避他的尖嘴巴。我的子民就不一样了。他们生活在陆地上，住在房子里，待在牲口中间。我必须了解他们正在做什么，正要做什么。就像俗话说的那样，我得尾巴加上长鼻子，把整个大象勾画出来。门口挂着绿树枝和铁环？老泽鳄知道，那个人家刚生了个男孩，他总有一天会来河边台阶玩耍的。有个姑娘要出嫁？老泽鳄看得出来的，因为人们在来来回回地搬运礼物；这个姑娘也会到河边台阶这儿来，举行婚礼之前先沐浴——老泽鳄在水里等着。河水改了道，从前是沙滩的地方形成了新的陆地？老泽鳄也知道。”

“好吧，可这种知识有什么用呢？”豺说，“我这么年轻，也已经见过大河改道。”印度的河流，几乎是在不断地移动河床的，有时在一个季节里，会移出去两三英里之多，淹没一侧的农

1　这里的雷瓦、莫霍、查普塔、巴恰和契尔瓦，都是淡水鱼的名称，作者是用梵文的英文音译来称呼它们的，具体是什么鱼无从查考。

田，在另一侧铺开肥沃的淤泥。

“没有什么知识比这更有用了，”泽鳄说，“因为新的陆地意味着新的争执，泽鳄知道的。哦嗬！泽鳄知道的。水一退，他就爬进小河湾里，人们以为那地方连一只狗都藏不住，他却守候在那里。不久就过来一个农夫，说他要在这儿种黄瓜，在那边种甜瓜，在河流让给他的新土地上。他用光脚丫感触着肥沃的泥。一会儿又过来一个农夫，说他要在这个那个地方种洋葱、胡萝卜和甘蔗。他们碰到一起就像两只在水上漂的船相撞，两人都在宽大的蓝布缠头巾下面冲对方翻着眼睛。老泽鳄看到了也听到了。两人都称呼对方‘兄弟’，然后去标出新土地的边界。泽鳄压低身子在泥浆里滑行着，跟着他们从一个界标点赶往另一个界标点。他们争执起来了！他们说话带火药味儿了！他们扯掉了缠头巾！他们举起了拉提（棍子）[1]！最后，一个仰面倒在泥浆里，另一个跑了。跑的那个去而复返时，争端已经解决了，输家的铁皮竹棍亲眼一睹，可以作证。但他们并不感谢泽鳄。不，他们喊叫着：‘杀人犯！’双方的家人抡起棍子打斗起来，一边二十来个人。我的子民都是些好人——高地的贾特人——低泛滥平原的马尔瓦人[2]。他们打人并不是为了取乐。打斗结束后，老泽鳄远远地在下游等候着，躲在低矮的金合欢树丛后面，不让村民们看见。接着，他们向下游来了，我的宽肩膀的贾特人，在星空下，八九个人一伙，用床板抬着死人。他们是些灰白胡子的老人，说

1　这种棍子是一端外包铁皮的竹棍，印度人常用来防身和殴斗，旧时的印度警察也当警棍使用。

2　说贾特人是以民族论，贾特人大部分生活在印度，是印度的少数民族；说马尔瓦人是以地区论，马尔瓦地区位于印度北方中西部，是一个高地地区。此处泽鳄的说法混乱。

话声音和我一样深沉。他们点着了一小堆火——啊！我太了解火了！——他们抽水烟，他们围成一圈一起向前点头，又向侧面岸上的死人点头。他们说，如果用英国人的法律来断这件事，一根绳子就解决了，那个人的家庭会很丢脸，因为那个人必定会被吊死在监狱的大广场上。死人的朋友们就说：‘那就让他吊死！’然后这番谈论又从头再来一遍——在那个漫长的夜晚，重复了一遍、两遍、二十遍。最后，一个人说道：‘这是一次公平的打斗。我们接受抚恤金吧，数目要比打死人的一方开的价多些，给了钱我们就不再说什么了。’接下来，他们为抚恤金的数目讨价还价，因为死者是个强壮的人，留下了许多儿子。不过，阿姆拉特维拉（太阳升起）之前，他们总算按照习俗，从火堆上拿了一点火放在他身上，死人就漂到我跟前来了，对此，他本人倒没有再说什么。啊哈！我的孩子们，泽鳄知道的——泽鳄知道的——我的马尔瓦贾特人是一族很好的人！”

“对于我的嗉囊，他们的手太抠了，”秃鹳叽呱叽呱地说，“就像俗话说的那样，他们连牛角上沾的米糠都不浪费。再说了，谁能跟在马尔瓦人后面拾到麦穗呢？”

“啊，我——拾到了——他们。”泽鳄说。

“得啦，从前，在南方的加尔各答[1]，”秃鹳接着说道，“什么东西都扔到大街上，我们还可以挑挑拣拣呢。那些季节过得真是讲究哟。可是如今，他们的街道收拾得像蛋壳一样光溜，我的族类全都飞走了。爱干净是一码事，可是一天七回掸灰、扫街、洒水，连天神也会厌倦的。”

1 印度南方一个很重要的大城市。

“平原地区有一只豺，告诉我他从一个兄弟那儿听来的消息，说在南方的加尔各答，所有的豺都胖得像雨季的水獭。”豺说。他美滋滋地空想着，直流口水。

“唉，可是那儿有白面孔——英国人，他们从河下游什么地方用船运了狗过去——很胖的大狗——让那些豺一直瘦下来。”秃鹳说。

“这么说来，他们和这儿的人一样心肠硬？我早该知道的。无论是大地、天空，还是河流，都不会对豺表示仁慈。上一个雨季过去后，我看到一个白面孔搭的几顶帐篷，我还弄到一根黄色的新缰绳吃。白面孔鞣制皮革不按正常方法，我吃下去以后觉得恶心得很。”

“比我遇到的事好多了，”秃鹳说，“我三岁的时候，是一只年轻而勇敢的鸟儿，有一天来到大船驶进来的河口。英国人的船有这个村子三倍那么大。”

“刚刚我说的那只豺，他到过德里那么远的地方，他还说那边的人全都倒立着用脑袋走路呢。”豺咕哝道。泽鳄睁开左眼，目光锐利地看着秃鹳。

“我说的是真话，”大鸟毫不退让，“骗子希望人家相信他时才说谎呢。没有见过那些船，是不可能相信我说的是真话的。”

“这样说比较合情合理，”泽鳄说，“后来呢？”

“当时他们正从大船里往外搬一种很大很大的白色东西，有些一会儿就变成水了，还掉下来许多碴，岸上落得到处都是，剩下的被他们飞快地放进一间墙壁很厚的房子里。可是一个船夫笑呵呵地，拿起一块跟一条小狗差不多大的，丢给了我。我——我们这个族类都是这样——吞食东西时是想也不想的，我就按照习惯把那块东西吞下去了。立刻一阵奇冷弄得我好难受，从嗉囊开始一直冷到脚趾尖，冷得我连话也说不出来，那船夫却看着我哈哈大笑。我从来不曾觉得那么冷过。我悲伤而且迷惑，不停地跳着舞，终于缓过气来，于是我一边跳舞，一边叫喊着，咒骂这个虚伪的世界。那些船夫一直在嘲笑我，最后笑得直不起腰来。除了冷得出奇之外，这件事最让人惊讶的地方，是我悲痛完了之后，发现我的嗉囊里什么也没有！”

秃鹳做这一番描述已经尽其所能，那是他吞下一块七磅重的温罕湖[1]冰块后的感觉，它是从一艘美国的冰船上卸下来的，当时加尔各答尚未自己用机器制冰。但是秃鹳并不知道什么是冰，泽鳄和豺就更不知道了，所以这个故事算是放了个哑炮。

“有可能的，”泽鳄说，他的左眼重新闭上了，“一条有泽鳄河边台阶村三倍大的船，卸下来任何东西都是有可能的。我的村子可不是一个小村子。”

头顶上的大桥上响起了一阵汽笛声。德里的邮政列车从桥上滑过，一节节车厢闪烁着灯光，列车的影子一步不落，忠诚地在河面上移动着。列车哐啷哐啷地又消失在黑暗中了，而泽鳄和豺对此已习以为常，连脑袋也没有转一下。

“这东西不是也很神奇吗，跟一条有泽鳄河边台阶村三倍大的船比，一点也不差？”大鸟抬头看着上面，说道。

“我是看着桥造起来的，孩子。我看着桥墩子一块石头一块石头地垒上去，人掉下来时（他们大部分脚步稳得出奇，我说的

---

1 美国马萨诸塞州的一个湖泊。

是万一他们掉下来），我在下面等着。第一个桥墩子造好后，他们一点也没有想到下河来寻找尸体，把它火化。这就又给我省了不少麻烦。造桥的时候发生什么事都不稀奇。”泽鳄说。

“我说的是从桥上通过，拉着许多有屋顶的大车的东西！那东西很新奇吧。”秃鹳把话重说了一遍。

“毫无疑问，那是一只新品种的小公牛。总有一天，它在上面会站不稳脚跟，像人一样掉下来。到时候，老泽鳄会在下面等着。”

豺看看秃鹳，秃鹳看看豺。如果有一件事最让他们确信不疑的话，那就是火车头可以是这广阔世界上的任何东西，但决不会是一头小公牛。豺曾经不止一次躲在铁路旁的芦荟丛中观察过它；秃鹳呢，自从印度一开始有火车在铁路上跑，他就见过火车头了。但是泽鳄只从下面仰视过它，那样看过去，火车头上的铜圆盖还真像小公牛隆起的背。

“唔——没错，新品种的小公牛。”泽鳄生硬地重复道，要让自己在心里面确信不疑。“肯定是小公牛。”豺说。

“也可能是……”泽鳄有些不高兴地开言道。

“肯定——肯定无疑。”豺说，没等泽鳄把话说完。

“什么呢？”泽鳄很生气，因为他感觉得到，另外两位知道得比他多，“有可能是什么呢？刚才我没把话说完。你说它是小公牛。”

“弱者的保护神高兴说它是什么，它就是什么。我是弱者的保护神的仆人，不是从桥上过河的那个家伙的仆人。”

“无论它是什么，它是白面孔造出来的，”秃鹳说，“拿我自己来说，我可不愿意四仰八叉地躺在靠近它的地方，比如这片沙洲。”

“你对英国人不如我了解，”泽鳄说，“建桥的时候这儿来过一个白面孔，黄昏时候他总是驾一条船，脚在船底滑来滑去，嘴里悄声说着：‘他在这儿吗？他在这儿吗？把枪给我。’看到他之前我就能听出是他——他弄出来的每一个声音——他在河上来往时的吱嘎声、噗噗声和咔嗒咔嗒拉枪栓的声音。我确实捡了他一个工人，省了他花很大代价买木头火化，所以他肯定会到河边台阶来，大声喊叫要猎杀我，从河里除掉我——泽鳄河边台阶村的泽鳄！除掉我！孩子们，我一小时又一小时地在他船底下游着，听见他拿枪对木头开火。当我十分确定他累了的时候，我从船边冒出来，张开上下颚冲着他的脸啪嗒一咬。桥造好以后他就走了。所有英国人狩猎时都那个样子，可他们自己也有被猎杀的时候。”

“谁猎杀白面孔呢？”豺兴奋地狂吠道。

“现在没有了，不过我盛年的时候曾经猎杀过他们。”

“猎杀白面孔的事我记得一点点。那时我年纪还很小。”秃鹳说，意味深长地咔嗒了几下他的喙。

“那一年我在这儿已经站稳脚跟了。记得当时我的村子正在第三次重建，我的堂兄恒河鳄给我捎话来，说贝拿勒斯[1]发大水。一开始我不想去，因为我堂兄是吃鱼的，并非一向都弄得清好与坏。不过，这件事我的子民也有议论，几个黄昏听下来，我终于拿定了主意。”

“他们说了些什么？”豺问。

1 印度的圣城，在恒河中游新月形流段左岸，今名瓦拉纳西。

“他们说的话足够让我，泽鳄河边台阶村的泽鳄，离开水上岸步行。我在夜间赶路，哪怕是一点点小的河流，只要能利用，我都用上了。但当时炎热气候刚开始，所有的河流水位都很低。我穿过尘土飞扬的道路，钻过高高的草丛，在月光下爬过山丘。我甚至从岩石上爬过去，孩子们——仔细想想吧。我越过锡尔欣[1]没水的尾巴，然后才遇上了一系列流向恒河的小河。我离开自己的子民和熟悉的河流，走了一个月的路。那是很神奇的！”

“路上吃些什么呢？”豺说，他的全部心思都在自己的小肚子上，对于泽鳄的陆上旅行一点都无动于衷。

“找到什么吃什么，表弟。”泽鳄慢吞吞地说，每一个字都带着拖腔。

在印度，除非你觉得能够攀上某种血缘关系，否则别堂兄表弟地随便乱叫。只在古老的童话里，泽鳄和一只豺结过婚；这只豺知道，正是由于这个缘故，这会儿他突然被抬举到了泽鳄的家族圈子里。如果只有他们俩，泽鳄拿他这样打趣开涮，他是不会在意的；可现在秃鹳眨巴着眼睛，正开心地看他的笑话。

“确实是的，老爹，我本该想到的。”豺说。一条泽鳄，是不介意被豺称作老爹的。泽鳄河边台阶村的泽鳄为此说了许多许多话，在这儿就不必重复了。

豺对那些话是这样回答的：“弱者的保护神认了亲戚。我怎么记得准确的辈分呢？而且，我们吃同样的食物，这话他说过的。”

末一句话把事情弄得更糟了，因为豺在话里面暗示，泽鳄在

1　这里的锡尔欣指的是旁遮普邦的锡尔欣大运河。

陆地上行进的时候，肯定每天吃的是新鲜食物，而不是让食物放一段时间，到适当状态再吃；条件允许的时候，每一条有自尊的泽鳄和大多数野兽都是这样做的。事实上，沿河一带最具蔑视意味的一个词儿就是“吃鲜肉的家伙”，差不多跟称呼一个人“吃人肉的家伙”一样糟。

“三十个寒暑之前那些食物就已经吃到肚子里去了，”秃鹳平静地说，“我们再聊上三十个寒暑，它们也不会回来。好了，给我们说说吧，你经过最奇妙的陆上旅行，到达发大水的地方时，发生了什么事。如果每一只豺的嚎叫声我们都仔细去听，镇子里的事务就得停下了，俗话就是这么说的。”

泽鳄一定很感激秃鹳打断了豺的话头，因为他迫不及待地接口道：

“凭着恒河的左岸和右岸起誓！我到那儿时，看到的是从未见过的大水！”

“那么，比上个季节的大洪水还要大吗？”

“大！那不过是五年一遇的洪水，只有一小撮淹死的异乡人，几只小鸡，还有洪水回头的地方泥浆水里一头死去的小公牛。而我回忆的那个季节，水位很低，水势平缓，水面很平静；可是正如恒河鳄预先通知我的那样，死去的英国人互相挨着碰着，往下漂。那个季节我的腰身变粗了——腰身粗了，腹腔也变深了。一片汪洋，从亚格拉，挨着埃达沃，挨着阿拉哈巴德[1]……”

“啊，大水打着漩从阿拉哈巴德的要塞城墙下涌过！”秃鹳

1　亚格拉为印度北方邦西沿一古城，世界七大奇迹之一泰姬陵的所在地；埃达沃为印度北方邦南部一城市；阿拉哈巴德为印度北方邦东南部城市，位于恒河与亚穆纳河的交汇处，印度教圣地之一。

说，“他们被卷进旋涡里就像赤颈鸭涌进芦荡里一样，他们转了一圈又一圈——像这样！”

他又飞到一旁跳他那可怕的舞去了，豺嫉妒地观看着。另外两位谈论的是当年发生兵变的可怕情景，他自然是无法在回忆中找到的。泽鳄接着往下说：“是的，在阿拉哈巴德，你静静地躺在平缓的水中，放二十个过去，捡到一个就成。最棒的是，英国人不像如今我的那些女性子民，他们身上没有珠宝、鼻环和脚镯之类的累赘。俗话说，喜欢装饰品，最终会得到一根绳子当项链。那一段时间，所有河流里的所有泽鳄都长得很肥，但我的命运让我长得比他们更肥。有消息说，英国人正被猎杀，被赶下河去。凭着恒河的左岸和右岸起誓，我们相信那消息是真的！以我南下时一路所见，我相信那消息是真的；我顺流而下，到了蒙吉尔[1]和许多临河坟墓的南边。”

“我知道那地方，”秃鹳说，“发大水的日子过去以后，蒙吉尔就成了一座废城，现在几乎已经没人住了。”

“此后，我逆着水流，费了些力气，慢吞吞地往回游。刚过蒙吉尔没多远，就从上游下来整整一船白面孔——是活的！我记得，全是女人，躺在一块用棍子撑起来的布下面，大声哭叫着。没有一支枪开火时冲着我们——那些日子里蹚水过河处的守候者。所有的枪都忙着向别处开火。那些日子，日夜都听得见内陆有枪声，随着风向的改变飘忽不定。在那艘船跟前，我把整个身体浮上了水面，因为此前我还从来不曾见过活的白面孔。是，我对他们是很了解，不过那是在另一种情形下[2]。一个光着身子的

1　印度比哈尔邦中部城市，在恒河中游平原的南部。

2　这里鳄鱼说的“另一种情形”指的是死尸。

白皮小男孩跪在船边，弯下腰来，一定是想把手插进水里，掬着玩。看见一个孩子那么爱流动的水，是一件很妙的事情。那一天我已经吃饱了，但肚子里仍然有一小块地方空着。不过，我蹿出水面咬孩子的手不是为了食物，而是为了取乐。那两只手是很清晰的目标，我看也不看，就合上了嘴巴。但它们太小了，尽管我的上下颚真真地咔一响——对此我很确定——孩子的手还是飞快地缩了上去，没有受伤。它们一定是从牙缝中间逃了出去——那双小小的白手。我本该横着咬他的胳膊肘的，可我说过，我浮上水面只是为了取乐，想看个新鲜而已。船上的人一个接一个叫起来，我立刻又浮上去望着她们。船太沉了，没法掀翻它。那只是些女人，但俗话说，相信女人，等于在池塘里的浮萍上行走：凭着恒河的左岸和右岸起誓，这话一点都不错！”

“曾经有个女人给了我几片鱼皮干，”豺说，“我原本希望逮住她的宝宝的，可是俗话说，得到马儿的食物总比被马踢一脚好。你那个孩子的女人是怎么办的？”

“她向我开火，用的是一种我先前和后来都没见过的短枪。五枪，一枪接一枪（泽鳄碰上的大概是一种老式转轮手枪）；我目瞪口呆地张开嘴巴，头上冒着烟。我从来不曾见过这种事。五枪，像我挥动尾巴一样快——像这样！”

巨大的尾巴像一柄长镰刀一样甩过来时，已经对故事越来越感兴趣的豺，差一点就没来得及向后跳开。

“开完第五枪，”泽鳄说，仿佛他从来就没有梦想过要打晕他的听众似的，“开完第五枪我才沉下去。我重新浮起来时，正好赶上听到一个船夫对所有那些白皮女人说，毫无疑问我已经死了。一颗子弹穿透了我脖子上的鳞甲。我不知道它是否仍然嵌在肉里，因为我的头一直无法转动。喏，孩子，你看一看。这证明我讲的故事是真的。”

“向我证明？”豺说，“我一个吃旧鞋、嚼骨头的家伙，怎么敢怀疑大河上的受羡慕者的话呢？如果我谦卑的心里闪过一丝丝这样的念头，就让我的尾巴被没开眼的狗崽子咬掉！我就是弱者的保护神的一个奴仆，他肯屈尊告诉我，他一生中曾经被一个女人打伤，这就很够意思了。我会把这个故事告诉我所有的孩子，不要求任何证明。”

“过分礼貌有时并不比过分无礼好，因为俗话说，奶酪能噎死客人。我可不想让你的孩子们知道，泽鳄河边台阶村的泽鳄唯一一次受伤，是一个女人造成的。如果他们找肉吃时像他们的父亲一样惨的话，需要他们考虑的事可并不少哟。”

“这事儿早就忘啦！从来不曾说过！从来不曾有过白皮女人！那条船不存在！根本就不曾发生过任何事。”

豺挥动着尾巴，表示一切都彻底从他的记忆中抹去了，然后他装模作样地坐了下来。

“事实上发生过很多事情。”泽鳄说，这是他当天夜里第二次企图占朋友的上风遭到挫败（不过两次都没有恶意。在大河上下，吃和被吃都是公平的法则。豺来到这儿，是为了在泽鳄吃完后，分得一份残留的脏物），“我离开那条船，逆流而上，到达阿拉[1]和阿拉城后面的回水处之后，就没有英国人的尸首了。有一会儿河面上空无一物。然后漂来一两个死人，穿着红色外套，不是英国人。接着并排漂过来五六个，清一色的全是印度人和珀比

1　印度比哈尔邦西部城市。

阿[1]。最后，从阿拉到亚格拉以北，那些人仿佛是整个村子整个村子地走出来投了水。他们从一个接一个的小河湾里漂出来，就像雨季顺水而下的木头一样。河水涨上来以后，他们也跟着成批成批地从他们原先搁浅的沙洲上漂起来；洪水落下去时，他们被大水揪着长发拽走，漂过田野，穿过丛林。北上的途中，我还整夜地听见枪声；白天我听见人们穿鞋子的脚蹚过浅滩，还听见沉重的大车轮子在水下的沙子上轧过的声音。每一圈涟漪都带来更多的死人。最后连我也害怕了，我对自己说：'这种事在人身上都能发生，泽鳄河边台阶村的泽鳄怎么能免得了呢？'河上还有些船，从我后面赶上来，没有帆，像棉花船有时会烧起来那样不停地冒着火，却从来不沉。"

"啊！"秃鹳说，"那种船是开到南方的加尔各答去的。很高大，黑乎乎的，船后面有尾巴打着水，它们……"

"有我的村子三倍大。我的船却很矮，而且是白色的，在船两边打着水，大小正合适，说真话的人拥有的船就应该这般大小。那些大船使我很害怕，我离开那片大水，动身返回这条属于我的河。我找不到小河帮忙，就白天躲起来，夜间走路。我回到了我的村子，并没有指望见到我的子民还在村子里。可他们却好好地在那儿，耕地、播种、收割，在田野上来来去去，像他们的牲口一样太平。"

"河里仍然有好食物吗？"豺问。

"多得我都不想要了。连我——我不吃泥土——连我也感到厌倦了。我记得，仍然不断有沉默的家伙漂下来，我都有些害怕

1　印度土著人步兵团的英文称呼。

了。我听到我的子民们在我的村子里说，英国人已经全部死光；但那些脸朝下顺着水流漂下来的并不是英国人，我的子民们也看出来了。于是我的子民们就说，最好还是莫谈此事，老老实实交税和种地。过了很长很长时间，河水才变明净；我看得很分明，漂下来的尸首全被洪水淹没了。这一下，觅食就不那么容易了，可我从心底里感到高兴。时不时地稍稍猎杀一下并不是坏事——可是俗话说，连泽鳄也有满足的时候。”

“奇妙呀！真是太奇妙了！”豺说，“那么多好吃的，我光听听就长胖了些。请允许我斗胆问一声，弱者的保护神后来干了些什么？”

“我对自己说——凭着恒河的左岸和右岸起誓，我把自己的嘴锁在了这个誓愿上！——我对自己说，我决不再出去游荡了。于是我生活在河边台阶旁，离我自己的子民们很近，一年又一年地照看着他们。他们很爱我，只要看见我的头浮上水面，就向它抛掷金盏花花环。是啊，我的命运对我很仁慈，大河也足够敬重我这个体弱的老东西，只是……”

“没有一只鸟从喙到尾巴都是幸福的，”秃鹳同情地说，“泽鳄河边台阶村的泽鳄还缺什么呢？”

“我没到口的那个白皮小男孩，”泽鳄深深地叹了口气，说道，“他个子很小，但我一直忘不了他。现在我老了，死之前我的愿望是尝一样新东西。没错，那是一个脚步沉重，很吵、很蠢的民族[1]，和他们玩儿也没多大意思，可我忘不了过去在贝拿勒斯北边的日子；如果那孩子还活着，他也不会忘记的。也许，他

1　指英国人。印度乡村的人往往光脚，而英国人总是穿着皮鞋，“脚步沉重”。

就在某一条河的河岸上，跑遍大河上下到处跟人讲，有一回他的手，怎样从泽鳄河边台阶村的泽鳄牙齿缝里逃过一劫，他才能活下来讲这个故事。我的命运一向很仁慈，但这件事有时会在梦中折磨我——想到船头的那个白皮小男孩，我就很煎熬，”他打了个哈欠，合上了上下颚，“现在我要歇一歇，想一想。保持安静，我的孩子们，尊重上了年纪的。”

他僵直地转过身去，拖着脚爬到了沙洲顶端。豺和秃鹳则退回到最靠近铁路桥的另一端，躲在一棵搁浅的树下面。

“这样过日子倒是舒适又有益。”豺咧开嘴笑道。他抬起眼睛，用询问的目光望着居高临下的大鸟：“你注意到没有，他从来不觉得应该告诉我，河岸上哪儿可能还剩下一口吃食；我却告诉过他一百回，有好东西在水中沉浮着从上游漂下来。俗话说得真好：‘消息一说出豺和理发师的口，全世界就把他们忘了！’现在他去睡觉了！啊呀呀！”

“豺怎么能跟泽鳄一起狩猎呢？”秃鹳冷冷地说，“大贼和小偷，谁到手赃物那是不用说的。”

豺转过身去，焦躁地哀嚎着。他正要在树干下面蜷起身子，突然抖缩起来，抬起头，透过耷拉的树枝，仰望着几乎就在头顶上的大桥。

“有什么不对头的吗？”秃鹳不安地张开翅膀，问道。

“等一下，看看再说吧。风是从我们这儿向他们那边吹的，但他们不是在找我们——那两个人。”

“人，是吗？我的职责保护着我。全印度都知道我是神圣不可侵犯的。”秃鹳作为第一流的清道夫，在印度可以到处随意走动，所以这一位是从不畏缩的。

“至于我，拿一样比旧鞋更好的东西打我一下，也是不值当的。”豺说，又竖起耳朵开始听。“听他们的脚落地的声音！”他接着说道，“那不是乡下人的光脚板，而是白面孔穿鞋的脚。再听！有铁碰铁的声音！是一支枪！朋友，脚步沉重的、很蠢的英国人来找泽鳄说话了。”

“那就给他个警示呀。刚不久还有个家伙，好像是饿着肚子的豺，称他是弱者的保护神呢。”

“让我的表哥自个儿保护他的皮吧。他一遍又一遍地告诉过我，白面孔没什么好怕的。那两个人肯定是白面孔。泽鳄河边台阶村的村民没有一个敢跟踪他的。看，我说过的，是一支枪！这一下，要是运气好的话，天亮前我们可以喂饱肚子了。他出了水，耳朵就听不太清楚，而且——这一回拿枪的不是一个女人！”

月光下大桥的工字梁上，一根发亮的枪管闪烁了片刻。泽鳄躺在沙洲上，安静得像他自己的影子一样。他的两只前爪稍稍向两边伸开着，脑袋耷拉在两只前爪中间，正在打鼾——像一条泽鳄那样打着鼾。

大桥上一个声音悄悄地说：“这样开枪真是奇特——几乎是垂直向下——不过倒是安全到家了。最好射在脖子后面。天哪！多么大的一个畜生！可如果把他射杀了，村民们一定会抓狂。在这一带地方，他是德奥他（小神）。”

“一丝一毫也不用去管它，”另一个声音答道，“造这座桥的时候，他夺走了我大约十五个最好的苦力，是制止他的时候了。我已经坐船跟踪他好几个礼拜了。我的双筒枪一开火，你立刻用马提尼[1]支援我。”

“开枪时小心后坐力。一支四倍口径双筒枪[2]可不是开玩笑的。”

“是不是开玩笑，那要由他来判断喽。来了！”

轰的一响，就像一尊小加农炮的怒吼声一样（最大号的猎象枪原本就比某些炮差不了多少），两道火光闪过之后，紧跟着响起了马提尼枪尖厉的噼啪声，它的长子弹打在鳄鱼的鳞甲上一点效果也没有。但是双筒枪的两颗开花弹起了作用，其中一颗正中泽鳄的脖子后面，打在背脊骨左侧一手宽的地方；另一颗稍稍偏下了些，在尾根处开了花。一条受了致命伤的鳄鱼，在百分之九十九的情况下，是能够爬到深水处逃脱的；但是泽鳄河边台阶村的泽鳄实实在在地断成了三截。他连脑袋都没有动一下，就已经一命呜呼，躺在那儿直挺挺的，像沙洲另一端的豺。

“打雷闪电！打雷闪电！”那可悲的小兽说，“难道，拉着带盖儿的大车过桥的东西，终于摔下来了？”

“只不过是轰了一枪，”秃鹳说，不过，他的尾翎在簌簌地颤抖，“只不过是轰了一枪。他肯定死翘翘了。白面孔过来了啦。”

两个英国人已经急匆匆地从桥上下来，蹚过浅水来到沙洲上。他们正站在那儿，对着那么长的一条泽鳄惊讶不已。接着过来一个土著，用斧子砍下了那个大脑袋，又来了四个人拽着它过了沙嘴。

1 早年英国陆军使用的步枪。

2 这是19世纪一种专打大型猎物的武器，使用黑火药加细铅弹，口径约一英寸（约25毫米）。

“上一回我的手伸进泽鳄的嘴里，已经是很久以前的事了，”其中一个英国人弯下腰来，说道（他就是造这座桥的人），“当时我大约五岁，乘坐开往蒙吉尔的船顺流而下。他们都叫我兵变宝宝。可怜的母亲也在船上，后来她经常给我讲，当时她怎样拿着爸爸的老式手枪，向那畜生的脑袋开火。”

“好啦，虽说枪的后坐力把你的鼻子弄出了血，你无疑已经在泽鳄族的首领身上复了仇。嗨，你们这些船夫！把那个脑袋拖上岸去，赶明儿煮一下，好取头骨。鳄鱼皮打得太烂，没法收拾保存了。我们这就走吧，先去睡觉。这一整夜熬得很值，不是吗？”

奇怪得很，那些人离开后不到三分钟，豺和秃鹳说了一句一模一样的话来评论这件事。

涟漪之歌

金色的夕照烧红了大河，
一片涟漪荡漾到岸边
又回到蹚水过河的滩头，
轻轻拍打少女的小手。

秀美的双脚温柔的胸——
过河前高高兴兴歇一歇吧。
涟漪说："姑娘，等一等，
等一等吧，我是死神！"

"爱人叫我了，我要过去，
对他冷淡是现眼丢人——
水里面是一条鱼儿打转，
是大胆的鱼儿翻了个身。"

秀美的双脚温柔的胸，

就等渡船来载你过去吧。
涟漪说："啊，等一等，
姑娘，等一等，我是死神！"

"爱人叫我了，我得赶紧——
怠慢人的女子嫁不出去！"
涟漪涟漪围着她的腰，
流水起了旋涡多清晰。

傻傻的心眼儿忠诚的手，
姑娘的小脚已触不到河底。
涟漪涟漪迅速地远去，
涟漪涟漪，泛红的涟漪！

国王的驱象刺棒

自天地间有露水起，这四样东西没知足过，贪得无厌：
鳄鱼的嘴巴，老鹰的胃，猿猴的手，还有人类的双眼。

——丛林谚语

大岩蟒卡阿自出生以来，也许已经是第二百次蜕皮了。莫格里一直没有忘记当年卡阿在冷窟忙活一夜，救了他一命，这件事也许你还记得吧？所以这次卡阿蜕皮，莫格里跑去祝贺他。蛇在蜕皮时总是情绪不稳定，抑郁而且易怒，要等到新皮生出光泽，看上去很漂亮，他才会恢复好心情。如今卡阿再也不取笑莫格里了，而是像其他丛林居民一样，接受他做丛林的主人，并且把他这个尺寸的蟒蛇自然会听到的一切消息，都带给莫格里。对于所谓的中部丛林，卡阿几乎无所不知：贴着地面跑的，地底下钻的，在大卵石上、在地洞里、在树干中活动的生灵，他不知道的真是微乎其微，在他身上最小的那块鳞片上面都写得下。

那天下午，莫格里正坐在卡阿的身体盘成的巨大圆环上，用手指玩弄着卡阿蜕下的破损旧皮。薄如纸的一大堆，盘绕在岩石中间，还是卡阿蜕下它时的样子。卡阿很殷勤地把身体垫在莫格里赤裸的宽肩膀下面，这样一来，男孩就等于坐在一张活的扶手椅里了。

“连眼睛上的鳞片也很完美，”莫格里玩弄着旧皮，轻声说，“看到自己头上的皮在自己脚下，多奇怪呀！”

“是啊，可我没有脚，”卡阿说，“这是我们整个族类的习惯，所以我并不感到奇怪。你从来不感到自己的皮变旧变粗糙的吗？”

“那我就去洗个澡，扁脑袋；不过，大热天我真希望自己能没有疼痛地蜕下皮来，光溜溜地奔跑。”

“我洗澡，我也蜕皮。这件新外衣怎么样？”

莫格里的手抚着厚硕的蛇背，顺着斜纹格子往下滑。“乌龟的背很硬，但色彩没这么鲜艳，”他很精辟地说，“和我同名的青蛙色彩更鲜艳，但不如你坚硬。真是美丽养眼哟——像百合花盏内侧的斑纹。”

“还需要点水。一身新皮在第一次洗浴之前，不会展现出全部的色彩。我们去洗澡吧。”

“我抱你过去。”莫格里说。他笑着弯下腰去，抱住卡阿硕大身体的中段，那正是蛇身最粗的地方。这样子要把它抱起来，就仿佛一个人想抱起一根口径两英尺的总水管一样。卡阿躺在那儿纹丝不动，安安静静饶有兴致地喷着气。接着，老一套的黄昏游戏开始了——男孩鼓足了一身蛮力，蟒蛇刚换了一身华丽的新皮，他俩面对面昂着身子，准备来一场摔跤比赛——那是眼力和气力的比试。当然，真摔的话，就算有一打的莫格里，也会全都被卡阿压扁的。但这样玩的时候卡阿很小心，使出来的力量从来都是十分之一也不到的。从莫格里长得足够结实，能承受稍稍粗暴些的摔打时起，卡阿就教会了他这个游戏。这样玩耍可以使他的四肢变得柔韧，那是别的运动所不能达成的。有时，莫格里几乎被卡阿滑动的身躯缠绕到喉咙口，他奋力反抗着，想要挣脱出一条胳膊来，反手卡住卡阿的脖子。这时卡阿会松开他，一边往后退，一边甩动巨大的尾巴摸索石头或树桩，想缠上去支撑住身体。莫格里就飞快地移动双脚，阻碍他的企图。他们脑袋冲着脑袋，来回晃动着，各自都在寻找机会。最后，这一双美丽的、雕塑一般对峙着的手蓦地融为一体，黑黄相间的、盘绕着的蛇身同挣扎着的胳膊腿缠成一团，旋转着，一次又一次地倒下又站起来。“嗨！嗨！嗨！”卡阿说，脑袋一伸一伸发动佯攻，莫格里的手再敏捷也无法抵挡，“瞧！我碰到你这儿了，小兄弟！这儿，还有这儿！你的手麻木了吗？这儿又一下！”

游戏总是以同一种方式结束——卡阿的脑袋猛地一记直击，把男孩打倒在地，连翻好几个跟头。莫格里总是学不会防备那闪电般的一扑，而且，正如卡阿所说，再怎么防备都不会有丝毫作用。

“狩猎大吉！”最后，卡阿咕噜道。莫格里则像往常一样，被摔到六七英尺开外，气喘吁吁地大笑着。他沾了满手青草，从地上爬起来，跟着卡阿，去这条聪明的蟒蛇最心爱的洗浴处——岩石环抱的一个漆黑的深水潭。一些沉陷在水中的树桩，给水潭平添了一些情趣；男孩按照丛林方式，不出一声地溜进潭中，潜游到了对岸。他不出一声地从水里钻出来，翻转身体仰躺在水面上，胳膊枕着脑袋，望着岩石上方升起的月亮，他的脚趾却把月亮在水中的倒影搅碎了。卡阿钻石形状的脑袋像一把剃刀一样割开水面，来到莫格里身边，冒出来，枕在他的肩膀上。他们静静地躺着，非常惬意地浸泡在潭水中。

“真好啊，”最后，莫格里睡意朦胧地说，“我记得，在人群里，这个时辰他们正在泥砌的陷阱里，躺倒在坚硬的木板上。他们仔细地把清新的风关在外面，拉过一块臭烘烘的布蒙住他们的笨脑瓜，从鼻子里哼唱一些邪恶的歌。还是丛林里好哦。”

一条行色匆匆的眼镜蛇从岩石上溜下来，喝了点水，对他们说了声“狩猎大吉！”，便离开了。

“唑！”卡阿仿佛突然记起了什么事，“这么说，你想要的东西丛林已经全都给了你，小兄弟？”

“没有啊，”莫格里笑着说，“要全给的话，得每个月新出一个强壮的谢尔可汗，让我猎杀。现在我能用自己的双手杀死他了，不再需要水牛的帮助。我还希望雨季的中段有太阳照耀，盛夏时节有雨水遮盖住太阳。我饿肚子的时候，没有不想着猎杀一头山羊的；已经猎杀了一头山羊的时候，没有不想着猎杀一头公鹿的；公鹿到手的时候，没有不希望换成一头大羚羊的。不过，我们全都是这样想的，我们全都是这个德行。”

“你就没有别的愿望了吗？”大蛇询问道。

“我还能再想什么呢？我拥有了丛林，还有丛林的恩惠！在日出和日落之间，天底下还有什么地方比这儿更富丽吗？”

“喏，眼镜蛇说过——”卡阿开言道。

“什么眼镜蛇？刚才走开的那一条什么也没说。他在狩猎。”

“另一条。”

“你和有毒族类交往很多吗？我和他们各走各的路。他们的门牙携带着死亡，那可不是好事——因为他们是那么小。和你说话的眼镜蛇的兜帽是什么样子的？”

卡阿在水里慢慢地翻了个身，就像海上一艘横对浪头的轮船一样。“三四个月以前，”他说，“我在冷窟狩猎。那地方你是不会忘记的。我追猎的东西尖叫着逃过蓄水池，跑进我曾经为了你的缘故撞破的那座房子，钻到地下去了。”

“可是冷窟的居民并不住在地洞里。”莫格里知道卡阿说的是猴民。

“那东西并不是生活在地洞里，而是要逃生，”卡阿答道，他的舌头颤了一下，“他跑进了一个很长的地洞。我跟着他下去了，猎杀完毕后我睡了一觉，醒来后我又前行了一段。”

“在地下？”

“正是。最后我遇上了一个白兜帽（一条白色眼镜蛇），他说了一些我不理解的事，还给我看了许多我从未见过的东西。”

“是新猎物？狩猎大吉吗？”莫格里迅速地侧过身来。

“那不是猎物，我要咬的话，会把所有的牙齿都崩掉的。可是白兜帽说——听他的口气好像很了解人类——他说，仅仅为了看一眼那些东西，人们会舍命相搏。”

“我倒要看一看是否真的会那样，”莫格里说，“现在我记起来了，我曾经是一个人呢。”

“慢慢来——慢慢来。吃太阳的黄蛇就是因为着急送了命。当时我们在地下交谈起来，我说到了你，称你是一个人。白兜帽（他确实像丛林一样古老）说：‘我已经很久没见过人了。让他来吧，该让他看看所有这些东西，许多人为了得到一点点，死都愿意的。’”

“那一定是新猎物了。可是有毒族类得知有猎物活动，是不肯告诉我们的呀。他们是一个不友好的族群。”

“不是猎物。是……是……我说不清是什么。”

“我们过去看一看吧。我还从来不曾见过白兜帽呢，我还想看看别的东西。他把那些东西杀死了吗？”

“那些全是死的东西。他说，他是所有那些东西的看守者。”

“啊！一匹狼看守着他拖回窝里的肉。我们走吧。”

莫格里游到岸边，在青草上打几个滚，弄干身体，他们就动身去冷窟了，那座废弃的城你大概是听说过的。今非昔比，莫格里已经一丁点都不害怕猴民了，猴民们却对莫格里恐惧之极。不过这会儿他们的族群正在丛林里劫掠，所以，横陈在月光下的冷窟里安安静静，一片空寂。他俩来到露台上王妃凉亭的废墟跟前，从垃圾上溜过去，进入了凉亭中央。通往地下的台阶已经堵住了一半，卡阿一马当先，下去了；莫格里先发了一声蛇类的呼唤：“你和我，我们血脉相同。”然后手脚并用，跟了下去。那是一条向下倾斜的通道，有好几个拐弯，他们爬了很长时间，最后来到一棵参天大树的树根下面。这时大树的树身，已经在他们头顶上方三十英尺的地面上。树根把通道石壁上的一块石头顶出来，形成了一个豁口，他们穿过去，发现自己置身于一个大穹隆下面。穹顶同样已被树根胀破，黑暗中几道光线漏了进来。

“一个安全的巢穴，”莫格里说，站起身来，稳稳地立住脚跟，“但要天天来拜访的话，路太远了。这儿什么也没有啊？”

“我在你们眼里等于没有吗？”一个声音在穹隆的中央说道。莫格里看见一样白色的东西在移动，最后一点一点地，竖了起来。这是他平生见过的最大的眼镜蛇——将近八英尺长的一个生灵，因为一直生活在黑暗中而褪了色，变得像旧象牙那样白；就连张开来的兜帽上的眼镜标记，也已经褪成了浅黄色。他的眼睛像红宝石一样红，整个儿看上去，他的形象真是奇妙之极。

“狩猎大吉！”莫格里说。他带着礼貌，也带着他从不离身的刀。

“有城市的消息吗？”白色眼镜蛇没有回礼，只问道，“那座有城墙的大城，有一百头大象、两千匹马和数不清的牛羊的城市，二十个国王所臣服的王中之王的都城，它怎样了？我的耳朵在这儿变聋了，我已经很久不曾听到他们的战鼓声。”

“我们的头顶上是丛林，”莫格里说，“大象里面我只认识哈提和他的儿子们。巴赫拉杀死了一个村子里的所有马匹，国王——国王是什么？”

“我告诉过你了，”卡阿柔和地对眼镜蛇说，“四个月前我就告诉过你了，你的城已经不在了。”

“森林里的城池——有国王的塔楼守卫城门的大城，是永远不会消失的。我父亲的父亲还没有从蛋里孵出来的时候，他们就已经建起了那座城；到我儿子的儿子像我一样白的那一天，它也不会倒下！叶迦苏里的儿子维叶迦的儿子昌德拉比加的儿子沙洛姆希，在巴帕·罗瓦尔的时代建造了那城池。你是谁家的牲口？”

“没头没脑的，”莫格里转过身去对着卡阿，说道，“他的话我听不懂。”

“我也听不懂。他很老了。眼镜蛇的祖宗哦，这儿只有丛林，一开始丛林就在这儿了。”

“那么他是谁呢？”白眼镜蛇说，“他坐在我面前，不害怕，不知道国王的名字，用人的嘴说着我们的话。这个带刀子说蛇语的，他是谁？”

“他们叫我莫格里，”这就是他得到的回答，“我属于丛林。狼是我的族类，这位卡阿是我的兄弟。眼镜蛇的祖宗哦，你是谁呢？”

“我是国王的宝藏的看守者。往昔的岁月里，我的皮还是黑色的时候，库伦拉甲[1]建造了我头顶上的这座石窟，好让我用死亡来教训进来偷盗的人。然后，我听到我的婆罗门主人的歌声，他们就从上面把珠宝放进石窟。”

“唔！”莫格里自言自语道，“我在人群里的时候，和一个婆罗门打过交道，嗯……我自己心里有数。过不了多久邪恶就会来这儿。”

“我来这儿以后，石头已经被掀开过五次，但每一次都是再放一些东西下来，从来不曾拿走过。这些财宝是世上独一无二的——这宝藏中有一百位国王的金银财宝。不过，已经有很久很久没人开过石窟，我以为我的城把这地方遗忘了。”

“城已经没有了。你抬头看看。那边大树的根已经伸进石缝，把石头挤开了。树和人是不会一起生长的。”卡阿斩钉截铁地说。

“有两三回，人类找到了进来的路，”白眼镜蛇凶狠地回敬道，“但他们默不作声，我在黑暗中摸索着碰上他们，他们才叫起来，叫了几声就叫不出来了。可是你们俩，人和蛇，却带着谎话来这儿，要我相信城已经没有了，我的守护使命已经结束。这么多年来，人类变化很少，而我是永远不变的！我要等到石窟的顶掀开，婆罗门唱着我熟悉的歌下来，喂我热牛奶，带我回到光明的地方。在此之前，我……我……我，只有我，是国王宝藏的看守者！你们说，城池已经死亡，树根长了进来？那你们俯下身

1　拉甲是旧时印度称呼，指酋长、王公或贵族。

去，随意拿东西吧。大地上再没有一处有这样的金银财宝。说蛇语的人，如果你能像进来时那样活着出去，那些属国的国王就做你的仆人！”

“又说些没头没脑的话，”莫格里冷冷地说，“难道他被豺咬过一口？豺有本事打洞钻下来吗？这个好大的白兜帽一定是疯了。眼镜蛇的祖宗哦，我看不出这儿有什么好拿的。”

“凭着太阳和月亮的神起誓，这男孩得的是没救的疯病！”眼镜蛇咝咝地说，“在你闭眼之前，我准你一个恩惠。你看吧，看看从来不曾有人见过的东西！”

“在丛林里，那些对莫格里谈恩惠的，可没得着什么好，”男孩从牙齿缝里说道，“不过我知道，黑暗会改变一切。我就看一看吧，如果这样做让你高兴的话。”

他眯起眼睛，目光在穹隆里四处搜寻着，然后从地上抓起一把闪闪发光的东西。

“哦嗬！”他说，“这东西很像人群里他们玩的那种，只不过这是黄色的，那些东西却是褐色的。”

他手一松，让金币滑落下去，又向前走了几步。穹隆的地面埋在五六英尺厚的金币和银币下面。它们原先是装在袋子里的，袋子破了，便泻了出来，在漫长的岁月里，堆压得结结实实，就像落潮时积淀下来的沙一样。在这一层金银里面埋着、在它的外面搁着，还有像沉船斜插在沙中一样露出一半的，是一些镶着珠宝带有浮雕图案的银象轿。象轿上缀着锤打制作出来的金片，还装饰着红宝石和绿松石。还有些是王妃乘坐的大轿子和肩舆，框架是白银和珐琅的，轿杠把手是绿玉的，轿帘上的环是琥珀的。还有黄金烛台，烛台的每一根枝架上吊着穿了孔的翡翠，碰一下就颤动起来；还有被遗忘的古老神祇的银像，五英尺高，带饰钉，眼睛是珠宝镶嵌的；还有嵌金的精钢锁子甲，缀着已经朽坏发黑的细珍珠流苏；还有头盔，盔顶上像鸡冠一样镶着一排鸽血红的宝石；还有龟甲和犀牛皮制作的漆盾牌，盾面上嵌着红金的饰条和饰球，盾边上镶着翡翠；还有一捆捆柄上镶钻石的宝剑、匕首和猎刀；还有祭祀用的金碗和金勺，和一种形状在光天化日下从未见到过的便携式祭坛；还有绿玉杯和绿玉手镯；还有香炉，梳子，用来装香水、眼粉膏和散沫花指甲染料的镂金瓶；还有无数的鼻环、臂环、头箍、戒指和腰带；还有七指宽的玉石带，是切割成方形的钻石和红宝石缀合成的。一些加了三道铁箍的木箱子，木头已经朽烂成粉碴脱落下来，露出一堆堆未切割的星形蓝宝石、蛋白石、猫眼石、蓝宝石、红宝石、钻石、翡翠和石榴石。

白眼镜蛇说得对，这宝藏的价值绝非金钱可以衡量。里面的宝贝是从几个世纪的战争、劫掠、贸易和税收所积累的财物中筛选出来的。且不算所有珍贵的宝石，单单那些钱币，就已经是无价的了；仅仅金银的自重，就有大约两三百吨。今日印度的每一个土著统治者，无论多穷，都有一个藏宝窟，一直不断地往里面添放财宝。尽管每隔较长的一段时间会出一位开明的王公，派人带着四五十辆装满银子的牛车，去换政府的债券；但他们中的大多数人都牢牢地守着他们的财宝，秘而不宣。

莫格里自然不理解那些物品的含义。他对宝刀稍稍有些兴趣，但它们不如他自己的刀子顺手，所以他又扔下了。最后，他发现了一样真正令人着迷的东西。它躺在一顶象轿的前边，半埋在钱币里。那是一根三英尺长的驱象刺棒，或者叫大象刺棒，样子很像一支小小的带钩船篙。驱象刺棒把手的顶端是一颗圆圆的、闪闪发光的红宝石，下面的八英寸把手上密密麻麻地嵌满了未雕琢过的绿松石，握起来舒服之极。再下面是绿玉的轮圈，环绕着棒子雕成花的图案——只有叶子是翡翠的，花朵则是嵌进冰冷的绿玉中的红宝石。把手的其余部分是一段无缀饰的象牙，而刺棒的尖端——包括尖刺和倒钩——是钢制的，镶嵌着黄金，雕刻着捕捉大象的图景。那些图案吸引了莫格里，他看出来，它们跟他的朋友沉默者哈提有某种关联。

白眼镜蛇一直紧跟在他后面。

“这一切难道不是看一眼死了也值吗？”他说，“难道我不是向你施了一个大恩惠吗？”

“我弄不懂，”莫格里说，“这些玩意儿又硬又冷，根本就不可以吃。不过这东西……”他拿起驱象刺棒，“我想拿走，放在太阳底下看一看。你说这些东西全是你的？我去弄些青蛙来给你吃，你把这个给我好吗？”

白眼镜蛇喜上心头，身子抖得相当厉害，“我一定会把它给你的，”他幸灾乐祸地说，“这儿所有的东西我都送给你——但是你不能离开这儿。”

“可我现在就要离开。这地方又黑又冷，我希望把这个带尖刺的东西拿到丛林里去。”

“看看你脚下！那是什么？”

莫格里捡起一块光滑的白色东西。“这是一块人的头骨，”他平静地说，“这儿还有两块。”

“许多年前，他们来这儿想拿走财宝。我在黑暗中对他们说话，他们就躺下不动了。”

“可是我要这些叫作财宝的东西干什么呢？你只要给我这根

驱象刺棒，让我拿走，就狩猎大吉了。如果你不给，仍旧是狩猎大吉。我不和有毒族类打斗，你们族群的主人话语我也是学过的。”

“这儿只有一种主人话语，那就是我的话！”

卡阿目光灼灼地扑上前来。“是谁吩咐我把人带来的？”他嗞嗞地说。

“当然是我啦，”老眼镜蛇口齿不清地说，“我已经很久没有看到过人类了，而且这个人还会说我们的蛇语。”

“但你没有说要杀人。如果我领他来送死，回到丛林我怎么交代？”卡阿说。

“不到时候，我是不会说杀人的话的。至于你，走也好，不走也好，那边墙上有个洞。现在你给我安静些，你这个猎杀猴子的胖家伙！我只要碰一下你的脖子，丛林里就再也见不到你了。从来不曾有人类来这儿以后，还能喘着气儿离开的。我是国王之城的财宝看守者！”

“可是我告诉你，你这条黑暗中的白色蚯蚓，已经没有国王和城了！我们的四周都是丛林！”卡阿嚷道。

“宝藏还在。不过，事情可以这样办：岩石的卡阿呀，且等上一会儿，看男孩奔跑。这儿有足够的空间，可以好好消遣一番。生命是好东西。来来回回跑上一会儿，消遣消遣，男孩儿！”

莫格里平静地把手放在卡阿的头上。

“到现在为止，这白家伙只跟人群里的人打过交道。他不了解我，”莫格里耳语道，“是他要求这次狩猎的。那就让他尝尝狩猎的滋味儿吧。”他一直是站着的，手里的驱象刺棒尖头朝下，这时他飞快地把它投了出去。它横切着正中白眼镜蛇的巨大兜帽后面，把他钉在了地上。电光石火之间，卡阿的重量已经压住了扭动的蛇身；从兜帽到尾巴，眼镜蛇一下子就浑身动弹不得了。但他的两只红色的眼睛燃烧着，没有钉住的六英寸蛇头还在狂怒地左右扑击。

“杀了他！”卡阿说，这时莫格里正伸手去抽他的刀子。

刀子抽了出来，他却说：“不，除非为了食物，我决不会再杀生。你来看，卡阿！”他一把揪住眼镜蛇的兜帽后面，用刀子撬开蛇嘴，露出他上颚上面可怕的毒牙。它们萎缩在牙床里，已经发黑。白眼镜蛇活得太久了，不再有毒液，毒蛇老了以后都是这样。

“‘树乌’。”（‘已经干了’，字面意思是烂得差不多了的树桩）莫格里说。他拔出驱象刺棒，放开白眼镜蛇，示意卡阿离开。

“国王的宝藏需要一个新的看守者了，”他郑重其事地说，“树乌，你的活儿没有干好。来来回回地跑跑吧，消遣消遣，树乌！”

“我没脸活下去了，杀了我吧！”白眼镜蛇咝咝地说。

“杀这个字已经说得太多。我们要走了。带尖刺的东西我拿走，树乌，因为我打败了你。”

“那你要小心，千万别最后为它送了命。它就是死亡！记住，它是死亡！那东西有足够的力道杀死我城里的所有人。丛林人，你不会握有它很久，从你手里拿走它的人也不会握有它很久。为了它的缘故，他们会杀人，杀人，再杀人！我的力气已经干枯了，但是这根驱象刺棒会替我尽职的。它是死亡！它是死亡！它是死亡！”

莫格里从破洞里爬出穹隆，回到通道里。他最后一眼看见的是，白眼镜蛇龇着无毒的牙齿，在狂怒地攻击躺在地上的那些无表情的神祇的金脸，咝咝地说：“它是死亡！”

重新来到光天化日之下，他们很开心。回到自己的丛林里以后，莫格里把驱象刺棒放在早晨的阳光里，看它熠熠生辉。他那副高兴的样子，简直就像找到一束新种类的花插在头发里一样。

“这东西比巴赫拉的眼睛还要明亮，”他快速地转动着那颗红宝石，欣喜地说，“我要拿给他去看看；可是，树乌说过死亡什么的，到底是什么意思呢？”

“我也说不上来。没让他挨你的刀子，我真是遗憾到了尾巴尖梢。地上也好地下也罢，冷窟里总是有一些邪恶的东西。不过现在我饿了。这一大早，你和我一起去狩猎吗？”卡阿说。

“不了，一定得让巴赫拉看看这东西。狩猎大吉！”莫格里手舞足蹈地离开了。一路上他挥舞着那根非凡的驱象刺棒，还不时地停下来欣赏一会儿。最后，他来到了丛林里巴赫拉最常待的那个区域，发现他猎杀了一头大兽之后，正在饮水。莫格里把自己的冒险经历从头到尾给巴赫拉讲了一遍，巴赫拉一边听，一边不时地嗅一嗅驱象刺棒。当莫格里讲到白眼镜蛇的最后几句话时，黑豹发出了赞同的呜呜声。

“那么，白兜帽说的究竟是怎么一回事呢？”莫格里性急地问。

“我出生在乌代浦国王的笼子里，我肚子里对人类多少有些了解。就为了一大块红石头的缘故，许多人一夜之间会三次杀人。”

“可是大红石头拿在手里很沉很累的。我亮闪闪的小刀就好多了，你看，红石头又不可以吃。他们干吗要为了它杀人呢？”

“莫格里，去睡你的觉吧。你在人类中间生活过，而且……”

“我记起来了。人类杀生不是为了猎食，而是因为闲得无聊，为了取乐。醒醒，巴赫拉。这根带尖刺的东西做在上面是派什么用处的？”

巴赫拉半睁着眼睛——他非常困——不怀好意地眨了一下。

“人类造它出来，是要用它扎进哈提子孙的脑袋里，让血呼啦啦地流出来。在乌代浦的大街上，我看到过那种事，就发生在我们的笼子跟前。这东西尝过哈提许多同类的血。”

“可是，他们把它扎进大象的脑袋，是为了什么呢？”

“为了教他们人类的法律。人类没有尖爪利齿，就造出这种东西来——还有更厉害的呢。”

“我走到哪里，哪里就会流更多的血；就连人群造出来的这玩意儿，居然也是，”莫格里厌恶地说，驱象刺棒挺沉，他拿着觉得有些累，“早知道这样，我就不拿走它了。先是梅苏阿的血流在皮带子上，现在是哈提的血。我再也不用这刺棒了。看着！”

驱象刺棒闪着光芒飞出去，落在三十码开外的林中，尖刺插进了土里。“这样我的手就不沾死亡了，”莫格里在清新潮湿的泥土上擦着手掌，说道，“树乌说死亡会跟着我。那个变白了的老东西，真是疯了。”

“白也好黑也好，死也罢生也罢，我要睡觉了，小兄弟。有些家伙能狩猎一整夜，然后再嚎叫一整天，我可不行。”

巴赫拉走了，他去了大约两英里外的一个狩猎用的巢穴。莫格里图省事，就近上了一棵树，把三四根藤蔓结在一起，说时迟，那时快，他已经在离地五十英尺的吊床上晃荡了。莫格里虽然对强烈的日光并不特别反感，但是他循着朋友们的习惯，尽可能地不利用白昼。当他在很吵的树上居民中间醒来时，已经是又一个午夜了。他梦见了自己扔掉的那些美丽的鹅卵石。

“我至少得再看一眼那东西。”他说，顺着一根爬藤滑落到地上。巴赫拉比他先醒。莫格里听见他在半明半暗中吸着鼻子。

“带尖刺的东西哪儿去了？”莫格里嚷道。

“一个人把它拿走了。这是他的脚印。”

“这一下行了，我们可以看看树鸟的话是不是真的。如果带尖刺的东西是死亡，那人就会死。我们跟着他。”

“先去猎杀吧，”巴赫拉说，“肚子空着，眼睛就会花。人类走起来是很慢的，而且丛林里够潮湿，最轻微的脚印也留得下来。”

他们尽快完成了猎杀，但是过了将近三小时，他们才吃完肉饮了水，开始循着脚印认真地追踪。丛林居民都知道，吃饭匆忙的损失，什么也不能补偿。

“你觉得，带尖刺的东西会在人的手里掉过头来，把他杀死吗？”莫格里问，“树鸟说它是死亡。”

“找到他以后就知道了，”巴赫拉说，低着头一个劲儿地快步走着，“是独脚（他的意思是只有一个人），那玩意儿的重量压得他脚后跟印子陷下去很深。”

“嗨！这脚印就像夏天的闪电一样清晰。”莫格里应道。他们开始快步奔跑起来，追着两只光脚板的印子，猛跑一阵，猛地又停一下，一会儿来到月光下，一会儿跑进月影里。

“这一段他跑得很快，”莫格里说，“他脚趾分开了，”这时他们正跑过一段潮湿的地面，“到了这儿他为什么拐向旁边？”

“等一等！”巴赫拉说，尽全力一跃。这超乎寻常的一跃跳出去很远。当足迹突然发生原因不明的变化时，该做的第一件事就是向前跳跃过去，别让自己的脚印落在地上，把踪迹弄乱。巴赫拉落地后，转过身来面对着莫格里，喊道：“这儿有另外一行足迹迎着他过来。留下这第二行足迹的脚比较小，脚趾内翻。”

莫格里跑上前去观看。“这是一个冈德族猎人的足迹，”他说，“瞧！这是他的弓在草上拖过去的痕迹。第一行脚印拐弯那么猛那么急，原因就在这儿。大脚躲避小脚。”

“确实是这样，”巴赫拉说，“那好，为了避免你我脚印交叉，把他们的踪迹弄乱，我们还是各追一行足迹吧。我，大脚；你，小脚的冈德人。”

巴赫拉跳回来追踪原先那行足迹，丢下莫格里一个人弯着身子，察看小个子林中人所留下的狭小奇特的足迹。

“这会儿，”巴赫拉说，他一步一步，循着那一串脚印往前走着，“我，大脚，在这边拐弯了。现在我躲在一块岩石后面，一动不动地站着，不敢挪动脚。报一下你的踪迹，小兄弟。”

“这会儿，我，小脚，来到了岩石跟前，”莫格里说，沿着踪迹跑上前来，“现在，我在岩石下方坐下来，右手支撑着身子，弓放在脚趾中间。我等了很久，因为我在这儿留下的脚印很深。”

“我也是，”巴赫拉躲在岩石后面说道，“我在等待，带尖刺的东西的柄端搁在一块石头上。它滑了一下，因为石头上有一道刮痕。报一下你的踪迹，小兄弟。”

“这儿有一两根小树枝和一根大树枝折断了，”莫格里压低嗓门说道，“哟嗬，这个我怎么报呢？啊！明白了。我，小脚，走开时弄出声音，脚步很重，好让大脚听见。”他一步一步离开岩石，钻进林子去了。他在远处提高了说话的声音，因为他来到了一道小瀑布跟前：“我……走得……很远了……这儿……瀑布的……声音……盖住了……我的……声音；我……在这儿……等着。报一下你的踪迹，巴赫拉，大脚！”

刚才，黑豹一直在四下里打量着，看大脚的足迹是怎样从岩石后面离开的。这会儿他开腔了：“我膝盖着地从岩石后面出来，拖着带尖刺的东西。看看没人，我就跑了起来。我，大脚，跑得很快，足迹很清楚。我们各自追踪吧。我跑起来啦！”

巴赫拉沿着清晰的足迹飞奔，莫格里跟踪着冈德人的脚步。一时间，丛林里一片静寂，鸦雀无声。

“你在哪儿，小脚？”巴赫拉喊道。莫格里的声音从右边不到五十码的地方给了他一个回应。

“呣！”黑豹低沉地咳嗽了一声，说道，“两个人在并排向前跑，离得越来越近了！”

他们又赛跑了半英里，期间始终保持着同样的距离。最后，莫格里，他的脑袋不像巴赫拉那样贴近地面，他喊了起来：“他们碰上了。狩猎大吉——瞧！小脚站在这儿，膝盖抵住一块岩石——那边不就是大脚吗！”

他们前方不到十码远的地方，在一堆碎石上，躺着当地一个村民的尸体；一支尾端带小羽毛的长箭，从他的后背贯穿到前胸。

“还说树乌又老又疯吗，小兄弟？”巴赫拉温和地说，“至少，这儿死了一个。”

“接着追。可是，饮大象血的东西——那个红眼睛的刺棒——哪儿去了？”

“也许，到了小脚的手里。现在又是独脚了。”

这道单行足迹是一个身体很轻的人留下的，他跑得很快，左肩扛着一个分量很重的东西。他绕着一道长长的、满是干草的矮山嘴，一直往前。在目光锐利的追踪者眼里，他落下的每一步，都像烧红的烙铁留下的印迹一样清晰。

他俩都不说话，直到足迹延伸至一堆隐藏在沟壑里的篝火灰烬跟前，才打破沉默。

“又是一个！”巴赫拉说，停在那儿仿佛变成了一尊石像。

干瘪的小个子冈德人的尸体躺在地上，两只脚搁在灰里，巴赫拉用询问的目光看着莫格里。

“是用一根竹子干的，”男孩瞄了一眼后说道，“我在人群里当差的时候，曾经用竹竿赶过水牛。眼镜蛇的祖宗——很抱歉，我取笑过他——很了解人这个种族，我本该很了解他们的。我不是说过，人类杀戮是因为无聊吗？”

“其实，他们杀人是为了那些红色和蓝色的石头，”巴赫拉答道，“别忘了，我曾经在乌代浦，在国王的笼子里待过。”

“一道、两道、三道、四道足迹，”莫格里俯身看着灰烬，说道，“四道穿鞋的人的足迹。他们没有冈德人走路那么快。嗨，难道小个子林中人作了什么恶，跟他们结了仇？看，他被杀之前，他们交谈过，全部五个人，站在这儿。巴赫拉，我们回去吧。我感觉到肚子很沉，却又上下颠动着，就像树枝末梢的黄鹂窝一样。”

“正追着猎物却半道上丢下，这可不是好的狩猎。跟上去！”黑豹说，“那八只穿鞋的脚还没有走远。”

整整一个小时，他们没再交谈，只管闷声不响地使劲儿向前跑，跟着四个穿鞋的人留下的一排宽宽的足迹。

这时已经是大白天，没有云彩，很热。巴赫拉说：“我嗅到了烟味。”

莫格里回答说，人类总是喜欢吃，懒得奔跑。他们已经到了那片新扩展出来的丛林里，正在低矮的灌木丛中穿行着，摸索前进。巴赫拉和他隔着一小段距离，在他左边走着，喉咙里发着一种难以名状的声音。

“这儿有一个，吃的事情已经做完了。”他说。一丛灌木下面趴着一堆东西，它穿着色彩鲜艳的衣服，周围洒了一些面粉。

“又是竹子干的，”莫格里说，“看！白色的粉就是人类吃的食物。这个人帮他们拿着食物，他们却从他手里夺走了猎获的东西，还把他丢下来喂老鹰兰恩。”

“这是第三个了。”巴赫拉说。

“我会带着新猎杀的大青蛙去见眼镜蛇的祖宗，把他喂得肥肥的，”莫格里对自己说，“饮大象血的东西就是死亡本身——可我还是没弄明白！”

“跟上！”巴赫拉说。

他俩还没走出半英里，就听见乌鸦克沃在一棵柽柳树顶上唱死亡之歌。树荫下躺着三个人。在他们形成的圈子中央，一堆将熄未熄的火冒着烟，火上搁着一只铁盘子，盘子里有一块未发酵的面做的饼，黑糊糊的，已经烤焦了。就在火堆旁边，躺着那根红宝石绿松石的驱象刺棒，在阳光下，它闪耀着夺目的光芒。

"这东西干活儿挺利索，到这儿已经一切都搞定了，"巴赫拉说，"这几个是怎么死的，莫格里？各人身上都没有伤痕。"

对于有毒的植物和浆果，丛林居民有机会从经验中获得的知识，并不比许多医生知道得少。莫格里嗅了一下火堆上飘过来的烟，然后掰下一块焦黑的面饼尝了尝，又吐了出来。

"死亡的苹果，"他呛咳着说道，"一定是先前那个人下在食物里对付这几个人的，他们杀死冈德人以后，把他杀了。"

"真是狩猎大吉啊！一场猎杀接着一场猎杀。"巴赫拉说。

"死亡的苹果"是丛林里对曼陀罗的果子或者达图拉[1]的称呼，在整个印度，它是最容易弄到的毒药。

"接下来干什么呢？"黑豹说，"为了那边那个红眼睛的凶器，你我是不是得杀了对方？"

"它会开口说话吗？"莫格里悄声说道，"我把它随手扔掉，是不是做错了？在我们之间，它是没法干坏事的，因为人类想要的东西我们并不想要。如果把它丢在这儿不管，它一定会一个接一个地继续杀人，就像刮大风时坚果一个个掉下来一样快。我对人类没有爱意，但也不愿意他们一夜之间死掉六个。"

"有什么关系呢？死了几个人而已。他们互相杀戮，杀死了人还高兴得很，"巴赫拉说，"那个小个子林中人倒是很会狩猎。"

"可他们只是些小崽子。小崽子去咬水里的月亮，就会被水淹死。这是我的错，"莫格里说，听他的语气，仿佛他一切都明白了似的，"我永远不会再带一样新奇的东西到丛林里来——即

---

1 达图拉是曼陀罗的英文音译名，作者拼作Dhatura，通常拼作Datura。

使它像花儿一样美。这东西——”他小心翼翼地抚弄着驱象刺棒，“还是送回眼镜蛇的祖宗那里去吧。不过我们得先睡上一觉，而且不能睡在这些长眠的人旁边。还得把这东西埋起来，免得它跑掉，再去杀死六个人。帮我在那棵树下面挖个坑。”

“好吧，”巴赫拉一边说，一边朝树下挪着步子，“不过小兄弟，我跟你说，错不在这饮血的东西。麻烦出在人的身上。”

“一回事，”莫格里说，“坑挖深些。醒来后，我会把它弄出来，送回去。”

两夜之后，白眼镜蛇正盘坐在黑暗的穹隆里伤心，因为他被抢了。他感到丢脸，他很孤独。这时从石壁上的洞里，绿松石驱象刺棒打着旋飞了进来，哗啦一声砸在金币铺成的地面上。

“眼镜蛇的祖宗，”莫格里说道（他小心翼翼地待在石壁的另一边），“从你的族类中找一个年轻力壮的来，帮着你看守国王的宝藏吧，那样就不会再有人类活着离开这儿了。”

“啊哈！这么说，它回来了。我说过，这东西是死亡。你怎么会还活着呢？”老眼镜蛇咕哝道，亲热地用蛇身盘绕着驱象刺棒的柄。

“凭着赎买我的那头公牛起誓，我也不知道为什么！那东西一夜杀死了六个人。别再放它出来了。”

小个子猎人之歌

孔雀莫奥还没振翅，猴民还没叫喊，
老鹰兰恩还没猛扑下来一个弗隆[1]，
从林里轻轻掠过一个影子一声叹息——
他是恐惧，小个子猎人啊，他是恐惧！

林中空地上轻轻跑着一个守候的影子，
远远近近，到处散布着悄声喁语；
你额头冒汗，因为他正从旁边经过——
他是恐惧，小个子猎人啊，他是恐惧！

月亮还没爬上山峦，岩石上还没有斑驳的光，
一条条耷拉的尾巴湿漉漉没精打采，
呼哧呼哧，夜色中你背后响起沉重的鼻息——
他是恐惧，小个子猎人啊，他是恐惧！

1 长度单位，相当于六分之一英里。

你跪下来拉开弓，叫箭矢呼啸而去；
长矛投进空荡荡的灌木林，招来嘲笑；
你的手松瘫软了，血从脸上淌下来——
他是恐惧，小个子猎人啊，他是恐惧！

当滚热的云吮吸着暴雨，松树被劈开后倒下，
当迷蒙耀眼的雨飑[1]忽东忽西地抽打；
从雷霆的战斗锣声中钻出一个最响的声音——
他是恐惧，小个子猎人啊，他是恐惧！

洪水蓄住了，那么深；没有脚的大卵石在蹦跳，
闪电把每一条最细小的叶脉照得那么清晰——
你的喉咙却又干又堵，你的心锤打着胸腔：
恐惧，小个子猎人啊——这就是恐惧！

1 飑读作biāo，雨飑是一种天气现象：雨伴随着突然转向的大风。

蒯猩

东部冰原上的族人哦，他们像雪一样在融化——

他们乞求咖啡和糖，白人去哪儿他们都紧跟。

西部冰原上的族人哦，他们学会了偷盗和打架；

他们把皮毛卖给收购站，把灵魂卖给了白人。

南部冰原上的族人哦，他们和捕鲸船队做生意；

他们的女人有许多饰带，帐篷却破烂，几近无存。

但老冰原上的族人哦，他们在白人不到的地界——

他们的梭镖是独角鲸的角做的，他们是最后的族人！

“他睁开眼睛了。看！”

“把他放回皮袋里去吧。他会长成一条强壮的狗。等到四个月大的时候，我们给他取个名字。”

“用谁的名字呢？”阿莫拉克问。

卡德鲁转动着眼珠子，打量了一遍衬着皮子里子的雪屋，最后目光落到十四岁的柯图柯身上。柯图柯坐在睡凳上，正用海象牙做一颗扣子。“用我的吧，”柯图柯说，咧开嘴笑着，“总有一天，我会用得着他的。”

卡德鲁也咧开嘴，回了他一个笑容。他那张扁平的脸，笑得眼睛几乎全陷进了肥肉里；他又冲着阿莫拉克点了点头。这时，小狗崽凶恶的母亲呜呜地悲嗥起来，因为她看见自己的宝宝在海豹皮小袋里扭动着，离她太远了，够不着：袋子悬挂在鲸油灯上方，比较暖和。柯图柯继续雕刻他的扣子。卡德鲁把一卷套狗的皮子挽具扔进雪屋一侧另辟出来的小房间里，脱下沉重的鹿皮猎装，放在另一盏鲸油灯上方悬挂着的鲸骨网篮里，然后一屁股坐在睡凳上，开始切一块冰冻的海豹肉。待会儿，他的妻子阿莫拉克会把主餐端上来，他们惯常的食谱是水煮肉和血汤。他一大早就出门了，去八英里外的海豹冰洞边狩猎，回来时带回家三只大海豹。你能听见咬和吠的声音，在通往雪屋内室门的那条又长又低矮的通道或者说隧道的半中央，那是他的雪橇狗队里的狗。他们干完一天活以后得到了解放，在互相扭打着争抢暖和的位置。

吠叫声太响了，柯图柯就懒洋洋地从睡凳上滚下地，抄起一根鞭子来：它的柄十八英寸长，是用有弹性的鲸骨做的；鞭身二十五英寸长，沉甸甸，是用皮子编成的。他一头扎进了通道里。听里面的声音，仿佛所有的狗要把他生吞活吃了似的，但那只不过是他们进食前的惯常礼数而已。他从通道另一头爬出来时，半打毛茸茸的脑袋在跟着他转，眼巴巴地看着他走向鲸颚骨做的吊架，狗吃的肉就吊在那上面。他用一支宽头梭镖把冻肉切成一大块一大块，站在那儿，一手拿鞭子一手拿着肉。畜生们一个个叫到名字才可以上前，最弱的最先叫到；没轮到自己就抢先，那是要吃苦头的：尖削的鞭子会像闪电一般唰地抽过来，抽去一英寸左右的毛和皮。畜生们一个个低沉地咆哮着，吠叫着，一口就把自己的一份肉满满地塞进嘴里，然后赶紧回到通道里免得挨抽。在炫目的北极光下，男孩站在雪上，公平地分发着食物。最后轮到的是大黑狗，他是狗队的头领，狗队套上挽具后就由他来维持秩序。柯图柯给了大黑狗双份的肉，也啪地多给了他一鞭子。

“啊！”柯图柯一边把鞭子卷起来，一边说道，“灯那边我还有一个小家伙，他会呜呜地叫个没完的。去去去！都给我进去！”

他钻进通道，从挤成一团的狗身上爬回去，用阿莫拉克放在门口的鲸骨掸子掸掉皮袄上的雪花，又轻轻地敲敲衬着皮子的屋顶，把雪做的拱顶上垂挂着的冰棱震落下来，然后回到睡凳上，蜷缩起身子。通道里的狗已经在睡梦中打鼾，发出呜呜的声音；他的小弟弟在阿莫拉克深深的皮毛兜帽里踢腿、打嗝、咯咯地笑；新取名字的狗崽的母亲躺在柯图柯旁边，目不转睛地看着海豹皮袋子，它挂在鲸油灯宽宽的黄色火苗上方，温暖而且安全。

所有这一切发生在北方很远的地方，在拉布拉多[1]的另一边，在巨大的浪潮卷吐着冰块的哈德逊湾的另一边，在麦尔维尔半岛[2]以北，比狭窄的弗瑞赫克拉海峡[3]还要靠北——在巴芬岛[4]的北岸，兰开斯特海峡[5]的冰上，拜洛特岛矗立着，就像一只倒扣的布丁碗。从兰开斯特湾往北，我们就所知甚少了，只知道还有个北德文岛和埃尔斯米岛[6]；可以说，它们已经接近北极了，但就连那两个岛上，也有一些零星的居民。

卡德鲁是一个因纽特人，也就是你们所说的爱斯基摩人。他的部落，总共不过三十来个人，属于图努尼尔缪特——“躺在某个东西背上的国家”。在地图上，那一片荒凉的海岸标作“海军部小湾”，但还是因纽特人的称呼好，因为那片地带正是位于世界上一切事物的背面。一年中，那地方九个月是冰天雪地，而且大风不断；其寒冷的程度，没有见过气温表上零度[7]的人，是无法

1 北美哈德逊湾与大西洋之间的半岛。

2 位于加拿大西北部。

3 位于巴芬岛和麦尔维尔半岛之间，最窄处只有两公里。

4 加拿大第一大岛，世界第五大岛，在加拿大东北部，大部分位于北极圈内。

5 在巴芬湾西面，所有从大西洋经过加拿大北极群岛通往太平洋的航线，都要穿过这个海峡。

6 兰开斯特湾的南边是巴芬岛，北边就是北德文岛，埃尔斯米岛在北德文岛的西北。

7 作者是英国人，所以这里的零度指的是华氏零度，相当于摄氏零下十七八度。

了解的。那九个月里，六个月那地方是漫漫永夜，这正是它如此可怕的原因所在。在夏季的三个月里，那儿每天夜里都结冰，每隔一个白天也结冰。夏季一到，向阳的斜坡上雪中就开始渗出水来，一些地柳发出绒绒的芽，一种景天一类的细小植物假装开了花，铺着细石子儿和圆石头的海滩在开阔的大海面前展露出来，雪沉下去变成颗粒状，浮出光滑的大砾石和带条纹的岩石。但几个礼拜后这一切就消失了，狂暴的冬天重新把这片大地冰封起来，而在海岸视野之内的海面上，浮冰上下颠动着，裂开来撞过去，互相挤压着碰撞着，互相敲打着辗磨着，直到最后全部冻在一块儿，从陆地上直冻到深海，结成十英尺厚的冰层。

冬天的时候，卡德鲁会追踪海豹来到这冰架的边缘，趁它们浮上冰洞来换气，用梭镖叉住它们。海豹必须有开阔的水域供它们生存和捕鱼，而有时在隆冬时节，冰架会从最近的海岸向海中延伸八十英里没有一条裂缝。春天里，他和他的族人从大浮冰上撤回到多岩石的陆地，搭起皮子帐篷，张网捕捉海鸟，叉捕海滩上晒太阳的年轻海豹。一段时间之后，他们会南下，进入巴芬岛追猎驯鹿，在该岛内陆的几百条河流和湖泊中捕捉大麻哈鱼作为一年的食物储备。九、十月份，他们会回到北方，狩猎麝牛，从事一年一度的冬季海豹捕猎。这样的行程是靠狗拉雪橇来完成的，每天行进二三十英里。有时，他们也会乘坐一种名叫“女人船”的大皮筏子，沿着海岸航行。这种时候，狗和婴孩躺在桨手们的脚中间，女人们唱着歌，船儿在冰冷的、平滑如镜的水面上滑行着，从一个海角来到另一个海角。图努尼尔缪特的全部奢侈品都是从南方置办的，包括制造雪橇滑板的浮木，制造鱼叉尖头的铁棒、钢刀、比老式皂石[1]锅具好用得多的白铁皮锅、燧石、钢制器具，甚至还有火柴。还有女人扎头发的彩色丝带、便宜的小镜子、给鹿皮衣服缝镶边用的红布等。卡德鲁用麝牛牙和昂贵的、奶油色带旋的独角鲸角（这些东西恰如珍珠一样珍贵）同南部的因纽特人做交易，他们转手又跟捕鲸人做交易，跟埃克塞特及坎伯兰湾[2]的传教所做交易。这样就形成了一条交易链：本迪集市[3]上的一只锅子偶尔被一艘船上的厨子买了去，最后有可能会在寒带北极圈里某个地方的鲸油灯上方度过余生。

卡德鲁作为一个好猎手，拥有不少铁鱼叉、雪刀和捕鸟飞镖之类的猎具；在极度寒冷的地方，它们能给生活带来许多便利。他是部落首领，或者如他们所说，是“通过实践了解一切的人”。这个身份并没有给他实权，他只会时不时地建议朋友换个狩猎场什么的。倒是柯图柯得了些好处：他和其他孩子一起在月光下玩球，或者对着北极光唱儿歌的时候，常常会以懒散而肥胖的因纽特人的方式，稍稍耍一点横。

不过，一个因纽特人到了十四岁，就会觉得自己是个大人了。柯图柯已经厌倦了下套子诱捕野禽和小狐狸，他最讨厌的事情是，在男人们出去狩猎的时候，长长一整天帮着女人们咀嚼海豹皮和鹿皮（他们没有别的办法使皮子变软）。

柯图柯想进那间叫作“阔吉”的唱歌屋，看猎人们聚在里面干神秘的勾当，看那个叫作“安吉阔克”的巫师在熄灯后吓得大

1　皂石是一种硅酸盐矿物石料，摸上去很滑，我们通常用来制作实验室桌面和洗涤池等。

2　位于巴芬岛东南海岸。

3　本迪集市颇有名，位于印度孟买南部。

家一惊一乍，快活之极。你能听见驯鹿精在屋顶上跺脚，看见一支梭镖被投进辽阔的黑夜里，飞回来时染着热血。柯图柯想做出一副一家之主的疲倦神态，把大靴子脱下来朝网子里一扔，跟黄昏时顺道来访的猎人们赌牌，玩一种用白铁皮罐和钉子做赌具的土法轮盘赌。有几百件事情他想做，但是大人们笑他，对他说：“等到你穿上带扣子的衣服时再说吧，柯图柯。狩猎和下套子根本不是一回事哟。”

如今父亲已经用他的名字给狗崽取了名，事情看来有希望了。一个因纽特人，不到他的儿子懂一些驱使狗的事情时，是不会把一条好狗浪费在儿子身上的。柯图柯可是把握十足，认为自己什么都懂。

一只狗崽如果没有铁一般的体格，那他将来就会因为拉的东西太重、拉东西的次数太多而死去。柯图柯给狗崽做了一副带挽绳的小挽具，牵着他在屋子里到处跑，吆喝着：“啊哇！驾啊哇！（向右）”“咵阔咿！驾咵阔咿！（向左）”“哦哈哈！（停）”小狗一点都不喜欢这样，但做完之后吃鱼时他倒是美滋滋的，只要不让他生平第一回套上雪橇就行。这一天终于来到的时候，他蹲在雪地上，只管玩弄海豹皮挽绳。挽绳一头系在他的挽具上，另一头已系到“皮图”，也就是雪橇架子前端中间的粗皮带上。这时狗队出发了，懵懂中狗崽发觉十英尺长的沉重雪橇正向自己的背上压过来，拽着他在雪地上往前滑；柯图柯见了，直笑得泪水满面。接下来的一天又一天里，无情的鞭子呼呼直响，就像风刮过冰面一样。他的同伴们全都冲着他吠咬，因为他不会干自己的活儿。挽具磨伤了他，人们再也不许他和柯图柯一起睡了，他只好躺在通道里最冷的地方。对于狗崽来说，那是一段凄惨的时光。

虽然学习驾驭狗拉雪橇是一件令人心碎的事，男孩和狗崽都很快就学会了。畜生们一个个都套上了雪橇，最弱的离驭者最近，而且单独用一根挽绳，它从狗的左前腿下面过去，钩在雪橇前端的粗皮带上。它是靠一种搭扣和环一样的东西钩在上面的，驭者转动一下手腕就能使扣环滑动，这样，一下子就能把一条狗放开。这十分必要，因为年轻的狗常常会被挽绳勒到后腿中间，割开皮肉直勒到骨头。在跑动中，他们还会在挽绳间跳来跳去，一个个串门子到同伴的位置上去。这种时候他们往往会打起来，结果把挽绳弄得比第二天早晨才收的钓鱼线还要乱。大部分麻烦可以通过科学地使用鞭子来避免。每个因纽特男孩都以长鞭在手而骄傲。拿根鞭子抽地上的目标容易，但在雪橇全速前进时，向前俯着身子抽偷懒的狗，而且鞭梢要正中狗的肩后，却是很难的。如果你嘴里训斥一条狗"串门子"，手里的鞭子却意外地抽到另一条狗，两条狗便会立刻通过打斗来解决问题，弄得所有别的狗都停下来。再比如，如果你带同伴一起出行时路上交谈起来，或者你独自出行时嘴巴里哼哼唱唱，那些狗就会停住脚，转过身，蹲下来听你有什么指令。有一两回，柯图柯停下时忘了刹住雪橇，结果自己掉下来，雪橇继续往前跑。在他弄断了许多靴子、毁坏了好几根粗皮带之后，总共有八条狗的整个狗队和轻便雪橇，终于可以放心地托付给他了。于是他感觉自己成了一个大人物，在光滑的、黑黢黢的冰上，凭着一颗勇敢的心和两只敏捷的胳膊肘，一溜烟地驰过平坦的雪原，快得如同吠叫着追猎的狼群。他会飞驰十英里去找海豹洞，到狩猎地之后，他会猛地一抽，从"皮图"上松开一条挽绳，放开狗队的头领大黑狗。大黑狗是狗队里最聪明的，他一嗅到海豹的透气洞，柯图柯就会把雪橇翻过来。雪橇上装着一对从鹿头上锯下来的鹿角，它们像婴儿车上的两个手柄一样，从雪橇的靠背上戳出来。柯图柯把这一对鹿角深深地插进雪里，那样，狗队里的狗便无法跑开了。然后他会一英寸一英寸地向前爬，等海豹上来换气。海豹一露头，他就迅速地把带拖绳的梭镖扎下去，迅速地将海豹拽上冰洞的边缘。大黑狗会立刻跑上前来，帮着他在冰面上拖死海豹，拖到雪橇跟前去。这种时候，套在雪橇上的狗会嘴边冒出白沫，兴奋得吠个不停。但柯图柯手里的长鞭仿佛是一根烧红的铁条，会搁在所有的狗面前；要等到死海豹冻得硬邦邦的，他才会把鞭子收起来。回家是一件繁重的工作。拉着满载的雪橇在粗糙的冰面上走，必须顺势使巧劲儿才行。那些雪橇狗往往会蹲下来，用饥饿的目光望着海豹，而不是拉着它前行。最后，他们会低着脑袋翘起尾巴，踏上那条破旧的雪橇道，叽叽咕咕地行进在吱吱作响的冰上，打道回府。柯图柯就唱起“安古提瓦恩泰纳陶纳内泰纳”（归来的猎人之歌），直唱到朦胧的夜色中，满天的繁星下面，一座座雪屋里响起招呼他的声音。

狗崽儿柯图柯长成大狗后同样也过得很快活。经过一场又一场的打斗，他过关斩将，在狗队里地位稳步提高。终于，在一个明朗的夜晚，在分食的过程中，他和大黑狗扭打在一起（男孩柯图柯在一旁维持比赛公平），使原先的头领成了他手下的二号狗——他们就是这么说的。于是，他被提升到了头狗的皮带子上，跑在所有的狗前头五英尺。他应尽的职责是制止一切打斗，无论是套上雪橇的时候还是卸下挽具之后。他戴上了一个铜丝颈圈，很粗很沉。在特殊情况下，他们让他在雪屋里面吃煮过的食物，有时还允许他和男孩柯图柯一起睡在睡凳上。他是一条很棒的猎海豹猎犬。他会围着麝牛转圈子，咬它的脚跟，把它逼入绝境。他甚至还会——对于一条雪橇狗来说这是勇气的终极证明——他甚至还会挺身而出，同骨瘦如柴的北极狼对抗。一般说来，北方所有的狗都害怕北极狼远甚于雪地上行走的其他任何动物。日复一日，夜复一夜，他跟他的主人——他们不把狗队里的普通狗算作同伴——裹着皮毛的一个男孩，跟一身长毛、细眼睛、牙齿白森森的一条黄色猛犬，他们俩一起狩猎。一个因纽特人要做的所有事情就是为自己和家人弄到食物和皮子。家里的女人把皮子做成衣服，偶尔也帮着诱捕一些小猎物；但是大量的食物必须由男人去寻觅，而因纽特人的食量是非常大的。如果断了供应，则无处可买；想乞讨或借贷，也是求告无门的。只有死路一条。

一个因纽特人，不到迫不得已的时候，是不会去考虑这种可能性的。卡德鲁、柯图柯、阿莫拉克，还有那个整天在阿莫拉克的皮毛兜帽里踢腿和咀嚼小块鲸脂的男婴，一家子在一起生活得很幸福，不比天底下的任何一个家庭差。他们属于一个非常温和的种族：因纽特人极少发脾气，几乎从不打孩子，他们不知道真格的说谎是怎么一回事，更不用说偷盗了。他们心满意足地生活在苦寒之极之地，靠梭镖谋活路，脸上露着油腻腻的笑容，在黄昏时分讲述着奇异的鬼故事和童话故事，吃东西吃到再也吃不下去为止。女人们一边修补狩猎用具和衣服，一边唱歌：“阿姆那，啊呀阿姆那，啊！啊！”漫长的燃灯之昼里，始终回响着她们无尽的歌声。

但是有一个可怕的冬天，一切都背叛了他们。图努尼尔缪特人一年一度南下捕捉大麻哈鱼归来后，在拜洛特岛北部刚结冻不久的冰上建起了雪屋，准备好海面一上冻，就去追猎海豹。但是那一年的秋天来得早而且来得凶。整个九月份，暴风刮个不停，使刚冻到四五英尺厚的光滑的海豹冰碎裂开来，逼迫一块一块尖利的碎冰移向内陆，堆成了一道大约二十英里宽的巨大屏障。赶着狗拉雪橇，是不可能翻过那道屏障的。大浮冰的外侧边缘向来是海豹们冬天的捕鱼之处，如今它也许已经在屏障以南二十英里开外了，那是图努尼尔缪特人无法到达的地方。尽管如此，靠着他们所储备的冰冻大麻哈鱼和贮藏好的鲸脂，这个冬天也还能设法勉强熬过去。可是在十二月份，他们的一个猎人偶然遇见了一个图皮克（皮帐篷），里面有三个女人，一个半死的姑娘。他们是从北方很远的地方南下，来到这儿的。她们的男人划着狩猎小皮筏出海去追猎有长角的独角鲸时，连人带船被冰碾碎了。当然啰，卡德鲁只好把她们分摊到村子里各家过冬的小雪屋里去，因为，因纽特人是决不敢拒绝给陌生人一口饭吃的。谁也不知道什么时候会轮到自己乞食。阿莫拉克收下了那个姑娘，她大约十四岁，在他们家就算是个仆人吧。根据她的尖顶兜帽的式样，根据她的白色鹿皮裹腿上的长菱形图案，他们估猜她来自埃尔斯米岛。她从未见过白铁皮锅，也没见过木头箍底的雪橇，但是男孩柯图柯和狗儿柯图柯都挺喜欢她。

这时所有的狐狸都已经去了南方，连雪地里的钝头小贼——那些老是在低声咆哮的小动物狼獾——也不肯费些事追踪柯图柯布下的一串陷阱，去偷里面的东西了。部落里失去了两个最好的猎人，他们跟一头麝牛搏斗时受重伤成了跛子，这样一来，就把更多的活儿丢给了别的猎人。柯图柯日复一日地出去，带着六七条最强壮的狗，乘着轻便狩猎雪橇，瞪大眼睛搜寻清澈的冰块——那样的冰旁边也许会有海豹刨了透气洞。累得眼睛疼。狗儿柯图柯搜寻的范围更远更宽，在冰原上死一般的寂静中，男孩柯图柯能听见狗儿柯图柯兴奋时那种半是哽咽的呜呜叫声。声音远在三英里外的一个海豹洞上方，他却听得清楚分明，仿佛狗儿就在他胳膊肘旁边似的。狗儿找到洞后，男孩就会在洞边为自己造一堵小小的、低矮的雪墙，挡开大部分的刺骨寒风。他会在洞旁边等上十小时、十二小时、二十小时，等海豹上来换气。他在洞口做了个小标记，眼睛紧盯着它，待会儿，鱼叉向下扎的方向就靠它指引。他的脚底下铺了一张海豹皮小垫子，两条腿用图塔瑞安（老猎人们说起过的那种搭扣）绑束在一起；海豹耳朵灵敏，在等待它浮上来的漫长过程中，这样做可以避免腿抽筋。整件事并没有令人兴奋的地方，但你不难相信，在大概零下四十度[1]的气温下，用搭扣绑束着腿，一动不动地坐着，是因纽特人所知道的最艰苦的工作。捕捉到一头海豹后，狗儿柯图柯会拖着挽绳跃上前来，帮着把海豹尸体拉到雪橇跟前；其余又累又饿的狗则一直待在雪橇旁，闷闷不乐地躺在碎冰背后避风。

靠一头海豹是维持不了多久的，因为小村子里的每一张嘴里都有权填些食物；不但海豹的骨头和皮，就连海豹的筋都没有浪费。喂狗的肉都拿去给人吃了，阿莫拉克就从睡凳下面把夏天用的旧皮子帐篷翻出来，割成碎片喂狗群。他们嗥叫个不停，嗥叫着睡过去，醒过来因为饥饿而接着嗥叫。从各家小屋里的皂石灯盏上，你也能看出饥荒已经逼近。在光景好的冬季，鲸脂很充

1　作者是英国人，所以这里的零下四十度指的是华氏零下四十度，但华氏零下四十度正好等于摄氏零下四十度。

裕，船形灯盏上的火焰会有两英尺高，旺旺的，油滋滋的，呈黄色。如今它勉强只剩下六英寸高了：阿莫拉克小心翼翼地戳短了苔藓做的灯芯。她这么做的时候火焰意外地变亮了片刻，全家人的目光都跟随着她的手。在北方这种极寒冷的地方，饥荒的恐怖并没有那么重的死亡气息，死亡气息更重的是生活在黑暗之中。所有的因纽特人，都害怕每年不间隙地压迫他们六个月的那种无边的黑暗；雪屋里灯盏上的火苗变小以后，人的精神就会开始动摇，头脑就会变得混乱。

但最坏的情形还没有到来。

吃不饱的狗儿们夜夜瞪着天上的寒星，嗅着刺骨的风，在通道里低沉地咆哮着、吠叫着。他们停止咆哮时，寂静便重新降临了，如雪堆堵着门一般严实和沉重的寂静。人们听得见自己的血在薄薄的耳蜗中搏动，听得见自己的心在怦怦地跳，那声音就像巫师在雪地上敲鼓一样响。这一阵子狗儿柯图柯有些反常，套上挽具时总是闷闷不乐。一天夜里，他跳到上面来，用脑袋拱柯图柯的膝盖。柯图柯拍拍他，但是狗儿仍然摇着尾巴无目的地往前拱。这时卡德鲁醒了，他紧紧抓住那沉重的、狼头一样的狗脑袋，盯着那两只呆滞的狗眼睛看。狗儿呜呜咽咽地叫着，在卡德鲁的膝间发抖。他脖子上的毛竖了起来，仿佛门口有陌生人似的开始咆哮；然后，他又快活地吠叫着，在地上打滚，像小狗崽一样轻轻地咬柯图柯的靴子。

“他怎么了？”柯图柯说，他开始有些害怕了。

“生病了，”卡德鲁答道，“这是一种狗病。”狗儿柯图柯昂起鼻子，嗥叫了几声。

“我以前没见过。他会怎样？”柯图柯问。

卡德鲁稍稍耸了一下一只肩膀，穿过小屋去拿他的短柄鱼叉。那大狗看着他，又嗥叫了几声，便溜走了。他下了通道，通道里的狗避让到左右两边，留下宽敞的空间让他通过。他出了通道，来到雪地上，仿佛是在追踪麝牛似的狂吠起来。他吠叫着、跳跃着、蹦蹦跳跳地向前跑去，从视野中消失了。他得的并不是狂犬病，只是普通的疯病。寒冷和饥饿，尤其是黑暗，把他的脑子搞坏了。这种可怕的狗病一旦在狗队里现身，就会像野火一样蔓延。下一个狩猎日又一条狗病了，他在挽绳中间乱咬，拼命挣扎，被柯图柯当场毙杀。接着二号狗，就是曾经当过头领的那条大黑狗，在幻觉中以为发现了驯鹿的踪迹，突然狂吠起来。他们把他从“皮图”上松开后，他撒腿就向一座冰崖下的咽喉要道奔去，像他的头领柯图柯一样跑掉了，挽具还搭在背上。此后谁也不愿再带狗出去了。他们需要狗派某种别的用场，这一点狗儿们也是知道的。尽管被捆起来后，人把食物喂到他们嘴里，他们的眼睛里还是充满了绝望和恐惧。使情形变得更糟的是，老妇人们开始讲鬼故事，说她们遇见了当年秋天丧生的几个猎人的鬼魂，它们预言了各种可怕的事情。

失去狗，柯图柯比失去其他任何东西更伤心。因纽特人虽然食量很大，却也懂得忍受饥饿。但是饥饿加上黑暗和寒冷，再加上在户外风吹雪渍，他的体力受到了影响。他开始听到自己脑袋里有说话的声音，从眼角看见实际上并不存在的人。一天夜里，他在一个“瞎”海豹洞跟前白白守候了十个小时之后，给自己解开了搭扣，晕晕乎乎、脚步蹒跚地回村子里去。半道上，他停下来背靠在一块大卵石上歇一歇，碰巧那块石头像摇摆石一样，只靠冰面上一个突出的点支撑着。他的分量破坏了它的平衡，它笨重地翻了个跟头，柯图柯刚闪身避开，它就滑了过来，吱吱地沿着倾斜的冰面滑走了。

对于柯图柯来说，发生这样一件事已经足够了。从小到大，族人们教他相信，每一块大岩石和大卵石都有自己的印努阿（主人），通常是一个独眼族的女性灵物，叫作托那克。托那克打算帮一个人的时候，就在那人的身后滚动着，推他进她的石室，问他是否愿意接受她做他的守护精灵。（夏天冰雪融化的时候，原先被冰支撑着的大岩石和大卵石就会滚动和滑行，散布到冰原上各处。所以不难看出来，石头有生命的想法是怎样产生的。）柯图柯听见血液在耳朵里搏动着，他整天都听到这种啵啵声。他想，这是石头的托那克在对他说话。回到家之前，他就已经十分肯定，自己和她进行过一次长谈；回家后，没有一个人反驳他，因为他的族人都相信那是完全有可能的事情。

“她对我说：‘我跳下来，我从我雪原上的住所里跳下来。’”在灯光半明半暗的小屋里，柯图柯眍着眼睛，向前倾着身子，嚷嚷道，“她说：‘我要当向导。’她说：‘我要引导你去找有海豹的海豹洞。’明天我出门去，托那克会引导我。”

这时，村子里的安吉阔克[1]走了进来，柯图柯把他的故事又对巫师讲了一遍，从头到尾一个细节也没有漏。

“跟着托内特（石头精灵），她们会重新把食物带给我们。”安吉阔克说。

那个北方来的姑娘一直躺在鲸油灯旁边，过去的几天里她吃得很少，说话更少；但是第二天阿莫拉克和卡德鲁为柯图柯打包

1 因纽特人“巫师”一词的英文音译，见前文。

行李，往一辆小型手拉雪橇上绑东西的时候，她捡起牵拉绳，勇敢地走出来，站在了男孩身边。这时，他们正往雪橇上装狩猎用具，能匀出来的鲸脂和冰冻海豹肉也尽量往上面装。

“你的家就是我的家。”她说，在可怕的北极黑夜里，小型兽骨滑板雪橇在他们身后吱吱地响着，颠簸着。

“我的家就是你的家，”柯图柯说，“但是我想，我们俩会一起去见塞德娜的。”

这个塞德娜是地下世界的女主人，因纽特人相信，人人死后都必须先去她的可怕国度里过上一年，然后才能去极乐世界阔德里帕缪特，那儿永远不结冰，你一声唤，肥肥的驯鹿就会小跑着来到你跟前。

整个村子的人都在喊叫着：“托内特对柯图柯说话了。她们会把开阔的冰原展现在他面前。他会重新给我们带来海豹！”很快，他们的声音就被寒冷空寂的黑暗吞没了；柯图柯和姑娘肩并肩地向着北极海的方向而去，有时拉紧牵拉绳，有时让雪橇在冰上顺势滑行。柯图柯坚持说，石头里的托那克吩咐他去北边，他们就在驯鹿图克图克德琼的星光下向北去了。因纽特人的驯鹿星座我们叫作大熊星座。

在这种到处是乱糟糟的冰碴和棱角锋利的冰碛[1]的地方，没有一个欧洲人一天能走上五英里。但是，这两位懂得准确地转动手腕，巧妙地摆弄雪橇绕过冰丘；懂得怎样猛地一拽，险险地将雪橇从冰缝里拉上来；懂得在一切看来已经无望的情形下，以恰到好处的力道，沉着地用梭镖头戳几下，给雪橇开出路来。

1　冰碛为冰川作用过程中所挟带的碎屑构成的堆积物。

姑娘一言不发，只顾低着头赶路；她的貂皮兜帽边上的长长的狼獾皮毛流苏，被风吹起来，贴在了她浅黑色的宽脸盘上。他们头顶上的天空黑得像厚密的天鹅绒，靠近地平线的地方则变幻成了一道道印度红的镶边；在那些镶边上，硕大的星星像街灯一样灼灼地放着光。时不时地有一波泛着绿的北极光从高处空洞洞的天幕上滚过，像一面旗帜一样拂动着，蓦地又消失了；有时会有一颗流星闪烁着从黑暗中出现，身后拖曳着一簇火花，复又隐没在黑暗之中。流星划过天幕的时候，他们能看见大浮冰表面的沟沟脊脊，看见它的周边和那些冰尖尖上泛着奇幻的色彩——红色、紫红色和浅蓝色；而在平常的星光下，一切只会呈现出一种被冰霜侵蚀过似的灰色。你们一定记得，大浮冰是经过秋季暴风的轰击和折腾，仿佛经历过一场地震之后，才冻结成一整块的；上面有隘谷和沟壑，砾石坑一样的坑洞，恰似冰上的伤口。到处散布着的一块块形状各异的冰，冻结在大浮冰原先的冰面上；起暴风的时候一度被压挤到冰面下的黑黢黢的旧冰复又被推挤上来，像一块块斑疹；有些冰呈圆形，如同大卵石；另有一些冰的边缘像锯齿一样，那是暴风之前飘舞的雪雕刻出来的。还有些陷下去的大坑，每个有三四十英亩，躺在冰原其余部分的水平高度以下。从稍远一些的地方看过去，你会以为那些形状各异的冰块是海豹或海象，是倾覆的雪橇或出远门狩猎的猎人，甚至以为是十条腿的巨大的白熊精现身。这些冰形状千奇百怪，仿佛喊一声就能让它们醒过来变成活物似的，但是这儿却听不到一丁点声音，也没有哪怕最微弱的一丝丝回音。这一片有光倏忽飘来倏忽消逝的静寂与荒凉之中，天地间匍匐着一架雪橇和两个拉雪橇的人，他们缓慢地行进着，如同梦魇中的怪物——在世界尽头一个世界末日的梦魇之中。

他们走累了的时候，柯图柯便会筑起一座很小的雪屋，猎人们称之为“半屋”。他们会挤进去，点燃旅行灯，用它化开一两块冰冻的海豹肉。睡过一觉之后，他们又开始行进——每天走三十英里路可以向北推进十英里。姑娘总是静默不语，柯图柯却会嘟嘟囔囔地自言自语，还会放声歌唱，唱他在那间唱歌屋里学会的歌——歌唱夏天的歌，咏唱驯鹿和大麻哈鱼的歌——全都是极不合时宜的，跟眼下的季节格格不入。柯图柯会宣称自己听到托那克低沉地向他咆哮，他激动万分地跑上冰丘，挥舞着胳膊，用威胁的语调大声说话。说实话，柯图柯当时已经非常接近于疯狂，但姑娘坚信，柯图柯的守护精灵正在引导着他，一切都会好的。所以，第四段行程结束之际，当柯图柯眼睛像两只燃烧的火球，对姑娘说，他的托那克正显形为双头狗跟在他们后面时，姑娘一点也不感到惊讶。她向柯图柯指点的方向望去，看见仿佛有个东西溜进了沟壑。它当然不是人，人人都知道，托内特喜欢显形为熊和海豹之类的动物。

它可能是十条腿的白熊精现身，但也可能是别的东西，因为柯图柯和姑娘的眼睛已经不可以相信，他们饿得厉害，他们的眼睛已经花了。自从离开村子后，他们没见到任何猎物的踪迹，什么也没有诱捕到；他们的食物已经维持不到下个礼拜，而且一场暴风就要来了。在北极，一场风暴可以不停歇地刮上十天，这期间只要待在室外，就必死无疑。柯图柯砌了一座大一些的雪屋，能容下手拉雪橇（人决不能和肉食分开）。就在他切削最后一块不规则的冰块，做屋顶上的拱顶石时，突然看见一个怪物在半英里外一个小冰崖上望着他。空气中雾蒙蒙的，那怪物看上去有四十英尺长，十英尺高，尾巴有二十英尺，身形的整个轮廓线在颤抖。姑娘也看见了，她没有吓得大声喊叫，而是平静地说：“那是蒴猓。接下来会发生什么事呢？”

“他会对我说话。”柯图柯说。但他说话时，手里的雪刀在颤抖。一个人嘴上无论多么相信怪物是奇异而丑陋的精灵朋友，心里面也很少愿意把自己的话当真。蒴猓也是一种精灵怪物，他的形象是一条无牙无毛的巨犬。据猜测，他住在很远的北边，哪个地方有事情要发生了，预先就会见到他游荡的身影。说不上他让人喜欢还是厌恶，不过连巫师也不愿意提“蒴猓”两个字。蒴猓会使狗发疯。他像熊精一样，多长了几双腿，可能有六条或八条。这种在雾霾里上蹿下跳的怪物腿太多，一条真正的狗是不需要那么多腿的。柯图柯和姑娘飞快地缩进了雪屋里。当然，如果蒴猓真要捉他们的话，他能够把他们头顶上的屋子撕个粉碎；但有一堵一英尺厚的雪墙隔在他们和邪恶的黑暗中间，总是一种莫大的安慰。暴风袭来了，它的尖啸声就像火车的汽笛一样。暴风刮了三天三夜，没有换过一个方位，没有停歇过一分钟。他们把皂石灯夹在膝间添加鲸油，一点一点地啃食半温的海豹肉，在漫长的七十二小时里，一直呆呆地望着屋顶上越积越多的黑乎乎的烟垢。姑娘清点了一下雪橇上的食物，算下来最多只够他们吃两天。柯图柯一会儿察看一下鱼叉上的铁叉头和鹿筋绑绳，一会儿又察看一下叉海豹的梭镖和捕鸟飞镖。没有别的事可干。

“我们很快要去见塞德娜了，很快的，”姑娘悄声说，“三天后我们就会躺下，去她那儿。你的托那克什么也不干吗？给她唱一首安吉阔克的歌，唤她到这儿来。”

他开始唱，用很高的音调号叫着巫师的巫术歌。暴风渐渐地减弱了。他唱到一半的时候，姑娘蓦地一惊。她把戴着连指手套的手放在了小屋的冰地板上，然后又把脑袋贴在地面上。柯图柯也照着她的样子做了，两人跪着，凝视着对方的眼睛，绷起每一根神经倾听着。雪橇上放着一张捕鸟网，柯图柯从网边上撕下薄薄的一长条鲸鱼骨，把它绷直，然后竖插在冰上的一个小孔里，把他的连指手套塞在四周将它卡紧。那东西几乎像罗盘的针一样灵敏精准，现在他们已经不必用耳朵听，只要看着它就行了。薄薄的簧片稍稍颤了一颤，那是天底下最轻微的震动。接下来，它持续地颤动了好几秒钟，停一停，又再次颤动起来。这一次，它在向“罗盘”的另一端摆动。

“太快了！”柯图柯说，“远处有些大浮冰已经裂开了。”

姑娘指指簧片，摇了摇头。“是大爆裂，”她说，“你听听底下的冰，它们在碰撞呢。”

这一回他们跪下后，听到的是沉闷的咕噜声和碰撞声，这种再奇怪不过的声音显然就在他们脚下。有时，声音听起来仿佛是一只尚未开眼的小狗在灯的上方吱吱地叫，然后又仿佛是一块石头在坚硬的冰面上磨，再接下来就像是沉闷的鼓声。但所有这些声音都是被拉长和减弱过的，恍如透过远处的一个小号角发出来，经过一段疲惫的旅程才传到这里。

“我们不会躺着去见塞德娜了，”柯图柯说，“这是冰层破裂。托那克骗了我们。我们要死了。”

这一切听起来似乎够荒唐的，但两人确实正面临着一个极其真实的危险。三天的暴风将巴芬湾深处的水从南方驱赶了过来，堆积在从拜洛特岛向西延伸出去很远的陆缘冰的边缘。这时，强大的水流又从兰开斯特湾向东涌来，挟带着绵亘数英里、尚未冻结成冰原的乱哄哄的浮冰——他们称之为浮冰群。风暴作用下，奔涌翻腾的海水原本就在削弱与破坏大浮冰，现在它同时又遭到了浮冰群的轰击。柯图柯和姑娘一直在听的声音，正是三四十英里外浮冰群与大浮冰大战的微弱回音，那小小的指示簧片正是随着大震荡而颤动的。

正如因纽特人所说，一旦冰从漫长的冬眠中醒来，只有天知道会发生什么事情，因为坚固的大浮冰形状变化的速度几乎跟云彩一样快。这场暴风来得不是时候，显然是一场不当令的春天风暴——什么事情都可能发生。

然而，两人的心里比先前愉快多了。如果大浮冰碎裂，他们就不用再等待，不用再遭罪。到那时，精灵、妖怪和巫师巫婆会在变形的冰上到处走动，他们也许会发现，自己正和各种野蛮的怪物肩并肩，一起迈步走进塞德娜的国度，兴奋的红晕定格在脸上……暴风过后，他们从小屋里出来时，地平线那边的喧响声还在不断增强，他们周围的坚冰也在呻吟，发出嗞嗞的声音。

“他仍然在那儿等着。”柯图柯说。

在一座冰丘的顶上，坐着或者说蹲着他们三天前见到过的八腿怪。他可怖地嚎叫着。

“我们跟上去，”姑娘说，“他也许知道一条不是去塞德娜国度的路。”但是她拿起牵拉绳的时候，因为虚弱，身子摇晃着。怪物缓慢而笨拙地开始移动，翻过雪丘的脊背，向西，向陆地走去。他们跟了过去。这时从大浮冰的边缘，隆隆的咆哮声正滚滚而来，越来越近。大浮冰的边沿崩裂了，向内陆的各个方向裂开了三四英里。十英尺厚的巨大冰块，从几码见方到二十平方英亩不等，在水面上颠簸浮沉，互相顶撞，冲撞着大浮冰尚未破裂的部分；而巨大的浪涌在这些冰块中间激荡起无数的浪花，晃荡着它们，把它们卷走。可以说，这些攻城槌式的冰块，是大海正在向大浮冰发动猛烈冲击的军队的前锋。大片大片的浮冰整个儿被推挤到大浮冰底下，就像卡片被疾速塞入桌布下面一样，发出剌啦啦的撕裂声；但在攻城槌冰块不停歇的哗啦声和轧轧声里，这声音几乎完全被淹没了。哪里水浅，那些大片的浮冰就会一块一块堆起来，垒上去，直到最底下的一块碰到十五英尺深的水底的泥。变了色的海水被围堵在浑浊的冰堰后面，压力越来越大，最后，一切又重新被推送向前。除了大浮冰和浮冰群，暴风和水流还额外带来了真正的冰山和漂航在海上的冰山群，它们是从这一片海域的格陵兰岛一侧，或者从麦尔维尔湾的北岸断裂下来的。海浪拍打着它们，在周围激起白色的浪花；它们威武庄严地开过来，像一支张满风帆的古代舰队一般，向大浮冰逼近。有一座冰山似乎准备一举大获成功，将大浮冰攻克，却不免无能为力地搁浅在深水中，一个趔趄摔倒，在泡沫、泥浆和飞溅的冰碴中打滚。而一座矮小得多的冰山则向扁平的大浮冰猛攻，驰过去陷进大浮冰里，向两侧溅起成吨成吨的碎冰，破开一条长达半英里的水道，然后才停住。有的冰山像剑一般倒下来，斩开一条边沿参差不齐的水渠。有的冰山碎裂成许多大冰块，像一阵冰雹一样落下来，每一块都有几十吨重，打着旋，在一座座冰丘中间绕来绕去地滑行。还有些冰山驶入浅水处时，整个儿冒出水面，好像很痛苦似的扭摆着，一个侧翻，结结实实地摔倒了，海水立刻涌过来，鞭打着它们的肩头。极目望去，沿着大浮冰的北边沿，到处是冰在互相践踏，互相推搡，扭曲，变形，拱起，最终变成千奇百怪的各种形状。从柯图柯和姑娘所在的地方望过去，那一片大混乱只不过像是地平线下方一场小小的骚动，海面上起了些皱，起了些涟漪而已。但每时每刻，它都在不停地向柯图柯他们这边运动。他们听得见从远处向陆地方向传来的低沉的隆隆声，仿佛是大炮的轰鸣声透过大雾传来一样。这说明，大浮冰正受着要它性命的挤压，被挤向拜洛特岛海边铁一样硬的峭壁，挤向南边柯图柯他们身后的陆地。

“从来不曾有过这样的事，”柯图柯说，呆呆地瞪大着眼睛，“这是不合时令的。大浮冰怎么会现在就破裂呢？”

“跟着那家伙！”姑娘嚷道，手指着他们前方的怪物。它的样子一半像是在蹒跚地走，一半像是在心神不定地跑。他们使劲儿拽着手拉雪橇，跟了上去。这时，咆哮着向前挺进的冰正在不断地逼过来。终于，他们周围的冰原噼噼啪啪、呈辐射状地向四面八方开裂了，裂缝像狼的牙齿一样张开来，发出喀嚓喀嚓的声响。但是怪物停下的地方却岿然不动。那是一个堆积着许多分散的旧冰块的冰丘，有大约五十英尺高。柯图柯拽着姑娘，发疯似的朝前蹦，爬到了冰丘的底部。他们周围，冰的交谈声越来越响，但是冰丘依然稳如磐石。姑娘望着柯图柯，他向外屈着右臂，高高举起，做出了因纽特人表示登陆岛形地域的姿势。是八条腿的瘸子怪物引领他们在这个地方登陆的，这是海岸外的一个小岛，顶端是花岗岩，海滩上是沙子。它从头到脚裹着一层冰，所以没人能把它跟大浮冰区分开来；但它的底下是坚实的大地，而不是漂移的冰！大浮冰在这儿搁浅、碎裂，发出哗啦声而且弹开，这标志着碰到了小岛的边缘。一片对小岛很有利的沙洲向北伸出去，把冲向小岛攻势最猛的冰块分挡到两边，恰如犁头将沃土翻开一样。当然，某一块受到沉重挤压的冰原疾速扑上海滩，把小岛的顶整个儿削平，这种危险性是存在的。但柯图柯和姑娘才不愿费心劳神担忧此事，他们已经造好雪屋，开始吃东西，任凭喧闹声在耳边响个不停，那是冰块在锤击小岛，沿着海滩滑行。怪物已经失踪了，柯图柯蹲在灯旁，正在起劲地讲他如何有本事支配精灵。他的疯言疯语还没讲完，姑娘就已经大笑起来，笑得前仰后合。

在她的肩膀后面，两个脑袋正慢慢地、悄悄地挤进雪屋里来。一个黄脑袋，一个黑脑袋。它们分属于两条天底下最歉疚最羞愧的狗。一条是狗儿柯图柯，另一条是曾经的头领大黑狗。两条狗现在都很肥，很好看，头脑已经恢复正常，只是他们成双捉对的方式不正常。你一定记得，大黑狗跑掉的时候挽具依然套在身上。他一定是遇上了狗儿柯图柯，和他打闹过或者打斗过，因为他的肩环钩住了狗儿柯图柯铜丝编的颈圈，一拉一拽，就死死地缠在了一起，谁的嘴巴也够不着挽绳把它咬断，只好脖子挨脖子并排紧扣着。一定是这种情形，加上有了独立狩猎的自由，帮助他们治好了疯病。他们现在非常清醒。

姑娘把两只满脸羞愧的狗东西推向柯图柯，含笑抽噎着，嚷道："这就是带我们来安全地带的蒯猑，瞧瞧它的八条腿和两个脑袋！"

柯图柯把他们分开了，获得解放的黄狗黑狗一起扑到他怀里，想对他解释，他们怎样恢复了理智。柯图柯伸出一只手去摸他们的肋骨，感觉到他们肋下圆鼓鼓的，皮毛柔滑。"他们找到了食物，"他咧开嘴笑着说，"我想，我们不会很快就去见塞德娜了。这两个家伙是我的托那克派来的。他们的病已经好了。"

过去的几个礼拜里，这两个家伙一直被迫同吃同睡，一同狩猎；这会儿他们问候完柯图柯之后，立刻转过身来扑咬对方的喉咙，一场好看的打斗在雪屋里开始了。“空肚子的狗是不会打斗的，”柯图柯说，“他们找到了海豹。我们睡吧。会找到食物的。”

他们醒来的时候，小岛北面的海滩上已经是一片开阔的水面，所有松动的冰已经被水流推往陆地方向。对于因纽特人来说，第一阵拍岸的涛声是世上最悦耳的声音之一，因为它意味着春天已经在来北极的路上。柯图柯和姑娘手拉着手，脸上洋溢着笑容，因为浮冰间浪涛雄浑嘹亮的轰鸣声使他们想起了捕捉大麻哈鱼和驯鹿的时光，想起了地柳花开时的芳香。就在他们望着那片水面的时候，漂浮的冰块之间的海水已经开始结起一层薄冰，天气实在太寒冷了。但是在地平线的另一边，出现了一大片耀眼的红光，那是映照在天边的落日余晖。这情景更像是听见他在睡梦中打了一个哈欠，却并不曾看见他真的起床[1]。虽然那片耀眼的光只持续了几分钟，但它标志着季节的转换轮替。他俩意识到，这是任何事情都无法改变的规律。

柯图柯发现两只狗在打斗，争夺一头刚杀死的海豹。暴风常常会扰乱鱼群，这头海豹正是追逐受惊的鱼群而来的。它只是第一头，那一天陆陆续续有二三十头海豹登上小岛，而在海面冻结实之前，未结冰的浅水中已经有几百个尖尖的黑脑袋在欢快地攒动，同一块块浮冰一起，在水面上漂浮。

1　这里的“他”指太阳。北极日出日落的间隔与我们所见的不同，一年中大部分时间24小时不见太阳，而在夏天日照时间相当长，即所谓的“白夜”。这儿描述的是冬天和漫长的黑夜即将结束的时候，太阳非常短暂地出现一下，可以说还没升起来就已经落下去。

再一次吃到海豹肝，毫无顾虑地给皂石灯添满鲸油，望着火苗在空中蹿起三英尺高，感觉真好。但是海面上新冰层刚能承重，柯图柯和姑娘就把手拉雪橇上装满，驱使两条狗以他们生平从未有过的速度，拉着雪橇上路了。他们担忧村子里会发生不测。气候像往常一样严酷无情，不过拉着满载好食物的雪橇，相对于饿着肚子狩猎，总是一件比较舒适的事情。走之前他们留下了二十五头死海豹，都是经过处理随时可食用的，埋在海滩上的冰里面。这件事办妥后他们才急忙往回赶，柯图柯一声令下，两条狗开始领路。尽管冰原上没有路标，两天后，两条狗就已经在卡德鲁家的雪屋外面大声吠叫了。只有三条狗回应他们，其余的都已经被吃掉了。屋子里没有一点亮光，但是柯图柯叫了一声"喔嚼！"（煮肉）之后，有微弱的声音答应他了。他按着村子里的人数，清清楚楚挨个儿点了名：一个人都没少。

一小时后，卡德鲁家的灯上燃起了旺旺的火焰。雪水正在慢慢地热起来，锅子里开始冒泡，屋顶上的雪在滴水，这是阿莫拉克在为全村的人做饭。男婴在她的兜帽里嚼一条油汪汪坚果般硬的鲸脂，猎人们在慢条斯理地填塞海豹肉，一直填到肚子里没有一点空地方为止。柯图柯和姑娘在讲他们的故事。两条狗蹲在他们中间，一听到提他们的名字，便各竖起一只耳朵，露出一副羞得无地自容的神情。据因纽特人说，一条狗得疯病好了以后，将来再也不会染上这种病。

"所以说，托那克并没有忘记我们，"柯图柯说，"刮了风暴，冰破裂了，风暴吓坏了鱼群，海豹跟在鱼群后面游了过来。如今离这儿不到两天路程的地方就有新的海豹洞。明天让几个好猎人过去，把我叉死的海豹运回来——有二十五头，埋在冰里。

吃完以后，我们大家去追猎大浮冰上的海豹。”

“那么你干什么呢？”巫师问柯图柯，用的是惯常对卡德鲁说话的口吻。卡德鲁是最富有的图努尼尔缪特人。

柯图柯[1]看着北方来的姑娘，平静地说：“我们造一座雪屋。”他指指卡德鲁屋子的西北边，儿女结婚后通常是住在父母西北边的。

姑娘把手掌翻过来，掌心向上，绝望地轻轻摇了摇头。她是个异乡人，快饿死时被人捡来的，没有一点嫁妆可以带到新家里去。

坐在睡凳上的阿莫拉克一跃而起，开始风卷残云一般地朝姑娘裙兜里堆放什物——皂石灯、铁制刮皮刀、白铁皮水壶、用麝牛齿刺绣过的鹿皮……还有正宗的水手用帆布缝针——这是北极圈北部能拿出来给姑娘的最好嫁妆。北方来的姑娘对着阿莫拉克一躬到地。

“还有这两件东西！”柯图柯说，笑着指了指两条狗。两个家伙正把冰冷的鼻子嘴巴硬贴到姑娘脸上去。

“啊，”安吉阔克说，他像煞有介事地咳嗽一声，似乎刚才他一直在仔细斟酌要说的话，想好了才开口的，“柯图柯一离开村子，我就到唱歌屋里去唱魔法歌了。我整夜整夜地唱，召唤驯鹿精。是我的歌声让暴风起来，使浮冰破裂，把两条狗赶到柯图柯身边的，否则他的骨头早已被冰压碎了。是我的歌声引着海豹跟随破碎的冰来到。我的身体躺在阔吉[2]里不动，但是我的魂灵却在冰上四处奔走，引导柯图柯和两条狗做所有的事情。是我干了那些事。”

1　原作中此处为卡德鲁，这是一个明显的笔误或印刷错误。

2　因纽特人“唱歌屋”一词的英文音译，见前文。

人人都吃饱了，昏昏欲睡，所以没有人反驳他。安吉阔克凭借着职务上的优势，又自己动手拿了一块煮肉吃，然后才躺下来，和其他人一起，在温暖明亮、弥漫着油味儿的屋子里睡着了。

后来，柯图柯按照因纽特人的风俗，在一支长而扁平、一端有一个圆孔的海象牙上，把这一次的全部冒险经历刻画了下来，画得非常之好。有一年冬天“温暖如春”，他和姑娘去北方的埃尔斯米岛[1]，刻着故事图画的海象牙便寄放在卡德鲁身边。又有一年夏天，卡德鲁在尼科瑟林的内提尔林湖[2]的湖滩上时，狗拉雪橇坏了，海象牙因此也弄丢了。第二年春天，一个湖区因纽特人捡到了它，在伊米根[3]把它卖给了一个在昆布兰湾[4]一艘捕鲸船上做翻译的人，翻译又把它转卖给了汉斯·奥尔森，后来奥尔森到一艘向挪威北角[5]运送游客的大轮船上做舵工。旅游季节过去后，那艘船改跑伦敦到澳大利亚之间的航线，在锡兰[6]停靠，奥尔森上岸后拿海象牙跟一个锡兰珠宝商换了两颗赝品蓝宝石。我在科伦坡[7]一所房子里的垃圾底下发现了它，把上面的故事从头到尾翻译了出来。

1 按前文，埃尔斯米岛是姑娘的家乡。
2 在巴芬岛上。
3 加拿大西北部因纽特人聚居的努纳武特地区的一个岛。
4 北大西洋拉布拉多海的一部分。
5 在挪威最北端，也是欧洲的最北端。
6 南亚岛国斯里兰卡的旧称。
7 斯里兰卡首都。

“安古提瓦恩泰纳”

（这是“归来的猎人之歌”的译文，因纽特猎人常常在叉捕到海豹后唱这首歌。他们唱歌时喜欢重重复复地唱同样的内容，所以翻译时做了许多不受原歌词限制的处理。）

我们的手套沾了血结冻发硬，
皮毛的外套上雪花积满，
当我们满载着，满载着海豹
归来，从大浮冰的边沿！

呜驾哪！啊哇！哦哈！哈克！
吠叫着的狗队奔跑在冰原，
长鞭噼啪地响，猎人们正在
归来，从大浮冰的边沿！

我们追踪海豹到隐秘的所在，

听见它在下面刨挖冰层，
我们做好标记，然后在旁边
守候，在大浮冰的边沿。

他上来换气时我们举起梭镖，
猛地扎下去——如此这般！
我们就这样耍他，我们就这样
杀他，在大浮冰的边沿。

我们的手套沾了血结冻发硬，
雪花遮住了我们的双眼；
可是我们回来了，回到妻子
身边，从大浮冰的边沿！

呜驾哪！啊哇！哦哈！哈克！
狗队满载着奔跑在冰原，
妻子们听见丈夫回来的声音。
回来了，从大浮冰的边沿！

红豺

为了吉利，为了我们非凡的夜晚——为了迅疾奔跑的夜晚。

排好队伍，看清远处，狩猎大吉，狡诈十足！

为了露水消失之前，未被污染的黎明的气息！

为了雾中的突袭，和受惊后盲目逃窜的猎物！

为了黑鹿陷入绝境转过身来时我们配偶的叫喊，

为了夜间的冒险和狂欢！

为了白天在穴洞口的睡眠，

遭遇上了，我们就大战一场。

吠啊！使劲儿吠啊！

村庄被丛林吞噬之后，莫格里一生中最愉快的日子开始了。债已经清偿，他自我感觉良好；整个丛林是他的朋友，只是有那么一点点怕他。他从一个族群游荡到另一个族群，有时带着四个同伴，有时不带。他在游荡过程中做过、看见过和听到过的事情，可以写成许多许多故事，每一个故事都和这个故事差不多长，所以，我没办法都讲给你们听。比如他遇到一头孟德尔[1]的疯象，那家伙杀死了拉着十一辆装满银币的大车去国库的二十二头小公牛，把闪亮的银卢比撒在尘土之中。比如他在沼泽地的北部，跟鳄鱼贾卡拉搏斗了一整夜，在那畜生背部的鳞甲上折断了那柄剥皮刀。比如他从一个被公野猪杀死的人的脖子上，弄到了一把更长的刀，并且追踪野猪，将他猎杀，作为获得新刀的公平代价。比如他在大旱那年的大饥荒中，被迁移的鹿群赶上，差一点被左冲右突向前狂奔的鹿群碾碎。再比如沉默者哈提又一次掉在陷阱里，陷阱底部有一根尖桩；莫格里把哈提救了出来，第二

1 印度的一个县，该县境内的丛林现已辟为保护野生动物的甘哈国家公园。

天他自己又掉进了一个布置得很狡猾的捕豹陷阱；哈提把他头顶上的粗木栅条弄断，反过来又把他救了。还有，他在沼泽里挤野水牛的奶。还有……

但是我们一次只能讲一个故事。狼爸爸和狼妈妈死了，莫格里把一块大卵石滚过去，封堵住狼穴的洞口，为他们唱了死亡之歌。巴洛很老了，行动僵硬迟钝，连神经如钢、肌肉似铁的巴赫拉，猎杀时的动作也比昔日迟缓了些。阿克拉纯粹是因为年迈，已经从灰白色变成了乳白色，肋骨凸出来，走起路来仿佛是木头架子，猎杀的事已经由莫格里来替他做了。而年轻的狼，也就是散了伙的西奥尼狼群的孩子们，却添丁添口、家族兴旺起来。他们的数目达到了大约四十匹，都是五岁左右的青年狼，已经声音变响亮，脚上茸毛褪尽，却没有头领。阿克拉就对他们说，他们应该遵守丛林法则，聚集在一起跟随着一个头领的行动，那样才与自由民的身份相称。

这种事情莫格里是不去亲自操心的，因为如他自己所说，他吃过了酸果子，知道它结在什么树上。可是有一天，星空下又一次响起了古老的召唤和歌声：原来是法奥（他的父亲法奥那，是阿克拉做首领时的“灰色追踪手”的儿子）通过打斗，按照丛林法则成了狼群的首领。那天夜里，莫格里为了怀旧，也去了会议岩。他要是愿意说几句，狼群是会静静地听他说完的；会议岩上他的座位在阿克拉旁边，比法奥高。那是些狩猎收获多多、睡眠香甜充足的日子。没有外来的动物想着要闯进这片丛林，它属于莫格里的子民——这是丛林居民对狼群的称呼。青年狼们长得膘肥体壮，被带到会议岩上让大家过目的狼崽儿不在少数。莫格里一直记得那个夜晚：一头黑豹花代价让狼群接受了一个没毛的棕色婴孩。所以这种会议莫格里都会去出席，“看一看，好好看一看哪，狼伙计们”，这种悠长的招呼声会使他的心颤动。莫格里喜欢做的另一件事，是和四兄弟一起，去很远的丛林里，品尝、触摸、观看和感受新的事物。

一天黄昏，他猎杀了一头公鹿，扛上半只，小跑着穿过一片片动物领地，去送给阿克拉。四个狼兄弟跟在他后面慢悠悠地跑着，打打闹闹，你推我一下，我绊你一脚，为的是活着就要快快乐乐。蓦地，莫格里听见一声喊叫。自从谢尔可汗在世的坏日子结束后，这种叫声就再也没有听到过了。丛林里说的“吠尔”就是它，豺的这种令人毛骨悚然的尖叫，只有在他跟随着老虎狩猎时，或者一场大猎杀即将开始时，才会听到。如果你能想象出一种声音，它混杂着仇恨、恐惧和绝望，带着胜利的喜悦，又透着一种献媚的劲儿，你就对“吠尔”有个概念了。此刻，在远处，隔着维恩根加河，那叫声在起伏着、摇曳着、颤抖着。四兄弟立刻停下脚步，浑身的毛根根竖立，嗥叫起来。莫格里伸手去摸刀，又收住了；血涌上他的脸，他的眉头紧皱着。

“不会有身上带条纹的家伙敢来这儿猎杀的。”他说。

“不是前头跑的家伙[1]的叫声，”灰兄弟回应道，“一定是大猎杀开始了。听！”

蓦地，那叫声又响起来，半是呜咽半是咯咯地笑，仿佛豺长着人类的柔软嘴唇似的。莫格里深吸一口气，向会议岩跑去，路上超过了匆匆赶过去的群狼。法奥和阿克拉一同蹲坐在会议岩上；他们下方蹲坐着的一匹匹狼，每一根神经都紧绷着。狼妈

1　指老虎。按前文，狩猎时老虎在前，豺在后。

妈、狼崽儿们正慢步跑回狼窝去，因为“吠尔”声起时，弱小动物是不该待在洞穴外面的。

万籁俱寂，只听得见维恩根加河在黑暗中奔流着，汩汩地响着，还有就是晚风轻轻掠过树梢的声音。突然，河对岸传来一匹狼的呼号声。肯定不是西奥尼狼群里的狼，因为他们全伙儿在此，在会议岩这边。外来狼的叫声变成了拖长的、绝望的吠叫；“野狗！”他说，“野狗！野狗！野狗！”石头上响起了疲惫的脚步声，接着，一匹憔悴的狼闯进圈子里，躺倒在莫格里脚下，喘着粗气。他的身体两侧拉着一道道血印，右前爪已经残了，满嘴冒着白沫。

“狩猎大吉！你是哪一位头领的属下？”法奥严肃地问。

“狩猎大吉！我是个温托拉。”这就是来者的回答。他的意思是，他是一匹独来独往的狼，自己照料自己，独自照料他的配偶和崽子，一家子住在一个孤立的狼窝里。在南方，许多狼都是这样生活的。温托拉的意思是狼群外的狼——不加入任何狼群的独居独行者。这会儿他咻咻地喘着粗气，看得出来他心跳得厉害，带动他的身体前后颤摇。

“什么东西在行动？”法奥问。所有丛林居民听到“吠尔”后，都会问这样一个问题。

“野狗，德干[1]的野狗——红豺，嗜杀成性的家伙！他们说德干已经成了一片空寂的高原，就从南边向北方开过来了，一路杀光吃光。这一轮月亮初升的时候，我还有四个家眷——我的配偶和三个崽子。她教他们怎样在长草的平原上猎杀，怎样隐藏起

1　德干高原位于印度中部和南部，是有名的熔岩高原。

来，怎样驱赶公鹿。我们旷野上的狼就是那么干的。午夜时我还听到他们在一起吠叫着追猎，可是在拂晓的风中，我却发现他们直挺挺地躺在草丛里——四个啊，自由民，月亮初升时还有好好的四个。于是我去报血仇，发现了野狗。”

“有多少？”莫格里性急地问。狼群从喉咙里低沉地咆哮着。

“我不知道。他们有三只再也不能猎杀了，但最后他们像驱赶公鹿一样追我，追我这匹只剩下三条腿可以奔跑的狼。看哪，自由民！”

他使劲儿把那条伤残的前腿伸出来，上面黑糊糊全是干了的血迹。他身体一侧的下半部有几处被咬得很厉害的伤口，他的喉咙也被撕咬开了一个口子。

“吃吧。”阿克拉说，站起身来，离开了莫格里带给他的那块肉。独行狼扑了上去。

“这块肉给我吃不会白白浪费的，”烧灼的饥饿感稍稍缓解后，他谦卑地说，“给我一点力气，自由民，我也要参与厮杀。这一轮月亮初升时我的窝里有满满的一家子，现在它已经空了，我还没有讨还所有的血债呢。”

法奥听见他的牙齿咬在腿骨上发出喀嚓喀嚓的声音，赞赏地咕噜了一声。

“你的牙床我们会需要的，”他说，“野狗们的崽子也跟来了？”

“没有，没有。全是红毛猎手：野狗群里的成年野狗，在德干吃了那么多蜥蜴，长得又粗又壮。”

温托拉这番话的意思是，那些野狗，也就是德干的红毛猎犬，正一边迁徙一边猎杀。狼群明白得很，即便是老虎看到他们，也会丢下刚猎杀的猎物跑开的。他们在丛林里长驱直入，将遇到的一切扑倒，撕成碎片。虽然他们没有狼个子大，也不及狼一半狡诈，却很强壮，而且数目众多。例如，野狗的数目不到一百只之多，他们是不会自称野狗群的；而狼的数目达到四十四，就实实在在是一个相当可观的狼群了。莫格里出去漫游时，曾经到过德干高原长满青草的丘陵地边缘。他见到过无所畏惧的野狗把一小片一小片的洼地和草丛当作窝，在里面睡觉、玩耍、给自己挠痒。莫格里鄙视和讨厌他们，因为他们的气味不像自由民，因为他们不住在洞穴里，尤其是，因为他们的脚趾之间有毛，而莫格里的朋友们脚趾间却是干干净净的。不过，出来狩猎的野狗群有多么可怕，他是知道的。哈提曾经对他讲过，就连哈提也会避开他们的行进路线。不到被赶尽杀绝的那一天，不到再也难遇到猎物的时候，他们是不会停止前进的。

看来阿克拉对野狗也有些了解，因为他平静地对莫格里说：“宁可和整个狼群一起死，也不要没有头领，自己单独行动。这是一次很棒的狩猎，也是……我最后一次狩猎。但是，你还有许许多多白天和黑夜可以活，作为人类生活下去，小兄弟。去北方避一避吧，等野狗过去后，如果还有活着的狼，他会捎话给你，告诉你搏杀的情形。”

“啊，”莫格里十分严肃地说，“难道我非得去沼泽地，捉捉小鱼，睡在树上吗？当狼群在树下面战斗的时候，我却在树上面砸砸坚果，求班达尔·洛格帮帮我的忙？”

“这一仗可是九死一生哦，”阿克拉说，“你从来不曾遇见过野狗，那种红毛杀手。就连身上带条纹的家伙也……”

“喔哇！喔哇！”莫格里有些生气地说，“我杀死过一个身上带条纹的傻大个儿。我肚子里面有数得很，如果谢尔可汗隔着三块领地嗅到野狗群的气味，他肯定会丢下自己的配偶给野狗当肉吃。你听着，有一匹狼，他是我的爸爸；有一匹狼，她是我的妈妈；还有一匹老灰狼，不是太聪明，现在毛已经白了，他既是我的爸爸又是我的妈妈。所以我……”他抬高声音接着说道，“我丢下一句话，野狗来到的时候，或者说如果野狗来了，在狩猎中莫格里会跟自由民生死同命。我丢下这句话，凭着赎买我的那头公牛——凭着早年巴赫拉用来赎买我的那头公牛，那件事你们这些狼是没法子回想的——我丢下这句话，如果我忘了这句话，这些树还有这条河可听着呢，它们会牢牢记住的。说定了，我这把刀会如同狼群的牙齿——我觉得它并不那么钝。这就是我说出口的诺言。”

“说狼话的人类啊，你不了解野狗，”温托拉说道，“我只有一个期望，就是在他们把我大卸八块之前，叫他们把血债清偿了。他们移动得很慢，一边行路一边杀光吃光，而两天后我就能恢复一点力气，我会再去向他们讨血债的。可是你们，自由民啊，我说你们还是去北方吧，暂时委屈一下肚皮，等野狗过去再说。这一次狩猎是没有肉可吃的。”

“听听独行狼说的！”莫格里笑道，“我们这些自由民得去北方喽，在河岸上掏掏蜥蜴洞和耗子洞，免得万一碰上野狗。得让那些野狗在我们的狩猎场里把一切杀光吃光，我们呢，就躲在北方，等到他们乐意把我们自个儿的领地还给我们为止。他们是狗——而且是狗里面的小家伙，红毛，黄肚皮，没有窝，每根脚趾之间都长毛！他们像小跳鼠契凯一样，一窝生六到八只小崽子。我们自由民当然得开溜，去乞求北方居民的许可，弄点死牛的内脏吃吃！有一句俗话你们都知道吧？‘北方是臭虫，南方是虱子，我们是丛林’，你们自己选择吧。这是一次很棒的狩猎！为了狼群，为了整个狼群——为了我们的窝和窝里的褥草，为了狩猎场里面和外面的猎杀，为了追赶雌鹿的母狼和洞穴中幼小的狼崽，我们迎战！我们迎战！我们迎战！”

狼群用低沉的、响成一片的吠叫声回应了他，那声音就像一棵大树轰然倒下一样，在黑夜里回荡着。“我们迎战！”他们喊道。

“你们和这些狼一起待在这儿，”莫格里对四兄弟说，“每一副牙齿我们都会需要的。法奥和阿克拉得为大战做好准备。我去数一下有多少野狗。”

“这是去送死！”温托拉半抬起身子，嚷道，“这样一个没毛的人，怎样跟红豺对抗？别忘了，就连身上带条纹的家伙也……”

“你可真是一匹独行狼，”莫格里大声回敬道，“不过，还是等那些野狗死了我们再谈吧。狩猎大吉！”

他急匆匆地走进了夜幕之中。他兴奋得有些狂乱，步子迈出去几乎不看脚下，结果绊个跟头就很正常了。他一个大马趴摔倒在卡阿巨大的蛇身上，当时岩蟒正盘绕着身子，紧盯着河边一条经常有鹿经过的小径。

“咝咝啊！”卡阿生气地说，“我这儿顺顺当当地在守候猎物，你这样乱踩乱踏，搅扰夜间的狩猎，也算是丛林里的行事吗？”

“是我的错，”莫格里爬起来，说道，“扁脑袋啊，其实我正在找你。每一回相遇，我都发现你比上一次更长更粗，用我的胳膊量一下就知道了。聪明、年长、强壮的卡阿，最最漂亮的卡阿哟，丛林里没有谁如你。”

“你绕了这一大圈，是想把我引到哪儿去呢？”卡阿的声音变温和了，“上回有个带刀子的人儿，朝我脑袋上扔石头，还给我起绰号，叫我小树猫，就因为我躺在露天睡着了。这事儿还没过去一个月呢。”

“唉，他要把鹿赶过来，却轰得他们四散开去，溜得一个不剩。当时莫格里在狩猎，就是这个扁脑袋，他太聋了，没听见莫格里的呼哨声，没有拦在鹿的必经之路上。”莫格里沉着地回敬道，在盘绕着的、色彩鲜艳的蛇身中间坐了下来。

“这会儿，正是这个人儿，带着一大堆胳肢人的软话来找这个扁脑袋，对他说，他聪明、强壮、漂亮；这个老扁脑袋相信了他，就像这个样子，为扔石头的人儿盘好了一个坐的地方。哎——这会儿你坐得挺安适吧？巴赫拉能给你一个这么好的地方休息吗？”

像往常一样，卡阿把自己的身体盘起来承载着莫格里，挺像一张软软的吊床。男孩在黑暗中伸出手，揽住岩蟒那柔韧的、电缆一般的脖子，最后将蟒头搁在了自己的肩膀上。然后，莫格里给卡阿讲了当天夜里丛林中发生的一切。

“也许我还算聪明，”最后卡阿说道，“但我确实聋得很，否则肯定会听见‘吠尔’的。刚才我怎么没多个心眼，怪不得食草动物感到不安呢。有多少只野狗？”

“我还没见到他们，就心急火燎地先来找你了。卡阿哟，你比哈提还要年老，可是，”说到这儿莫格里扭了扭身子——纯粹是因为快乐，“这场狩猎会是很棒很棒的。我们这些狼中间，没几个能看到下一次月亮升起了。”

“这件事你要插足吗？记住你是人；别忘了是哪一个族群将你赶出去的。就让狼去留神野狗吧。你是一个人。”

“去年的坚果今年已经是黑土，”莫格里说，“没错，我是一个人，但是今夜，我说过我是一匹狼，在肚子里说的。我呼唤河流和树木记住我的话。在野狗过去之前，卡阿，我是自由民中的一员。”

“什么自由民呀，”卡阿咕噜道，“自由贼！为了纪念那些死去的狼，你已经把自己系在死亡的绳结上了吗？这样的狩猎可不吉利哟。”

“我说出口的是诺言。树木知道，河流知道。在野狗过去之前，我决不会收回自己的诺言。”

“嗯格嗞嗞！这样一来，所有的路径都改变了。我本来想带你离开这儿，去北方的沼泽地。但诺言就是诺言，即使是一个光皮没毛的小人儿许下的，也是诺言。现在，我，卡阿，丢下一句话……”

“先好好想一想，扁脑袋，免得把自己也系在死亡的绳结上。我不需要你的诺言，因为我很清楚……”

“那好吧，”卡阿说，“我就不许诺了。可是，野狗来了怎么对付，你肚子里想好没有？”

“他们必须游过维恩根加河。我想在浅滩上用刀子迎战，狼群跟在我后面。这样刺呀戳呀，我们也许就能逼他们转向，去下游一点的地方，或者让他们的喉咙冷下来。”

“野狗不会转向，他们的喉咙也冷不下来，”卡阿说，“狩猎结束后，丛林里再也没有人儿或者狼崽儿了，剩下来的只有枯骨。”

“啊啦啦！死就死吧。这将是一场最最棒的狩猎。只是我的肚子还年轻，我还没有见过许多雨季。我既不聪明也不强壮。你有更好的办法吗，卡阿？”

“我见过一百个又一百个雨季。早在哈提乳白的嫩牙爆出来之前，尘土中就已经留下我粗大的印迹。凭着第一颗蛇蛋起誓，我比许多树木更年老，我见过丛林干过的所有事情。”

“可这是一种新的狩猎，”莫格里说，“以前从来不曾有野狗穿越我们走过的地方。”

“没有不曾发生过的事。将要发生的事，只不过是被遗忘的日子蓦然间闪亮。安安静静地待着，让我细数一下过去的岁月。”

莫格里在盘绕的蛇身中间仰躺着，躺了漫长的一个小时。这一小时里，卡阿的脑袋一动不动地贴在地上，回想着他从出蛇蛋的那一天起，看到过和见识过的一切。他眼睛里的光亮似乎离去了，留下眼珠子宛若两颗陈旧的蛋白石。时不时地，他左右晃动一下脑袋，动作很小，有些僵硬，仿佛正在睡梦中狩猎似的。莫格里安安静静地打着盹，因为他知道，狩猎之前，什么也比不上睡一会儿觉；他已经训练出来了，白天晚上，无论什么时辰，他都能睡得着。

不知什么时候，他感觉到卡阿的背在他身子下面胀大、变粗，那是巨蟒在鼓胀身体。同时卡阿还发出嗞嗞声，犹如宝剑从钢鞘中抽出时的声音一样。

“我见过所有的萧条季节，”卡阿终于说话了，“见过参天巨树和年老的大象，还有没长出青苔时的、光秃秃棱角尖利的岩石。你还活着吗，人儿？”

“月亮才刚落下去一会会儿，”莫格里说，“我不明白……”

“嗬嗞！卡阿又回来了。我知道，这才过去一点点时间。现在我们去河里，我给你看怎样对付野狗。”

他转过身去，像一支箭一样，笔直地奔向维恩根加河的干流，从淹没和平岩的那段水域上游一点点的地方，一头扎进了河里，莫格里紧随在他身侧。

“不，不要游。我去得快。上我的背，小兄弟。”

莫格里左臂勾着卡阿的脖子，右臂垂放在身体一侧，伸直了脚。于是卡阿昂起头，胸部迎着水流，仿佛并没有负重似的向前游去。水流受阻激起的涟漪绕着莫格里的脖子，像一圈竖起的褶边；岩蟒甩动身体形成的旋涡卷着莫格里的脚，来回晃荡。和平岩上游一两英里的地方，维恩根加河变窄了，夹在高达八十至一百英尺的大理岩峡谷中间，湍急如带动磨坊水车的水流，在千奇百怪狰狞嶙峋的石头之间、之上，奔流着。可莫格里不会为了水头痛心慌，天底下难有一片水会让他感到片刻的恐惧。他正仰望着峡谷的两侧，不安地嗅着鼻子，因为空中有一种甜甜酸酸的气息，很像大热天里蚁山的气味。他本能地压低身子，沉到水里，只是时不时地把脑袋钻出水面换口气。这时卡阿将尾巴在水下的一块石头上缠了两圈，停住身子，把莫格里裹在盘绕的蛇身中，而周围的河水在继续向前奔流。

“这是死亡之地，”男孩说，“我们来这儿干吗呀？”

“他们在睡觉，”卡阿说，“哈提见到带条纹的家伙不会避让到一旁。可是哈提和带条纹的家伙加在一起，见到野狗也会避让到一旁。野狗呢，他们说野狗见到什么都不会避让。然而，岩石上的小不点儿居民会避让谁呢？丛林的主人啊，你告诉我，究竟谁是丛林的主人？”

“是这些小不点儿，”莫格里悄声说道，“这儿是死亡之地。我们走吧。”

“不，你好好看一看吧，他们在睡觉呢。我还没有你的胳膊长时，这地方就已经是这个样子了，现在还是。”

自丛林之初起，维恩根加河谷那些开裂和风化的岩石，就一直被岩石上的小不点儿居民利用着——他们就是忙忙碌碌、暴躁易怒的黑色印度野蜂。所有的足迹，在离峡谷还有半英里的地方，就已经拐弯避开了，这一点莫格里是很清楚的。多少个世纪以来，小不点儿居民从岩缝到岩缝，一直不断地筑巢和分群，再分群。白色的大理岩表面被他们沾满了陈年的蜂蜜，岩石内部的洞穴里被他们筑起了又高又深的蜂房，那里面从来不曾有人或兽，也不曾有火或水碰到过他们。整段峡谷的两侧，可以说像是挂着微光闪烁的黑色天鹅绒帷帘；莫格里看着看着，就沉到水下去了，因为那是密密麻麻聚集着的千百万只野蜂。岩石表面还缀着一团团一块块，碎碎零零，坠坠荡荡，像腐烂的树干一样的东西，它们或者是陈年旧蜂房，或者是峡谷背风处新筑的一片片蜂巢之城。一大团一大团朽烂的、海绵状的垃圾已经滚落下来，卡在附生于岩石表面的树木和藤蔓中间。莫格里注意听的时候，不止一次听见岩壁上那些黑咕隆咚凸出来的平台上，一个装满蜂蜜的蜂房倾覆或者脱落了，窸窸窣窣地滑落下来。接着就是嗡嗡嗡一阵愤怒地扇动翅膀的声音。还有一种滴滴答答沉闷单调的声音，那是泼翻的蜂蜜在滴落，滴下来一路往下淌，淌到某个向外突起的岩架上，溢出来，淅淅沥沥缓缓地顺着细树枝流淌下去。河的一侧有一片小小的河滩，不足五英尺宽，高高地堆着无数年头积攒下来的垃圾。里面有死蜂、雄蜂、尘屑、旧蜂房，还有追随蜂蜜气味误入歧途闯进来打劫的飞蛾的翅膀。那些东西已经全都枯朽了，化作光溜溜的一堆堆最细的黑色粉尘。单凭这粉尘堆的刺鼻气味，就足以吓跑任何没有翅膀的东西，让他们知道小不点儿居民不好惹。

卡阿再一次向河流上游游去，一路不停，最后来到峡谷尽头的一片沙洲上。

“那些家伙是这个季节被杀死的，”他说，“看！”河岸上躺着一对年轻的鹿和一头水牛的骨架。莫格里看得出来，无论是狼还是豺，都没有碰过这些骨头，它们摆在那儿的姿势很自然。

“他们越了线，他们不懂得丛林法则，”莫格里喃喃地说，“小不点儿居民杀死了他们。趁着他们还没有醒，我们走吧。”

“拂晓之前他们不会醒的，”卡阿说，“现在我来给你讲讲吧。许多许多个雨季之前，一头被追猎的南方公鹿，从南边来到这儿。他不了解丛林，又有一群兽跟踪着他。他被恐惧蒙蔽了眼睛，从上面跳了下去；兽群单凭眼睛瞅着往前奔跑，因为他们追踪猎物昏了头、盲了眼。太阳已经很高，小不点儿居民非常多而且非常愤怒。兽群中跳进维恩根加河的也很多，但他们还没碰到水就已经死了。那些没跳的也死在了上面的岩石上。但是公鹿活了下来。”

“怎么回事？”

“因为他是第一个过来的，他是在逃命，在小不点儿居民发觉之前就跳了下来；没等他们聚拢过来把他杀死，他就已经到了水里。在小不点儿居民的威力下，跟过来的兽群全部丧了命。”

“公鹿活了下来？”莫格里缓缓地重复道。

“至少当时他没有死，虽说没有谁在下面等着，用强壮的身体保他落到水面时平安无事，就像某个又老又肥又聋的黄色扁脑袋会在下面等着一个人儿那样——是的，扁脑袋会等着他的，尽管德干的所有野狗会尾随着他追过来。你肚子里是怎么想的？”卡阿把脑袋贴近莫格里的耳朵，说道。稍微过了一会儿，男孩才答道：“这是去拔死神的髭须，不过……卡阿，你的确是整个丛林里最聪明的。”

“好多动物这么说过。听好了，如果野狗跟着你……”

“他们肯定会跟着的。嚯！嚯！我舌头下面有许多小刺等着扎进他们的皮里。”

“如果他们的眼睛只盯着你的肩膀，昏了头盲了眼地追你，那些没死在上面的就会下水，要么在这儿，要么在地势低一些的下游。小不点儿居民会铺天盖地飞起来把他们淹没。维恩根加河的水现在是很饥饿的，他们可没有卡阿在下面接着，只会被冲向下游，冲到西奥尼狼穴附近的浅滩，你的狼群可以在浅滩上迎着他们，咬断他们的喉咙。”

“啊嗨！咿哦哇哇！除了旱季下大雨之外，没有比这更好的事了。剩下来的就是奔跑和跳跃这种小事了。我会让那些野狗好好认识一下我，那样他们就会跟在后面紧追不放。”

“你去看过上面那一片岩石吗？有没有从岸上看过它？”

“还真没有。这个我忘了。”

“去看看吧。它的表面朽烂得不成样子，全是裂口和孔洞。你要是眼睛不看，笨笨地一脚踩下去，狩猎就完结了。听我说，你自己待着，我离开一会儿，去给狼群捎个话，让他们知道该在哪儿等着野狗。这全是为了你的缘故，至于我自己，我和任何一匹狼都无亲无故。”

他向下游蹿去，来到会议岩的对面，碰上法奥和阿克拉正在仔细辨听夜间的声响。

“嗬唑！狗，”他兴高采烈地说，“那些野狗会被水流冲下来。你们如果不害怕，可以在浅滩杀死他们。”

“他们什么时候来？”法奥问。“我的人崽儿在哪里？”阿克拉问。

“到时候他们就来了，”卡阿说，“等着看吧。至于你的人崽儿，你们得到他一个诺言，就把他推到死神面前去了。你的人崽儿和我在一起哪，如果他还没有死的话。错不在你们中的任何一个，你这条褪了色的狗！在这儿等着野狗吧，有人崽儿和我站在你们一边战斗，你们应该感到高兴。”

卡阿倏地又向上游蹿去。他在峡谷的中段停住身子，仰望着峭壁的轮廓，不一会儿，他就看见了莫格里的脑袋。它在星空的映衬下移动着。接着，空中飕的一声，一个干净利落的身形啪地落下来，脚先入水；转眼间，男孩已经再一次安歇在卡阿盘绕的身体上了。

“夜里跳下来算不得一回事，”莫格里平静地说，“我这就已经跳过两回了，闹着玩儿一样。不过，上面是一个凶险的地方——低矮的灌木丛和很深的沟壑里，密密麻麻全是小不点儿居民。我已经在三道沟壑的边上垒了一些大石头。到时候我边跑边把那些石头踢下去，小不点儿居民就会在我身后飞起来，怒不可遏。”

"这是人类说的话，是人类的狡诈，"卡阿说，"你很聪明，不过小不点儿居民始终是怒气冲冲的。"

"不，黄昏时分，远远近近所有的翅膀都会休息一会儿的。我会在黄昏时分陪野狗玩儿，因为野狗最善于在白天狩猎。现在他们正跟着温托拉带血的踪迹，追过来。"

"兰恩不会放弃一头死牛，野狗不会放过带血的踪迹。"卡阿说。

"那我就给他们弄一条新的带血的踪迹，用他们自己的血。有可能的话，再恶心他们一顿。你会待着不走，等我领着那帮野狗回到这儿吗，卡阿？"

"我会的。可是，万一你在丛林里被野狗杀死，或者来不及跳下河就被小不点儿居民杀死呢？"

"明天的吃食明天去猎取。"莫格里套用丛林里的一句谚语来回答，然后又说，"我死的时候，就是唱死亡之歌的时候。狩猎大吉，卡阿！"

他的胳膊松开了岩蟒的脖子，划着水，宛如山洪中漂流的一根木头，在峡谷中顺流而下，游向远处的河岸。他在下游遇到了平缓的河水，快乐透顶地大笑起来。莫格里喜欢的事莫过于此，就像他自己所说的那样：去拔死神的髭须。让丛林知道，他是丛林里的霸主。从前他常常在巴洛的帮助下，盗取不成林的树木上的蜂巢，所以他知道小不点儿居民讨厌野蒜的气味。他采集了一小捆野蒜，用树皮绳子束在身上，然后循着温托拉去往狼穴的带血的踪迹，由南往北行了大约五英里。一路上他偏着脑袋望着树木，一边望一边咯咯地笑。

"我做过青蛙莫格里，"他自言自语道，"我说过我是狼莫格里。现在我得先做一回猿猴莫格里，然后再做公鹿莫格里。最后，我要做人莫格里。嗬！”他的拇指从刀锋上滑过，试了试那柄十八英寸长的刀。

温托拉走过的地方，一路洒着暗红色的血滴。这条血迹所经过的一片林子里，树长得很密。树林向东北方向延伸，到达离野蜂岩不到两英里的地方时，树木渐渐变得越来越稀疏。林子边缘的最后一棵树与野蜂岩的低矮灌木丛之间，隔着一片开阔地，它连藏得住一匹狼的遮挡也没有。莫格里在一棵棵树下一路小跑着，判断着树枝与树枝之间的距离，偶尔还会爬上树去，试一试从一棵树跳到另一棵树。就这样，他一直跑到了开阔地，仔仔细细把整片区域研究了一个小时。然后他回过头去，重新跑回到温托拉的踪迹上，刚才他偏离它了。他找了一棵树，爬上去安顿下来。那树有一根横着长的树枝，离开地面大约八英尺，他就安安稳稳地坐在上面，一边在自己的脚底板上磨着刀，一边自个儿哼哼唧唧地唱着歌。

快要到正午了，太阳很暖和，这时他听见了嗒嗒的脚步声，嗅到了野狗群令人憎恶的气味。那些冷酷无情的家伙，沿着温托拉的踪迹，一路小跑着过来了。从上面往下看，红毛野狗的身量好像还不及狼的一半，但莫格里知道他们的脚劲和颚板咬力有多么大。野狗大头领低着尖尖的枣红色脑袋，一路跑一路嗅着踪迹，莫格里盯了他一会儿，冷不丁给了他一句“狩猎大吉”！

那畜生抬起头来看，他的同伴们在他身后停下了：一大群一大群的红豺，低垂着尾巴，肩膀厚实，后腿细弱，嘴巴血红。一般说来，野狗是一个沉默寡言的族类，即便在他们自己的丛林里，也非常没有礼貌。聚集在莫格里下方的野狗大约有足足两百条，不过他看得出来，每一群的首领都在饥饿地嗅着温托拉的踪迹，想带动整个野狗群前行。绝对不能让他们走，否则大白天他们就能到达狼穴了；莫格里打算把他们牵制在树下，到傍晚再让他们离开。

“谁准许你们来这儿的？”莫格里说。

“所有的丛林都是我们的丛林。”这就是他得到的答复，野狗大头领说这话时露出了满口的白牙。莫格里笑嘻嘻地朝下面看着，惟妙惟肖地模仿起德干的跳鼠契凯那种尖声尖气、嘁嘁喳喳、喋喋不休的声音举止。莫格里是想让野狗们明白，他莫格里认为野狗并不比契凯强。野狗群靠拢过来，围住了树干，头狗凶猛地吠叫着，骂莫格里是树猿。莫格里给他的答复是把一条光腿伸下来，就悬在头狗的头顶上，扭动着没毛的脚趾。要激起野狗群的愚蠢的怒气，这就足够了，而且岂止是足够。那些脚趾间有毛的家伙，最忌讳的就是别的动物揭他们的短。头狗往上一蹿，莫格里就把脚一闪，他还甜腻腻地说：“狗儿、红豺！回德干去吃蜥蜴吧。去找你的狗兄弟契凯吧，狗儿、红毛、红豺！每根脚趾中间都有毛的红豺！”说完他又玩弄起自己的脚趾来。

“赶快下来，别等我们把你饿死，没毛的猿猴！”野狗群喊叫着。这正是莫格里想要的效果。他在树枝上躺下来，脸贴着树皮，右胳膊闲着。他拉开这样一副架势，把自己对野狗的了解和看法告诉了他们，包括他们的举止、他们的习惯、他们的配偶和他们的小崽子。天底下没有一种言语，比丛林居民表示嘲讽和鄙视的语言更加歹毒、更加扎心扎肺。你动一动脑筋，就会明白莫格里为什么一定要这样做了。正如莫格里对卡阿说过的那样，他的舌头底下有许多小刺。他慢慢地、故意地用话去激野狗，逼得他们由沉默而咆哮，由咆哮而狂吠，由狂吠而淌着口水声嘶力竭地嚷嚷疯话。他们想回敬他的辱骂，但这就好比一头幼兽逼急了也会试着回敬卡阿一样。自始至终，莫格里一直用双脚钩住树枝，右手虚握着放在身体一侧，随时准备行动。枣红色的大狗已经跃到空中好多次，但莫格里没敢冒险佯攻他一回。最后，他被激得发了狂，以超体能的力量，腾地蹿到空中，离开地面有七八英尺。这一瞬间，莫格里的手像树蛇的脑袋一般，嗖地射出去，一把揪住了他颈背上的皮。他的身体往下一坠，树枝嘎嘎地摇晃起来，差一点把莫格里甩到地上。但莫格里死拽着不松手，一英寸一英寸地把那畜生提起来，像吊起一只淹死的豺一样，把他吊在了树枝上。然后莫格里伸左手抽出刀来，割下毛茸茸的红尾巴，接着就把他扔回到了地上。他要的正是这个效果。现在野狗群不会再追着温托拉的踪迹往前跑了，除非他们杀死了莫格里，或者莫格里杀死了他们。他看见野狗们腰腿哆嗦着蹲下来，围成了一个个圈子。这意味着他们要待着不走了。于是他爬上更高的一根树杈，舒舒服服地背靠在树上，睡觉。

三四个小时之后，他醒过来，数了数野狗群。全体都在，一个个默不作声，喉咙发干，面无表情，目光像钢一般冰冷。太阳开始沉落。半小时后，岩石上的小不点儿居民就会结束一天的辛劳；你们知道的，黄昏时分打斗，野狗不是处在最好的状态。

“我不需要如此忠诚的看守，”他彬彬有礼地说，从树枝上站了起来，“不过我会记住你们的忠诚。你们是真正的野狗，但是在我看来，一个种类有这么多只，数目多了些。为了这个缘故，吃蜥蜴的大家伙的尾巴我是不会还给他的。你很不高兴吗，红豺？”

“我要亲自撕破你的肚皮！”头狗刨着树根，嚎叫着说。

“别这样，还是好好地想一想吧，聪明的德干老鼠。这下子会有许多窝没尾巴的小红豺了，是啊，剩下一截红红的尾巴桩子，碰到发烫的沙子，那可是刺痛得很呢。回家去吧，红豺，回去哭诉，就说是一只猿猴干的。你不愿意回去？那好，跟我来吧，我会让你变得非常聪明！”

他用班达尔·洛格的方式转移到下一棵树上，然后再下一棵，一棵树一棵树地往前移，野狗群仰着饥饿的脑袋跟随着。他时不时地假装掉下去，野狗群就争先恐后地冲上来想咬死他，结果一个个互相绊倒，互相踩踏。那景象真是奇特——男孩在上面“跑”，手里的刀从树枝间透出来时，闪烁着夕照中的光芒；默不作声的野狗群在下面追，挤作一团，浑身的红色皮毛像着了火一样。莫格里飞荡到最后一棵树上后，取下野蒜，仔仔细细全身擦了一遍。野狗们轻蔑地喊叫着：“说狼话的猿猴，你想掩盖自己的气味吗？我们死追到底了。”

“接住你的尾巴，”莫格里说着，回过头来冲着走过的路线，把尾巴扔了出去，“现在来追——追到死吧。”野狗群本能地朝尾巴冲去。

他已经从树上溜了下来，野狗们还没弄明白他想干什么，他已经像一阵风似的蹬着光脚板向野蜂岩飞奔而去。

野狗们发出一阵低沉的嚎叫，然后平静下来，慢跑着往前追；这种跑法虽然不快，最终却能追上跑在前头的任何动物。莫格里知道，野狗成群奔跑时速度比狼慢许多，否则他是决不敢完全暴露在野狗的视野中，冒险跑上两英里的。野狗们很笃定地认为男孩最终会落到他们嘴里，莫格里则很有把握自己能制住他们，随意地耍弄他们。唯一的麻烦在于要维持住他们的热望，使他们紧跟不舍；要防止他们过早地掉头跑开。他干净利落、平稳轻快地跑着，丢了尾巴的头狗在他身后不到五码，野狗群的队伍拉开来约有四分之一英里长，杀气腾腾，疯狂而盲目地尾随着。莫格里凭听觉保持着和野狗之间的距离，留出最后的力气，要用在冲过野蜂岩的时候。

暮色降临不久，小不点儿居民就回去睡觉了，因为这个季节没有傍晚以后开花的植物。但是莫格里的脚刚踏上这块地下有许多空洞的地面，他空洞洞的足音刚响起来，他耳朵里就充满了一种声音，仿佛整个大地嗡嗡嗡地在叫。这时他开始飞奔，他这辈子从来没有跑这么快过，一、二、三——三堆石头被他踢到了旁边黑洞洞散发着甜味的沟壑里。他听见一个洞穴里轰地响了起来，就像大海的咆哮。他用眼角的余光看见身后的空中成了黑压压的一片。他看到了下面很远的地方维恩根加河的流水，还有水里的一个扁扁的、钻石形状的脑袋。当没尾巴的野狗在半空中扑向他的肩膀时，他使尽全身力气跳了出去。他脚先入水，安然无恙地坠落在了河里。他透不过气来，他充满了胜利的喜悦。他身上没有一处被蜇，因为他置身于小不点儿居民包围中的那几秒钟里，野蒜的气味阻止了他们的进攻。他浮上水面时，卡阿盘绕的蛇身正赶过来扶住他；同时，从峭壁边缘，有东西接二连三地砸了下来——好像是一大团一大团麇集的野蜂，像铅锤一样直坠而下。但每一团东西碰到水面之前，野蜂都轰地飞起来，于是一条野狗的尸体就在水里打着转，向下游冲去。他俩能听见头顶上一声声短促的狂叫淹没在海浪拍岸般的轰鸣声中——那是岩石上的小不点儿居民嗡嗡嗡地在扇动翅膀。有些野狗掉进了与地下洞穴相通的沟壑里，在倾覆的蜂房中间憋得透不过气来，又踢又蹬，乱叫乱咬，最后，虽说已经精疲力竭，依然硬撑着，在汹涌的野蜂浪头上站起身，从一个跟水面齐平的洞口蹿出来，滚到那一堆堆黑色的垃圾粉尘上。还有些野狗唐突地跳进峭壁上的树丛里，野蜂们立刻密密麻麻地扑上去，覆盖住了他们的身形。不过大多数野狗被蜇得发了狂，纵身跳进了大河；可是，正如卡阿所说的那样，维恩根加河的水是饥饿的水。

卡阿紧紧地搂着莫格里，直到他呼吸恢复正常。

“我们不能再待在这儿了，”他说，“小不点儿居民已经实实在在被激怒。来吧！”

莫格里把刀握在手里，向下游游去；他压低身子，尽可能地潜在水下面游。

“慢慢游，慢慢游，”卡阿说，“一副牙齿杀不死一百条野狗，除非是眼镜蛇的牙。许多野狗看见小不点儿居民飞起来，就飞快地下了水。”

“那我的刀子就有更多的活儿可以干了。哇！小不点儿居民还跟着哪！”莫格里又沉到水里去了。河面上铺了一层野蜂，愠怒地嗡嗡着，看见什么蜇什么。

“沉默是从来不会带来损失的，”卡阿说，他身上的鳞片野蜂刺是穿不透的，“有长长一整夜的时间给你狩猎呢。听听他们的嚎叫声！”

将近半数的野狗看明白同伴们冲进了陷阱，立刻来了个急转弯，从峡谷塌陷成陡峭河岸的地方纵身跳下了河。他们愤怒地喊叫着，对羞辱他们的“树猿”厉声恫吓着，那些遭到小不点儿居民惩罚的同伴则嚎叫着、咆哮着，所有声音混杂在一起，响成了一片。每一条野狗都明白，留在岸上就死定了。跳下河的野狗一个个被水流卷走，一直冲到了和平岩旁那些深深的旋涡附近。但即使下去了那么远，愤怒的小不点儿居民依然紧追不放，逼迫他们再一次钻进水里。莫格里听见没尾巴的头狗命令子民们坚持住，并且要把西奥尼的每一匹狼都杀死。但他没有浪费时间听下去。

“后面有个家伙在黑暗中猎杀！”一条野狗急慌慌地说，“这儿的水污了！”

莫格里像一只水獭一样潜在水里向前游，刚才抓住了一只在水面上挣扎的野狗。那家伙还没来得及张嘴叫唤，就被莫格里拽到了水下，噗的一下重新浮上水面时，已经是肚皮朝天，周围顿时泛起了一圈圈暗红色的水。野狗们想回过身来，但是水流阻止了他们，小不点儿居民蜇着他们的脑袋和耳朵。在越来越浓的夜色里，他们听见西奥尼狼群挑战的叫声越来越响亮，越来越深沉。莫格里再一次潜入水里，又一条野狗被拽下去，变成尸体浮上来，野狗群的殿后队伍里再一次爆发出喧哗声。有的嗥叫说最好上岸去，还有的要求头领带他们回德干，另一些喝令莫格里现身，说要杀了他。

“他们是带着两个肚皮和好几副嗓门来打仗的，”卡阿说，“剩下的要靠下游你那些同胞来解决了。小不点儿居民回去睡觉了，他们已经追出来好远。现在，我也要回去了，因为我和任何一匹狼都无亲无故。狩猎大吉，小兄弟，记住野狗喜欢咬下面。”

沿着河岸，一匹狼用三条腿奔跑着，跳起来落下去，侧着脑袋贴近地面听一听，又弓起背高高地跃到空中，仿佛在和他的狼崽儿玩耍似的。这是独行狼温托拉，他始终一声不吭，只管在岸上跟随着野狗群，继续做那种可怕的动作。此时野狗们已经在水里泡了很久，已经游得很费劲儿，皮毛被水浸透了，很沉。他们毛茸茸的尾巴像吸了水的海绵一样拖在屁股后面，他们累坏了，又受了惊吓，这会儿望着和他们并排移行的那一对灼亮的眼睛，默不作声。

“这次狩猎真不吉利。”一条野狗喘着气，说道。

“狩猎大吉！”莫格里说，他大胆地从说话的畜生旁边冒出来，将长刀从他的肩膀后面捅进去，一捅到底，然后使劲儿推开，以免被他临死咬一口。

“是你吗，人崽儿？”温托拉隔着水面问道。

“问那条死狗就知道了，独行狼，”莫格里答道，“还没有野狗到达下游吗？我用粪便堵住了这些狗的嘴；大白天我把他们好好耍了一顿，他们的头领没了尾巴，但这儿还有几条要你来收拾。要我把他们朝哪儿赶？”

“我等着，”温托拉说，“有一夜时间给我用呢。”

西奥尼狼群的吠叫声越来越近：“为了狼群，为了整个狼群，我们迎战！”河流拐了一个弯，把野狗们推到了狼穴对面的沙洲和浅滩中间。

现在他们意识到了自己的错误。应该在上面半英里的地方就上岸，从陆地上进攻狼群的。已经太晚了。河岸上一排排怒火燃烧的眼睛在等着他们，除了从日落起就没有停止过的可怕的“吠尔”声，丛林里悄无声息。温托拉那副样子仿佛在摇尾乞怜，求他们上岸去。“上，制住他们！”野狗大头领说。整个野狗群向岸上扑去，他们扑腾着，从浅滩上的水里蹚过去，搅得维恩根加河水面上一片混乱，全是白沫。一大圈一大圈的涟漪从此岸荡到彼岸，就像船头犁开的浪纹。莫格里跟着往上冲，他趁着野狗挤成一团、一波冲锋全部上河滩的机会，拿刀子在后面又是捅又是砍。

接着，长时间的战斗开始了。沿着红色的湿沙地，在纠结的树根上面和树根中间，在灌木丛里面和灌木丛之间，在草丛里面和草丛外面，到处是起伏着扭动着紧绷着、分开来散开来、收拢来铺开来的打斗身影。即使到了这个时候，野狗们仍然是二打一。但他们遇上的是为整个族群的生存而战的狼。整个狼群出动了，不仅有或高或矮但一样胸脯宽厚、白牙森森的猎手，还有急了眼的拉希妮斯——平时守在狼穴里不出来的母狼。正如俗话所说的那样，她们是在为自己的一窝崽子而战；一岁的小狼东一个西一个，绒绒的胎毛还没有褪尽，也跟在母亲的身边撕扯着扭打着。你得了解这一点：狼是扑向喉咙或者猛咬身体两侧的，野狗则喜欢咬对方的肚子。所以，当野狗挣扎着从水里上来，不得不仰着头时，狼占据了地利；但他们离开水边后，狼就要苦战了。而莫格里无论在水里还是在岸上，他手中的刀都在不停地来回砍杀。四兄弟已经一路撕咬着来到他身边：灰兄弟蹲在男孩的膝间，保护他的肚子，其余三兄弟分别保护他的后背和两侧。有时一条野狗跳起来，哇哇乱叫着扑到莫格里牢牢握着的刀上，被刀刃扎了个透，与此同时莫格里也被一股冲力带倒在地，这时，四兄弟就挺身护住他。对于其余参战者而言，这就是一场乱糟糟的大混战——扭在一起的一大群暴徒，在河岸上从右晃到左，又从左晃到右；同时又像转磨一样，围绕着它自己的中心，一圈又一圈地缓缓地转动着。这边鼓起来一个小丘，像旋涡中的一个水泡一样——像水泡一样噗地破了，扔出来四五条血肉模糊的野狗，每一条又立刻爬起来奋力挤回到中间去。那边一匹狼独战两三条野狗，被压倒在地，费力地拖着他们往前走，一转眼就淹没在混乱之中。一匹一岁的小狼被四周的身体挤压着托举起来，其实他早就被杀死了，这时他狂怒的母亲正一声不吭，发了疯似的一边翻滚一边猛咬，咬死一个接着咬下一个。一个地方——也许是最密集的交战中心，一匹狼和一条野狗，把一切都丢在脑后，只想着怎样耍花招首先制住对方；一群鏖战的家伙涌过来，才把他们俩卷走。有一回莫格里从阿克拉身旁经过，看见他身体两侧各被一条野狗咬住了，他那掉光了牙齿的牙床却紧紧地咬着第三条野狗的腰。还有一回莫格里看见了法奥，看见他的牙齿插进一条野狗的喉咙里，拖着那很不甘愿的畜生往前走，要把他折腾到一岁小狼们有本事结果他为止。不过从总体上说，这场战斗是瞎拼乱打，是黑暗中一场令人窒息的混战。莫格里的前后左右远远近近，到处都是撞击、绊倒和摔倒的声音，到处是尖声急叫、呻吟和撕咬撕咬再撕咬的声音。随着黑夜将尽，那种快速的、旋转木马式的运动增强了。野狗们已经吓坏，没有胆量再攻击比自己强壮的狼，但又不敢开逃。莫格里感觉到战斗已近尾声，便不再拼命，只向伤残的野狗下手就知足了。一岁小狼们胆子越来越大。莫格里已经时不时地有空喘口气，有空问候朋友一声；有时他刀光一闪，就能把一条野狗逼退。

“肉已经快吃光，就要咬到骨头了。”灰兄弟喊叫着说，他身上有二十处的肌肉伤口在流血。

“但还要把骨头咬碎，”莫格里说，“咿哦哇哇！我们在丛林里就是这么干的！”正说着，血红的刀已经像火焰一样划开了一条野狗的肋肉；不料那家伙的两条后腿，早就被一匹咬住他不放的狼压在身子下面了。

“这是我猎杀的！”那匹狼从皱起的鼻孔里喷着鼻息，“让我自己来收拾他。”

“难道你的肚子现在还空着吗，独行狼？”莫格里说道。温托拉的体力已经消耗殆尽，但仍然死死地咬着野狗，那家伙已经不能动弹，没法翻过身来够到他。

“凭着赎买我的那头公牛起誓，”莫格里苦笑了一下，说道，“这就是那条没尾巴的！”确确实实，正是那条枣红色的大个子头狗。

“杀死狼崽儿和拉希妮斯是很不明智的，”莫格里一边擦去眼睛上溅到的血，一边像哲学家似的继续说着，“除非连独行狼也一起杀死。我肚子里的想法是，由这个温托拉来杀死你。”

一条野狗跳过来帮他的头领，但他的牙齿还没碰到温托拉的侧腹，莫格里的刀已经捅进了他的喉咙，剩下的事就由灰兄弟来干了。

“我们在丛林里就是这么干的。”莫格里说。

温托拉一个字也没有说，他的嘴越来越紧地咬着野狗的背脊骨，而他自己的生命正在衰逝。野狗突然抖了一下，脑袋耷拉下来，躺着一动不动了，紧接着，温托拉倒在了他身上。

“嘿嘿！血债血偿了，”莫格里说，“唱歌吧，温托拉。”

“他不会再狩猎了，”灰兄弟说，“阿克拉也是，他已经好长时间不出声了。”

“骨头也咬碎了！”法奥那的儿子法奥像打雷一样吼叫着，“他们逃了！自由民猎手们，杀呀，杀光他们！”

野狗一条接一条从深色的、沾满血的沙地上溜走，逃向大河，逃向密林，上游也好下游也罢，哪个方向没有拦路的就奔哪个方向。

“血债！血债！”莫格里吼道，“讨还血债！他们杀害了孤狼！别放走一条野狗！”

他手里握着刀，向河边飞奔而去，去阻止胆敢下水的野狗；这时，从一个九条尸首堆成的小丘里，阿克拉的脑袋和两条前腿钻了出来，莫格里见了，扑地跪倒在孤狼身旁。

“我不是说过，这是我的最后一战吗？”阿克拉咻咻地喘着气，说道，“这是一次很棒的狩猎。你怎么样，小兄弟？”

“我活着，猎杀了好多。”

“的确是这样。我要死了，我要——我要死在你身边，小兄弟。”

莫格里把阿克拉伤得不成样子的脑袋枕在自己的腿上，用双臂搂着他血肉模糊的脖子。

“谢尔可汗称王的旧日子，人崽儿在尘土中打滚的旧日子，已经过去很久了。”

“不，不，我是一匹狼。我和自由民是一体的，”莫格里嚷道，“做一个人并不是我自己的意愿。”

“你就是一个人，小兄弟，我看着长大的狼人儿。你是一个人，否则狼群见到野狗群，早就逃了。我的命是你救下来的，今天你救了狼群，恰如我曾经救过你。你忘记了吗？现在所有的债都还清了。回到你自己的族类里去吧。我的眼珠子啊，我再对你说一遍，这场狩猎已经结束了，回到你自己的族类里去吧。"

“我永远不会去。我会独自在丛林里狩猎。我说过的。”

“夏天过后是雨季，雨季过后是春天。回去吧，趁着还没有赶你走。”

“谁会赶我走？”

“莫格里会赶莫格里走。回到你的族类里去吧，回到人类中去。”

“莫格里赶莫格里走的时候，我就走。”莫格里答道。

“我没有别的话要说了，”阿克拉说道，“小兄弟，你能扶我站起来吗？我也曾经是自由民的头领啊。”

莫格里轻轻地、非常小心地把尸体移开，双臂抱着阿克拉站了起来。孤狼深深地吸了一口气，开始唱死亡之歌，狼群的头领死的时候都要唱这支歌。他唱着唱着，歌声聚集起了力量，越来越高昂，在远远的河对岸激荡起了回音。唱到最后一句“狩猎大吉”的时候，阿克拉蓦地挣脱了莫格里的臂膀，跃起在空中，落下来砸在他最后猎杀的，也是最可怕的猎物身上，死了。

莫格里坐在那儿，脑袋垂在膝头，对其余的一切都漠不关心。这时，残余的野狗在奔逃中正被冷酷无情的拉希妮斯们追上、毙杀。喊叫声一点一点消失了，那些狼一匹一匹走了回来，一瘸一拐地，伤口上的血已经凝结。他们清点了损失：狼群里有十五匹狼，再加上半打拉希妮斯，躺倒在河边死了，活着的没有一个不带伤。莫格里一直坐在那儿，寒冷的破晓时分，当法奥湿湿的、被血染红的口鼻垂到他手上时，莫格里才直起身子，让大家看阿克拉骨瘦如柴的尸体。

“狩猎大吉！”法奥说道，仿佛阿克拉仍然活着似的。然后，他从被咬伤的肩膀上回过头去，冲着其余的狼说道：“嚎叫吧，野狗们！一匹真正的公狼今天夜里死了！”

但是，拥有两百条好战野狗的整个野狗群，那些曾夸口所有的丛林都属于他们、没有一个活物能站在他们面前的野狗们，现在没有一条能回到德干去，捎回法奥的这句话。

兰恩之歌

（这是大战结束后，老鹰们一只接一只地落到河边时，兰恩所唱的一首歌。兰恩跟每一只动物都是好朋友，但他在心底里，是一个冷血的生灵，因为他知道，丛林里几乎所有动物最终都会到他的肚子里去。）

夜间出发的这些走兽曾经是我的同伴，
（为兰恩！为兰恩，你们注意！）
现在我来啸叫着告诉他们大战的结局。
（兰恩！兰恩的这些个前驱！）
他们曾给上面的我传话：有猎物刚被猎杀；
我曾给下面的他们传话：平原上有公鹿。
每一道踪迹在这儿终结：他们不会再言语！

发出狩猎呐喊的，飞快向前追赶的，
（为兰恩！为兰恩，你们注意！）
逼迫黑鹿拐弯的，半道把他按住的，

（兰恩！兰恩的这些个前驱！）
慢吞吞在气味后面的，奔跑在前面的，
躲开逼过来的兽角的，将猎物制服的，
每一道踪迹在这儿终结：他们不会再追逐。

这些走兽曾经是我的同伴。可惜他们死了！
（为兰恩！为兰恩，你们注意！）
现在我来安慰他们：我知道他们正当盛年。
（兰恩！兰恩的这些个前驱！）
撕碎的侧腹和凹陷的眼睛，张开的嘴和血，
缠在一起的、直挺挺的和孤零零的，尸首相叠。
每一道踪迹在这儿终结：我们一大群在这儿饕餮。

春天的奔跑

人要去人类中间了！叫啊，把这件大事传遍丛林！
那个曾是我们兄弟的人，就要离去。
丛林居民们啊，你们听清楚了，再做个判断——
回答呀，谁去留住他，让他回心转意？

人要去人类中间了！他正在丛林里面哭泣：
那个曾是我们兄弟的人，哭得那么伤悲！
人要去人类中间了！（啊，我们爱他在丛林里！）
他踏上人类的路后，我们再也不能跟随。

大战红豺、阿克拉死去后的第二年，莫格里也该有将近十七岁了。看上去他更老成些，高强度的运动、最好的吃食、稍感热或脏便下河洗澡的习惯，给了他超年龄的气力和体格。有必要沿着树上的路线巡视时，他能单手吊在树顶的树枝上，在空中飞荡着一次前行半个小时。他能截住一头疾驰中的年轻公鹿，一把揪住他的脑袋，把他扳倒。他甚至能掀翻那种生活在北方沼泽地里的青色大公野猪。过去，丛林居民往往畏惧他的智慧，现在他的力气也让他们害怕了。他不声不响地行动，去办自己的事情时，沿途只要有谁悄悄地说一声他来了，林中便会清出一条路来。然而他的眼神始终很柔和，甚至在打斗的时候，也决不像巴赫拉那样露出灼灼凶光。他只是目光变得越来越饶有兴味，越来越兴奋，这是巴赫拉自个儿在心里琢磨不明白的事情之一。

他问莫格里这是怎么回事，男孩笑笑说："我猎杀失手的时候会生气。要是我不得不饿上两天肚子，我会非常生气。我生气的时候，我的眼睛没有说出来吗？"

"嘴巴会饿，"巴赫拉说，"但是眼睛什么也不说。狩猎、进食、游泳，你什么时候都一个样，正如在潮湿的天气和干燥的天气里，石头并没什么不同。”莫格里从长长的睫毛下面懒洋洋地看着他，像往常一样，黑豹垂下了脑袋。巴赫拉了解他的主人。

这时他们正伸展开四肢，躺在一座小山高高的山坡上，眺望维恩根加河。晨雾低垂在他们下方，像一条条白色和绿色的带子。随着旭日东升，它变成了蒸腾着的金红色海洋，渐渐翻腾开去，把天边的光线放进来，给莫格里和巴赫拉憩息的那一片枯草染上了彩色的条纹。正是寒冷气候收尾的时候，草叶和树木看上去一片破败凋敝，风过时，四处一片簌簌声，夹杂着干巴巴的啪啦啪啦声响。一片小树叶噼噼啪啪发狂似的抽打着树枝，单片的树叶遇上风时都是这个样子。这声音惊动了巴赫拉，他深吸一口清晨的空气，重重地干咳一声，猛地往下一躺，后背着地，两只前爪扑打起头顶上的那片乱点头的树叶。

“季节轮替，新的一年要来了，”他说，“丛林又要前进了。新的交谈时间快到了。真好。”

“草还是枯的，”莫格里答道，拔了一把草，“连春天的眼睛（那是一种喇叭状的小红花，质地似蜡，出没在草丛中）——连春天的眼睛也还没有睁开，再说……巴赫拉，一只黑豹这样朝天躺着，像树猫似的两只爪子在空中乱扑腾，这样合适吗？”

“噢呜？”巴赫拉说。他好像在想别的事情。

“我是说，一只黑豹，张大嘴巴咳嗽，又是嚎叫又是打滚，这样合适吗？别忘了，你和我，我们是丛林的主人呢。”

“确实是的；我听着呢，人崽儿。”巴赫拉急忙一个滚翻，坐了起来，他的黑色侧腹上皮毛沾了不少土（他正在换掉冬天的毛），“我们当然是丛林的主人！有谁像莫格里这么强壮？谁有他这么聪明？”他的声音里有一种古怪的拖长腔调，使得莫格里回过头来，看看有没有可能黑豹是在跟他开玩笑，因为丛林里有许多话，听上去是一个意思，实际上却是另外一个意思。“我是说，我们毫无疑问是丛林的主人，”巴赫拉重复道，“我说错了吗？我不知道人崽儿已经从地上起来了。那么，他要飞吗？”

莫格里把胳膊肘支在膝头，坐在山坡上，眺望着日光中的山谷。下面林子里的某个地方，一只鸟儿正在用沙哑、纤弱的嗓音，试唱他的春之歌的最初几小节。清澈嘹亮、跌宕起伏的歌声稍后就会倾泻出来，这只不过是一个前奏，但巴赫拉已经听见了。

“我说过，新的交谈时间快到了。”黑豹甩动着尾巴，低沉地咆哮着说。

“我听见了，”莫格里答道，“巴赫拉，你怎么浑身发抖？太阳挺暖和的呀。”

“是菲劳，那只绯红色的啄木鸟，”巴赫拉说，“他没有忘记。现在，我也要回忆一下我的歌了。”他呜噜呜噜自顾自地开始哼唱起来，觉得不满意，又一遍一遍从头开始重新唱。

“并没有猎物在附近活动。”莫格里说。

“小兄弟，你的两只耳朵都不灵了吗？这并不是猎杀时唱的歌，只是先准备一下，到时候要用的。”

“哦，我忘了。我该知道新的交谈时间什么时候来，因为到时候你和别的动物都会跑开，丢下我孤零零的一个。”莫格里的语气有些粗野。

“不过，其实呀，小兄弟，”巴赫拉开言道，“我们并不是一直……”

“要我说，你们就是一直这样的，”莫格里说道，生气地戳着食指，“你们跑开了，我，丛林的主人，只好独自行走。去年我想从人群的田地里收点甘蔗，结果怎样呢？我派了个跑腿的——我派去的就是你！——去找哈提，叫他夜里过来，用长鼻子帮我拔那种甜的草茎。”

“才过去两夜他就来了，”巴赫拉说，他有些畏缩，“你那么喜欢长长的甜草，他就收了很多很多，任何一个人崽儿夜夜吃，吃一个雨季也吃不完。那不是我的错。”

“但他并没有在我捎话的当天夜里就过来。是的，他像喇叭似的叫着、吼着，在月光下的山谷里奔跑。他的踪迹像三头大象走过的那么多，因为他不愿意藏在林子里。他在月光下，在人群的屋子前面跳舞。我看见他了，他却不肯到我跟前来；而我是丛林的主人！”

“那是新的交谈时间，”黑豹说，他的态度始终很谦卑，“也许，小兄弟，当时你没有用主人话语唤他？你听，菲劳在唱，别不高兴了！”

莫格里发作了一通之后，似乎把坏心情发泄掉了。他把脑袋枕在胳膊上，闭起眼睛，仰面躺着。“我不知道，也不想知道，”他睡意朦胧地说，“我们睡吧，巴赫拉。我肚子里沉甸甸的。我要让脑袋休息一下。”

黑豹重新躺下来，叹了一口气，因为他听见菲劳在一遍又一遍地练习唱歌，如他们所说，为春光里新的交谈做准备。

在印度的丛林里，岁月悄悄地从一个季节滑向另一个季节，季节之间几乎没有分明的界限。一年似乎只有两季——雨季和旱季；但你若仔细观察一下，还是会发现，在滂沱的雨水或云雾般的烟尘里，春夏秋冬在按照一定之规轮回着。春天是最美妙的季节，因为她不必用新的叶子和花朵来覆盖一片光秃秃寸草不生的原野，只须把温和的冬天受累养活的那些赖着不去、活得太久的半绿半枯的废物归拢、埋葬，使妆容不整、萎靡不振的大地焕然一新，再一次给人年轻的感觉。这活儿她干得太棒了，天底下哪儿的春天都比不上丛林之春。

有一天，万物都疲惫了，飘浮在滞重的空气里的气味，也已经变得陈腐污浊。那就是一种感觉，谁也解释不清楚。后来又有一天，在肉眼看来，一切并没有发生变化，但是气味却又变得新鲜、令人愉悦了。丛林居民的髭须从梢颤动到根，邋邋遢遢的过了冬的毛从身体两侧一长绺一长绺地脱落下来。接着可能会下一场小雨，所有的树木、灌木、竹子、青苔和叶片鲜嫩的植物，全都醒来了。你几乎能听到它们抽枝散叶的声音。那声音底下，日夜响着一种低沉的嗡嗡声——那就是春天的喧响：一种震颤的嗡鸣，不是蜜蜂不是瀑布，也不是树梢的风，而是整个温暖、快乐的世界在呜噜噜地哼哼。

往年季节转换的时候，莫格里总是高高兴兴的。通常总是他最先看见深深的草丛里的第一朵春天的眼睛，总是他最先看到天边飘过来的第一群春天的云朵——那是丛林里无可比拟的美景。所有湿润的、星光照耀鲜花开放的地方，都可以听到莫格里的声音——他帮着大青蛙们一起大合唱，他看着倒悬在枝头、在不眠的夜晚通宵达旦鸣叫的小猫头鹰，学他们的样。他像他所有的子民一样，选择春季做他的飞掠运动：在暮色降临至晨星升起的一段时间里，仅仅为了高兴，迎着温暖的微风，飞奔出去三十、四十甚至五十英里，然后头戴着用奇异的花编成的花环跑回来，呼呼直喘，哈哈大笑。四兄弟不会跟着他这样疯野地在丛林里兜圈子，而是跑开去和别的狼一起唱歌。春天里丛林居民是很忙的，莫格里听见他们依照各自的族类，或者咕噜噜地哼，或者尖声地叫，或者呜哮或者啸鸣。这时节，他们的声音是和其他季节不一样的；在丛林里，春天之所以被叫作新的交谈时间，这也是原因之一。

但是那一年春天，正如巴赫拉对他说过的那样，他的肚子里发生了变化。从竹笋上出现棕色斑点的那一天起，他就一直期盼着气味变清新的那个早晨。它终于来了。孔雀莫奥亮起青铜色、蓝色和金色的羽毛，在雾气弥漫的林子里到处高声报道着它的来临；莫格里张开嘴想传送这消息，但是话到嘴边却噎住了，一种感觉蓦然袭遍他的全身，从脚趾一直传到头发。那是一种纯粹不快乐的感觉，他不由得察看起自己的身体，确认一下有没有踩到刺。莫奥啼叫着新气味的消息，别的鸟儿也在跟着传播。莫格里听见维恩根加河边的岩石上传来巴赫拉嘶哑的尖叫声，很刺耳，那是一种介于鹰叫和马嘶之间的叫声。头顶上抽出新芽的树枝中间，班达尔·洛格在叫嚷着，散布开来。莫格里就那样站着，心头充溢着应答莫奥的欲望，却只能被那种不快乐压迫着，胸口稍稍凹进去，长出了一口气。

他张大眼睛看着四周，只看见跟人学样的班达尔·洛格在树上穿梭；莫奥开了屏，光彩照人，在下面的斜坡上跳舞。

“气味已经变了，”莫奥尖叫道，“狩猎大吉，小兄弟！你怎么不应答呢？”

“小兄弟，狩猎大吉！”老鹰兰恩和他的配偶一边俯冲下来，一边哨叫着说。他们俩从莫格里的鼻子底下掠过，一撮白色的绒羽擦了他一下。

一阵细细的春雨——他们称之为大象雨——扫过丛林里一条半英里宽的地带，丢下被打湿了的新叶在那儿不停地点头。雨过后，天边出现了两道彩虹，还传来了一阵隐隐约约的雷声。这春天的嗡鸣蓦地响了一分钟，又静了下来，但紧接着，仿佛所有的丛林居民都大声地说起话来。只有莫格里例外。

"我吃的是好食物，"他自言自语道，"饮的是好水。我的喉咙没有火烧火燎，也没有变小；那一回我咬了带蓝斑点的块根才喉咙难受的，乌龟渥渥还说它是干净的食物呢。可我的肚子沉甸甸的，我竟然对巴赫拉和别的动物恶言恶语，他们可是丛林居民，是我的子民哪。我一会儿冷一会儿热，一会儿既不冷又不热，只管对着我看不到的东西生气。呼呼！是奔跑一下的时候了！今夜我要穿过这些狩猎区域；是的，我要来一次春天的奔跑，一直跑到北方的沼泽地，再跑回来。我狩猎太轻而易举，安逸日子过得太久啦。四兄弟得和我一起跑，他们长得太肥了，简直像白白的蛴螬。"

他呼唤着，但四兄弟中没一个应答他。他们根本听不见他的呼唤，他们离这儿远着哪，和狼群里的狼在一起，在唱春天的歌——月亮和黑鹿的歌，从头唱到尾。在春天的时光里，丛林居民几乎是不区分白昼与黑夜的。莫格里扯着嗓子，像狼似的嚎了一回，但得到唯一的应答，是一只斑点小树猫嘲笑似的"喵呜"一声叫；小家伙正在树枝中间嗅着气味钻进钻出，搜寻早筑的鸟巢。这一下他气坏了，气得浑身直颤，差一点拔出刀来。然后，他表情严厉、高视阔步地沿着山坡向下走去。虽然并没有谁在看着他，他依然摆出一副十分傲慢的样子，压低眉毛抬起下巴。可他的子民们没一个问他一声好，因为大家太忙了，都在忙自己的事。

“好啊，”莫格里自言自语道，他心里明白，自己说这种话好没道理，“让红毛野狗从德干来这儿吧，让红花[1]在竹林里跳舞吧，到那时候，整个丛林就会叫着莫格里这个大象一般伟大的名字，哀嚎着求告他。但是现在，因为春天的眼睛红了，而且那个莫奥，真是的，他非要跳一跳春天的舞蹈，卖弄一下他的光腿，所以整个丛林就像塔巴克一样，疯啦……凭着赎买我的那头公牛起誓！我不是丛林的主人吗？我还是不是丛林的主人？安静！你们在这儿干什么？”

狼群里的两匹青年狼正从一条小路慢跑过来，想找一块宽敞的地方决斗（你大概还记得，丛林法律禁止在狼群看得见的地方决斗）。两个家伙脖子上的毛像钢丝一般挺立着，一边疯狂地吠叫，一边做后蹲动作，准备开始第一个回合的搏斗。莫格里跳上前去，一手抓住一个伸长的脖子，打算像平常玩耍或群狼狩猎时那样，猛一下，把两个家伙向后推开。但是以前，春天的决斗他是从未干涉过的。两匹狼向前一跃，把他撞到一边，没浪费一点口舌就扭打在一起，在地上滚来滚去。

莫格里险些摔倒，趔趄着站稳了脚跟。他的刀子和白牙都露了出来，那一分钟他差一点就杀了他们俩，不为别的，就因为，他希望他们安静，他俩却要决斗。其实每一匹狼都完全有这个权利，决斗时遵循丛林法则就行。他压低肩膀，手颤抖

1 如前文，丛林里的动物把火称作“红花”。

着，围绕他们跳来跳去，只等第一阵疾风暴雨般的扭打结束，就给他们俩一个一刀。但是在等候的过程中，他的力气仿佛落潮一般从体内消失了，刀尖也垂了下来。他把刀插回鞘中，呆呆地望着他们打斗。

“我一定是吃了有毒的东西，”最后他叹了口气，“自从我用红花解散那次大会——自从我杀了谢尔可汗，狼群里还没有谁能把我撞到一边去。可这两个家伙只不过是狼群里的尾狼，小个子猎手！我的力气从身体里跑掉了，我快要死啦。啊，莫格里，你为什么不把他俩杀了呢？”

一匹狼逃走，决斗结束了。莫格里被孤零零地丢在乱糟糟血迹斑斑的决斗场上，一会儿望着刀，一会儿望着自己的胳膊腿。一种他从未体验过的不快的感觉，像水淹没木头一样，把他淹没了。

那天夜里，他早早地猎杀了一头动物，但吃得不多，这是为了以良好的身体状态开始春天的奔跑。他是独自进食的，因为所有的丛林居民都在别的地方，在唱歌或者决斗。正如他们所说的那样，这是一个完美的不眠之夜。从早晨到现在，所有的绿色植物一日之间仿佛长了一个月。前一天还叶子枯黄的树枝，被莫格里折断时竟然滴下树液来。青苔在他脚下深陷下去，翻卷起来盖住他的脚面，感觉暖暖的。新生的嫩叶还没有长出锋利的齿边；丛林里所有的声音汇合成的深沉嗡鸣，宛若竖琴的琴弦被月光拨动所发出的乐音一般——那一轮正开始新的交谈的月亮，她的清辉泻满了岩石和池塘，从树干和爬藤之间滑过，透过千百万片叶子渗露出来。莫格里忘记了刚才的不快，大声地唱着，迈开大步开始奔跑，心中只有喜悦。他的跑法简直就是在飞，因为他挑选的路是那条长长的向下的斜坡，它从主丛林中心经过，通往北方的沼泽地；而且斜坡的地面很有弹性，他的脚落下去时力量得到了缓冲。如果是人类训导出来的人，挑这样一条路，在给人错觉和幻觉的月光下奔跑，肯定会磕磕绊绊；但莫格里有一身经过多年锻炼的肌肉，它们提着他一路腾飞，如一片轻盈的羽毛。踩到烂木头或者隐蔽的石头导致脚下打滑时，他从不停步，不用费劲也不必多想，一腾身就过去了。在地面上跑厌倦了，他就用猴子的办法，一抬手，就近抓住一根藤蔓，仿佛是飘而不是攀爬，一下子就到了细树枝中间，然后他就沿着树上的路线行进。什么时候他换了心情，便又嗖的一下，穿过树叶画一根长长的弧线，落到地面上。沿途有些闷热无风的洼地，被潮湿的石头包围着，里面有许多夜间开放的花儿，还有藤蔓上的花蕾开出来的成串的花朵，散发出浓郁的香气，熏得莫格里透不过气来。还有些暗黑的林荫小道，月光一幅一幅地躺在上面，整齐如教堂走廊上的花格子大理石地面。有时他碰上灌木丛，里面的嫩枝湿漉漉的有齐胸高，都伸出胳膊来搂他的腰。有时他经过覆盖着岩石的山顶，石头是开裂的，他一块一块地跳过去，吓坏了下面石穴中的小狐狸。这会儿，他隐约听见远处有喀嚓喀嚓的声音，那是一只公野猪在树干上磨牙；紧接着他就遇上了那大灰兽，只见他独自一个，正在划拉撕扯一棵大树的树皮，嘴里滴着白沫，眼睛里像冒着火。一段路之后，他又听见兽角撞击和哼哧哼哧的声音。他扭过脸去，看见一对狂怒的黑鹿低着头，你来我往摇摇晃晃地斗在一起，身上一道道血痕在月光下呈着黑色。他呼的一下就从旁边冲了过去。经过水流湍急的浅滩时，他有时会听见鳄鱼贾卡拉像公牛一样吼叫，有时会惊扰盘绕成一团的有毒族类，但他们还没来得及出击，他就已经跑开，穿过闪闪发亮的卵石滩，回到了深深的丛林里。

他就这样奔跑着，有时边跑边大声喊叫，有时边跑边对着自己唱歌，他成了那天晚上整个丛林里最快乐的生灵。终于，花儿的气味提醒他，沼泽地快要到了。在他最靠北的狩猎场北面很多英里的沼泽地，快要到了。

同样，在这个沼泽地里，如果是人类训导出来的人，迈出去三步便会陷下去，泥浆灭顶。但莫格里的脚底长着眼睛，它们不需要他脑袋上的眼睛帮忙，便领着他从草丛跨步到草丛，从实土块跨步到摇晃的实土块。他一路惊扰着野鸭们，一路不停地跑到了沼泽中央，在一根长满青苔、黑水环抱的树干上坐了下来。他周围的沼泽地全醒着，因为在春天，鸟族居民的睡眠是很浅的，而且整夜都有伙伴们来来去去。但是没有一只鸟留意莫格里。他坐在高高的芦苇中间，哼着没有歌词的歌儿，正在检查他的硬硬的棕色脚底板，看看有没有不曾留意到的刺。他的所有不快，似乎已经全丢在了后面他自己的丛林里。但他正要放开喉咙歌唱，它又回来了，而且比先前还要糟糕十倍。

这一回莫格里害怕了。“这儿也有它！”他的声音有一点响，“它一直跟着我呢，”他回过头去，想看看那个“它”是不是站在身后，“什么也没有哦。”沼泽地夜间的喧闹在继续着，但没有一只鸟或者兽对他说话，新生的伤感变得越来越强烈了。

“我一定是吃了有毒的东西，”他说，声音很惊惶，“一定是我不小心，吃了有毒的东西，我的力气从身体里跑掉了。我很害怕，可感到害怕的不该是我。那两匹狼决斗时，莫格里害怕了。阿克拉，甚至法奥，都能让他们安静下来，可莫格里却害怕了。这症状说明我确实吃了有毒的东西……可有什么事丛林里那帮家伙会在乎呢？他们唱歌、嚎叫、决斗，成群结伴在月亮下面奔跑，而我……唉咳！我就要死在沼泽地了，被我吃下去的毒药毒死。”他为自己难过得要命，差不多要哭了。“然后，”他接着说道，“他们会发现我躺在黑水里。不行，我要回到自己的丛林里去，我要死在会议岩上。到时候，我所爱的巴赫拉，如果到时候他没在山谷里尖声鬼叫，巴赫拉，也许，会在我的尸体旁边守上一会儿，不让兰恩享用我，像享用阿克拉那样。”

一颗大大的、滚烫的泪珠溅落在他的膝上。莫格里凄惨到这副模样，却又为自己如此凄惨感到快乐，这种颠颠倒倒的快乐不知你是否能理解。“就像老鹰兰恩享用阿克拉一样，”他重复道，“在我灭掉红豺救出狼群的那个夜晚。”他安静了一会儿，回想着孤狼最后的话，当然，那几句话你肯定是记得的，“阿克拉临死前对我说了许多傻话，因为我们要死的时候肚子里是会起变化的。他说……不管怎么说，我属于丛林！”

他记起了维恩根加河畔的战斗，心里面激动起来，最后一句话喊得很响。芦苇丛中一头母野水牛原本跪着，被他的喊声惊得跳起来，喷着响鼻叫道：“人类！”

“呃！”公野水牛麦萨说道（莫格里听见他在水坑里翻了个身），“那不是人类。不过是西奥尼狼群里那匹没毛的狼。在这样的夜晚，他喜欢来回奔跑。”

“呃！”母野水牛一边重新低下头去吃草，一边说，“我还以为是人类呢。”

“我说过不是了。啊，莫格里，有危险吗？”麦萨吽吽地问。

“啊，莫格里，有危险吗？”男孩大声嚷嚷着学他的话，

“麦萨就操心这个：有危险吗？可是，对于夜间在丛林里来回巡视的莫格里，你操心过没有？”

“他嚷嚷得那么响！”母野水牛说。

“他们就喜欢这样嚷嚷，”麦萨很不屑地答道，“还总是把草拔起来，却并不懂得怎样吃草。”

“没这么严重，”莫格里对着自己呻吟道，“没这么严重，就在上个雨季，我还用竹竿子把麦萨从水坑里戳起来，拽着灯心草编的缰绳，骑在他身上呢。”他伸出一只手，想折断一根开了花穗的芦苇，又叹息一声把手缩了回来。麦萨不紧不慢地咀嚼着反刍出来的食物，咀嚼着从母野水牛吃草的地方撕扯下来的长草。“我不要死在这儿，”莫格里生气地说，“我不想让麦萨看见，他跟贾卡拉和野猪是同一血脉的。还是去沼泽地另一边，看看会发生什么事吧。我从来不曾经历过这种春天的奔跑——身体又热又冷。起来，莫格里！”

他禁不住诱惑，悄悄地穿过芦苇靠近麦萨，用刀尖戳了他一下。大公牛像炮弹开炸一样，呼地从水坑里蹿出来，浑身滴着水；莫格里笑得直不起身子，坐了下来。

“说一说吧，说说西奥尼狼群里那匹没毛的狼曾经怎样放牧你，麦萨。”莫格里喊叫着说。

“狼！你？”大公牛喷了个响鼻，在泥浆里跺了跺脚，“整个丛林都知道，你做过家畜的牧童，像你这样一个乳臭未干的人娃娃，还是到人类庄稼地旁边的尘土中去大喊大叫吧。你也算是丛林里的！哪一个猎手会像蚂蟥中间的蛇一样爬过来，开这样下流的玩笑，让我在我的母牛面前丢脸？只有豺才会这样不着调。有种到结实的地面上来，我要，我要……”麦萨满嘴冒着白沫，因为麦萨差不多是丛林里脾气最坏的一个动物。

他瞪着那对永远没有变化的眼睛，呼哧呼哧地喷着气。莫格里只在一旁看着他，等到啪嗒啪嗒的泥浆声音消停些了，他才说道：“这沼泽地附近哪儿有人群的窝，麦萨？这一片丛林我不熟悉。”

“那你去北边吧，”愤怒的公牛吼道，刚才莫格里戳得他很痛，“没毛的放牛娃才开这样的玩笑。去沼泽地尽头的村子里，说给他们听听。”

“人群是不爱听丛林里的故事的，麦萨。我觉得，你的皮也就是稍微被刮了一下子，这事儿用不着开会讨论。不过我还是要去看看那村子的。是的，我要去了。得啦，别那么凶巴巴的了。丛林的主人并不是每夜都来放牧你的。”

他迈步往外走，踏上了沼泽地边缘抖颤的地面。他心里很清楚，麦萨决不会冲过来；他想着公牛发怒的样子，一边奔跑一边笑。

“我的力气还没有全部跑掉，”他说，“也许，毒并没有侵到骨头里。那边有一颗星垂得很低。”他双手半合着放在眼前，从中间瞄着它看，“凭着赎买我的那头公牛起誓，那是红花，是从前——甚至在我加入先前那个西奥尼狼群之前——我曾经躺在它旁边的那种红花！看到它，我就要结束奔跑了。”

沼泽地尽头是一片开阔的旷野，一星灯光在黑夜中闪烁着。莫格里已经有很长时间没有关心人类的活动了，可是今夜，红花的微光却吸引着他前去。

“我要去看看，”他说，“就像从前的日子里我干过的那样，我要看看人群有了多大变化。”

莫格里忘了他已经置身于他自己的丛林之外，在这儿是不可以那样为所欲为的。他大大咧咧地走过缀满露珠的草地，来到灯光所在的小屋跟前。三四条狗狂吠起来，因为他已经到了村边。

莫格里回敬了一声低沉的狼嗥，草狗们便不出声了。“嗬！”他无声无息地坐下来，说道，“该来的总是要来的。莫格里，人群的窝和你还有什么相干呢？”他揉揉嘴巴，想起一年前，另一个人群把他赶走时，一块石头就打在他嘴上。

小屋的门开了，一位妇人站在门口向黑暗中窥望。一个孩子哭起来，妇人回过头去说道：“睡吧。只不过是一只豺把狗狗惊醒了。没多久天就要亮了。”

草地上的莫格里像发高烧似的打起摆子来。这声音他太熟悉了。但他生怕弄错，便柔声地轻轻叫道：“梅苏阿！哦，梅苏阿！”他很惊讶，人类的话语竟然一下子就回到了他嘴边。

“谁在叫我？”妇人问道，她的声音在颤抖。

“你忘了？”莫格里说。他喉咙发干。

“如果是你，那我给你起了个什么名字？说！”她已经半掩上门，一只手抓着自己的胸口。

“纳索！哦嘿，纳索！”莫格里说。你一定记得，他第一次来到人群中时，梅苏阿给他起的正是这个名字。

“进来，我的儿子。”她唤道。莫格里走进灯光里，直盯着梅苏阿看。很久以前，这妇人曾经善待他，他曾经从人群中救了她的命。她老了，头发已经灰白，但她的眼神和声音没有变。她像所有女人那样，期望发现莫格里还是当初分别时的模样；她的目光由下而上，迷迷惑惑地，慢慢地从他的胸口，移向他的顶到门框的头。

“我的儿子。”她结结巴巴地说。接着，她瘫倒在莫格里脚下：“可这已经不是我的儿子了。他是山林里的小神！啊嗨！”

他站在油灯的红光里，强壮、高大、漂亮，长长的黑发披散在肩头，刀挂在脖子上晃悠着，头上戴着白色茉莉花花环，很容易被人误认为是丛林传说中的某个野神。小床上半睡半醒的孩子吓得跳起来，发出很响的尖叫声。梅苏阿转过身去安抚他，莫格里则一动不动地站在那儿，望着水罐、锅、粮柜和其他各种人类的财物。他发现自己还清楚地记得这些东西。

“吃点什么，或者喝点什么？”梅苏阿喃喃地说，“这里的一切都是你的。我们的命是你救的。可是，你真的是我叫他纳索的那个孩子吗，还是一个小神？”

“我是纳索，”莫格里说，“我离开自己的地方很远了。我看见这光，就过来了。我不知道你在这儿。”

“我们来到可汗席瓦拉后，”梅苏阿怯怯地说，“英国人本来是要帮助我们去对付那些想烧死我们的村民的。你记得吗？”

“确实是那样，我没有忘。”

“可是英国人的法律程序准备好后，我们去找那些恶人，他们的村子却不见了。”

“这个我也记得。”莫格里说，鼻孔翳动了一下。

“所以，我男人去帮别人家种地。他的确是个很壮的男人，所以，最后我们在这儿有了一点地。比不上在原先那个村子时富裕，但我们需要的并不多，我们俩。”

“他在哪儿，那天夜里很害怕，在土里挖东西的那个男人？”

“他死了，有一年了。”

“他是谁？”莫格里指指孩子。

“我儿子，两个雨季前出生的。如果你是小神，请给他丛林的庇佑，让他在你的……你的子民们中间平安，就像那天夜里我们平安一样。”

她抱起了孩子，小家伙忘记了害怕，伸手玩弄莫格里胸前挂着的刀子，莫格里很小心地把他的小手指挪开。

“如果你是老虎叼走的纳索，”梅苏阿哽哽咽咽地接着说道，“那他就是你的弟弟。给他哥哥的祝福吧。”

“唉咳！我怎么知道叫作祝福的什么东西呢？我不是小神，也不是他的哥哥，而且——妈妈，妈妈，我的心沉甸甸的。”他放下孩子时打了个寒战。

“像是病得不轻呢，”梅苏阿说，在锅台边忙活着，“这是因为你深更半黑在沼泽地里乱跑。肯定的，热病已经浸到你的骨髓里了。”她居然认为丛林里有东西能伤害他，让莫格里感到有点好笑。“我要生个火，你该喝些热牛奶。把茉莉花环丢了吧：这么小的地方，味儿太重了。”

莫格里坐下来，嘴里咕咕哝哝地，双手捂着脸。他从未体验过的种种奇怪感觉在周身涌动着，仿佛他真的中了毒一样；他觉得头晕，有点恶心。他长长一大口长长一大口地喝着热牛奶，梅苏阿不时地拍拍他的肩，心里面不是十分拿得准：这是她失散多年的儿子纳索呢，还是丛林里的一个奇妙的神灵。但至少他是血肉之躯，感觉到这一点她非常高兴。

“儿子，”她眼睛里洋溢着骄傲，终于开言道，“有没有谁告诉过你，你比所有的男人都漂亮？”

“啊？”莫格里说。自然，他从来不曾听到过这种话。梅苏阿温柔而幸福地笑了。他脸上的表情已经给了她满意的回答。

“那我是第一个啰？由做妈妈的来告诉儿子这样的好事，虽然机会很少，却是合适的。你非常漂亮。我从来不曾见过这么漂亮的男人。”

莫格里扭过头去，想看清楚自己的结实的肩膀。梅苏阿又笑起来，笑了很久；莫格里弄不明白这是为什么，只得跟着她笑。小孩子在两人中间跑来跑去，也笑个不停。

“不，你不可以笑你的哥哥，”梅苏阿说，一把抓住他，搂在胸前，“如果你将来长得有哥哥一半漂亮，我们就让你跟国王的小女儿结婚，你就能骑上很大的大象了。”

这一番谈话，莫格里能明白的意思三分之一也不到。长途奔跑之后，热牛奶对他的身体起了作用，他蜷起身子，一分钟便进入了酣睡状态。梅苏阿撩开他眼睛上的头发，给他盖了一块布；这样做的时候她感到很幸福。莫格里按照丛林的方式，在睡眠中度过了剩下的夜晚和次日整整一个白天；他的本能——他的从来不完全入睡的本能——告诉他，在这儿没什么好害怕的。他终于醒了过来，他一跃而起，把小屋也震动了，这是因为盖在脸上的布使他梦到了陷阱。他站在那儿，手攥着刀柄，虽然骨碌碌转动的眼睛里仍然满含睡意，却摆着一副随时准备搏斗的架势。

梅苏阿笑了，把晚饭摆在他面前。只有几块在冒烟的火上烤出来的粗面饼，一点米饭，还有一块罗望子果腌的酸泡菜，勉强够他维持到夜间打到猎物的时候。沼泽地里飘过来的露水气息使他感到饥饿和不安。他想去结束他春天的奔跑，但小孩子坐在他怀里不肯下去，梅苏阿又一定要给他梳头，梳一梳他的一头蓝黑色的长发。她一边梳，一边唱着那种傻傻的、哄小宝宝的歌。她一会儿叫莫格里儿子，一会儿又求他把自己的丛林神力给小孩子一些。小屋的门紧闭着，但莫格里听到一个熟悉的声音，接着看见梅苏阿吓得张大了嘴。门底下伸进来一只大灰爪子，灰兄弟在门外悲嗥着，声音里带着焦虑和恐惧，这是一种压抑的、表示后悔的叫声。

“在外面等着！我叫你的时候谁让你不来的呢。”莫格里用丛林话说道，连脑袋也没有转一下。大灰爪子消失了。

“请不要……不要随身带着你的……你的仆从，”梅苏阿说，“我……我们一直跟丛林和平相处的。”

“这就是和平啊，”莫格里说，站起身来，“想一想那天夜里去可汗席瓦拉的一路上。当时你们的前面和后面，有几十个这样的伙伴呢。不过我明白了，即使在春天里，丛林居民也不是一直把我丢在脑后的。妈妈，我要走了。”

梅苏阿谦卑地退到一旁——她心想，他确实是林子里的神；但是当他的手搭在门上时，她身上的母性驱使她扑上去，一遍又一遍地搂住莫格里的脖子。

“要回来啊！”她轻声说，“不管你是不是我的儿子，都要回来，因为我爱你——你看，他也伤心了。”

孩子在哭，因为带着亮晃晃的刀子的人要走了。

“要回来啊，”梅苏阿反复叮咛道，“无论白天黑夜，这扇门永远不会对你关上的。”

莫格里的喉咙在抽搐，里面仿佛有根细绳在拽着，他的答话好像就是拽出来的：“我一定会回来的。”

门开时，摇尾乞怜的狼正把脑袋搁在门槛上，他把他推到一边，说道：“现在我要嚷你几句了，灰兄弟。很久以前我唤你们，你们四个怎么一个都不来？”

“很久以前？不过是昨夜的事嘛。我——我们——在丛林里唱新歌呀，因为这是新的交谈时间。你不记得了吗？”

“确实，确实是的。”

“唱歌一结束，”灰兄弟认真地接着往下说，“我就跟着踪迹过来了。我离开大伙儿，急匆匆地来追你。可是啊，小兄弟，你和人群一起吃一起睡，这是在干什么呢？”

“如果我一叫你们就来的话，事情就绝不会这样了。”莫格里说，跑得更快了。

“接下来又会怎样呢？”灰兄弟问。莫格里正要回答时，一个穿白衣的姑娘从村边的一条小路上向村子里走来。灰兄弟立刻从视野中消失了，莫格里悄无声息地退到了一块庄稼长得很高很旺的田里。他几乎伸手就可以触碰到她，暖烘烘的绿色茎秆却合拢来挡住了他的脸，他像鬼魂一样消失了。姑娘以为自己看见了一个精灵，尖叫起来，然后她深深地叹了口气。莫格里用手分开茎秆，望着她，直到她从视野中消失。

“这个我现在还不知道，”他说，这一回轮到他叹气了，“我叫你们的时候，谁让你们不来的呢？”

“我们跟着你，我们跟着你，”灰兄弟咕哝道，舔着莫格里的脚后跟，“我们一直跟着你，除了在新的交谈时间。”

“你们会跟着我去人群中吗？”莫格里低声问。

“先前那个狼群赶你走的时候，我不是跟着你的吗？你躺在庄稼中间的时候，是谁把你叫醒的？”

“没错，可是下一回呢？”

“今夜我没有跟着你吗？”

“没错，可是再下一回再下一回呢，你还会跟着吗，灰兄弟？”

灰兄弟不吱声了。他重新开口的时候，咆哮着自言自语道：“黑家伙说的是实在话。”

“他说什么？”

“人终究是要回到人类中去的。我们的母亲拉克夏说过……”

“大战红豺的那天夜里，阿克拉也是这么说的。”莫格里喃喃地说。

“卡阿也是这么说的，他比我们大家都聪明。”

“你怎么说呢，灰兄弟？”

“他们曾经用难听的话赶走你。他们扔石头砸破了你的嘴。他们派布尔迪奥来杀你。他们本来会把你投进红花里去的。是你，不是我，说过他们又坏又蠢。是你，不是我，让丛林吞噬了他们的村庄，我是跟着我们那一帮子一起干的。是你，不是我，编了反对他们的歌，比我们反对红豺的歌还要尖刻。”

“我问你，你怎么说？”

他们在一边奔跑一边说话。灰兄弟慢跑了一会儿，没有回答，然后，可以说是在纵跳的间隙里，他说：“人崽儿，丛林的主人，拉克夏的儿子，我的同窝穴的兄弟，虽然我在春天里会忘记一会儿，但你的踪迹就是我的踪迹，你的窝就是我的窝，你的猎获物就是我的猎获物，你的生死搏斗就是我的生死搏斗。我代表另外三个兄弟说这话。但是，你对丛林怎么说呢？”

“你想得很周到。从看见猎物到捕杀猎物，中间是不宜等待的。你前头走，把大家叫到会议岩去，我要把肚子里的话告诉他们。但他们也许不会去——在新的交谈时间，他们有可能会忘记我。”

“那么，你就没有忘记过任何事吗？”灰兄弟回过头来厉声说道，他猫着身子飞奔而去，莫格里若有所思地在后面跑着。

如果不是春天，在任何一个季节，这消息都会把丛林居民全都召来，一个个竖着颈毛聚在一起；但现在他们正忙着狩猎、打斗、捕杀和唱歌。灰兄弟挨个儿地跑，边跑边叫：“丛林的主人要回到人类中间去了！快去会议岩。”那些快乐的、热望中的丛林居民只无动于衷地答道：“到了夏天，天热了他会回来的。雨季会把他赶回窝里。过来和我们一起奔跑和唱歌吧，灰兄弟。”

“但是丛林的主人要回到人类中间去了。”灰兄弟重复道。

“咿，哟啊哇？难道新的交谈时间不如那种事美吗？”他们答道。所以，当莫格里心情沉重地走过那些熟悉的岩石，来到当年他被带到狼群大会上的地方时，他发现，到场的只有四兄弟、上了岁数几近失明的巴洛，还有盘绕在阿克拉的空座位上的冷血动物卡阿。

“你的踪迹要在这儿结束了吗，人儿？”卡阿说，他看见莫格里双手捂着脸，扑倒在地，“想哭就哭吧。你和我，我们血脉相同——人和蛇在一起。”

“我干吗不死在红豺的爪子下面呀？”男孩呻吟道，“我的力气从身体里跑掉了，不是因为毒药的缘故。日日夜夜，我听见我走过的地方有两种脚步声。我回过头去时，总仿佛有谁倏地躲起来不让我看见。我去树后面找，没有。我喊叫，没有谁回叫一声。但仿佛就是有谁在听，忍着不回答我。我躺下，却得不到休息。我完成了春天的奔跑，却没有得到平静。我去洗澡，却凉不下来。猎杀的动物让我反胃，但除了猎杀我没有心思打斗。红花在我的身体里面，我的骨头成了水——而且我脑子里稀里糊涂。”

“还有必要再说吗？”巴洛把脑袋转向莫格里躺着的地方，缓缓地说道，“当年在河边阿克拉就说过，莫格里会把莫格里赶回到人群中去。我也说过。可如今还有谁会听巴洛的呢？巴赫拉——今夜巴赫拉在哪儿？——巴赫拉也知道的。这是法则。”

“人儿，当年我们在冷窟相遇的时候，我就知道了，”卡阿说，稍稍转动了一下他盘绕着的粗壮身体，“人终究是要回到人类中去的，虽然丛林并不赶他走。”

四兄弟互相望望，又望望莫格里，神情迷惑，却很顺从。

“这样说来，丛林并不赶我走？”莫格里结结巴巴地说。

灰兄弟和另外三兄弟怒声嗥叫起来，开言道：“只要我们还活着，没有谁敢……”但是巴洛打断了他们。

“我教会了你丛林法则。该我来说几句了，”他说道，“虽然现在我连眼前的石头都看不清了，但我看得远。小青蛙呀，走你自己的路吧；把你的窝做在和你同血脉同种群同族类的人中间。但是，需要爪子、牙齿或眼睛帮忙，或者需要在黑夜里迅速传话的时候，丛林的主人啊，你记住，丛林随时听从你的召唤。”

“中部丛林也听从你的召唤，”卡阿说，“我说这个话代表的不是少数子民。”

“唉咳，我的兄弟们，”莫格里呜咽着一挥胳膊，嚷嚷道，“我脑子里稀里糊涂的！我不愿意走，但是两只脚拽着我走。我怎么丢得下丛林里的这些夜晚呢？”

“别这样，小兄弟，抬起头来，”巴洛再三说道，“这样狩猎并不丢脸。吃完蜂蜜后我们总是丢下空蜂巢的。”

“蜕下皮以后，”卡阿说，“我们不会重新钻进去。这是法则。”

“听着，我最最亲爱的小兄弟，”巴洛说，“在这件事情上，没有谁会用言语或意志阻挡你。抬起头来！有谁能质问丛林的主人呢？当你还是个小青蛙的时候，我看见过你在那边的白色鹅卵石中间玩耍；巴赫拉也看见过，他以一头刚猎杀的年轻公牛为代价，赎买了你。那一次过目狼崽时在场的动物里面，如今只剩下我们俩了。因为拉克夏，你狼窝里的妈妈，已经和你狼窝里的爸爸一起去世；先前那个狼群里的狼，全都已经死了很长时间；谢尔可汗去了哪儿你是知道的，阿克拉死在野狗中间。那一回，如果不是多亏了你的智慧和力量，第二个西奥尼狼群里的狼也会全死光的。那就除了白骨什么也留不下来了。事情已经不再是人崽儿请求离开狼群，而是丛林的主人要改变踪迹。人要走自己的路，有谁能质问他呢？”

“可是巴赫拉呢，还有那头赎买我的公牛呢？”莫格里说，“我不愿……”

下方灌木丛里一声吼叫，哗啦一片响，打断了他的话。巴赫拉站在了他面前，一如既往地敏捷、矫健、令人望而生畏。

“所以呀，”他伸出滴血的右爪，说道，“我到现在才过来。这一回狩猎时间很长，不过这会儿他已经躺在灌木丛里，死了。一头两岁的公牛——给你自由的公牛，小兄弟。现在所有的债都偿清了。至于别的方面，我的话巴洛已经替我说了。”他舔了舔莫格里的脚，“记住，巴赫拉爱你。”他大叫一声，纵身离去。在山脚下，他又大叫起来，叫声很长、很响亮：“在新的路径上狩猎大吉，丛林的主人！记住，巴赫拉爱你。”

“你都听见了，”巴洛说，“就这些了。你去吧；不过先到我身边来。啊，聪明的小青蛙，到我身边来！”

“蜕皮不是一件容易的事。”卡阿说，莫格里不停地呜咽着，脑袋靠在瞎熊的侧腹上，双臂搂着他的脖子；而巴洛伛着羸弱的身子，去吻莫格里的脚。

“星星稀了，”灰兄弟吸着拂晓的风，说道，“今天我们去哪儿进窝呢？从现在开始，我们要走新的路了。”

这就是莫格里故事的结局。

送别赠歌

（以下是莫格里一路上听到的歌，歌声在他身后的丛林里回荡着，直到他再一次来到梅苏阿的门口时才停息。）

巴洛

老熊曾给一只聪明的青蛙
指明丛林之路，为了他
你要遵守人群制定的法律——
为了你的瞎子老巴洛的缘故！
无论干净还是脏，新鲜还是旧，
就当它是踪迹，因循固守；
无论是白天，还是黑夜，
追寻时勿偏左，亦勿偏右。

老熊他爱你远甚于天地间
一切的活物。为了他的缘故，
当你的族群使你痛苦时，
就说：“塔巴克又在唱了呀。”
当你的族群让你想吐时，
就说：“谢尔可汗还得去杀。”
刀子已经拔出来，想杀戮时，
切记遵守法律，走你的路。
（块根和蜂蜜，佛焰苞和棕榈，
保护人崽儿不受伤害！）
树木和水，风和树，
丛林的庇佑与你同在！

卡阿

愤怒是恐惧所生的蛋——
明亮的只有无眼睑的眼睛[1]。
眼镜蛇的毒不可以吸，
眼镜蛇的话也不可以信。
坦诚的交谈给你召来力量，
力量的配偶是谦恭殷勤。

1　蛇的眼睛是无眼睑的。

力所不及时不要猛扑，
腐烂的树枝不是借力之处。
吞食鹿或羊要看嘴能张多大，
以免因为眼馋把喉咙哽住。
狼吞虎咽后，想要睡觉？
看看洞穴是否够深，够隐秘，
别大意疏忽，铸成大错
把猎杀者引到你的窝里。
无论你身在东西南北，
洗净你的皮，闭紧你的嘴。
（坑里缝里，青色池塘边，
中部丛林追随着人崽！）
树木和水，风和树，
丛林的庇佑与你同在！

巴赫拉

我的生命在笼中开始，
人的价值我十分清楚。
凭着我砸开后得自由的锁起誓：
人崽儿呀，小心人崽儿的同族！
露水味重或星光黯淡时，
莫选择杂乱纠结的树猫之路。

无论群集或开会，狩猎或进窝，
别向豺一般的人类发出停战呼吁。
如果他们说：“来和我们一起，
安逸安逸。”给他们一个不言语。
如果他们撺掇你，帮忙一起
伤害弱者，给他们一个不言语。
别像班达尔那样吹嘘本领，
猎杀时莫吭气，要悄无声息。
莫让呼叫声、歌声或叹息声
勾引你，从狩猎的路线偏离。
（早晨的雾，清澈的曙暮光，
你们鹿的看守者哟，侍奉人崽！）
树木和水，风和树，
丛林的庇佑与你同在！

三兽合唱

你踏上了你必须走的路径，
走向我们害怕的门槛，
那里面红花开得灿烂；
夜间你躺的地方会像囚笼，
隔开了我们的母亲天空，
你会听见你挚爱的我们走过；

你会大清早醒来，去面对
你无法摆脱的辛勤劳作，
忧伤地思念丛林里的生活：
树木和水，风和树，
智慧、力量和殷勤关爱，
丛林的庇佑与你同在！

欢迎您从《丛林之书》走进
读客三个圈经典文库

亲爱的读者，感谢您选择读客三个圈经典文库。

我们的封面统一使用“三个圈”的设计，读者可以凭借封面上形式各异的“三个圈”找到我们，走进经典的世界。

你想成为什么样的人？

对你来说什么是重要的？

这个世界应该是什么样子？

我们在生命中遇到的这些问题，或许可以在浩如烟海的文学经典中找到答案。

跟随读客三个圈经典文库，认识世界、塑造自我，成为更好的人！

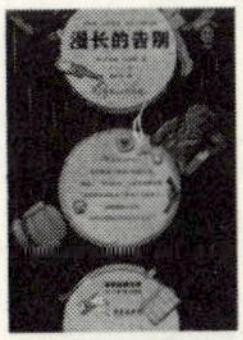

《漫长的告别》

《西西弗神话》

《人间失格》

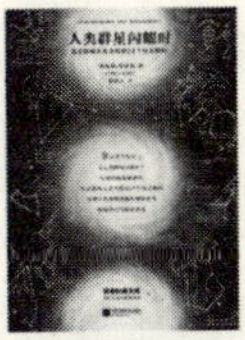

《人类群星闪耀时》

《鼠疫》

《小王子三部曲》

《局外人》

《月亮与六便士》

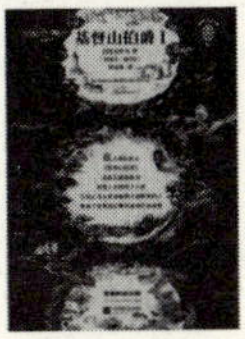

《基督山伯爵》

《罗生门》

三个圈

读客三个圈经典文库

精神成长树

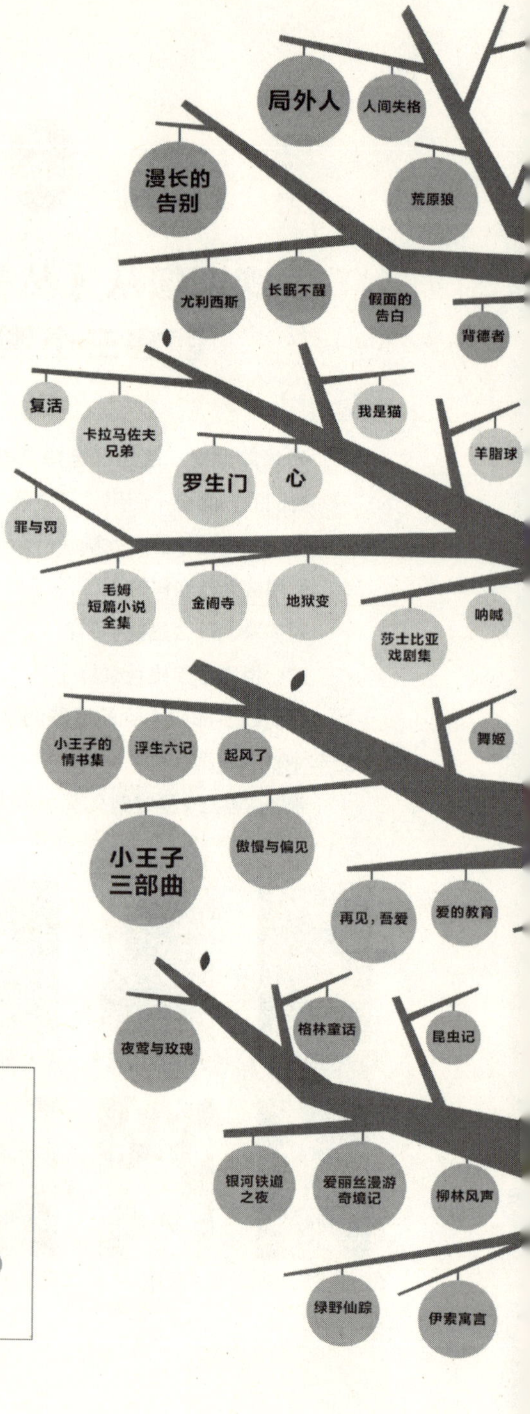

你想成为什么样的人？
对你来说什么是重要的？
这个世界应该是什么样子？

我们在生命中遇到的问题，每个时空的人都经历过，一些伟大的人留下一些伟大作品，流传下来，就成了经典。正是这些经典，共同塑造并丰富着人类的精神世界。

我们重新梳理了浩若烟海的文学经典，为您制作了精神成长树。跟随读客三个圈经典文库，汲取大师与巨匠淬炼的精神力量，完成你自己的精神成长！

树干：

不同的精神成长主题，您可以挑选任意感兴趣的主题进行深入阅读

例如：
寻找人生意义
探索自己的内心
拥有强大意志力
理解复杂的人性
…………

枝丫上的果实：

我们为您精选的经典文学作品

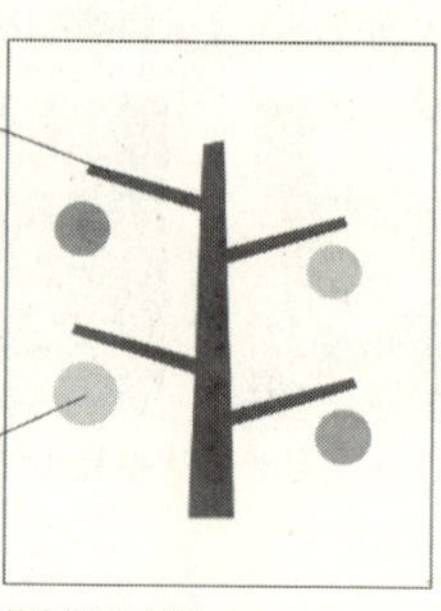

精神成长树示意图

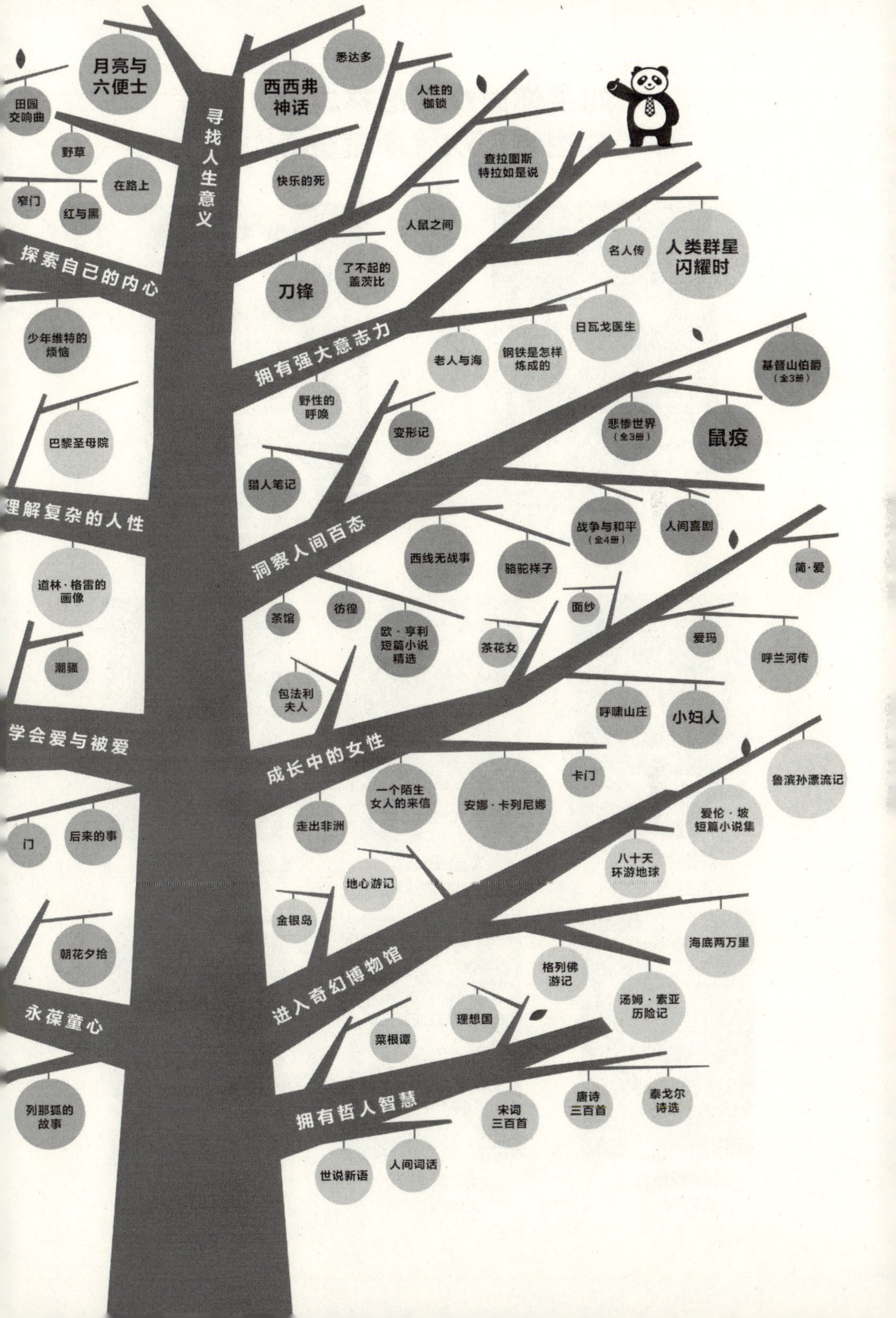

寻找人生意义
月亮与六便士
田园交响曲
野草
在路上
窄门
红与黑
西西弗神话
悉达多
人性的枷锁
快乐的死
查拉图斯特拉如是说
人鼠之间
名人传
人类群星闪耀时
探索自己的内心
刀锋
了不起的盖茨比
少年维特的烦恼
拥有强大意志力
日瓦戈医生
老人与海
钢铁是怎样炼成的
基督山伯爵（全3册）
野性的呼唤
变形记
悲惨世界（全3册）
鼠疫
巴黎圣母院
猎人笔记
理解复杂的人性
洞察人间百态
战争与和平（全4册）
人间喜剧
西线无战事
骆驼祥子
简·爱
道林·格雷的画像
面纱
茶馆
彷徨
欧·亨利短篇小说精选
茶花女
爱玛
呼兰河传
潮骚
包法利夫人
呼啸山庄
小妇人
学会爱与被爱
成长中的女性
卡门
一个陌生女人的来信
安娜·卡列尼娜
鲁滨孙漂流记
走出非洲
爱伦·坡短篇小说集
门
后来的事
八十天环游地球
地心游记
金银岛
海底两万里
朝花夕拾
进入奇幻博物馆
格列佛游记
永葆童心
汤姆·索亚历险记
理想国
菜根谭
列那狐的故事
宋词三百首
唐诗三百首
泰戈尔诗选
拥有哲人智慧
世说新语
人间词话

如果你喜欢《丛林之书》
你可能也会喜欢“永葆童心”书单

《夜莺与玫瑰》
文库编号：021

《银河铁道之夜》
文库编号：010

《格林童话》
文库编号：108

《昆虫记》
文库编号：104

《爱丽丝漫游奇境记》
文库编号：143

《绿野仙踪》
文库编号：122

《柳林风声》
文库编号：076

《伊索寓言》
文库编号：103

读客

激发个人成长

多年以来，千千万万有经验的读者，都会定期查看熊猫君家的最新书目，挑选满足自己成长需求的新书。

读客图书以“激发个人成长”为使命，在以下三个方面为您精选优质图书：

1. 精神成长

熊猫君家精彩绝伦的小说文库和人文类图书，帮助你成为永远充满梦想、勇气和爱的人！

2. 知识结构成长

熊猫君家的历史类、社科类图书，帮助你了解从宇宙诞生、文明演变直至今日世界之形成的方方面面。

3. 工作技能成长

熊猫君家的经管类、家教类图书，指引你更好地工作、更有效率地生活，减少人生中的烦恼。

每一本读客图书都轻松好读，精彩绝伦，充满无穷阅读乐趣！